一般人爱说唐诗，我却要讲『诗唐』。

诗唐者，诗的唐朝也。

懂得了诗的唐朝，才能欣赏唐朝的诗。

——闻一多

唐诗洛阳记

千年古都的文学史话

马鸣谦 著

浙江人民出版社

图书在版编目（CIP）数据

唐诗洛阳记．千年古都的文学史话 / 马鸣谦著．—
杭州：浙江人民出版社，2022.4
ISBN 978-7-213-10530-2

Ⅰ．①唐…　Ⅱ．①马…　Ⅲ．①唐诗-诗歌研究②地方文学史-研究-洛阳-唐代　Ⅳ．①I207.22②I209.961.3

中国版本图书馆CIP数据核字(2022)第038594号

唐诗洛阳记：千年古都的文学史话

马鸣谦　著

出版发行：浙江人民出版社（杭州市体育场路347号　邮编　310006）
市场部电话：(0571)85061682　85176516

责任编辑：诸舒鹏　营销编辑：陈雯怡
责任校对：陈　春　何培玉　责任印务：程　琳
封面设计：周伟伟
电脑制版：杭州天一图文制作有限公司
印　　刷：杭州钱江彩色印务有限公司
开　　本：880毫米×1230毫米　1/32　印　　张：14.625
字　　数：336千字　插　　页：2
版　　次：2022年4月第1版　印　　次：2022年4月第1次印刷
书　　号：ISBN 978-7-213-10530-2
定　　价：59.00元

目录

引子　记忆的枢纽

洛阳都城史速写

我国历史从上古到中古的大时段里，有两座都城声名最著，地位也最为尊崇，这就是长安与洛阳。这两座城市，一在西、一在东，如一对双子星镶嵌于浩渺的时空中。

历史上的洛阳有很多名称。这些名称是记忆的活化石，揭示了城市命运的变迁与沉浮。斟鄩、西亳、成周、王城、宜阳、雒阳、东京、东都、神都、洛京、西京、中京，都是她正式建制的都城名。除此，还有不胜枚举的许多别称或代称：如洛邑、洛师、河南、洛都、京洛、洛中、洛州、嵩京、三川（因境内流经黄河、洛水和伊水而得名）、河洛（因黄河和洛水得名）、伊洛（因伊水和洛水得名）等。

论到建都史的久远，若以洛阳周边一带来泛称洛阳的话，那么洛阳实在还胜过长安一筹，简直可以说是华夏文明的第一源头。

在秦以前，上古的夏、商、周三代都定都于以洛阳为中心的河洛地区。

斟鄩是史籍记载中夏朝的都城。古本《竹书纪年》载："太康居斟鄩，羿又居之，桀亦居之。"也就是说，从夏朝第三代君主太康开始，到夏桀为止，夏一直以斟鄩为都城。洛阳二里头遗址的考古发掘证实了这一点。经碳十四测定，其绝对年代在公元前1900年左右，相当于夏代。遗址内发现有大型宫殿的残迹，经考古学家们推断，为夏王邑的遗址，即斟鄩的所在地。

夏商鼎革，商汤建都西亳，都城位置在二里头遗址东北6千米。西周代殷，周平王元年（前770），都城由镐京（今西安）东迁洛邑，开启了东周时代。周公在洛水北岸修建王城和成周城，史称成王“初迁宅于成周”“定鼎于郏鄏[1]”“宅兹中国”，当时洛阳被称为洛邑、新邑、大邑、成周、天室、中国，亦称周南。

故而司马迁在《史记·封禅书》中说：“昔三代之居，皆在河洛之间。”晋代的左思在他的名赋《三都赋》中也说：“崤函有帝皇之宅，河洛为王者之里。”

秦汉交替之际，公元前202年2月，刘邦在汜水之北的定陶称帝建汉，一开始也是定都洛阳，过后才接受建议入主关中，定都长安；西汉之后，东汉、曹魏、西晋、北魏、隋、后梁、后唐、后晋，都在洛阳建都。若再加上武则天的武周，共有13个正史朝代曾定都洛阳。延至北宋，洛阳也仍有陪都的功能地位。

洛阳是中国建都最早、经历朝代最多、历史最为久远的都城，绵延覆盖了华夏文明初始萌发的前段和璀璨发达的中叶，因此，如果将洛阳称为华夏文明的原乡或者“华夏之心”，那是一点也不过誉。

此外，从全球史角度来看，洛阳还是“丝绸之路”东段的终点，代表了东方世界的中心。罗马帝国在汉籍史料中被称为“大

1. 郏鄏：古山名，在今河南洛阳西北。

秦”（出自古波斯语Dacia），其前后延续时间大致相当于中国的东汉至魏晋南北朝时期。大秦曾5次派遣使团、商团来到东方，其中4次（东汉时期2次，西晋时期2次）来到了洛阳。在那个时期，洛阳与罗马是同时并立于东西方的两大帝国的首都。

巧合的是，四五世纪时，东西方这两个帝国都相继崩解：公元395年，狄奥多西一世将罗马帝国分拆为西罗马帝国与东罗马帝国（即拜占庭帝国），这是和平的分治；公元476年，蛮族将军奥多亚克废黜末帝罗慕路斯，终结了西罗马帝国。而在东亚的中国，同一时期也经历了西晋末的北方少数民族南下与南北朝的分裂对峙。

此后来到隋唐，洛阳经历了两次重兴，进入了黄金时代。

隋大业元年（605），隋炀帝兴建东都，为充实人口，开运河、建粮仓。隋朝就此开启了两京制度，洛阳成为长安以外的另一都城，迎来了第一次重兴。

入唐后，唐太宗很重视洛阳，开始营建洛阳宫；唐高宗在位时多次行幸洛阳，显庆二年（657）正式置洛阳为东都。到武则天执政时，光宅元年（684）始，改东都为神都，并进行扩建。在7世纪末8世纪初的武则天时代，洛阳是事实上的首都，地位高过了长安。在初唐三帝的持续经营下，洛阳达到了鼎盛，规模恢宏，壮丽无比，是名副其实的“天下第一都城”。

在东亚汉字文化圈内，唐代洛阳、长安两都的影响力还辐射到周边地区。渤海国的龙泉上京、中京、东京，日本的平城京（奈良）、平安京（京都）的都城规划和营建，都以唐代洛阳为母本。

平安京的营建就模仿了长安和洛阳。城市中轴线朱雀大路依照长安的朱雀大街，将平安京分为左京（东侧）、右京（西侧）两个部分，形制布局与洛阳十分接近。城市建设也采用了隋唐的里坊

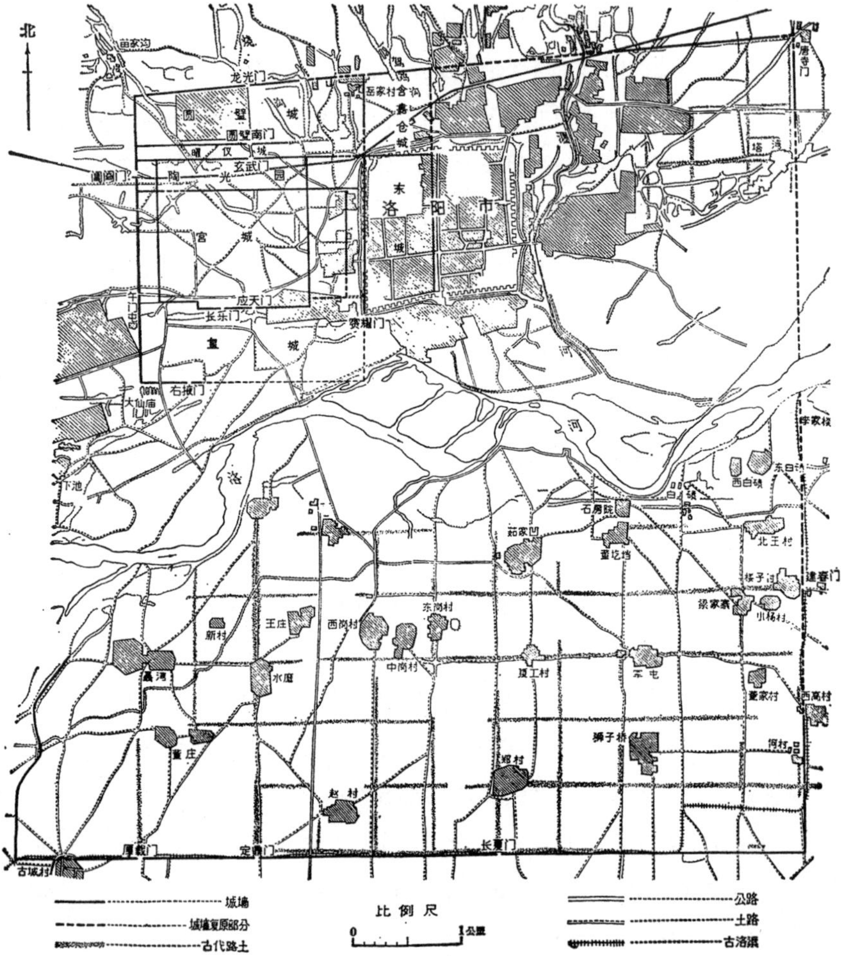

〔清〕徐松《唐两京城坊考》载《隋唐洛阳城图》

制，每坊均呈方形，面积大小与洛阳类似。朱雀大街南端两侧各置宗教建筑一座，这也是洛阳城的特色。此外，平安京的“铜驼”“教业”“宣风”“淳风”“安众”“陶化”“丰财”“毓财”等8个坊名直接照搬自洛阳。隋唐洛阳的宫城紫微城的正南门叫“应天门”，平安京的朝堂院南门也称作“应天门”。此后右京因为地处多池沼的低洼地带，逐渐衰微，左京的洛阳便成为平安京的代名词，去京都即称为“上洛”。在日本古代的史籍文书上，京都也被称为“洛城”“洛都”，一直延续通用。到今天，京都的许多街道、市町、学校、医院都以洛阳来命名，京都的游览图上仍标示了“洛东、洛西、洛南、洛北”的四至。京都即是洛阳文化影响东瀛的鲜明例证。

诗的价值

以上是到唐代为止的洛阳都城史的一幅速写。

北宋以后的近古，中国进入了另一轮的民族大融合，政治地理的重心发生转移，洛阳不复成为政治上的首都，经济、社会地位也大不如前。但她的历史影响，尤其是文化记忆仍然生机勃勃地延续并活跃着。

与洛阳有关的物质文化遗产如文物、历史建筑和文化遗址固然是直接的证据，然而，有关洛阳的文化记忆还有两个不可或缺的来源，那就是史籍与文学。回溯历史这条长河，史籍有如蜿蜒的河道，存留了洛阳历史的延伸走向，而文学有如河道中流动的活水，以更具体、细微、生动的形式，记录了过往生活在洛阳的人们的生活面貌和感情思想。循着已被勘定的河道，以手掬水，可以探测水流的缓急，了解其清浊，体察其温度。

唐代是诗歌创作空前繁荣的时代。据陈尚君先生辑校的《全唐诗补编》，目前存世的唐诗达55730首，残句计3060条，涉及唐代诗人共3700位左右。其中关联洛阳的诗篇就超过5000首，数量实在是惊人。就文化价值而言，与洛阳有关的文学（尤其是唐诗）充当了历史记忆的枢纽机制，是一份值得珍视的文化遗产。

本书将时段定于隋唐，将空间定于洛阳，希望掬起唐诗这源活水，在结构体例上，做一个新的尝试。

前四章"奠基者们""宫廷诗的重兴""唐诗发达的另三个要素"篇幅稍长，主要侧重对洛阳文化脉络的梳理，重点不在品评诗作；但这些都是促成唐诗（咏洛诗）创作繁荣的重要条件，缺一不可。有心的读者自会了解前后相续的叙述逻辑，并且会发现，洛阳这座都城确乎是推动唐诗演变、发达的重要的文化枢纽。随后，从"'逆行者'陈子昂"到"不尽的尾声"，按时序挑出了几个代表诗人，分别呈现他们与洛阳的关涉及其洛阳书写的特点。末尾的补遗"怀洛之思"一章，则试图提炼唐代咏洛诗的几个较有特点的母题（诗材）。

每一章内都以小标题形式分出了自然节段，读者从目录页就可以挑选自己感兴趣的段落进入。

前代咏洛诗举隅

咏洛当然不是自唐代才开始。在这篇引子末尾，择选几首唐以前的咏洛诗，以作正文的发引。欣赏这些诗作，是进入正题前的预热，从中也能辨听到唐人咏洛的先声。

《诗经·小雅》里就有“瞻彼洛矣”篇，朱熹《诗集传》说是“天子会诸侯于东都以讲武事，诸侯美天子之诗”，也有人说是咏周平王东迁洛邑。这是目前所见最早的咏洛诗。

> 瞻彼洛矣，维水泱泱。君子至止，福禄如茨[1]。韎韐有奭[2]，以作六师。
>
> 瞻彼洛矣，维水泱泱。君子至止，鞞琫有珌[3]。君子万年，保其家室。
>
> 瞻彼洛矣，维水泱泱。君子至止，福禄既同。君子万年，保其家邦。

东汉移都洛阳，咏洛多采赋作形式，且往往与西京并列，如班固《两都赋》中《东都赋》，张衡《二京赋》中《东京赋》，以及已佚失的傅毅《洛都赋》；曹魏代汉亦定都洛阳，刘劭《三都赋》中有《洛都赋》，其后西晋左思《三都赋》中有《魏都赋》。以上都是综揽全局的大赋，或颂或讽，极尽铺衍描摹之能事。

赋作之外，汉代也有咏洛诗，如《古诗十九首》之三《青青陵上柏》。诗中有句：“驱车策驽马，游戏宛与洛。洛中何郁郁，冠带自相索。”可见其时洛阳已是一个有许多贵胄公子追逐享乐的繁丽都市。

---

1. 茨：盖屋的茅草；如茨，形容其多。
2. 韎韐：赤色皮蔽膝，天子阅兵时装束。奭，指赤色。
3. 鞞指刀鞘，琫是刀鞘口的玉饰。有珌，形容玉饰纹样之美。

三国时，曹植的《送应氏二首》其一有句："洛阳何寂寞，宫室尽烧焚。垣墙皆顿擗，荆棘上参天。"所描绘的是洛阳遭乱后的萧条景象。这首诗写于建安或黄初年间，洛阳因在东汉末年罹遭董卓兵革之祸，已见残破。

曹植另有一首《名都篇》，是前代咏洛诗的压轴之作。从诗中贵公子驰猎宴饮的内容来看，或系于太和年间曹植入京时，那是他生命中的最后几年。

> 名都多妖女，京洛出少年。宝剑值千金，被服丽且鲜。
> 斗鸡东郊道，走马长楸间。驰骋未能半，双兔过我前。
> 揽弓捷鸣镝，长驱上南山。左挽因右发，一纵两禽连。
> 余巧未及展，仰手接飞鸢。观者咸称善，众工归我妍。
> 归来宴平乐，美酒斗十千。脍鲤臇胎鰕[1]，炮鳖炙熊蹯。
> 鸣俦啸匹侣，列坐竟长筵。连翩击鞠壤，巧捷惟万端。
> 白日西南驰，光景不可攀。云散还城邑，清晨复来还。

南朝谢朓有《落日怅望》，诗末以"既乏琅邪政，方憩洛阳社"作结。诗中"洛阳社"即白社，在洛阳东北，或因祀社得名。晋有道士董京曾寄宿白社，后世遂以"洛阳社"或"白社"喻指隐士居处。《晋书·董京传》："初与陇西计吏俱至洛阳，被发而行，逍遥吟咏，常宿白社中。"

> 昧旦多纷喧，日晏未遑舍。落日余清阴，高枕东窗下。
> 寒槐渐如束，秋菊行当把。借问此何时，凉风怀朔马。

---

1. 胎鰕，即虾仁。臇为汁少的羹。

已伤归暮客，复思离居者。情嗜幸非多，案牍偏为寡。
既乏琅邪政，方憩洛阳社。

南朝范云与何逊有《范广州室联句》[1]。前两联为范云所写，以洛阳花、雪来做今昔的对照。两人联句时，范云刚从广州任上回到都城建康（南朝人常以洛阳来指代）：

洛阳城东西，长作经时别。
昔去雪如花，今来花似雪。（范云作）
濛濛夕烟起，奄奄残晖灭。
非君爱满堂，宁我安车辙。（何逊续）

南朝萧梁时的沈满愿是大诗人沈约的孙女，约梁武帝大同年间在世，嫁征西记室范靖为妻。她有一首失题诗可作这篇引子的押尾。这是代拟征人的思乡诗（也是以洛阳指代建康），洛阳花与葱岭雪的对照煞是鲜明动人：

征人久离别，故国音尘绝。
梦里洛阳花，觉来葱岭雪。

1. 范云当时任广州刺史，故称“范广州”。

第一章 奠基者们

唐以前的洛阳

唐诗中的洛阳描写多是摄取实景。因此，在谈论洛阳之前，先要了解这座都城的空间布局。

考古发掘的实测表明，洛水之北自东向西的洛河沿岸，在不足30千米的范围内，现存有5处城址，即夏都斟鄩二里头遗址、商都西亳偃师商城遗址、周王城遗址、汉魏洛阳城遗址与隋唐洛阳城遗址（位置在北魏洛阳城偏西南），人称“五都贯洛”。密集分布的都城遗址，时间跨度近两千多年，世所罕见。

唐以前洛阳的面貌，有西晋陆机《洛阳记》可供参考，文中有句云：

> 铜驼街，在洛阳宫南，金马门外，人物繁盛。俗语云：“金马门外聚群贤，铜驼陌上集少年。”

铜驼街是洛阳的标志景观之一。汉武帝曾铸铜驼一对，魏明帝曹叡将其移来洛阳，其伫立之处成为洛阳城中繁华街衢。它是太平盛世的象征物，也暗喻了都城的衰亡。《晋书·索靖传》载：“靖有先识远量，知天下将乱，指洛阳宫门铜驼，叹曰：会见汝在荆棘中耳!”[1]此后索靖的预言应验，元康元年（291），“八王之乱”爆发。

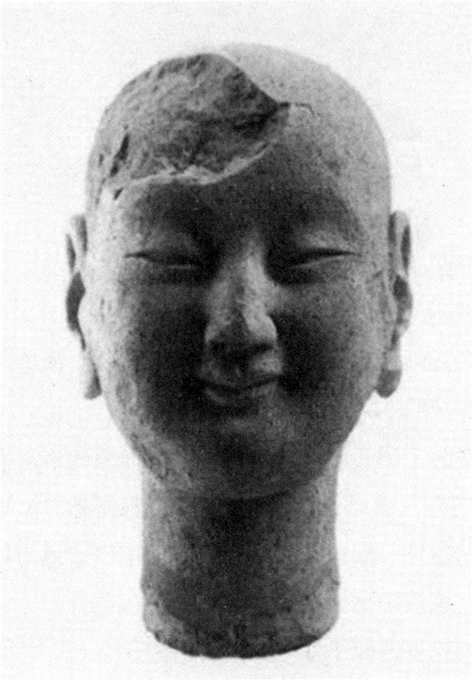

北魏洛阳城永宁寺遗址出土的阿难像,额头虽缺失一片,却不损人间慈童样貌。

其后有北魏杨衒之的《洛阳伽蓝记》。

1. 荆棘铜驼也是唐人吟咏经常用到的典故（诗材）。李贺写有一首《铜驼悲》，学者钱仲联考订唐元和四年（809），李贺考进士不第，返乡途经洛阳时作。

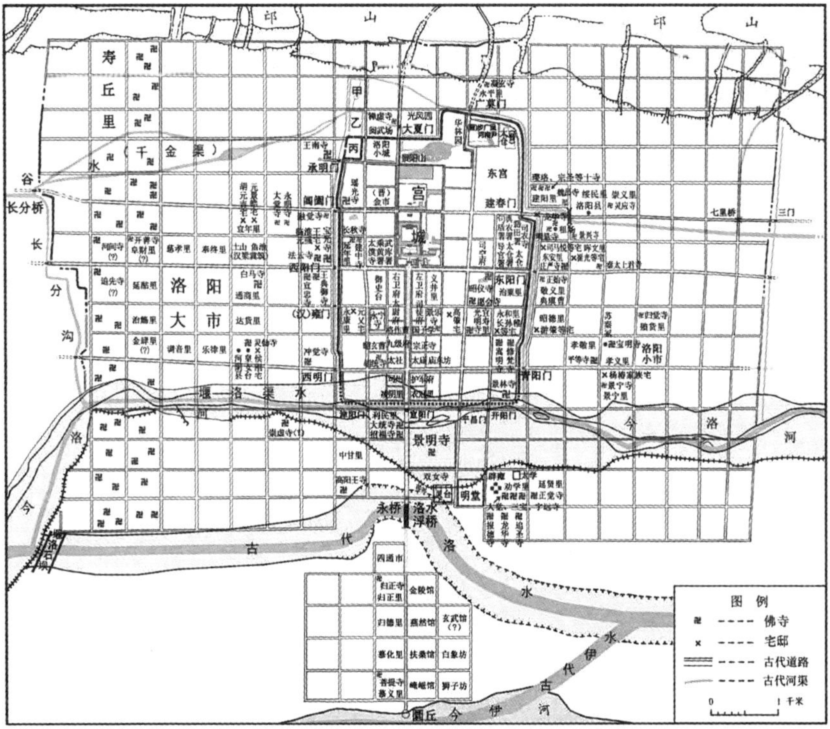

公元528—534年北魏洛阳城市及伽蓝图[1]

1. 周胤：《城随境迁：佛教影响下的北魏洛阳城市变迁》，《南都学坛》2021年第6期。

北魏迁都洛阳后，将宫苑集中于城北，宫城南门阊阖门正对南北主干道铜驼街，社稷、宗庙、衙署等分布在大街两侧。景明二年（501），以汉魏洛阳城为内城，又修造外郭，郭内划分布置了320个方形的“里坊”。北魏洛阳城一改两汉以来宫殿区占据都城主要空间的规制，第一次大规模配置了居民里坊。此后，北齐、隋唐的都城都沿袭了这个布局格式。

北魏后期，佛教昌盛，洛阳城内外寺院竟达1300余所，梵刹林立，堪称“佛国都城”。《洛阳伽蓝记》如其题名，主要记述洛阳的寺院情况，只在《序》中对都城四至有一些描绘。

隋炀帝的决断

隋唐洛阳城的底子是任性的隋炀帝杨广打下的，这个事实须提前申明。隋朝国祚虽短，却有若干成绩不能忽略与低估，隋东京的建成就是其中一项。《隋书·帝纪第三炀帝》载：“（仁寿）四年（604）七月，高祖隋文帝杨坚崩，上即皇帝位于仁寿宫。八月，奉梓宫还京师。十一月乙未，幸洛阳。”

即位4个月后，隋炀帝就按捺不住来到洛阳，登北邙山，考察地形。此时的北魏洛阳城因频经战乱已满目榛芜，于是炀帝打算另择形胜之处。李吉甫《元和郡县图志》卷五“河南道”条记载了隋炀帝与大臣苏威的一次对答：

初，炀帝尝登邙山，观伊阙，顾曰：“此非龙门邪？自古何因不建都于此？”仆射苏威对曰：“自古非不知，以俟陛下。”

帝大悦，遂议都焉。

该年十一月癸丑，隋炀帝下《营东都诏》曰："洛邑自古之都，王畿之内，天地之所合，阴阳之所和。控以三河，固以四塞，水陆通，贡赋等……今可于伊、洛营建东京，便即设官分职，以为民极也……今所营构，务从节俭，无令雕墙峻宇复起于当今，欲使卑宫菲食将贻于后世。有司明为条格，称朕意焉。"

这篇诏令引经据典，辞采飞扬，写得很是冠冕堂皇。然而，对照隋炀帝日后所作所为，"今所营构，务从节俭"这一句，变成了极大的讽刺。

第二年，隋炀帝改元"大业"。这是名副其实大业奠基之年。

三月丁未，于故周王城东、汉魏洛阳城西开始营建东京，命尚书令杨素、纳言杨达、将作大匠宇文恺主事，阎毗、裴蕴、裴矩、何稠、元弘嗣等人协助。最初的诏令还是蛮克制的，并没有表示要大肆营建。不过，实际担当营建东京重任的将作大匠宇文恺很懂得"心理学"，"揣帝心在宏侈，于是东京制度穷极壮丽"。他调集200万民夫役人、耗费无数资材，在短短9个月后，隋的东京（主体是宫阙群洛阳宫）和上林苑竟然就告成了。建造落成之快实在令人咋舌。

隋大业二年（606）春正月辛酉，东京成。

一座气度恢宏的新都，就在"东去汉魏所都之成周四十里，西去王城五里"的新址矗立了起来。比我们现在引以为傲的"深圳速度"还快，简直是"洛阳速度""炀帝速度"。《隋书·食货志序》描绘这座新都："曾雉逾芒，浮桥跨洛，金门象阙，咸竦飞观，颓岩塞川，构成云绮，移岭树以为林薮，包芒山以为苑囿。"隋炀帝如此急切地兴建东都，内在的心理动机和现实动机何在呢？个中成因比较复杂，有关问题我们会在“宫廷诗的重兴”一章探讨。

隋大业五年（609）正月，又“改东京为东都”，洛阳自此升格。此后很长一段时间，长安虽存“京师”之名，但洛阳才是事实上的都城。

在后世眼中，隋炀帝是个毁多于誉的人物。丹阳宫兵变时，叛军中的马文举曾列数隋炀帝十大罪状：违弃宗庙、巡游不息、外勤征讨、内极奢淫、使壮丁尽于矢刃、使女弱填于沟壑、四民丧业、盗贼蜂起、专任佞谀、饰非拒谏。马文举所说都是实情。隋炀帝的执政风格的确太过激进，常常欠缺审慎的考虑。这与他性格上的致命弱点有关——一意孤行，不肯纳言。《隋书》载，隋炀帝曾对时任秘书郎的虞世南说：“我性不欲人谏。若位望通显而来谏我，以求当世之名者，弥所不耐。”可以说是极度任性。过后到内乱四起时，他又极度颓丧，不思振作。

即便如此，隋炀帝完成了一统疆域、营建洛阳、初凿大运河、西巡开疆、完善科举、融合南北文化这些开创性的举措，客观上开启了隋唐时代的新局。我们不能因他犯下的错误而同时否定他的成绩。

奇才宇文恺

隋炀帝是不世出的强人，他短时段放射的光焰太过炫目耀眼，以致遮掩了身边许多同样杰出的人物。宇文恺就是其中一个。

宇文恺是我国历史上为数不多的城市规划师和建筑师，是营建隋大兴城（唐长安城的前身）和隋东京（洛阳新城）的实际主持者。此外，隋太庙、仁寿宫、隋文帝皇陵、广通渠以及贯通渭河至黄河的漕运河道、独孤皇后陵等工程，都出自宇文恺的手笔。

他并非诗人，没有吟咏过洛阳，却为有唐一代的诗人们搭设了长安与洛阳这两座壮美犹如天地奇观的“历史舞台”。在诗歌文学的表演舞台上，虽然主唱们都表现出色，但“舞美设计师”和“道具师”也是创造戏剧能量的有力一员。更何况，城市规划和建筑设计还涉及了很多与科学、技术、工艺有关的部分。

先来看宇文恺富有传奇色彩的职业履历吧！

西魏恭帝二年（555），宇文恺出生在一个典型的北朝关陇军事豪强家族。祖先是鲜卑族，西魏以来已汉化。父宇文贵，西魏十二大将军之一。据《周书》本传载，宇文贵“少从师受学，尝辍书叹曰：‘男儿当提剑汗马以取公侯，何能如先生为博士也’”，对读书可以说是毫无兴趣，还曾当面讥嘲自己的老师。虽不爱读书，但此后从军，屡建功勋而一路升迁。他历经北魏、西魏、北周三朝，历官大司空、大司徒、太保。北周天和二年（567）卒，赠太傅，谥曰穆。从结果看，宇文贵少年时的志向一一实现，取公侯如探囊一般。有父亲做榜样，宇文恺的长兄宇文善、二兄宇文忻也都效法父亲，很早就投身军伍，并累获加官晋爵，不坠门风。

宇文恺2岁时就赐爵双泉县伯，6岁时袭祖爵安平郡公，可他却是家中的一个异数，自幼不好弓马而好读书。《隋书》本传说他：“恺少有器局。家世武将，诸兄并以弓马自达，恺独好学，博览书记，解属文，多伎艺，号为名父公子。”

简单说来，就是将门内突然冒出了一个读书种子，这读书种子还不是死读书的书呆子，不但善写文[1]，还能专精多种技术，是个文理兼通的跨界奇才。因为在家中排行老三，自小又聪颖异于常人，加上父兄三人不但没有压制，反而为他提供了很多学习上的便利，家中堆满典籍书册图样不说，还为他延揽各个领域的名师来教授，所以到入仕年龄，宇文恺因门荫授官，此后累迁右侍上士、御正中大夫、仪同三司。

北周大象二年（580），宇文恺被任命为匠师中大夫。据《唐六典》卷二三“将作都水监”载：“后周有匠师中大夫一人，掌城郭、宫室之制及诸器物度量。”由此推知，当时25岁的青年宇文恺已担任北周建筑工程方面的最高主官，统率国中所有匠师。

隋开皇元年（581），隋文帝杨坚代周建隋，肃清北周宗室宇文氏。因为向来与宗室保持距离，二兄宇文忻又拥戴有功，加之宇文恺的特异才能受到赏识，宇文一家逃过了灭族一劫。隋文帝欲“修宗庙”，起用了宇文恺，任命他为营宗庙副监、太子左庶子，负责兴修事务。宗庙建成后，加封甑山县公，邑千户。宇文恺依靠自己的专业技能，完成了第一次命运的逆转。

开皇二年（582）六月，隋文帝“诏左仆射高颎、将作大匠刘龙、巨鹿郡公贺娄子干、太府少卿高龙叉等创造新都”。新都即大兴城。“以太子左庶子宇文恺有巧思，领营新都副监。”高颎只是名义领衔，“凡所规划，皆出于恺”。具体规划作业都出自27岁的宇文恺。

开皇四年（584），宇文恺率水工凿广通渠。过后出任莱州刺史，“甚有能名”。

1. 宇文恺会不会写诗呢？按他的知识教养，可以推测肯定会，且很可能也写过，只是没有流传下来。

开皇六年（586）闰八月，宇文恺二兄宇文忻因谋反被诛。家门之厄终于来了。宇文恺因受株连遭解职，“除名于家，久不得调”。这位千古一遇的能吏不得不居家多年，等同软禁。不难猜想，他之所以能逃过这一劫，保全性命，就因为有着无可替代的才具。

开皇十三年（593），隋文帝起意在岐州（今陕西省宝鸡市凤翔区南）建仁寿宫。经右仆射杨素推荐，宇文恺被任命为检校将作大匠，后又拜为仁寿宫监、将作少监。时隔7年，宇文恺再次复出了。

仁寿二年（602）闰十月，宇文恺受命营造皇陵太陵。独孤皇后葬后，复爵安平郡公，邑千户。他完成了第二次命运的逆转。

仁寿四年（604）七月，隋炀帝杨广继位。十一月，下诏在北魏洛阳城西面起造新城东京。宇文恺被任命为营东都副监，后迁将作大匠；东京竣工后，擢升为工部尚书。

大业八年（612）十月，宇文恺卒，终57岁。对一个天才横溢的规划设计大师来说，寿命并不是很长。这时，隋末各地的叛乱还未兴起。

宇文恺是城市规划、建筑设计的多面手。除了规划大兴城与洛阳城、建造宫宇与陵墓、开凿漕渠外，他还设计了不少奇巧装置。

比如千人大帐：大业三年（607），炀帝驾临榆林（今内蒙古托克托西南）时，曾命宇文恺造一座大帐，内中可坐几千人，宴请南下的东突厥启地可汗及其部属。

再如观风行殿：一种大型可移动建筑，上为可拆卸拼装的木构宫殿，殿内可容数百人；其下安装轮毂机械，可以在地上灵活迅速地移动。

还有明堂复原：宇文恺对周朝时的朝堂前殿“明堂”进行研究，绘制建筑设计图，制作木样（立体模型）。建筑图和木样都使用了比例尺。此种利用比例关系绘图建模的方法，乃建筑技术史上的一大创举。

宇文恺还写过几部建筑规划方面的专著，有《东都图记》20卷、《明堂图议》2卷、《释疑》1卷。可惜的是，除《明堂图议》部分内容保存于《隋书·宇文恺传》《北史·宇文贵传》和《资治通鉴》等史籍中，其余皆已佚失。《东都图记》即隋东京的规划全图，内容如何也只能付诸我们的想象了。

尽管隋东京的营造历来颇多非议，譬如营造豪奢、盘剥民力、管束酷虐，但隋炀帝与宇文恺两人皆一时之雄才，是隋唐洛阳城的真正缔造者，这也是事实。

隋东京的样貌

来看一组数据，可见宇文恺主持修造的两座都城的规模：

表1　古代部分世界都城始建面积比较表[1]

单位：平方千米

始建时间	城　市	始建面积
前202年	汉长安(内城)	35
300年	罗马	13.68
447年	拜占庭	11.99

1. 张永禄：《隋唐长安城的规划布局与其设计思想》，《西北大学学报（自然科学版）》2014年第4期。

续表

始建时间	城　市	始建面积
493年	北魏洛阳城	约73
583年	隋大兴城(唐长安城)	84.1
605年	隋唐东京(洛阳城)	45.2
800年	巴格达	30.44
1267年	元大都	50
1366年	明南京	43
1421—1553年	明清北京城	60.2

由表可知，隋代这两座都城（包括北魏洛阳城）的规模之大是举世无匹的，隋大兴城（唐长安城）堪称世界第一都城。隋朝国祚才37年，宇文恺却主持建造了两座古代世界最宏大、最繁华的都城，这是不可复制的奇迹。

新修的东京亦名东都，又谓“新都”，规模要小于大兴城。有宫城、皇城、诸小夹城、东城、含嘉仓城及外郭城（内有109个里坊和3个市）和外郭城墙几部分组成。不过，《资治通鉴》又载：“隋炀帝作东都，无外郭，仅有短垣而已。”

洛水自西而东穿城而过，将城郭分为南北两区。因地形关系，隋东京没有采取大兴城以朱雀大街为南北中轴线东西对称的布局，宫城和皇城建于西北隅高处，其面积比北京紫禁城大3倍，可见其开阔雄壮。

宫城名紫微城，“东西四里一百八十八步，南北二里八十五步，周一十三里二百四十一步，其崇四丈八尺，以象北辰藩卫。城中隔城二，在东南隅者太子居之，在西北隅者皇子、公主居之。城北隔城二，最北者圆璧城，次南曜仪城”。

宫城内有乾阳殿、大业殿等数十座殿、阁、堂、院，极富丽堂皇。李吉甫《元和郡县志》说：“宫室台殿，皆宇文恺所创也。恺巧思绝伦，因此制造颇穷奢丽，前代都邑莫之比焉。”其中以乾阳殿最为奢华，是皇帝举行大典和接待外国使团之所，“殿基高九尺，从地至鸥尾高一百七十尺，十三间二十九架，三陛轩。文棍镂槛，栾栌百重，粢拱千构，云楣绣柱，华榱璧珰，穷轩甍之壮丽。其柱大二十四围，倚井垂莲，仰之者眩曜。南轩垂以珠丝网络，下不至地七尺，以防飞鸟。四面周以轩廊，坐宿卫兵……殿庭东南西南各有重楼，一悬钟，一悬鼓，刻漏即在楼下，随刻漏则鸣钟鼓。”

宫城正门称作则天门，“门上飞观相夹，门外即朝堂”。因嫌其太奢侈，武德四年（621）被李世民焚毁，武则天时改名为应天门。

皇城东侧有东城，东北侧有含嘉城，城内有屯放生活物资的含嘉仓，又称仓城。东城与含嘉城仍附属于宫城。

宫城西面是上林西苑，又名会通苑、显仁宫，是专供皇帝游猎嬉玩的林苑。隋东京面积不如大兴城，但西苑占地却远超长安的大兴苑。据《大业杂记》《资治通鉴》载，西苑因水为苑，北跨洛水，苑内开挖有周长10余里的人工湖，湖之北岸有龙鳞渠，从洛河引水入湖。缘渠作十六院，门皆临渠，堂殿楼观，极为华丽。湖中堆造“蓬莱”“方丈”“瀛洲”三座神山，高出水面百余尺，台观殿阁布置山上，风景极佳。林苑中宫殿楼阁、奇花异草、飞禽走兽无不毕具。据《资治通鉴》所说，为保持四季美景，俟冬天叶落之时，还会裁剪彩布悬垂西苑树上，以保持四季长春的景象。宇文恺还修筑了月陂。据李吉甫《元和郡县图志》卷五载：“洛水，在县西南三里。西自苑内上阳之南弥漫东流，宇文恺筑斜堤束令东北流。当水冲，捺堰九折，形如偃月，谓之月陂。”由此看来，则宇文恺的头衔还可以再加两个，他是造园的高手，还是营造景观的大师。

隋东京的营建工程量极其浩大。《隋书·食货志》载：“始建东都，以尚书令杨素为营作大监，每月役丁二百万人。”《大业杂记》载：“初卫尉刘权、秘书丞韦万顷总监筑宫城，一时布兵夫，周匝四面，有七十万人。城周匝两重，延袤三十余里，高四十六尺。六十日成。其内诸殿基及诸墙院，又役十余万人。直东都土工监常役八十万人，其木工、瓦工、金工、石工又役十余万人。”《旧唐书》卷七十五载，唐初张玄素曾对唐太宗讲述他所见的营建东都的实况：“臣又尝见隋室造殿，楹栋宏壮，大木非随近所有，多从豫章（今江西省北部）采来。二千人曳一柱，其下施毂，皆以生铁为之，若用木轮，便即火出。铁毂既生，行一二里即有破坏，仍数百人别赍铁毂以随之，终日不过进三二十里。略计一柱，已用数十万功，则余费又过于此。”

另外还须提一下隋东京的定鼎门大街，此街又称端门街，宽约177.6米，比长安城150米的朱雀大街还要宽阔，且两旁行道树种植了樱桃树与石榴树，春秋时节沿路风景佳胜，比只种了槐树的朱雀大街要美丽得多。

隋大业五年（609），隋炀帝曾率军从长安出陇西，翻过祁连山，经大斗拔谷北上，西巡张掖。第二年正月，诸蕃酋长汇集洛阳，入洛阳城丰都市交易。为庆贺此次“贸易博览会”的成功举行，自正月丁丑（十五日）开始，炀帝还在端门街安排了一场大型的百戏表演。《资治通鉴》卷一八一载：

> 帝以诸蕃酋长毕集洛阳，丁丑，于端门街盛陈百戏，戏场周围五千步，执丝竹者万八千人，声闻数十里，自昏达旦，灯火光烛天地；终月而罢，所费巨万。自是岁以为常。诸蕃请入丰都市交易，帝许之。

丰都市装饰一新，极尽铺张之能事。不过遇到了一点小尴尬：

> 先命整饰店肆，檐宇如一，盛设帷帐，珍货充积，人物华盛，卖菜者亦借以龙须席。胡客或过酒食店，悉令邀廷就坐，醉饱而散，不取其直，绐之曰："中国丰饶，酒食例不取直。"胡客皆惊叹。其黠者颇觉之，见以缯帛缠树，曰："中国亦有贫者，衣不盖形，何如以此物与之，缠树何为？"市人惭不能答。

这样好大喜功、装点门面的举动，是隋炀帝的典型做派。

唐太宗的自控力

到隋末，洛阳周边一直攻伐不断。兵燹所及，隋东京的宫城也遭到毁坏。

唐武德四年（621），李世民击破王世充，率军入洛阳城。因见紫微宫太过奢华，李世民曾下令焚毁部分宫宇建筑以戒奢靡，彰显隋唐鼎革的合法性。《唐会要》卷三十"洛阳宫"条载：

> 武德四年十二月七日，使行台仆射屈突通，焚乾元殿应天门紫微观，以其太奢。

《资治通鉴》唐纪“武德四年”条也载：

> 秦王世民观隋宫殿，叹曰：“逞侈心，穷人欲，无亡得乎！”命撤端门楼，焚乾阳殿，毁则天门及阙；废诸道场，城中僧尼，留有名德者各三十人，余皆返初。

不过，唐太宗到自己登位以后，态度就有改变。

唐贞观三年（629），唐太宗将修紫微城（当年可是他亲自下令毁损的），被民部尚书戴胄以“户口单弱、帑藏空虚”为由劝止。

次年，唐太宗又打算再发兵卒修缮洛阳宫。《大唐新语》记载了中牟县丞皇甫德参上书一事。县丞是品级很低的下级官僚，皇甫德参说话却耿直得很：

> 陛下修洛阳宫，是劳人也；收地租，是厚敛也；俗尚高髻，是宫中所化也。太宗怒曰：此人欲使国家不收一租，不役一人，宫人无发，乃称其意！魏徵进曰：“贾谊当汉文之时，上书云：‘可为痛哭者三，可为长叹者五。’自古上书，率多激切。若非激切，则不能服人主之心。激切即似讪谤，所谓狂夫之言，圣人择焉。惟在陛下裁察，不可责之。否则于后谁敢言者？”乃赐绢二十匹，命归。

《旧唐书》卷七十五、《唐会要》洛阳宫条、《资治通鉴》卷一百九十三又记载了张玄素谏止一事。后者的记载更为详尽生动，读之如临廷议现场。皇甫德参上书谏止修洛阳宫，很可能引发了一场朝堂风波：

> （张玄素）“陛下初平洛阳，凡隋氏宫室之宏侈者皆令毁

之，曾未十年，复加营缮，何前日恶之而今日效之也！且以今日财力，何如隋世！陛下役疮痍之人，袭亡隋之弊，恐又甚于炀帝矣！”上谓玄素曰：“卿谓我不如炀帝，何如桀、纣？”对曰：“若此役不息，亦同归于乱耳。”上叹曰：“吾思之不熟，乃至于是！”顾谓房玄龄曰：“朕以洛阳土中，朝贡道均，意欲便民，故使营之。今玄素所言诚有理，宜即为之罢役。后日或以事至洛阳，虽露居亦无伤也。”仍赐玄素彩二百匹。

前面已说过，炀帝耗费巨大民力资材营建东都时，张玄素是亲历者。他反问玄宗：“何前日恶之而今日效之也？”这句话可真敢讲啊！因为确实理亏无可辩驳，唐太宗竟然当场自我检讨了，承认思虑不够成熟，回头还跟房玄龄辩解，说他修洛阳宫本是为了“洛阳土中，朝贡道均，意欲便民，故使营之”。我们知道了现场情形，甚至会对陷入窘境、不得已收回成命的唐太宗产生一点点的同情。

唐初仍遵循了君臣共治的体制，即便地位尊贵如帝王要重修洛阳城，也会遭到各级辅臣的谏阻。对比历代很多任性跋扈的君王，唐太宗真是憋屈得很。不过，这也显示了他这位明君的自控力。唐初政治之所以比较开明，那是因为帝王身边总有一群忠谏之士予以制衡。这些宰臣不久前刚从隋末乱局中挣脱出来，对大肆营造宫殿普遍抱有警惕之心。

那就不急于一时，慢慢地经营吧。

贞观六年（632），将东都改名为洛阳宫，旧宫紫微城无所改制，只作为临时巡幸的行宫使用。这是把洛阳的政治地位降了一格。

贞观十一年（637），距焚去乾阳殿已16年，唐太宗始幸洛阳宫。这才借着由头光明正大地将洛阳宫稍加修葺了一番，在禁苑建了飞山宫，在汝州西山建了襄城宫。两京制也算试了一下水。就在这次巡幸洛阳时，太宗听闻荆州都督武士彟次女、14岁的武则天“容止之美”，将她召入后宫封为了才人。

据《新唐书》载，唐太宗修缮洛阳宫后，共有9次巡幸长住。

唐高宗接续营建

洛阳迎来第二次重兴是在唐高宗、武则天时期。

唐显庆元年（656），唐太宗未能完成的心愿由唐高宗李治接续了下去。高宗登基6年后，于隋乾阳殿旧址上建造了乾元殿：

> 显庆元年，敕司农少卿田仁汪，因旧殿余址修乾元殿。高一百二十尺，东西三百四十五尺，南北一百七十六尺。至麟德二年二月十二日，所司奏乾元殿成。其应天门先亦焚之，及是造成。

原先被烧毁的则天门也得以复建。此后神龙元年（705），则天门因避武则天讳，改称应天门。此处是朝廷举行登基、改元、大赦、宴会、接见万国来朝等外朝大典的重要场所，有“天下第一门”之称，俗称为“五凤楼”。此处也是唐人吟咏的地标之一。

显庆二年（657），唐高宗颁《建东都诏》，改洛阳宫为东都，紫微城由行宫提升为正宫，作帝王东宅：

> 二京之盛，其来自昔。此都中兹宇宙，通赋贡于四方，交

> 乎风雨，均朝宗于万国，置槷之规犹勤，测圭之地载革，岂得宅帝之乡，独称都于四塞；来王之邑，匪建国于三川。宜改洛阳宫为东都。上栋下宇，彼劳昔以难前；广厦高台，我名今而改后。仍兹旧贯，式表宸居。

高宗所说“通赋贡于四方”与太宗所说“朝贡道均”的意思是一样的，建东都是为了便利天下：洛阳居天下之中，四方交通便利，从各地贡输赋税的道途长度比较均等。将洛阳宫改东都后，东都官员与西京官员阶品相等，这也和隋炀帝《营东都诏》中“便即设官分职”的处置法相同，唐的两京制正式开启了。

由《太平御览》卷二“叙京都下”条目，又可见洛阳宫此前基本没有营建，因多年失修形同废弃，宫阙楼宇已荒芜残破：

> 太宗车驾始幸洛阳宫，唯因旧宫，无所改制。终于贞观、永徽之间，荒芜虚耗。置都之后，方渐修补。龙朔中，诏司农少卿韦机更缮造。高宗常谓机曰：“两京，朕东西二宅，来去不恒，卿宜善思修建。”始作上阳等宫。

高宗是眷爱洛阳的。上元二年（675），高宗将还西京时，对负责修建的司农少卿韦机有过殷切嘱咐，主要关切的是修造费用问题，不希望劳民过甚：

> （唐高宗）“两都是朕东西之宅也。见在宫馆，隋代所造，岁序既淹，渐将颓顿。欲修殊费财力，为之奈何？”机奏曰：“臣曹司旧式，差丁采木，皆有雇直。今户奴采斫，足支十年，所纳丁庸，及蒲荷之直，在库见贮四十万贯。用之市材造瓦，不劳百姓，三载必成矣。”上大悦，乃召机摄东都将作少府两

司事，使渐营之。于是机始造宿羽高山等宫。

此后，高宗频繁往来两都之间，且多数时候待在洛阳，最后也是在洛阳去世的。因为高宗、武后常居洛阳，长安百司即中央官署自然就要跟随东迁。唐王廷的政治中心逐渐开始了东移。

武周的神都建设

唐永徽六年（655）十月，唐高宗颁诏废王皇后；7天后再下诏，立昭仪武氏为后；将反对废后的宰相褚遂良外贬。显庆四年（659）四月，高宗又将长孙无忌、于志宁、韩瑗、来济等人削职免官，贬出京师。高宗清除了元老派的掣肘，实现了集权。关陇集团自北周以来固结百年多的势力遭遇了重挫，君臣共治局面终结。

"废王立武"事件后，武则天所代表的庶族势力上升，门阀势力下降。这一事件对此后唐宋时代的社会演进关系重大，对文学发展的进路也影响甚深。

至永淳二年（683）高宗驾崩前，唐王朝基本是二圣共治的局面。高宗去世后，虽立中宗李显，武则天仍临朝称制。在掌权期间，除长安元年（701）十月至长安三年（703）十月移往长安外，她一直住在洛阳。

嗣圣元年（684），武则天废中宗，立第四子豫王李旦为帝，是为唐睿宗。九月，改元光宅，定东都为神都。赐宫城名为太初宫，令旗帜皆从金色，官服颜色、职省名称一并改易：尚书省为文昌台，左右仆射为左右相，门下省为莺台，侍中为纳言，中书省为凤阁，中书令为内史，吏、户、礼、兵、刑、工六部按《周礼》改称天、地、春、夏、秋、冬六官，御史台为左肃政台，增设右肃政台。

其后数年，武则天谋夺李唐社稷，扑灭徐敬业扬州叛乱，又剪除李唐宗室诸王，手段剧烈。

载初元年（690）九月九日，武则天亲临应天门，大赦天下，改唐为周，年号天授，定都洛阳，以长安作为陪都。同月乙酉，上尊号曰圣神皇帝。丙戌，又在神都立武氏七庙。从永徽六年立后到载初元年称帝，政治强人武则天历经了波谲云诡的35年。这期间，洛阳一直是政治与文化的中心。

经太宗、高宗、武则天前后三代经营，洛阳作为帝国都城也达到了鼎盛。

神龙元年（705）正月，武则天病笃，在迎仙宫卧病。宰相张柬之、崔玄晖与大臣敬晖、桓彦范、袁恕己交结禁军统领李多祚，率禁军500余人，冲入宫城，包围武则天所在集仙殿，迫其退位。武则天禅位给太子李显，徙居上阳宫。至此，延续15年的武周一朝结束。二月，李唐复辟，百官、旗帜、服色、文字等皆从旧制，神都重新改回了东都。

大抵在武则天时代，洛阳的营建基本完成。

关于唐东都的城市面貌，清代学者徐松的《唐两京城坊考》有详细系统的考证梳理。卷五为东都，并附外郭城、苑、宫城皇城、上阳宫四图。此后，中外学者都有持续的研究成果，加上考古发掘的新发现，洛阳东都的面貌情况已能基本掌握。

武则天时期洛阳的都城建设，第一步就是“徙民实都”。改唐为周不久，天授二年（691），即迁出关内10万余户安置洛阳，来自全国各地的大量人员亦因任官、考试、经商或购宅而移居迁入。

城市修造上，首先是在隋东京的格局基础上构筑神都外郭城。长寿二年（693），武则天令李昭德增筑，改称罗郭城为金城，“其崇丈有八尺”，防御功能增强而更显壮观。

其次是营建官署。因洛阳已升格为国都，官署建制亦须升级。之前官署不敷使用，就需要新造、改建与扩建。皇城中的内寺省、秘书省、太仆寺等内廷机构均为武后时迁建；尚书省、大理寺、军器监、少府监、太常寺、光禄寺、司农寺等施政机构均部署东城，而光禄寺、司农寺在高宗乾封年间就已迁建此处。《旧唐书》礼仪志载：“永昌中，则天以东都为神都。尔后渐加营构，宫室百司，于是备矣。今之宫室百司，乃武氏改命所备也。”

其他譬如城门的修缮与洛水桥梁的移修等，也有很多。

然后是增筑别宫“上阳宫”和翻新“神都苑”。“上阳宫”后文设专篇。“神都苑”是超大型的皇家林苑，屡屡被唐人写进诗中。

据徐松《唐两京城坊考》考证，神都苑始建于隋，初名“会通苑”，入唐改称“芳华苑”，又名“上林苑”“东都苑”，武则天时改称“神都苑”。因地处宫城之西，故亦称“西苑”，又简称为“上苑”。周回200里，面积约400平方千米，是世界史上占地最广的皇家园林。《旧唐书》卷三十八“河南道东部”载：“禁苑，在都城之西。东抵宫城，西临九曲，北背邙阜，南距飞仙。苑城东面十七里，南面三十九里，西面五十里，北面二十里，苑内离宫、亭、观一十四所。”

元《河南志》卷四记载苑内布置更详尽：

> 朝阳宫、栖云宫、景华宫、成务殿、大顺殿、文华殿、春林殿、和春殿、华渚堂、翠阜堂、流芳堂、清风堂、崇兰堂、丽景堂、鲜云堂、回流亭、流风亭、露华亭、飞香亭、芝田

亭、长塘亭、芳洲亭、翠阜亭、芳林亭、飞华亭、留春亭、澂秋亭、洛浦亭，皆隋炀帝所造，武德、贞观之后多渐移毁，显庆后，田仁汪、韦机等改拆营造，或取旧名，或因余所，规制与此异矣。

神都苑内宫殿、池亭多为唐高宗和武则天所营建。

最西有合璧宫，唐高宗显庆五年（660）田仁汪、徐感所建，内有连璧殿、齐圣殿、绮云殿等。合璧宫东南方有明德宫，隋名“显仁宫”，又称“昭仁宫”，唐太宗时常巡幸。与合璧宫隔水相望，南抵南山，北临洛水，宫北有射堂、官马坊。

最东有凝碧池，东西5里，南北3里。

正中有龙鳞宫，也是唐高宗下令建造。《资治通鉴》载：“海北有龙鳞渠，萦纡注海内，缘渠作十六院，门皆临渠。则唐之龙鳞宫，仍以龙鳞渠名之也。十六院皆当在海之北。”

西北隅有高山宫，高宗命司农卿韦机造。此前贞观十一年（637），以谷水、洛水泛滥，曾废飞山宫之玄圃院，赐遭水民户。高山宫或即飞山宫。

东北隅为宿羽宫，也是韦机建。南临大池，流水盘曲。宫中有宿羽台，武则天曾在此大宴突厥使者。宿羽宫西面又有青城宫。

神都苑东南隅为望春宫，此外苑内还有冷泉宫、积翠宫、金谷亭、浚波宫等建筑。

洛阳升为神都后，定鼎门大街又称“天街”。徐松《唐两京城坊考》云：“当皇城端门之南，渡天津桥，至定鼎门，南北大街曰定鼎街……亦曰天门街，又曰天津街，或曰天街。”隋炀帝“盛陈百戏”、唐中宗观“泼塞胡戏”、唐玄宗大集散乐，都是在这条“帝国第一街”上。天街以外其余各街宽约40米，也很敞阔。街道里坊四周皆有坊墙，坊墙厚约4米，均为夯土版筑。从文献记载来看，高度接近常人肩部。坊墙开有坊门，坊门之上有重楼。

诸王公主、达官贵人都住在距宫城、皇城较近的天街东西两侧的里坊内。街东诸坊中，尚善坊有岐王李范宅、薛王李业宅，修文坊一坊之地尽为雍王宅，安业坊有霍王李元轨宅。据《旧唐书·睿宗诸子传》，街西诸坊中，积善坊有“五王宅”，圣历初玄宗兄弟五人在此分院同居。《河南志》载：“唐有明皇旧宅，本高士廉宅，亦号五王子宅。分院而居，明皇八分书院额。”垂拱元年（685），唐玄宗就出生在洛阳，又在此成长。他是个土生土长的洛阳子，难怪开元年间会频繁巡幸洛阳。观德坊有千金公主宅，宣风坊有节愍太子宅，宽政坊有舒王李元名宅，此处不一一赘述。

到中晚唐时，洛阳政治地位下降，洛阳城的中心由宫城、皇城移至洛南里坊区的河南府廨。高官住宅区也从定鼎门大街两侧的里坊逐渐移至洛阳城的东南隅，从长安分司东都的官员们大多聚居于此，而洛阳本地官员的住宅一般选择在府廨或县廨附近的里坊；一般身份的士人则分散居住，或居于私宅，或赁屋居住。“仕者近宫，工贾近市”，商人、手工业者多聚居于北市、南市及周边里坊。妓人则聚住于北市西邻的思恭坊。

移都原因之探讨

有关武则天重视洛阳的原因，历来多有探讨。在此结合诸多前辈学者的研究成果和意见，稍加梳理分析。

传统史书的意见，如《旧唐书》卷五一《后妃传》、《新唐书》卷七六《后妃传》和《资治通鉴》卷二“永徽六年十一月”条，都记载武则天因加害王皇后和萧妃，常常惊见她们“披发沥血如死时状”，“武后恶之，祷以巫祝，又移居蓬莱宫，复见，故多在东都”，是为避开鬼魅的纠缠。避鬼或许是个人的心理倾向，但必然不是主因。

岑仲勉认为“高宗东幸，无非顺则天之意耳”，武则天“长期留居洛阳，无非为其曾在长安出家，避洛可以纵情荒淫享乐起见”。他的看法与《旧唐书》相同，认为移都是为了避秽（避见自己在长安感业寺与高宗私通的秽行）。

陈寅恪论隋唐“帝王之由长安迁居洛阳”，认为主要是“经济供给之原因”。因关中农产物“不能充分供给帝王宫卫百官俸食之需，而其地水陆交通不甚便利，运转米谷亦颇困难，故自隋唐以降，关中之地若值天灾，农产品不足以供给长安帝王宫卫及百官俸食之需时，则帝王往往移幸洛阳，俟关中农产丰收，然后复还长安”。

的确，自东汉以来，关中地区尤其是长安周边的京畿地区，一直是人口最为集中的北方腹地，自入唐以来，人口户数更是剧增。关中虽号称沃野，但“所出不足以给京师”，而漕运粮食也不便，以致在高宗后期，一遇歉收饥荒，就经常带领百官趋食洛阳。最为狼狈的一次是在永淳元年（682）四月，因仓促出京巡幸洛阳，皇帝的扈从官员中竟然还有饿死道途的。

仪凤三年（678）十月，唐高宗的《幸东都诏》就是陈寅恪立论的有力依据：

> 咸京天府，地狭人繁，百役所归，五方青萃，虽获登秋之积，犹亏治岁之资，腾言于此，思翻摇斌。夫以交风奥壤，测景神州，职贡所均，水陆辐接，今兹丰熟，特倍常时，事贵从宜，实准权道，即以来年正月幸东都。

须注意的是，高宗提到的“职贡所均，水陆辐接”，与隋炀帝《营东都诏》中的“控以三河，固以四塞，水陆通，贡赋等”，张玄素谏止修洛阳宫时唐太宗自我辩解的“洛阳土中，朝贡道均，意欲便民，故使营之”，以及显庆二年（657）唐高宗自己颁布的《建东都诏》中“通赋贡于四方”的说法，是完全一致的。这是困扰隋、唐两朝多年的一个老问题。

根本原因还是经济重心的向东迁移，也就是说，洛阳相比长安，有更稳定的经济基础，而交通位置居天下之中又便于各地输纳贡赋。因此，“关中经济供给不足”只是经济主因中的一项，并非全部。

其他还有应付周边军事需要的原因。唐高宗、武则天时，疆域东北方与高丽、百济、新罗、契丹、奚有战事，西北方与吐蕃、突厥有战事，洛阳是可以居中调控的枢纽，便于处置各项事务。此后玄宗在安史之乱初时的应对无措，就与长安位置偏西不无关系。

武则天移都洛阳或还与其家世背景有关。

武则天的祖父武华，曾做过隋东都洛阳郡丞。

武则天父亲武士彟生于北周建德六年（577），是年北周灭齐，他很可能就出生于洛阳。《旧唐书》卷五十八载：“武士彟，并州文水人也。家富于财，颇好交结。”《新唐书》卷二百六《外戚传·武士彟》载:"字信,世殖赀,喜交结。"隋大业年间,武士彟曾经营木材,参与东都洛阳营建事业,其间得罪负责东都营建的司空杨素,因杨雄、牛宏的庇护才得免祸;后弃商从戎,为鹰扬府队正。娶相里氏,生儿子武元庆、武元爽,过后相里氏去世。

大业十三年(617),武士彟资助李渊晋阳起兵,成为李渊扈从亲信。后随李世民平定长安。唐朝建立后,名列"太原元谋功臣"。

武德四年(621),李世民攻克洛阳后,由唐高祖李渊说项,武士彟又娶隋宗室大臣、右武卫将军杨达的女儿杨氏(杨达是杨雄弟,曾任纳言、工部尚书,又随司徒杨素、宇文恺负责洛阳建设,为营造东都副监)。周绍良先生主编的《唐代墓志汇编》收录有洛阳邙山出土的墓志《大唐故千牛岐州司户参军杨君墓志铭并序》,可证杨氏一族当时均住在洛阳教义坊。武则天又曾为洛阳大福先寺写碑,碑文提到"先圣之旧居也",即可知武士彟和杨氏婚后又在大福先寺住过。

武德年间,武士彟历任库部郎中、检校并钺将军、检校右厢卫、工部尚书兼判六尚书事。其间参与创制唐朝典章制度,晋爵为应国公。从他的出身背景来说,祖先官职不显,早年经商,属于庶民阶层,与世家门第无涉。但自从攀附李渊后,不断加官晋爵,地位快速上升。在接受李渊安排,娶了隋宗室的杨氏之后,武氏已然跻身新兴的高门阶层。

武则天出生于武德七年(624),考虑到这段时间武士彟在长安任职,因此武则天出生在长安或洛阳都有可能。

武则天父亲、母亲及其亲族都曾长期定居洛阳,父亲和外祖父还一同参与过隋东京城的营建,她的家族和洛阳的关联太大了。这一层家世背景,对武则天移都洛阳必定也有影响。

不过，还须强调的很重要的一点是：除开经济、军事和个人家世原因，综观初唐时期的政治结构和动向，疏离并摆脱长安这个关陇集团元老派的大本营，令洛阳成为推行新政的重要基地，是高宗和武则天的基本方略。高宗去世后，武则天为实现扩权野心，又在制度上改弦易辙，另立系统，等于将高宗时的既定方略做了一个加强升级。

高宗驻洛不过是巡幸驻留而已，所以高宗去世前还想回到长安，而武则天连高宗灵柩归葬时都不愿回长安一趟。大足元年（701），武则天由洛阳去长安，《旧唐书》卷六《则天纪》记为“幸”京师。此后一段时间相沿不改，同书卷九六《朱象传》载“中宗幸西京”。可见武则天并不是避洛，而是抛弃长安。

唐玄宗的“两京平衡术”

玄宗即位，李唐复国。然关中乏粮的情况还时有发生，玄宗不得不行幸东都。《旧唐书》载，开元二十一年（733），“是岁，关中久雨害稼，京师饥，诏出太仓米二百万石给之。”玄宗在开元二十二年正月就移驾东都了：

> 己巳，幸东都……乙酉，怀、卫、邢、相等五州乏粮，遣中书舍人裴敦复巡问，量给种子。己丑，至东都。

开元年间，玄宗不得已采取了平衡两京的策略，虽然后来降格洛阳，却曾11次行幸东都并停留。在717—718年、720—722年、

724—727年、731—732年、734—736年，在20年间竟往返迁移十次，几乎每隔两年就到洛阳一次。由此也可见他对洛阳的眷爱。

帝王驻洛过后，朝廷依例就会安排各道上计[1]的官员齐集洛阳，宰相张九龄有一首《奉和圣制送十道采访使及朝集使》就提到了“三年一上计，万国趋河洛”之语，虽不知该诗具体写作年份，亦可证洛阳当时的政治经济地位。

玄宗在洛阳一住就是两三年，对此，长安人是心存怨恨的。《册府元龟》卷一一三载开元十五年（727）六月乙巳事，当时还引发了民众的骚动：

> 西京父老诣阙，上表请幸。帝手诏许之。甲寅，制曰：“朕粤自镐酆，省方瀍雒，属九服甯晏，四时顺成。殊征庞殷，景福纷委，遂荷灵睠，登于介丘。先天成功，允答休祐。盖敬天知命，不敢以宁也。我来于东，岁亦数稔，而西土耆老，傒予多怨。况关辅之地，顷则有年，宜叶卜征之祥，式展时巡之义。可以今年闰九月十日，取北路幸长安。”

由此看来，开元十五年，唐玄宗是被舆论压力逼回长安的。另外，制文中沿用了武则天以来“幸长安”的说法，也可印证洛阳才是玄宗心目中的帝都。30年开元盛世是唐朝最承平安定的时段，其中有近20年，玄宗就在洛阳度过，很多朝政实施皆以洛阳为根据地完成。仅此一点，可知洛阳作为实际都城的地位。

又开元二十一年（733），唐玄宗任命裴耀卿为黄门侍郎、同中

---

1. 汉唐时代，京畿以外州郡每年都会派遣职事官入京呈上计簿，将本州该年度人口、钱、粮、贼、狱讼等事项向朝廷报告，称为“上计”。

书门下平章事，并充任江淮河南转运使。裴耀卿于黄河、运河和渭水交汇处及三门峡东西置仓，漕粮先入东仓，再开山路80里，由陆路运到西仓，最后由漕渠送入关中。采用此法后，据说连续三年“漕七百万石，省陆运佣钱三十万缗”。裴耀卿用分段转输法解决了漕运问题，玄宗也就少了一个移驾洛阳的理由。

安史之乱后，洛阳作为陪都的格局已定，此后成为长安遭罢黜官员或致仕退休官员的分司之所，早前两京之间的纷扰终于渐渐平息。因为不复是帝都，不再是一国的政治中心，洛阳因此具有了不同于以往的闲静气息，这预示了它文艺昌隆的时代即将来临。

唐高宗和武则天时期，洛阳独特的政治与文化地位吸引了众多外来定居者。官员、士子、僧道、商人纷纷来到这座都城任职、应举、交游、览胜、布道、营商，至于在此停驻居留的更是数不胜数。

在唐代，确乎存在着一个独立的洛京文化圈，《全唐诗》中有5000多首咏洛诗，几占现存所有唐诗十分之一篇幅，这绝不是偶然。

晚唐于邺（又称于武陵）有一首《过洛阳城》，道尽洛阳这座都市的性格底色：

古来利与名，俱在洛阳城。
九陌鼓初起，万车轮已行。
周秦时几变，伊洛水犹清。
二月中桥路，鸟啼春草生。

卢照邻歌行《杂曲歌辞·结客少年场行》，描写了长安和洛阳的贵公子投军从戎的情景。首句“长安重游侠，洛阳富才雄”，即对比了洛阳、长安两地人物风貌的不同，很是简练贴切。长安是唐初关陇集团的根据地，青年的游侠风气与当时的府兵制与尚武精神是相互关联的。而洛阳自古才士辈出，偏向文学或政治的才干。当中最有名者就是汉代的贾谊了。晋潘岳《西征赋》中就说过："终童[1]山东之英妙，贾生洛阳之才子。"唐人诗句中，往往会引洛阳才子典故，或张扬自我，或相互惕厉。

在本章篇末，我们还要请来中唐诗人韦应物。唐代宗广德年间（763—764）他曾做过一段时间的洛阳丞，其间作有一首《登高望洛城作》，写到了洛阳城的全貌。眺望洛阳的最佳处是北邙山，隋炀帝兴建隋东京前就曾登临过。不过，韦应物这次登上的是某处高台，具体地址不明。韦应物拾级登台，俯瞰洛阳城。此前不久，安史之乱刚刚平定，这座屡经战火的都城正在逐渐复苏中：

高台造云端，遐瞰周四垠。雄都定鼎地，势据万国尊。
河岳出云雨，土圭酌乾坤。舟通南越贡，城背北邙原。
帝宅夹清洛，丹霞捧朝暾。葱茏瑶台榭，窈窕双阙门。
十载构屯难，兵戈若云屯。膏腴满榛芜，比屋空毁垣。
圣主乃东眷，俾贤拯元元。熙熙居守化，泛泛太府恩。
至损当受益，苦寒必生温。平明四城开，稍见市井喧。
坐感理乱迹，永怀经济言。吾生自不达，空鸟何翩翻。
天高水流远，日晏城郭昏。裴回讫旦夕，聊用写忧烦。

1. 终军是西汉济南人，18岁被选为博士弟子，受汉武帝赏识，封"谒者给事中"，后擢升谏大夫。先后出使匈奴、南越。"请缨"典故即出自他出使南越的故事。汉元鼎五年（前112），遭南越相吕嘉杀害，年方20余，时人称其为"终童"。

第二章 宫廷诗的重兴（上）

隋炀帝的诗才

短命的隋朝亡了就亡了，不过应该为炀帝多说几句，因为他实在是一位才能卓异的诗人。《隋书·文学传序》说他“好学，善属文”，“词无淫荡”，“并存雅体，归于典制”，评价出奇得高。《隋书·经籍志》著录《炀帝集》有55卷。由卷数之多亦可见其创作之盛，惜乎大多佚失不存，仅《全隋诗》录存诗40多首，明万历年间《汉魏丛书》收为《隋炀帝集》1卷。郑振铎先生将隋炀帝的政事和文学分开，评论得非常到位：“杨广虽不是一个很高明的政治家，却是一位绝好的诗人。”

有《野望》诗为证。这首是杨广登位前所作，以白描手法写江南山野秋景，语声清绝：

> 寒鸦飞数点，流水绕孤村。
> 斜阳欲落处，一望黯消魂。

第四句“一望黯消魂”出自江淹《别赋》中的“黯然销魂者，唯别而已矣”。此一句出，全诗情辞贯通，成一篇之警策。此后宋代秦观截句入词，在《满庭芳·山抹微云》中化用为“斜阳外，寒鸦万点，流水绕孤村”，成为经典诗材绵延接续的一个绝好例证。

又有五言诗《春江花月夜》两首，用字凝练，音韵谐和，语境明朗开阔，已然摆脱陈后主同题宫体诗的陈腐气（陈叔宝原作已不存，料想与《玉树后庭花》之类相仿佛）：

暮江平不动，春花满正开。
流波将月去，潮水带星来。

夜露含花气，春潭漾月晖。
汉水逢游女，湘川值两妃。

尤其是其一，张若虚《春江花月夜》起首四联差不多直接由此化出。炀帝和张若虚这两首诗都写于扬州，又都是写月夜江景。其时扬州与镇江间入海口的江面呈扇形，最宽处达20多千米，入夜后潮水上涨，春江、春花、春月、春星自然交融成一幅壮美图景：

春江潮水连海平，海上明月共潮生。
滟滟随波千万里，何处春江无月明！
江流宛转绕芳甸，月照花林皆似霰；
空里流霜不觉飞，汀上白沙看不见。……

隋炀帝的前作，给了张若虚《春江花月夜》以启发，使之在情境、意味上又有了一种螺旋上升，以致王闿运在《湘绮楼说诗》中说张若虚的《春江花月夜》是“孤篇横绝，竟为大家”，闻一多先生因其“夐绝的宇宙意识”，誉之为“诗中的诗，顶峰上的顶峰”[1]。

---

1. 参见闻一多《唐诗杂论》中《宫体诗的自赎》一文。

程千帆先生评说隋炀帝“在中国文学史上是一个不可忽视的作家，有一种比较独特的二重性。他是宫体诗的继承者，又是其改造者”。[1]这段话引以为例的对象，正是炀帝这首《春江花月夜》。

隋大业四年（608），隋炀帝率军攻灭吐谷浑，次年西巡张掖，登燕支山，与高昌、伊吾等西域二十七王及使者会盟，于此作《饮马长城窟行》。这是一首乐府古题，音律铿锵，气魄雄浑，已为隋唐边塞诗定音。后人评说此篇气象，常常比之以曹操：

肃肃秋风起，悠悠行万里。万里何所行，横漠筑长城。
岂合小子智，先圣之所营。树兹万世策，安此亿兆生。
讵敢惮焦思，高枕于上京。北河见武节，千里卷戎旌。
山川互出没，原野穷超忽。撞金止行阵，鸣鼓兴士卒。
千乘万旗动，饮马长城窟。秋昏塞外云，雾暗关山月。
缘严驿马上，乘空烽火发。借问长城侯，单于入朝谒。
浊气静天山，晨光照高阙。释兵仍振旅，要荒事万举。
饮至告言旋，功归清庙前。

有趣的是，后来唐太宗李世民也有一首《饮马长城窟行》，词句昂扬刚健，亦是唐代边塞诗的前导之作。两人隔开时空仿佛进行了一次同题诗竞赛。

两人的创作背景也相似。唐贞观二十年（646），唐军破薛延陀，回纥等铁勒十一部上表归顺，唐太宗赴灵州受降，赋诗并勒石。从诗尾“灵台”“纪石”可知，这首诗应是回程途中所作。不

1. 程千帆：《张若虚〈春江花月夜〉的被理解和被误解》，《文学评论》1982年第4期。

过，对比两作的篇章结构、气度手笔，唐太宗这首实在只是步隋炀帝的后尘：

> 塞外悲风切，交河冰已结。瀚海百重波，阴山千里雪。
> 迥戍危烽火，层峦引高节。悠悠卷旆旌，饮马出长城。
> 寒沙连骑迹，朔吹断边声。胡尘清玉塞，羌笛韵金钲。
> 绝漠干戈戢，车徒振原隰。都尉反龙堆，将军旋马邑。
> 扬麾氛雾静，纪石功名立。荒裔一戎衣，灵台凯歌入。

隋炀帝下令营建了隋东京，当然要写洛阳。其有《冬至乾阳殿受朝》诗，表露定都洛阳的雄心：

> 北陆玄冬盛，南至晷漏长。端拱朝万国，守文继百王。
> 至德惭日用，治道愧时康。新邑建嵩岳，双阙临洛阳。
> 圭景正八表，道路均四方。碧空霜华净，朱庭皎日光。
> 缨佩既济济，钟鼓何锽锽。文戟翊高殿，采眊分修廊。
> 元首乏明哲，股肱贵惟良。舟楫行有寄，庶此王化昌。

他喜欢洛阳的春天，譬如这首《晚春诗》。虽是宫体，但情词俱佳，尾句转义，所以绮丽而不颓靡：

> 洛阳春稍晚，四望满春晖。
> 世叶行将暗，桃花落未稀。
> 窥檐燕争入，穿林鸟乱飞。
> 唯当关塞者，溽露方霑衣。

又有一首《四时白纻歌·东宫春》，以乐府吴声歌曲套式，写洛阳的宫阙林苑。颔联的句法、用字及音色，仿佛后世的老杜（因杜甫也秘密地从古乐府中取法，两人不谋而合）：

洛阳城边朝日晖，天渊池前春燕归。
含露桃花开未飞，临风杨柳自依依。
小苑花红洛水绿，清歌宛转繁弦促。
长袖逶迤动珠玉，千年万岁阳春曲。

以上几首足以证明隋炀帝的才情了。明代陆时雍在《诗镜总论》中有精彩评论："隋炀起敝，风骨凝然。"又说："隋炀从华得素，譬诸红艳丛中，清标自出。虽卸华谢彩，而绚质犹存。"宇文所安在《初唐诗》一书中说隋炀帝"经常成功地捕捉南方诗歌的声色之美。由于他缺乏南朝宫廷诗人的修辞装饰，结果却可能产生出一种动人的清新和优美"，也是同样意思。是的，隋炀帝自带北人质直气质，对江南有陌生化的好奇，却没有沉溺俗套。他的写景诗、边塞诗创作，因渗透了北地新鲜爽朗的作风，故能突破齐梁诗的窠臼，获得诗的直觉。他对开启此后唐诗的革新自有激荡引发的作用，不可忽略，也不应低估。

炀帝所存诸诗中，笔者最喜下面这首《北乡古松树诗》：

古松惟一树，森竦讵成林。
独留麈尾影，犹横偃盖阴。
云来聚云色，风度杂风音。
孤生小庭里，尚表岁寒心。

这是中古的言志诗，又是现代的意象派。全篇无一字在说人，却字字表露君子介立不群的志气。这与他行事作为的反差实在太大了!

这种反差连唐太宗也甚为不解。《资治通鉴》“唐纪八”条目记载,贞观二年(628),即炀帝殒命江都10年之后,唐太宗曾向身边侍臣发问道:

> 朕观《隋炀帝集》,文辞奥博,亦知是尧、舜而非桀、纣,然行事何其反也!

诗写得这么好,做事却如此昏聩,这是怎么回事啊?后面魏徵就有一答:

> “人君虽圣哲,犹当虚己以受人,故智者献其谋,勇者竭其力。炀帝恃其俊才,骄矜自用,故口诵尧、舜之言而身为桀、纣之行,曾不自知以至覆亡也。”上曰:“前事不远,吾属之师也!”

君臣从讨论诗文品第开始,很快又回到了警诫自省的轨道。不过,魏徵“恃其俊才,骄矜自用”的评语所言不虚。因为隋炀帝的确极其骄傲,睥睨时人如同无物。《隋书·五行志上》载:

> 炀帝自负才学,每骄天下之士。尝谓侍臣曰:“天下当谓朕承藉余绪而有四海耶?设令朕与士大夫高选,亦当为天子矣。”谓当世之贤,皆所不逮。

尽管如此,魏徵为人毕竟持平公允,在他撰写的《隋书·文学传序》中仍客观估定了隋炀帝的文学地位:“虽意在骄淫,而词无浮荡,故当时缀文之士,遂得依而取正焉。”在评点隋炀帝之前,魏徵还有大段文字描述了齐梁至隋唐文学风气的转换,标示了自己的文学见解。这段文字非常重要：

> 江左宫商发越，贵于清绮，河朔词义贞刚，重乎气质。气质则理胜其词，清绮则文过其意，理深者便于时用，文华者宜于咏歌，此其南北词人得失之大较也。若能掇彼清音，简兹累句，各去所短，合其两长，则文质斌斌，尽善尽美矣。

按上下文串联理解，能够在创作上糅合河朔（北方）的“气质”与江左（南方）的“清绮”的第一人，难道不是隋炀帝吗？碍于新朝史官的身份，魏徵不能把话直接说透。他所提出的方向即是“文质斌斌”，将“气质”与“情绮”，“词义”与“宫商”，“理深”与“文华”熔于一炉。这样的集大成的任务，真正完成则还有待于百年后出世的杜甫。

在唐太宗的潜意识中，隋炀帝就像一个失败了的偶像，给予他多重的强烈的刺激。因此对他既有模仿，也有生疑，既有竞赛，也有回避。

晋王藩邸文学圈

那么，隋炀帝的诗才是从何而来的呢？当然不是像孙悟空那样从石头缝里蹦出来的。简而言之，他的文学才能来自隋朝平陈之后南北统一的新变局，是南北文化融合的产物。若要追溯前因，还得去看他早年的经历。

其一是南北婚姻的缔结。

北周天和四年（569），杨广生于长安，史书称他长成后“美姿仪，少聪慧”。开皇元年（581），12岁时被封为晋王，官拜柱国、并州总管。次年，隋文帝杨坚为杨广选妃于梁国。这位晋王妃萧氏乃梁朝昭明太子萧统曾孙女，西梁孝明帝萧岿之女。这是北朝和南朝两系贵族门阀之间的政治联姻。成婚时，杨广才13岁，萧妃年龄应与杨广相仿。萧妃为人婉顺聪慧，知文学，通医术，又擅占候，颇得隋文帝欢心和杨广的宠爱。

事实证明，这次政治联姻，同时也是文学的联姻。

此前的南朝文学是何其的华彩炫目！

前有宋的“元嘉三大家”谢灵运、鲍照与颜延之，拟写山水之形胜；中有齐竟陵王萧子良的“竟陵八友”萧衍、沈约、谢朓、王融、萧琛、范云、任昉、陆倕，同赋“永明体”；到萧梁三帝的时代，按田晓菲在《烽火与流星：萧梁王朝的文学与文化》中的说法，那是“文化贵族”的兴起，阵势比邺下三曹的建安文学还要盛大。武帝萧衍、昭明太子萧统、简文帝萧纲和梁元帝萧绎等皇族自是一代文宗，奠定了萧梁贵族文学的底色。其时的文学集团中可谓名士荟萃：著《宋书》的大诗人沈约、著《南齐书》的萧子显、著《文心雕龙》的刘勰、著《诗品》的钟嵘，其他如江淹、何逊、阴铿、刘孝绰、吴均、陶弘景、庾肩吾、庾信、徐摛、徐陵等人，个个都是文学大家。

杨广所娶的萧妃，她的曾祖父可是编选了《昭明文选》《文章英华》的武帝长子萧统，那是握持了南朝文学统绪法度之人。

据说杨广与萧妃的早年生活很恩爱，这当然很好。少年杨广的文学教养，应该也曾受益于这桩婚姻。

其二是对江南文士的接纳。

隋开皇七年（587），废西梁，后年平陈。陈亡后，皇室与大批贵族北上入关。如同此前被迫滞留西魏、北周的大诗人庾信一样，南方大批文士如姚察、江总、阮卓、潘徽、韦鼎、王胄、许善心、虞世基、世基弟虞世南、褚亮、虞绰、庾自直、袁充等，一时也萃集京师长安。疆域的统合，带来了政制、思想和文化的碰撞、对话与融合，这对南朝人和北朝人来说都是一个新的感发刺激。譬如江总，入隋后诗风就为之一变，注入了悲剧性的人生体验。

于是，杨广在他的晋王府中，自然就收容了不少南朝文士。《隋书·柳䛒[1]传》载，晋王藩邸中江南文士100多位，人数之众为众皇子之最：

> 王好文雅，招引才学之士诸葛颍、虞世南、王胄、朱玚等百余人以充学士，而䛒为之冠。王以师友处之，每有文什，必令其润色，然后示人。尝朝京师还，作《归藩赋》，命䛒为序，词甚典丽。初，王属文，为"庾信体"，及见䛒已后，文体遂变。
>
> 炀帝嗣位，拜秘书监，封汉南县公。帝退朝之后，便命入阁，言宴讽读，终日而罢。

柳䛒是西梁大臣，原是杨广岳父萧岿的重臣，本就是晋王妃萧氏的亲熟下臣，为人擅才辩、诙谐，杨广与他以师友相处，自己写好的诗文也要让柳䛒批改润色。从晋王藩邸、移镇江都到杨广即位，两人关系一直都非常好。

这里还透露了一个重要讯息：杨广此前学诗是从学"庾信体"

---

1. "䛒"为北齐所造字，义同"辩"。

开始的。而且，他对文艺之道非常用功，每天政事处理完毕，就与柳䛒谈论、诵读诗文。

据《隋书·虞绰传》载，藩邸文士中的虞世南、虞绰、庾自直在隋炀帝即位后，与江陵蔡允恭“常居禁中，以文翰侍诏，恩盼隆洽”，成了杨广的禁中词臣。其中的虞世南是隋唐之际文化赓续的一个关键人物。李唐建朝后，他转而辅佐了李世民，又成为了唐太宗最为亲近信任的文学侍从之臣！

从晋王藩邸到登上帝位，杨广在南北混融的文学交往圈内，品评当时文学名家，立为标杆，也承续了齐梁时君臣唱和的作风。《隋书》卷七十六《王胄传》载：

> 帝常自东都还京师，赐天下大酺[1]，因为五言诗，诏胄和之。……帝览而善之，因谓侍臣曰：“气高致远，归之于胄；词清体润，其在世基；意密理新，推庾自直。过此者，未可以言诗也。”帝所有篇什，多令继和。与虞绰齐名，同志友善，于时后进之士咸以二人为准的。

上文提及的4位，王胄、虞世基、庾自直、虞绰，均是杨广在晋王藩邸时接纳的南朝文士。

文化建树

从晋王藩邸时期到即位后的大业五年（609），这段时间炀帝

1. 大酺即庆祝节仪，君王与臣民欢庆宴饮。

偃武修文，重内政与文治。他在扶持文教方面颇有建树，不可不提。

炀帝即位不久便下《劝学诏》，恢复学校，奖励学问，擢拔人才。“君民建国，教学为先，移风易俗，必自兹始……诸在家及见入学者，若有笃志好古，耽悦典坟，学行优敏，堪膺时务，所在采访，具以名闻。”

洛阳升格为东都后，文化中心地位迅速凸显。《隋书·儒林传序》记：“炀帝即位，复开庠序，国子郡县之学，盛于开皇之初。征辟儒生，远近毕至，使相与讲论得失于东都之下。”《新唐书·儒林·孔颖达传》记：“炀帝召天下儒官集东都，诏国子秘书学士与论议。”《隋书·音乐志下》记：“及大业二年，总追四方散乐，大集东都。”

隋炀帝征召各郡儒生、天下儒官、四境乐人齐集东都，以洛阳为中心，展开了他的文化建设计划。

此外，他尤其重视典籍的搜集和整理。《旧唐书·经籍上》有评语：

> 及隋氏建邦，寰区一统，炀皇好学，喜聚逸书，而隋氏简编，最为博洽。

隋初建时，国家藏书不丰，西京图书继承北周、北齐所藏，据《隋书·牛弘传》所称，“今御书单本，合一万五千余卷，部帙之间，仍有残缺”，远不逮两汉，亦不及魏晋。因此开国初，职司秘书省的牛弘曾上《请开献书之路表》，请隋文帝下诏征集。

开皇九年（589），隋平陈，晋王杨广破丹阳，令元帅府记室裴矩、长史高颎收江左经籍图书后尽数北运京师。镇抚江南期间，他还广泛搜求晋、宋、齐、梁古书，即江左历代的善本典籍。又《广弘明集·法义篇》记杨广曾收聚佛经，凡“宝台四藏，将十万轴”，此为隋朝统一南北后对南朝经藏最为广泛的一次搜集。另外入唐后还保留了隋代的377部1216卷道教经籍，应该也是当时收聚。

隋一统后，南北图书汇集西京长安。整理后的3万余卷书籍分藏西京的宫中、秘书省。《隋书·经籍志序》载：“于是总集编次，存为古本。召天下工书之士，京兆韦霈、南阳杜頵等，于秘书内补续残缺，为正副二本，藏于宫中，其余以实秘书内、外之阁，凡三万余卷。”

炀帝登位后，由他最信任的柳䛒领秘书监，掌邦国经籍图书之事，全面整理南北汇聚之典籍；又增设儒林郎与文林郎，所有员缺由原先江都藩邸的“直司学士”补之。

隋东都建成，宫城中也预置藏书处，将校理完毕的西京藏书移来。《资治通鉴》载：

> 初，西京嘉则殿有书三十七万卷。帝命秘书监柳䛒等诠次，除其复重猥杂，得正御本三万七千余卷，纳于东都修文殿。又写五十副本，简为三品，分置西京、东都宫、省、官府，其正御书皆装剪华净，宝轴锦褾。

正御本系删汰西京旧藏所得的精缮母本。据《河南志·隋城阙古迹·宫城》注，修文殿“在志静门横街东四十步，殿内藏正御本书”。从“修文”的命名看，这里是皇家图书馆的总库、修缮处和正御本的收藏处。历来也有对西京37万卷数量的质疑，但这只是隋初搜集来的书卷总数，其中必有不少重复，良莠不齐。

而西京图书在移来洛阳前，已经柳䛒所领秘书监的审订和筛选。

和修文殿在一处的还有观文殿，亦贮藏书籍。从命名来看，是观赏重要书籍的陈列馆。据《隋书·经籍志序》，经秘书省整理誊写的藏书副本，其卷轴装潢分品第，极为雅致，分次第贮藏在观文殿东西两厢书屋中。殿后又有妙楷台和宝迹台，是皇家图书馆的特藏部，分别藏有墨迹和古画：

> 炀帝即位，秘阁之书，限写五十副本，分为三品：上品红琉璃轴，中品绀琉璃轴，下品漆轴。于东都观文殿东西厢构屋以贮之，东屋藏甲乙，西屋藏丙丁。又聚魏以来古迹名画，于殿后起二台，东曰妙楷台，藏古迹，西曰宝迹台，藏古画。

据《河南志·隋城阙古迹·宫城》“观文殿”条下注，殿前又有两厢书屋专门收纳来自江左的古书图籍，布置极为精致华丽：

> 殿前两厢为书堂，各二十间。堂前通为阁道承殿。每一门有十二宝橱，高广六尺，皆饰以杂宝。橱中皆江南晋、宋、齐、梁古书。橱前后方，五香床装以金玉，春夏铺以九尺象簟，秋设凤纹绫花褥，冬则加锦装须绣毡其间，内南北通为鹛霓窗棂。

《资治通鉴》又记载观文殿前书室门外有特别的自动装置。炀帝走进书室前，触发地面预设的机关，门上仙人会翩翩飞下，收起门前锦幔。这个机关的设计者，想必就是那个“隋朝第一工程师”宇文恺吧：

> 于观文殿前为书室十四间，窗户床褥厨幔，咸极珍丽，每三间开方户，垂锦幔，上有二飞仙，户外地中施机发。帝幸书室，有宫人执香炉，前行践机，则飞仙下，收幔而上，户扉及厨扉皆自启，帝出，则垂闭复故。

隋东京的修文、观文两殿的情况就是这样，可以说是古代皇家图书馆的巅峰之作，其阔大豪华、功能细分与精巧设计，与隋炀帝这位“美好事物的鉴赏家”[1]的确很是相称。

晚唐陆龟蒙有诗《奉和袭美二游诗·徐诗》，其中两联“近者隋后主，搜罗势骈阗。宝函映玉轴，彩翠明霞鲜”，所咏即是炀帝的藏书殿。

在图籍编撰方面，隋炀帝也有作为。《资治通鉴》载大业十一年（615）：

> 帝好读书著述，自为扬州总管，置王府学士至百人，常令修撰，以至为帝，前后近二十载，修撰未尝暂停；自经术、文章、兵、农、地理、医、卜、释、道乃至蒱博、鹰狗，皆为新书，无不精洽，共成三十一部，万七千余卷。

他在晋王藩邸时就组织学士编书，如扬州博士潘徽与诸多江南儒士编撰的礼制类书《江都集礼》120卷；及即位后，又令虞绰、

1. 这个说法出自《剑桥中国隋唐史》，对理解炀帝很有帮助：“隋炀帝毕竟是一位美好事物的鉴赏家、一位有成就的诗人和独具风格的散文家，他可能有点像政治美学家，这种人的特点可用以下的语言来表达：的确，自欺欺人也许是一个规律，因为带有强烈的艺术成分的政治个性具有一种炫耀性的想象力，它能使其个人的历史具有戏剧性，并使一切现实服从野心勃勃的计划。”

虞世南、庾自直编撰佐政类书《长洲玉镜》[1]400卷,《隋书》“虞绰传”载:“大业初,转为秘书学士,奉诏与秘书郎虞世南、著作佐郎庾自直等撰《长洲玉镜》等书十余部。”其余几部具体情况不详。

隋代所编类书中,只虞世南所编的《北堂书钞》173卷传世,为现存最早的类书。此外还有杜公瞻于大业六年至七年(610—611)间在江都编成的《编珠》。这是为隋炀帝编纂的一部文学类书。另还有解释道教经义的道家类书《玄门宝海》。

《隋书·经籍志》载,大业中,炀帝又着手编撰史部的地理图经,“诏令天下诸郡,汇整当地风俗物产地图,上于尚书”。如大业五年(609),命起居舍人崔赜与姚思廉编撰地理图籍《区宇图志》,成书有250卷。编成后炀帝不满意,再命内史侍郎虞世基增补,扩为600卷,后又增至1200卷。另有《诸郡物产土俗记》151卷,《诸州图经集》100卷。

上面提到的1.7万余卷新书,皆杨广在藩时和即位后诏令学士编撰而成。合此前收集整理的前代藏书3.7万余卷,隋代的典藏书籍总数为5.5万卷左右。

大业十二年(616)秋七月,炀帝南下江都,将这些典籍留在了洛阳。当他在江都败亡之后,这些书籍的命运又如何呢?

《隋书·经籍志序》载:

---

1. 编纂时间在大业元年(605)十月至大业二年六月,地点在江都长洲苑。“玉镜”指政治清明之道,《长洲玉镜》顾名思义就是在长洲苑编纂的前代帝王施政心得的类书。

> 大唐武德五年，克平伪郑，尽收其图书及古迹焉。命司农少卿宋遵贵载之以船，溯河西上，将致京师。行经底柱，多所漂没，其所存者，十不一二。其目录亦为所渐濡，时有残缺。今考见存，分为四部，合条为一万四千四百六十六部，有八万九千六百六十六卷。

李唐平定王世充、收复洛阳后，从修文、观文两殿和秘书省获取了隋代国家图书馆的所有书籍，此后转运至西京长安。不料途中于砥柱山（即三门峡）遇船难，遭受了“砥柱漂没”之书厄，十不存一二。

另外还需提一下炀帝在音乐方面的建树。

炀帝继位之后，就恢复了隋文帝下诏废止的南朝艳曲，“大制艳篇，辞极淫绮”（《隋书·音乐志》）。他通解音乐，为太子时就上书隋文帝，议定更正了太庙雅乐；此后又创新乐府，将宫廷燕乐七部乐增至名为“清乐”“西凉”“龟兹”“天竺”“康国”“疏勒”“安国”“高丽”“礼毕”的九部乐。他在音乐上的素养才能，对创作很有助益，故而他的诗作富织音声，语风爽朗而色彩明快。尤其五言诗，研磨新体最力，对仗整饬，韵调谐和，已近唐人五律。

以上都是隋炀帝大业年间的文化功业。此后他急欲开边，大业五年（609）征吐谷浑，大业八年至十年三征高句丽，屡次发动征服战争，文治渐弛，且带来了未曾预想的乱局。

恋地情结

隋文帝在平陈后，起初对南朝地区采取了压制政策。平陈仅1年，江南就叛乱四起。开皇十年（590），文帝派杨素平定江南叛乱后，便让此前任并州总管的晋王杨广出任扬州总管，移镇江都，以稳定江南政局。隋朝对江南政策作出调整，开始以怀柔安抚为主。

杨广即位之前，长期坐镇江南，广泛笼络招引江南世家才士；又笃好佛教，迎请天台僧智顗为其授菩萨戒，尊智顗为智者大师。这些融入江南文脉深处的举动，身为梁朝皇室后裔的晋王妃萧氏想必有莫大的助力，对青年杨广的性格癖好和审美取向的形成无疑也有很大的影响。

譬如萧氏知占卜，杨广便也通晓了占候卜相。萧氏说吴语，杨广因久居江南，便也学会了吴语。《资治通鉴》“唐高祖武德元年”条，记载了隋末叛乱四起时，隋炀帝在江都的一次发言：

> 帝自晓占候卜相，好为吴语；常夜置酒，仰视天文，谓萧后曰：“外间大有人图侬，然侬不失为长城公，卿不失为沈后，且共乐饮耳！”

“外面算计我的叛党大有人在，不过我再不济也不会沦为长城公陈叔宝，卿也不会沦为沈后，你我姑且饮酒作乐吧！”简直就是破罐子破摔的颓废派作风。

江南的女性、文士、诗语、风土、佛教乃至卜筮方术，如磁石一般，吸引并感染了这位来自关陇集团的贵门公子，北朝的雄强豪迈和南朝的绮丽柔婉在杨广身上发生了奇妙的化学作用。

杨广沾染上南朝的绮丽风调是自然发生的，长期居留江南的经历，催生了他的诗情和诗才。他的诗确实也写得好，胜出隋唐其他帝王很多。在文学史的连线上，他是一个开隋唐风气之先者。不管如何，隋炀帝在文艺领域的作为，为初唐诗人作了示范。我们今天谈论唐诗的成绩，切不可忘记这位悲剧型帝王的影响。

隋炀帝是典型的南朝文化的崇拜者，耽迷江南风物、文学以致佛教，这也显示了他性格上的弱点：对南北两种不同文化，偏好激进而不善调和。即位后，他强力推行南北融通政策，甚至有“南朝化”的倾向。他在洛阳建新都，初步疏通大运河，在位期间三次巡幸江都，居停长达数年，甚至在叛军攻取长安、洛阳后仍不愿西归，最后在“江都宫变”中被宇文化及等人所杀[1]。

他为何如此执拗呢？

今天，我们有了事后之明，或许从“倾慕南朝、眷爱风雅”这个恋地情结[2]，才能给予他同情的理解。营建完毕的东都，在他仿佛也只是可以就近巡幸江南的一个跳板。

---

1. 宇文化及所部离江都后，镇守江都的大将陈棱念炀帝旧恩，将棺柩葬于江都西北4里的吴公台（今扬州邗江区）。2013年，在该区西湖镇发掘一对砖墓，西侧墓中出土一方墓志，铭文中有字“隋故炀帝墓志”，另有鎏金铜铺首、金镶玉蹀躞带等，可证此墓正是“隋炀帝陵”。墓制规格狭促，与一般庶民无异。炀帝的身后归处真是太过寒酸了！

2. 该术语出自美籍华裔学者段义孚的人文地理专著《恋地情结》，用来描述人与土地环境相互依存的关系。

隋朝历二世而亡，而南北政治、文化的交融依旧循着炀帝的轨道持续推进。

在中古时代，从门阀贵族政治向科举官僚政治的转化进程中，宇文泰、宇文邕、杨坚、杨广、李世民、武则天6人都各有贡献。其中，措施最果断、成效最快速、毁誉争议也最大的就是隋炀帝了（或许还可以算上后面的武则天）。到了后世，《隋唐嘉话》编排的炀帝因嫉妒薛道衡和王胄的诗才而将他们杀害的故事，齐东野人以唐宋笔记为本写出的《隋炀帝艳史》和褚人获改编的《隋唐演义》等，都以戏说形式不同程度地夸大了炀帝谵妄淫靡的一面，从而模糊了他本来丰富多面的样貌。

独孤氏联姻网络

隋炀帝杨广生于569年，唐太宗李世民生于598年，两者年龄相差29岁，是两代人。不过，他们其实又有很近的姻亲关系。

南北朝虽然长期对峙分立，但上层贵族之间的通婚早就展开。

这里须提一下西魏、北周时期的名将独孤信。独孤氏的先祖为代北匈奴贵族，北魏勋臣八姓之一。到他这一代，先后娶了郭氏、崔氏，与北方上流门第、山东郡姓之一的清河崔氏通婚，开始汉化。

独孤信育有7个女儿。其中3个女儿先后在北周、隋、唐三朝嫁入皇室，因此三代皆外戚，可谓自古未有。

长女独孤氏，嫁宇文泰子宇文毓，宇文毓即北周明帝，谥号明敬皇后。

四女独孤氏，嫁西魏车骑大将军李昞，育唐高祖李渊、同安长公主，追封元贞皇后。她是李世民的祖母。

七女独孤伽罗，嫁隋文帝杨坚，谥号文献皇后，即隋炀帝的母亲。

按以上家族关系，李昞与杨坚是连襟，李渊与杨广是表兄弟，因此，杨广是李世民的表叔。

北周大司马独孤信煤精石印

同安长公主是唐高祖李渊的同母妹，嫁四姓高门之一太原王氏的王裕。隋炀帝又有妃嫔王氏，即同安长公主的女儿，李渊的外甥女，李世民的堂妹。

隋亡以后，李世民还纳炀帝女儿杨氏为妃，诞下儿子吴王李恪、蜀王李愔。这两位王子身上，集杨隋、李唐和独孤氏三大高门血脉，父母两系都是帝王家，身份之独异可以说绝无仅有。

贞观年间，同安长公主还曾给太宗之子晋王李治做媒，将丈夫王裕的侄孙女嫁给了李治。这位王氏先为晋王妃，李治继位后即王皇后。此前曾回顾过武则天的家族背景，武氏祖上并不显赫，属于从庶民阶层快速跃升的新贵，对武则天来说，天然地就会遭遇来自关陇权贵势力圈的集体抵制。

另一件事也值得一提。

隋大业十一年（615），突厥王始毕可汗入洛阳朝见。隋炀帝采纳裴矩建言，笼络突厥左贤王叱吉设，除去了突厥权臣史蜀胡悉，以分化突厥各部。始毕可汗心怀怨恨，其后趁炀帝北巡长城，率兵将其围困于雁门。炀帝向始毕妻、隋义成公主求救。义成公主遣使告知始毕“北边有急”，再加隋朝援军相继抵达，始毕方在九月撤围。

当时，年方17岁的李世民曾加入左屯位将军云定兴的军队，前往雁门关参与营救杨广。当时李世民是否觐见过这位表叔，史籍并没有记载。若有，必定也是两人唯一的一次交会。

从秦王藩邸到弘文馆

对隋炀帝的文化事业有所了解后，就可以依样画葫芦，稍论唐太宗的文化事业了。那么比之隋炀帝，李世民原先的基础如何呢？

隋炀帝13岁娶萧氏，他接触文学（南朝文化）的时间是比较早的。唐太宗李世民可不是这样，他差不多要到武德四年（621）诏许设天策府、开设文学馆那时，才有余暇来读书，那时他都二十三岁了。

引数条证据，前三条都是他的自白。

贞观五年（631），魏徵、虞世南、褚遂良等人编成佐政类书《群书治要》后，太宗有《答魏徵上群书治要手诏》：

> 朕少尚威武，不精学业，先王之道，茫若涉海。观所撰书，见所未见，闻所未闻，使朕致治稽古，临事不惑。其为劳也；不亦大哉！

《贞观政要》卷十《论慎终》载：

> 朕年十八便举兵，年二十四定天下，年二十九升为天子，此则武胜于古也。少从戎旅，不暇读书，贞观以来，手不释卷，知风化之本，见政理之源。

按这条所述，他专注读书还要推迟到登基之后。这番表述听起来不像自谦，离实情总也不远。

之前说过，对唐太宗来说，隋炀帝这位表叔是个“失败了的偶像”。在政治上，炀帝是失败的典型，故而贞观初太宗常以炀帝为反例来鉴照自省。身边一干臣僚更是屡屡提及炀帝前史，提醒告诫他要纳谏，要俭约，要慎始慎终。但在文艺上，隋炀帝却在唐太宗身上施加了“影响的焦虑”。这是一种很纠结的矛盾。

对照两人的行事作为可以发现，唐太宗无意中展开了一种模仿或竞赛。隋炀帝做过什么，唐太宗便也要做，还希望做到最好。且不谈作诗，先对比一下两人在文化方面的事功。

其一是招纳人才，聚拢学士。

中古时代，围绕帝王、世子聚集的文人集团不少，有名者如邺下三曹和建安七子、南朝刘宋临川王刘义庆及其门人、萧齐“竟陵八友”以及梁朝以萧衍、萧统、萧纲为核心的文学圈。初唐时秦王藩邸的文臣和后来弘文馆的“十八学士”，一方面远承上代的流风余绪，另一方面也是近袭前隋规式。因炀帝当年的晋王藩邸文学圈曾坐拥了百位文士。

不过，李世民最初延揽名臣才士，主要目的是为扩充势力，以与太子李建成争锋。《新唐书·袁朗传》记载有27人：

> 武德初，隐太子与秦王、齐王相倾，争致名臣以自助。太子有詹事李纲、窦轨、庶子裴矩、郑善果、友贺德仁、洗马魏征、中舍人王珪、舍人徐师谟、率更令欧阳询、典膳监任璨、直典书坊唐临、陇西公府祭酒韦挺、记室参军事庾抱、左领大都督府长史唐宪；秦王有友于志宁、记室参军事房玄龄、虞世南、颜思鲁、谘议参军事窦纶、萧景、兵曹杜如晦、铠曹褚遂良、士曹戴胄、阎立德、参军事薛元敬、蔡允恭、主簿薛收、李道玄、典签苏干、文学姚思廉、褚亮、敦煌公府文学颜师古、右元帅府司马萧瑀、行军元帅府长史屈突通、司马窦诞、天策府长史唐俭、司马封伦、军谘祭酒苏世长、兵曹参军事杜淹、仓曹李守素、参军事颜相时；齐王有记室参军事荣九思、户曹武士逸、典签裴宣俨，朗为文学。

武德四年（621），李世民平定王世充、窦建德归来，高祖加封他为天策上将，许设天策府，置官属。李世民开文学馆，杜如晦、房玄龄、陆德明、孔颖达、虞世南、姚思廉、蔡允恭、颜相时、于志宁、许敬宗、苏世长、李玄道、薛元敬、薛收、李守素、盖文达、褚亮、苏勗共18人入馆，相与讨论政事、典籍，时称“十八学士”。

这“十八学士”多是参议幕僚身份，以政治辅佐为主，但其中多人能属诗文，如虞世南、姚思廉、蔡允恭、陆德明、许敬宗、褚亮都是前朝的江左文士。姚思廉曾任前隋代王杨侑侍读。姚思廉父姚察在陈朝与江总齐名。蔡允恭曾任炀帝侍从官，授起居舍人。陆德明由隋炀帝擢为秘书学士，迁国子助教。许敬宗乃隋礼部侍郎许善心之子，大业中擢秀才，后入谒者台。褚亮入隋为东宫学士，大业中授太常博士。

虞世南就不用说了，他和兄长虞世基两人本就是前朝隋炀帝的文学侍从之臣，都擅长著文赋诗。隋炀帝以柳䛒为师友，唐太宗就以虞世南为师友，“重其博识，每机务之隙，引之谈论，共观经史”。《大唐新语》卷八载：“太宗尝出行，有司请载书以从。太宗曰：‘不须。虞世南在此行秘书也。’”唐太宗直接把他当成了“行走的书橱”。虞世南自幼向同郡沙门智永上人学王羲之书法，“妙得其体，声名籍甚”。受虞世南影响，李世民也敬慕王羲之，此后遍访兰亭集序真迹。

不过，唐太宗身边的文臣也不尽是南朝旧人，一直也有北方的关陇豪贵和山东世家。对待这三支文士，他维持了平衡，不像炀帝那样过于偏重南方。

武德九年（626）六月，发生玄武门之变。李世民被立为太子后，撤天策府。八月，唐太宗即位。《资治通鉴》“高祖武德九年”条载，九月初即“置弘文馆于殿侧，精选天下文学之士虞世南、褚亮、姚思廉、欧阳询、蔡允恭、萧德言等，以本官兼学士，令更日宿直，听朝之隙，引入内殿，讲论前言往行，商榷政事，或至夜分乃罢”。随后，又有盖文达、许敬宗兼任弘文馆学士。

唐太宗发愤读书和学习诗文应是在登基即位后。此时内外初平，不再投身军戎一线，政事稍有空暇，他就会讨论经典、咏诵诗文，其勤勉努力不输于隋炀帝。因为他前面落后太多了，要奋起直追。

《旧唐书》卷七十三“邓世隆”条载：

> 初，太宗以武功定海内，栉风沐雨，不暇于诗书。暨于嗣业，进引忠良，锐精思政。数年之后，道致隆平。遂于听览之暇，留情文史。叙事言怀，时有构属，天才宏丽，兴托玄远。

隋炀帝论学读诗是“言宴讽读，终日而罢”，到太阳落山就差不多了。唐太宗就要把失去的时间给补回来。《旧唐书》卷七十二“李百药”条透露了些许信息，可见唐太宗罢朝后的作息安排：

> 罢朝之后，引进名臣，讨论是非，备尽肝膈，唯及政事，更无异辞。才及日昃，命才学之士，赐以清闲，高谈典籍，杂以文咏，间以玄言，乙夜忘疲，中宵不寐。

上午罢朝之后，未决政事要和臣僚继续商讨；到下午两点左右，就让兼了学士职的朝官放下手头公务，清闲聚会。或谈典籍，或咏文章，或清谈玄言，这样的活动往往要持续到半夜才告结束。从唐太宗登基前的行事、作为可知，他的天资是很高的。如今，他就像一台超强功能的学习机器，高速运转了起来。因为他感觉自己的知识储备不够，学问掌握不够，文学素养也不够。

唐太宗作有《帝京篇十首》，是《全唐诗》的启卷之作。其二就描绘了自己处理政事之后来到崇文馆[1]观看图籍的情景，虽有些自我炫示，却也可见他是真爱读书：

1. 崇文馆建于唐贞观十三年（639），《旧唐书》卷二十四《职官三》载：“崇文馆，贞观中置，太子学馆也……学士掌东宫经籍图书，以教授诸生。”

岩廊罢机务，崇文聊驻辇。
玉匣启龙图，金绳披凤篆。
韦编断仍续，缥帙舒还卷。
对此乃淹留，敧案观坟典。

又其七：

落日双阙昏，回舆九重暮。
长烟散初碧，皎月澄轻素。
搴幌玩琴书，开轩引云雾。
斜汉耿层阁，清风摇玉树。

勠力修史

聚书与修史是文化事业的要项，也是常规动作。

李唐代隋，典籍被毁甚多。前面已提及，武德初平王世充时，唐军从洛阳获得的前隋巨量藏书曾遭遇“砥柱漂没”之厄，只余14466部。

唐朝承袭前代制度，由秘书监掌管经籍图书之事。武德五年（622），令狐德棻任秘书丞，上奏高祖李渊，以重价购求天下遗书，数年间得12万余卷，至设弘文馆时已聚书20万卷。先后担任秘书监的令狐德棻、魏徵、虞世南、颜师古等，皆唐初饱学之士。

唐太宗继位，令狐德棻再上疏购求书籍，并请太宗“置吏补录”。贞观二年（628），魏徵领学士，对购得书卷按“四部”分类，进行校定勘正。“数年之间，秘府粲然毕备。”贞观中，虞世南、颜师古继续购募图书，补阙亡逸经籍，擢选五品以上子孙工书者为书手，缮写藏于内库，由宫人掌之。

初唐的持续收集，加上新著图籍，至开元时，宫廷藏书最盛，达26万余卷。于长安和洛阳两处设四库书，合125960卷，以益州麻纸抄缮。另有唐人著作28469卷；佛道经籍2500余部，计9500卷。

修史是文治的另一项重要工作。武德中，由令狐德棻建言，开启唐初修史。

《旧唐书·职官志》载："历代史官，隶秘书省著作局，皆著作郎掌修国史。武德因隋旧制，贞观三年，始移馆于禁中，在门下省北，宰相兼修国史，自是著作郎始罢史职。"

贞观三年（629）闰十二月，唐太宗下诏修前代史。房玄龄拜尚书左仆射，监修国史。此后，由宰相领衔修史成为定制。

由宰臣监修国史已有前例，北魏太武帝拓跋焘时，司徒崔浩即"监秘书事"，"综理史务"。北齐修撰国史，亦设监修官，重臣如高隆之、赵彦深、祖珽等均曾兼任。李唐即继承此制。

据《唐六典》和《旧唐书·职官志》载，唐初史馆的编制大致为：监修国史1人，由宰相兼任；史馆修撰4人，以登朝官兼任；直馆若干人，以未登朝官担任。另有楷书手（掌抄写）25人，典书（掌图书管理）4人，亭长（守门）2人，掌固（仓库和厅事铺设）6人，装璜直（卷轴装裱）1人，熟纸匠6人。人员配置非常齐备。

贞观十年（636）正月，令狐德棻、岑文本和崔仁师等合力撰成《周书》；同年，李百药在父亲李德林旧稿基础上删改增补，修成50卷《齐书》（后改称《北齐书》）；姚思廉在父亲姚察旧稿基础上撰成《梁书》《陈书》；魏徵、颜师古、孔颖达、许敬宗等撰成

《隋书》的帝纪、列传。以上5部合称“五代史”。五史修成，合纪传计241卷，但当时都未修志。

贞观十五年（641），又诏修《五代史志》，命于志宁、李淳风、韦安仁、令狐德棻、李延寿等编纂，由令狐德棻、长孙无忌先后监修，至高宗显庆元年（656）成书。其中《经籍志》为魏徵所撰，创经、史、子、集四部分类法，成为后世书籍的标准分类法，影响深远。

贞观二十年（646），下诏撰修《晋书》，由房玄龄、褚遂良、许敬宗三人为监修，前后参与编修有21人，于贞观二十二年修成。比较特别的是，唐太宗对《晋书》特别重视，还亲自为《宣帝纪》（司马懿）、《武帝纪》（司马炎）、《陆机传》、《王羲之传》撰写了标有“御撰”的4篇传论。尤其陆机这篇有很多文学观念上的独特见解。以帝王身份参与修史，不辞烦劳，亲撰史论，这是空前也绝后的一个举动。在这一点上，唐太宗胜过了隋炀帝。

又有史官李延寿，贞观十七年（643）亦参与修撰《五代史志》。其以父亲李大师旧稿为底本，此后历时16年，于唐高宗显庆四年（659）撰成《南史》《北史》180卷。

贞观年间，由唐太宗主导推动，由中枢要臣主持监修，留下了8部正史，且编撰质量很高。唐初倾注全力官修史书，取得如此巨量的文化成绩，是值得骄傲的。

或有人问，修史与文学有何关联？

当然有密切之联系。

第一，新修史书的格式、行文和判识，体现了由隋入唐时文学观念的演进变化。

其二，监修史官既是辅佐唐太宗执政的当朝宰臣，又是擅长撰作的一流文士，以此修史，可谓集三位于一体。作为文化现象，此后只有北宋司马光可与比拟[1]。

其三，如房玄龄、魏徵、褚遂良这样的初唐文士作为榜样已经熠熠生辉于前，受此激励，后面开元时代如李白、杜甫这样的新进文士自然就雄心万丈。一个是“奋其智能，愿为辅弼”，一个是“至君尧舜”“窃比稷契”。他们的初心与志向都是要做宰相的。这正是唐初文治功业所造成的文化影响。在今天看来或不免有可笑之处，但在整个唐代，这可是天下文士的终极梦想。

初唐时，类书的编撰也开始发达起来。类书（尤其是作为诗文创作辅助的工具性类书，与唐诗的发达关联甚大）编撰的情况，后面单辟一节，暂不赘言。

述与作的两面

聚书与修史之外，第三项，我们来看看唐太宗文学创作的成绩，以及围绕他形成发展的初唐宫廷诗的情况。

在古代帝王中，唐太宗诗笔甚勤，存诗计109首，数量虽不及后面那个写了4万多首的“量产帝”乾隆，质量却远胜之。《全唐诗》编者在小传中对唐太宗大为褒奖：

> 诗笔草隶，卓越前古。至于天文秀发，沈丽高朗，有唐三百年风雅之盛，帝实有以启之焉。

---

1. 北宋熙宁四年（1071），司马光判西京御史台，居洛阳15年，于独乐园中主持编撰了294卷近400万字的编年体史书《资治通鉴》。

不过，明徐献忠在《唐诗品》中说太宗“其游幸诸作宫征铿然，六朝浮靡之习一变，而唐虽绮丽鲜错而雅道立矣，其为一代之祖又何疑焉”，就有过誉之嫌了，不符合事实本貌。

唐太宗是雅好诗文的，但其文艺观前后却有变化。《贞观政要·卷七》载：

> 贞观初，太宗谓监修国史房玄龄曰：“比见前、后《汉史》载录扬雄《甘泉》《羽猎》，司马相如《子虚》《上林》，班固《两都》等赋，此既文体浮华，无益劝诫，何假书之史策？”

虽是在谈论史书体例是否应该附录文赋，但唐太宗认为扬雄、司马相如、班固诸赋是“文体浮华，无益劝诫”。

贞观十一年（637），著作佐郎邓隆上表请求编集太宗文章。他的回答很质直，认为为人君者与其有辞藻、事文章，不如立德有行。三不朽中，立德、立功更重要：

> 朕若制事出令，有益于人者，史则书之，足为不朽。若事不师古，乱政害物，虽有词藻，终贻后代笑，非所须也。只如梁武帝父子及陈后主、隋炀帝，亦大有文集，而所为多不法，宗社皆须臾倾覆。凡人主惟在德行，何必要事文章耶？

以上都是基于现实功利的价值判断，唐太宗真正发露自己的文艺观念是在《帝京篇》的序中：

> 予追踪百王之末，驰心千载之下；慷慨怀古，想彼哲人。庶以尧舜之风，荡秦汉之弊；用咸英之曲，变烂漫之音。
>
> 求之人情，不为难矣。故观文教于六经，阅武功于七德。

台榭取其避燥湿，金石尚其谐神人。皆节之于中和，不系之于淫放。故沟洫可悦，何必江海之滨乎！麟阁可玩，何必两陵之间乎！忠良可接，何必海上神仙乎！丰镐可游，何必瑶池之上乎！释实求华，以人从欲，乱于大道，君子耻之。故述《帝京篇》，以明雅志云尔。

这篇序充分表达了唐太宗的文学主张：推重文艺教化，诫“淫放”，明“雅志”，“用咸英之曲[1]，变烂漫[2]之音”，释华求实，方法就是“节之于中和”。这是提倡向秦汉以前复古，也是锐意变革前代文风的一篇宣言。此一立论，源出《礼记·中庸》：

喜怒哀乐之未发，谓之中；发而皆中节，谓之和；中也者，天下之大本也；和也者，天下之达道也。致中和，天地位焉，万物育焉。

前文已述，《晋书》于贞观二十二年（648）修成，唐太宗曾为《陆机传》作论。这是一篇人物传论，也是文论，然而观点态度却与《帝京篇序》迥异。太宗对陆机推崇备至，不吝赞美之辞：

观夫陆机、陆云，实荆、衡之杞梓，挺圭璋于秀实，驰英华于早年，风鉴澄爽，神情俊迈。文藻宏丽，独步当时；言论慷慨，冠乎终古。高词迥映，如朗月之悬光；叠意回舒，若重岩之积秀。千条析理，则电坼霜开；一绪连文，则珠流璧合。

1. 咸英之曲：以尧乐《咸池》与帝喾乐《六英》并称，泛指古乐。

2. 这里的“烂漫”是散乱之意。《庄子·在宥》：“大德不同，而性命烂漫矣。”成玄英疏：“烂漫，散乱也。”

其词深而雅，其义博而显，故足远超枚、马，高蹑王、刘，百代文宗，一人而已。

齐梁时钟嵘《诗品》称誉陆机为“太康之英”，“才高词赡，举体华美”，陆机正是两晋文学中偏重辞藻、华丽繁复的一派。连刘勰《文心雕龙·熔裁篇》都评价说“士衡才优，而缀辞尤繁”，唐太宗却给了他最高等的褒奖词“百代文宗，一人而已”，简直无以复加。这番表述与《帝京篇序》中标举的“节之于中和”，实在是大相径庭。

可是，唐太宗作《陆机传论》并非偶然。此前，他早已将目光投注到擅长华美词采的新进文士。贞观十年（636），即诏河北、淮南举“文辞秀美，才堪著述”之人。贞观二十年，《令天下诸州举人手诏》标明了对文士的要求：“或含章杰出，命世挺生。丽藻道遒，驰楚泽而方驾；钩深睹奥，振梁苑以先鸣。”

新进文士中最幸运的一位，就是贞观初中进士的上官仪。上官仪的诗风就很接近陆机一路，旧唐书称之为“好以绮错婉媚为本”，实在是《帝京篇序》所批驳的“释实求华”的显例。《旧唐书·上官仪传》载：“太宗闻其名，召授弘文馆直学士。累迁秘书郎。时太宗雅好属文，每遣仪视草，又多令继和，凡有宴集，仪尝预焉……俄又预撰《晋书》成，转起居郎，加级赐帛。”

因赏识上官仪的诗才，唐太宗将他从秘书郎擢升为近身随侍的起居郎，还让他参加内宫宴集，赋诗应和。贞观二十年（646），唐太宗为玄奘法师进献的新译《经论》写了《大唐三藏圣教序》，写成后命人在庆福殿面对群僚宣读。宣读者即上官仪，于此可见太宗对他的看重。

也就是说，唐太宗是说一套做一套，在实际审美判断上，已不认为文学是政治之余事，还特别青睐那些擅长繁辞丽藻的臣子，并引为诗坛同道。

举诗为证，先看下面唐太宗这首《采芙蓉》：

结伴戏方塘，携手上雕航。
船移分细浪，风散动浮香。
游莺无定曲，惊凫有乱行。
莲稀钏声断，水广棹歌长。
栖乌还密树，泛流归建章。

对照来看另一首，上官仪的《早春桂林殿应诏》。从诗题看，乃上官仪应唐太宗之诏奉命而作：

步辇出披香，清歌临太液。
晓树流莺满，春堤芳草积。
风光翻露文，雪华上空碧。
花蝶来未已，山光暖将夕。

这两首诗都写水上游赏，都是典型的宫体诗，措辞、结构、风调简直出于一炉，倘若遮去作者名姓和题目，说是一人所写也没有问题。上官仪的存诗中也有少量清新爽朗之作。他后面刹不住车，写了大量宫体诗，更可能是上有所好，下必效焉。毕竟以此邀宠，可以高立朝堂之上。

回顾贞观初，那时唐太宗身边还没有宫廷诗的气氛。

从秦王藩邸到天策府到弘文馆，李世民身边的学士多能吟咏，此辈中的褚亮、虞世南、陈叔达、岑文本、蔡允恭、刘孝孙、袁朗、许敬宗等，本就擅写宫体诗。有些人还曾为徐陵、江总、陈后主、隋炀帝称赏。

又，弘文馆学士的家族前辈大多来自南北两大文士集团——梁、陈宫廷学士集团和北齐文林馆学士集团。前辈的文学趣味持续影响着后辈的文学趣味，虞世南文章“婉缛”、许敬宗“辞采甚丽”就和家学有关。此前北齐有文林馆学士如祖珽、卢思道、薛道衡、颜之推、温君悠、李德林等，诗尚风骨，偏质朴。弘文馆学士中也不乏文林学士的后代，如薛道衡孙薛元超，李德林子李百药，温君悠子温大雅、温彦博，颜之推孙颜师古、颜相时等，故北朝文风的影响也有。

不过，上述这些人都是早年跟随太宗的创业老臣，虽能做宫体诗，但其人生定位首先是辅政、谏言的朝官，而非词臣弄人。

讲到这个话题，就须提起虞世南谏阻太宗作艳诗一事。《唐会要》卷六五载：

> 七年九月二十三日，上谓侍臣曰：“朕因暇日，每与秘书监虞世南商量今古。朕一言之善，虞世南未尝不悦；有一言之失，未尝不怅恨。尝戏作艳诗，世南进表谏曰：‘圣作虽工，体制非雅。上之所好，下必随之。此文一行，恐致风靡。轻薄成俗，非为国之利。赐令继和，辄申狂简。而今之后，更有斯文，继之以死，请不奉诏旨。’群臣皆若世南，天下何忧不治！因顾谓世南曰：‘朕更有此诗，卿能死否?’”世南曰：“臣闻诗者，动天地，感鬼神，上以风化下，下以俗承上。故季札听诗，而知国之兴废。盛衰之道，实基于兹。臣虽愚诚，愿不奉诏。”

《唐会要》取材于唐代的朝堂实录，记录是比较可信的。另外，

《唐诗纪事》卷一也记载了同一件事，不过更富戏剧性：

> 帝尝作宫体诗，使虞世南赓和。世南曰："圣作诚工，然体非雅正。上有所好，下必有甚；臣恐此诗一传，天下风靡，不敢奉诏。"帝曰："朕试卿尔！"后帝为诗一篇，述古兴亡。既而叹曰："钟子期死，伯牙不复鼓琴，朕此诗何所示耶！"敕褚遂良即世南灵座，焚之。

李世民作了宫体诗要虞世南来和，结果被耿直的虞世南顶了回去。虞世南还说了一通道理，指出前面隋炀帝政亡人息的教训太沉痛深刻，虽然他自己早年也没少写宫体诗！这一幕情景十分尴尬，但太宗的反应非常有趣："朕试卿尔！"我是试试你，不是当真的。这段对话的细节虽然听上去像是《唐诗纪事》添油加醋的结果，却也反映了唐太宗对虞世南这位老臣的无可奈何。

贞观十二年（638），81岁的虞世南去世。此后，关于文学风尚的见解，再无人可以影响太宗。于是，像上官仪这样的媚上词臣就隆重登场了。初唐宫廷诗的重兴拉开了序幕。

由上可见，唐太宗的文学观本身就包含了矛盾的两面。或者说，他的观念里一直存在着"尚雅正"和"偏绮丽"这两重性。

贞观初，因为身边重臣普遍认同"文学以教化为先"，所以虽然唐太宗很早就看重诗文辞藻，宫体诗的创作也蠢蠢欲动，但这项爱好因为外力而被暂时抑制了。到了贞观二十二年（648），唐太宗写出《陆机传论》的时候，情况就有所不同了，李唐经20多年和平建设，国势日上，政局稳定，有了很好的执政成绩。与此同时，他身边的近臣发生了变化：贞观十二年，虞世南去世；贞观十七年，那个曾上奏《谏太宗十思疏》的魏徵去世；房玄龄此时也已年老。唐太宗身边没有了辅佐老臣的掣肘，就不再像贞观初年那么战战兢兢、居安思危了，因此骄矜自满日甚一日。

早在贞观九年（635），太宗的骄矜之心就有流露。《贞观政要》“慎终四十”记载了太宗的自我评价，他认为自己在文、武、怀远三个方面都“胜古人”：

> 朕观古先拨乱之主皆年逾四十，惟光武年三十三。但朕年十八便举兵，年二十四定天下，年二十九升为天子，此则武胜于古也。少从戎旅，不暇读书，贞观以来，手不释卷，知风化之本，见政理之源。行之数年，天下大治而风移俗变，子孝臣忠，此又文过于古也。昔周、秦以降，戎狄内侵，今戎狄稽颡，皆为臣妾，此又怀远胜古也。

此种国势，此种心态，和他在《陆机传论》中表现出来的文学观是合拍的。

唐太宗的文学观有此种矛盾，他的诗作因之也呈现了两种面貌。

在他的100余首诗中，写得较好也较有特色的是边塞诗和咏怀诗，因还带有他早年刚直质朴的气息。

《还陕述怀》写于平定关东王世充、窦建德后，自洛阳班师回长安时。这是一首五言短排，熔叙事写景、感慨抒怀于一炉，全篇激昂铿锵，如闻金石之声，且很有现场感，尾联气象尤为雄壮：

> 慨然抚长剑，济世岂邀名。
> 星旂纷电举，日羽肃天行。

遍野屯万骑，临原驻五营。
登山麾武节，背水纵神兵。
在昔戎戈动，今来宇宙平。

类似诗作还有《经破薛举战地》《宴中山》《入潼关》等。《经破薛举战地》前两联“昔年怀壮气，提戈初仗节。心随朗日高，志与秋霜洁”有豪迈气。

李渊在隋任岐州刺史时，曾在关中武功置别馆，开皇十八年（598）十二月，唐太宗在此出生。武德元年（618），改旧宅建武功宫，六年，改庆善宫。贞观六年（632）九月，太宗35岁，重返武功旧宅。《新唐书·礼乐志》载：“宴从臣，赏赐闾里，同汉沛宛，帝欢甚。赋诗，吕才被之管弦，名曰《功成庆善乐》。”在此作《幸武功庆善宫》《过旧宅二首》；贞观十六年十一月，再度临幸，又作《重幸武功》。三首诗基调同一，《过旧宅二首》其一写得很有张力，前三联纯是叙事绘景，暗寓今昔感怀，至尾句，境界陡然阔大：

新丰停翠辇，谯邑驻鸣笳。
园荒一径新，苔古半阶斜。
前池消旧水，昔树发今花。
一朝辞此地，四海遂为家。

又有五绝《赠萧瑀》：

疾风知劲草，板荡识诚臣。
勇夫安知义，智者必怀仁。

萧瑀是梁明帝萧岿第七子，隋炀帝萧皇后同母弟，萧瑀妻是隋文帝独孤皇后的娘家侄女。在亲族关系上，萧瑀是李世民的表姑父。太宗即位，萧瑀迁尚书左仆射。萧瑀平素为人刚直苛刻，贞观时六拜宰相又六次罢相。贞观九年（635），因辅助太子尽职，太宗封萧瑀“特进”，许参预政事，赠了这首诗给他。

前一联是历来传颂的名句。“疾风知劲草”出自范晔《后汉书·王霸传》，原为汉光武帝刘秀赞王霸语。次句“板荡”合《诗经·大雅》中《板》《荡》二诗之名。此诗纯以比兴手法，褒扬中寄寓醒示，隽永警策，颇合《帝京篇序》中提倡的雅正体制。

然而，唐太宗写得最多的并不是边塞诗、咏怀诗或类似《赠萧瑀》这样的赠酬诗，而是宫体诗。《唐太宗集》中，像《采芙蓉》这样典型的宫体诗达50多首，还有不少宴饮诗和艳情诗。贞观中后期，他终于忍不住步了齐梁的后尘。

譬如《秋日效“庾信体”》，诗题就表明了他的趣向所在：

> 岭衔宵月桂，珠穿晓露丛。
> 蝉啼觉树冷，萤火不温风。
> 花生圆菊蕊，荷尽戏鱼通。
> 晨浦鸣飞雁，夕渚集栖鸿。
> 飒飒高天吹，氛澄下炽空。

此诗各联每个字貌似熨帖工整，却如同填入模板的铅字般彼此断离，无音色之连缀变化，也无视角情态的转换，诗境于是平板一块。唐太宗耽迷庾信早年侍读萧梁东宫时的绮艳宫体，却只模仿其表面的偶对技巧，既没学到庾信早年的清新，也没学到庾信老来的萧瑟。像这样仿“庾信体”的诗还有20多首，不一而足。

有时，唐太宗在咏物诗里也会做一点形式实验，如《咏雨》其一：

罩云飘远岫，喷雨泛长河。
低飞昏岭腹，斜足洒岩阿。
泫丛珠缔叶，起溜镜图波。
濛柳添丝密，含吹织空罗。

四联八句竟然纯是骈对句，只颈联稍有变化。我们可以想象唐太宗当时搜刮肚肠、寻词觅句的模样。因为像这样嵌套进去写诗，技术难度比较高，很费时间。对照炀帝诗如《野望》《春江花月夜》《北乡古松树诗》等，唐太宗用字硬涩，韵律也嫌不足。即便就宫体格式来说，也只是入门及格水平。他对乐府研探不多，本身音乐素养也较贫弱。这真的毫无办法。

唐太宗巡幸洛阳，也留有诗作。在洛阳宫仪鸾殿设宴时作《仪鸾殿早秋》，写得还算平稳清通：

寒惊蓟门叶，秋发小山枝。
松阴背日转，竹影避风移。
提壶菊花岸，高兴芙蓉池。
欲知凉气早，巢空燕不窥。

许敬宗有和作《奉和仪鸾殿早秋应制》：

睿想追嘉豫，临轩御早秋。
斜晖丽粉壁，清吹肃朱楼。
高殿凝阴满，雕窗艳曲流。

小臣参广宴，大造谅难酬。

这两首诗都是典型的宫廷诗，格调自然是典丽的。许敬宗和作是君臣唱和的模板，态度恭谨柔和，骈对整饬。格式也是标准化的，首联入题，二三联描摹，尾联收束颂圣，手艺熟练得很。

太宗又有咏物诗《赋得樱桃》。前后照应得当，亦有好句：

华林满芳景，洛阳遍阳春。
朱颜含远日，翠色影长津。
乔柯啭娇鸟，低枝映美人。
昔作园中实，今来席上珍。

还有《临洛水》，颈联中“堤兰倒插波”实在怪异，不过倒很像后世那个“硬语盘空”的韩愈的风格。

春搜驰骏骨，总辔俯长河。
霞处流萦锦，风前漾卷罗。
水花翻照树，堤兰倒插波。
岂必汾阴曲，秋云发棹歌。

总的来说，后世对太宗诗颇多微词。

苏轼还算客气：“唐太宗作诗至多，亦有徐庾习气，世不传，独于《初学记》时时见之。”清陈鸿墀所辑《全唐文纪事》卷五引北宋翰林学士郑毅夫语，就直接贬低了：“唐太宗功业卓著，然所为文章，纤靡浮艳，嫣然妇人小儿嘻笑之声。”明王世贞《艺苑卮言》也有相似嘲语：“唐文皇手定中原，笼盖一世，而诗语殊无丈夫气，习使之也。……《帝京篇》可耳，余者不免花草点缀，可谓远逊汉武，近输曹公。”

因太宗有这项独特喜好，慢慢就带动了宫廷里的唱和往还，围绕在他身边取媚谄上的词臣渐多，应制、奉和、侍宴之类诗作逐渐滋生，这些都是构成初唐宫廷诗的必备要素。

学者贾晋华《唐代集会总集与诗人群研究》对太宗朝的宫廷唱和进行了系年统计，在贞观年号使用的23年里，君臣唱和近40次，太宗起唱而有和诗的就有20多首。如贞观十五年（641）十二月，太宗自洛还京，途经潼关时作《入潼关》，就有君臣唱和；贞观十九年二月，太宗率军自洛阳伐高句丽，与长孙无忌、高士廉等10人赋《春日望海》。《大唐新语》载，太宗写成《帝京篇》10首后，也曾命李百药唱和；在洛阳积翠宫宴群臣，下诏让臣僚于经史中寻题作诗，太宗赋《尚书》，魏徵赋《西汉》，李百药赋《礼记》。在唐太宗热衷齐梁体的气氛中，很多北方文士如长孙无忌、郑世翼、萧德言等也以吟哦宫体为时尚。新人上官仪进士及第后，很快就加入了这个宫廷唱和圈，简直如鱼得水。

当然，臣子中也仍然有不太热情的。如令狐德棻就在《周书·王褒庾信传论》中评论庾信诗赋欠缺法度：

> 则子山之文，发源于宋末，盛行于梁季。其体以淫放为本，其词以轻险为宗。故能夸目侈于红紫，荡心逾于郑卫。昔扬子云有言：诗人之赋丽以则，辞人之赋丽以淫。若以庾氏方之，斯又辞赋之罪人也。

虽然令狐德棻对庾信的评断既不全面，也不公允，但他这段话也可理解为是因事而发，是对齐梁宫廷诗复起的抵触。无奈，他和魏徵、王珪等人不是虞世南，他们提出的复古明道的见解，只能体现在撰修史书上，无法改变贞观后期的诗坛风气。

《新唐书·列传·文艺上》给杜甫作赞时说："唐兴，诗人承陈、隋风流，浮靡相矜。"今天我们可以说，让陈隋诗风重兴的关键人物就是唐太宗，他在雅正和绮艳之间不断摇摆，最终还是倒向了后者。

贞观时期，围绕唐太宗的宫廷诗就是诗坛主流。宫阙以外，就只有写白话诗的王梵志和退官归隐的王绩了。

第三章　宫廷诗的重兴（下）

改制与颂诗

前面谈论唐太宗，并追溯了初唐宫廷诗的缘起。唐太宗主要在长安活动，之后要到武则天时代，洛阳才再次回归，成为话题的中心。

武则天是智略非凡的政治强人，永徽六年（655）被立为皇后。史载显庆年间，因高宗患风疾，“百司奏事，时时令后决之，尝称旨，由是参豫国政”。此后随同高宗长驻洛阳，与高宗并称“二圣”。从弘道元年（683）高宗驾崩后称制至神龙元年（705）退位后于上阳宫仙居殿病逝，武则天又居洛阳22年。她前后执政数十载，上承“贞观之治”，下启“开元盛世”，文治武功不下于唐太宗，也因杀伐手段过于酷烈而招致世人非议。在历代帝王中，她独以女皇身份坐东都而御天下，与洛阳的关涉非常大。

除此之外，武则天也有诗才，亲自从事创作，延续并拓开宫廷诗新局，可以算作一位身份特殊的洛阳诗人；又首开以“杂文”取仕的科举规式，提拔、奖掖了众多出身庶族的文士，为盛唐诗的肇兴垒定了地基。

上述事业皆以洛阳为主要舞台发生。

武则天有很高的文化修养，《全唐文》卷四七六说“太后颇涉文史，好雕虫之艺”。

武则天精通乐舞，《旧唐书》载：“长寿二年（693）正月，则天亲享万象神宫，先是上自制神宫大乐，舞用九百人，至是舞于神宫之庭。”《旧唐书·音乐志》载武则天又创“字舞”：“圣寿乐，高宗武后所作也……舞之行列必成字，十六变而毕。”[1]十六字即“圣超千古，道泰百王，皇帝万年，宝祚弥昌。”

武则天通书法，善行草及“飞白”体。圣历二年（699），曾于缑山升仙太子庙亲撰碑文并书丹，《升仙太子碑》至今留存，乃古代墨迹珍品。

至于武则天所写诗文，《旧唐书·经籍志》卷下别集类的帝王二十七家的末尾记有“《垂拱集》一百卷，《金轮集》十卷，太后撰”。《新唐书·艺文志》中记载相同。

《垂拱集》应是武则天称帝前的宫廷生活和治国理政的实录，非诗文集，据说她去世前曾令中宗李显将此集陪葬乾陵。

据日本学者山口博研究，日本宇多天皇宽平三年（891）成书的《日本国见在书目录》中收有“《金轮万岁集》五十一卷”。堀河天皇宽治八年（1093）成书的《东域传灯目录》中收有“《则天大圣皇后集》十卷，《金轮万岁集》一卷”。《则天大圣皇后集》有“披见是多愿文集也”的字样和注，推想应是武则天自撰或他人代撰的佛教愿文集录。《金轮万岁集》应该就是《金轮集》（虽然所载

1. 唐代音乐理论家段安节在《乐府杂录·舞工》中记载：“字舞，以舞人亚身于地，布成字也。”

卷数不一）。

《日本国现代书目录》中的《金轮万岁集》和《文心雕龙》《文选》《文馆词林》并列，所以这部《金轮万岁集》[1]应是一部诗文选集。载初元年（689）九月九日，武则天称帝，三年后的长寿二年（693）秋九月，“上加金轮圣神皇帝号，大赦天下，大酺七日”。“金轮圣神皇帝”是引佛经“转轮圣王”之说所加的尊号，与“金轮万岁”同义。因此，《金轮万岁集》很可能就是武则天的自撰诗文集或群臣唱和集。

〔唐〕武则天《升仙太子碑》拓本

另《宋史·艺文志》著录有“《则天中兴集》十卷，《别集》一卷，俱佚”，此书情况不明。

上面提到的几部著述均已佚失。

综上，武则天并没有编定的诗文集传世。谢无量在《中国妇女文学史》中说“武后诗文集，多至百余卷”并不准确。现存的武则

1. 据山口博研究，与日本古代诗歌总集《万叶集》的编辑有密切关系的粟田真人和山上忆良，即在武后时代渡唐，因而《万叶集》取名或即仿效了《金轮万岁集》而代之以在古代中国与“万岁”同义的“万叶”一词。

天诗，都是后人从唐代文集、碑石、摩崖石刻及地方志中钩沉补遗得来，共留存各体文章80余篇，《全唐诗》存诗46首，《全唐诗补编》补诗3首，诗序1篇。然而单就这个数量，她也超过了前代任何一位女诗人[1]。

按贞观晚期太宗宫廷诗小圈子所遗留的调性，合理的推测是武则天应该也会写些宫体诗吧。

然而她偏不。严格来说，武则天的宫体诗是一首也没有。她目前存诗中的三分之二是可归入郊庙歌辞的颂诗，数量竟然有40首之多！《全唐诗》从第十卷到第十六卷共辑录了7卷郊庙歌辞，作者大多是善写诗文的朝臣如魏徵、褚亮、张说等，内容不离歌功颂德的既有定式。到武则天这一朝，她就要来一次破天荒的大改变，不让手下臣僚代劳，而是自己亲撰，且书写方式也不落俗套。

这些颂诗包括垂拱四年（688）所作的《唐大享拜洛乐章》14首，以及之后所作的《唐享昊天乐》12首、《唐明堂乐章》11首和《曳鼎歌》，大多作于武则天称帝前，可以理解为登极前的宣传预热。

这些颂诗大多古质雅正、取象宏丽，摄日月星汉、山河雷电之意象，表敬奉上帝神明之虔诚，充斥了寰宇八荒、帝王宫阙之类的空间表述，毫无阻碍地抒发其御宇天下的壮怀与气魄。崔融在《则天大圣皇后哀册文》中所作评语“雷霆其武，日月其文，英才远略，鸿业大勋”，正可用来形容这些颂诗的质地。

虽是以政治宣传为目的，文学价值不大，内里却涌动着冲破旧

1. 不过，南宋计有功《唐诗纪事》卷三“武后”条又说：“大凡后之诗文，皆元万顷、崔融辈为之。”全部代笔不太可能，部分代笔应该是有的。

局的新精神。武则天要改李唐之制，要改男性权力神话之制，要改门阀禁锢之制，她怎么可能采用宫体诗这种孱弱老旧的格式呢?

《唐享昊天乐》组诗12首，有三言、四言、五言和七言，体式杂糅。第四首提到了洛阳：

巍巍睿业广，赫赫圣基隆。菲德承先顾，祯符萃眇躬。
铭开武岩侧，图荐洛川中。微诚讵幽感，景命忽昭融。
有怀惭紫极，无以谢玄穹。

洛阳景行坊同德寺之南为拜洛坛，这里有祭洛神的高台。垂拱四年（688）十二月，武则天在这里举行拜洛盛典，写下《唐大享拜洛乐章》14首（居颂诗数量之冠），是拜洛时的祷告词。

武则天还有几首游宴诗和山水诗，亦有特色。

如《早春夜宴》，这次宴集不在宫城，在洛阳城外，而且是乘舟泛洛水而归：

九春开上节，千门敞夜扉。
兰灯吐新焰，桂魄朗圆辉。
送酒惟须满，流杯不用稀。
务使霞浆兴，方乘泛洛归。

与女儿太平公主游嵩山，作《游九龙潭》。诗中有视角的转换，尾句引怀乡之思，有余味：

山窗游玉女，涧户对琼峰。
岩顶翔双凤，潭心倒九龙。
酒中浮竹叶，杯上写芙蓉。

故验家山赏，惟有风入松。

以上两首音声配置已近五律，语调温婉清新，与此前颂诗截然不同。武则天游乐山水之间，因暂时远离朝政而心情放松，故也能作轻盈之诗。

此外还有一首《如意娘》。在武则天的存诗中，这是很特殊的一首，也最令人瞩目。因为写得很好，而且初看上去是一首标准的情诗：

看朱成碧思纷纷，憔悴支离为忆君。
不信比来长下泪，开箱验取石榴裙。

此诗明朗蕴藉，情态婉转多姿，确是上乘之作。首句"看朱成碧思纷纷"出自萧梁王僧孺诗《夜愁示诸宾》的尾联"谁知心眼乱，看朱忽成碧"。

这首诗有人认为是武则天早年在感业寺出家为尼时思念高宗而作，但并没有实在的凭证，只是根据武则天身世所作的推想。也有人怀疑这首诗是他人伪托的赝作。殊不知这是乐府歌辞，并不需要直写自家情事，诗中的"君"也不必就是指高宗李治。歌辞可以因曲填词由歌人演唱，与今天的流行歌曲无异。北宋李上交《近事会元》载："如意娘，乐府杂录云唐则天撰之。"明代梅鼎祚《乐苑》载："《如意娘》，商调曲，唐则天皇后所作也。"两则记载都出自乐书杂录，可见确实曾经合上曲调演唱过。

关于这首诗的制作特色，施蛰存在《唐诗百话》中评论得很恰切：

我只要提出其第一句，可见武则天对妇女的相思病，极有深刻的体会。看朱成碧是视觉的错乱，妇女在极度苦闷的情绪中，官感发生异状。对于色声香味的感觉，都会反常。武则天以“看朱成碧思纷纷”形容这个女人的“憔悴支离”，确符合于生理学、心理学的经验之谈。

“看朱成碧”也是此后唐宋诗人的常用诗材。李白诗《前有一樽酒行二首》有：“催弦拂柱与君饮，看朱成碧颜始红。”也有反说“看碧成朱”的，如辛弃疾词《水龙吟·载学士院有之》：“倚栏看碧成朱，等闲褪了香袍粉。”

文学侍从之臣

武则天时期，君王看待文学的态度出现了新变化。一是“尚文”，即看重文学才能，广泛延揽文士；二是“尚用”，认为文学不再是玩赏的余技，可以发挥辅助治国的效能。

《旧唐书·文苑传序》云：“贞观之风，同乎三代，高宗天后，尤重详延，天子赋横汾之诗，臣下继柏梁之奏，巍巍济济，辉烁古今。”

陈寅恪在《唐代政治史述论稿》“统治阶级之氏族及其升降”这一节说过：

> 自武则天专政破格用人后，外廷之显贵多为以文学特见拔擢之人。而玄宗御宇，开元为极盛之世，其名臣大抵为武后所奖用者。

这段话的意思是说，在玄宗朝前期担当朝阁要职如宰相的官员中，张说、张九龄、张嘉贞等人的仕途，最初多由武则天选拔才得以擢升。

同理，盛唐诗并不是在玄宗朝突然凭空产生的，玄宗并不是第一推动人。它是在武则天朝开始孕育并逐步滋长起来的。模仿陈寅恪的句式，则我们可以说："玄宗御宇，开元为唐诗极盛之世，其名诗人大抵是在武则天朝和中宗朝的文学空气中出生并成长起来的。"

我们来看一看几个比较重要的盛唐诗人的出生年份：

贺知章	约高宗显庆四年（659）
张九龄	高宗咸亨四年（673）
王之涣	武则天垂拱四年（688）
孟浩然	武则天永昌元年（689）
李　颀	武则天天授元年（690）
王昌龄	约武周圣历元年（698）
李　白	武周长安元年（701）
王　维	武周长安元年（701）
高　适	武周长安四年（704）
崔　颢	武周长安四年（704）
杜　甫	玄宗先天元年（712）

在这个队列中，只有杜甫是在玄宗登基那年出生的，他是个不折不扣的玄宗朝的"新人类"。但他也说过"诗是吾家事"，他的祖父杜审言，就是活跃在武则天朝诗坛的。

与太宗朝注重吏才不同，武则天时的朝官择选机制也发生了变化，文学侍从之臣渐渐占据要津，最有名者即武则天身边掌宫中制诰、参决政务的“内舍人”[1]上官婉儿。上官婉儿“博涉经史，精研文笔，班婕妤、左嫔无以加”[2]，同时又是武则天的文学顾问官。在武则天、上官婉儿这两位女性的主持下，开启了初唐宫廷文学的竞赛之风。这样浓郁的创作风气可以说是前所未有。

武则天朝有两次文学活动比较有名，其一是龙门赛诗。

武则天很喜欢洛阳龙门，游龙门又必游香山寺。某年春天，她率群臣到龙门赏春，下令群臣各以龙门为题赋诗，先成诗者，赐以锦袍。《唐诗纪事》卷十一“宋之问”条载：“武后游龙门，命群官赋诗，先成者赐以锦袍。左史东方虬诗成，拜赐。坐未安，宋之问诗后成，文理兼美，左右莫不称善，乃就夺锦袍衣之。”

左史东方虬第一个交稿。东方虬这个名字比较有意思，武则天曾拿他的名字开玩笑，说百年后可与战国时的魏国西门豹作对。

东方虬如愿拿到了武则天所赐锦袍，还座没多久，锦袍却被拿走，赐给了后面晚交稿的宋之问。宋之问写的是七言歌行《龙门应制》：

> 宿雨霁氛埃，流云度城阙。
> 河堤柳新翠，苑树花先发。
> 洛阳花柳此时浓，山水楼台映几重。

---

1. 上官婉儿的祖父上官仪因替高宗起草废武则天的诏书被杀。麟德元年（664），上官婉儿与母亲郑氏配没掖廷为奴。仪凤二年（677），14岁时获武则天赏识，免奴婢身份，掌宫中诏命，时称“内舍人”。自万岁通天元年（696）起，处理百司奏表，参决政务。

2.〔唐〕张鷟：《朝野佥载》卷六。

群公拂雾朝翔凤，天子乘春幸凿龙。
凿龙近出王城外，羽从琳琅拥轩盖。
云罕才临御水桥，天衣已入香山会。
山壁崭岩断复连，清流澄澈俯伊川。
雁塔遥遥绿波上，星龛奕奕翠微边。
层峦旧长千寻木，远壑初飞百丈泉，
彩仗蜺旌绕香阁，下辇登高望河洛。
东城宫阙拟昭回，南阳沟塍殊绮错。
林下天香七宝台，山中春酒万年杯。
微风一起祥花落，仙乐初鸣瑞鸟来。
鸟来花落纷无已，称觞献寿烟霞里。
歌舞淹留景欲斜，石关犹驻五云车。
鸟旗翼翼留芳草，龙骑骎骎映晚花。
千乘万骑銮舆出，水静山空严警跸。
郊外喧喧引看人，倾都南望属车尘。
嚣声引飏闻黄道，佳气周回入紫宸。
先王定鼎山河固，宝命乘周万物新。
吾皇不事瑶池乐，时雨来观农扈春。

宋之问能把锦袍重夺过来，原因很明了：这首诗描绘的东都风貌和君臣出游龙门场景甚是纤巧壮美，又不忘在诗中及时颂圣，的确“文理兼美”，投合评定人（武则天和上官婉儿）的喜好。

宋之问此前想求官，还写过一篇《明河篇》，也是七言歌行体，假托渡河不得的织女来表明心志。

八月凉风天气晶，万里无云河汉明。

昏见南楼清且浅，晓落西山纵复横。
洛阳城阙天中起，长河夜夜千门里。
复道连甍共蔽亏，画堂琼户特相宜。
云母帐前初泛滥，水精帘外转逶迤。
倬彼昭回如练白，复出东城接南陌。
南陌征人去不归，谁家今夜捣寒衣。
鸳鸯机上疏萤度，乌鹊桥边一雁飞。
雁飞萤度愁难歇，坐见明河渐微没。
已能舒卷任浮云，不惜光辉让流月。
明河可望不可亲，愿得乘槎一问津。
更将织女支机石，还访成都卖卜人。

诗写得很周密婉转，“明河可望不可亲，愿得乘槎一问津”一联，意思也很明白。不过，他当时的愿望却落了空。唐孟棨《本事诗》“怨愤”载：

则天见其诗，谓崔融曰：“吾非不知之问有才调，但以其有口过。”盖以之问患齿疾，口常臭故也。

宋之问真是倒霉，因为有口臭而被武则天嫌弃，一时竟求官不得。真是很惨痛的遭遇。好在他这一回在龙门很努力、很争气，终于扳回了一城。

龙门赛诗为的是赏春取乐，不免带有游戏意味，后面武则天又召集了一次石淙诗会。这次就隆重正式多了，因为她不但亲自作诗，写了序，还让人刻上了崖壁。

武周圣历三年（700）的夏天，76岁的武则天率群臣游中岳嵩山，避暑石淙河。石淙有三阳宫[1]，是武则天屡次行幸的行宫。诗会的开头先是“圣制”一首，武则天即席作《石淙》：

三山十洞光玄箓，玉峤金峦镇紫微。
均露均霜标胜壤，交风交雨列皇畿。
万仞高岩藏日色，千寻幽涧浴云衣。
且驻欢筵赏仁智，雕鞍薄晚杂尘飞。

然后武则天又写了一篇诗序。序以骈体写成，文辞华美赡博，有大段细述石淙山水景观的文字，序尾明确了诗会和诗的写作要求：“各题四韵，咸赋七言。”

“四韵”即是在第二、第四、第六、第八句押韵，“咸赋七言”，即规定了七言律的格式。七言律诗在当时叫“今体诗”，是一种新流行的诗体。武则天以帝王之尊主导了这次诗会，无疑是对唐代律诗定型的有力推动。在她自己的存诗中，《夏日游石淙》也是唯一一首七律。

然后就是“侍游应制”，随从各人奉和，共作诗16首。

中宗李显、睿宗李旦、李峤、徐彦伯亦作同题诗《石淙》；狄仁杰、姚崇、阎朝隐、武三思、张易之、张昌宗、薛曜、杨敬述、于季子作同题诗《奉和圣制夏日游石淙山》；苏味道、崔融、沈佺期作同题诗《嵩山石淙侍宴应制》。

1.《资治通鉴》卷二〇六载：“春一月丁卯，幸汝州之温汤。戊寅，迁神都，作三阳宫于告成之石淙。”原注有：“三阳宫，去洛城一百六十里，万岁登封元年改东都阳城县曰告成，以祀神岳告成也。”武则天石淙会饮处，在河南登封观星台以东。

如今频繁出现在影视剧中的“大唐神探”狄仁杰也有和诗《奉和圣制夏日游石淙山》,《全唐诗》收他的诗作也仅这一首（他就在这一年去世，终年70岁）：

宸晖降望金舆转，仙路峥嵘碧涧幽。
羽仗遥临鸾鹤驾，帷宫直坐凤麟洲。
飞泉洒液恒疑雨，密树含凉镇似秋。
老臣预陪悬圃宴，余年方共赤松游。

诸人诗成后，武则天命座中参与诗会的奉宸大夫薛曜书丹，将诗作镌刻在石淙河边的南向崖石上；后来张易之又写《秋日宴石淙序》，也由薛曜命匠工刻在崖石上，后人称此为“摩崖碑”。

这次与会各人诗作的成绩如何呢？好像没有评定优劣。石淙诗会共作有七律诗17首，仅4句失律，其中李峤、苏味道、崔融、薛曜、沈佺期五人诗作全部合律，说明七律这个诗体此时已趋于成熟了。

参与者的身份也透露了武则天朝的不少情况。

中宗李显是高宗李治第七子，武则天第三子。高宗去世后，弘道元年（683）十二月，中宗继位，隔年二月即被武则天废为庐陵王，贬出长安。圣历元年（698）三月，武则天遣职方员外郎徐彦伯将李显秘密召回洛阳。九月，重立李显为皇太子。这次诗会的第二年，即长安元年（701）九月，李显之子李重润和永泰公主夫妇遭张易之举报诽谤朝廷，被武则天逼令自杀。这次石淙诗会的前后，汹涌的波涛一直围绕着李显。

睿宗李旦是武则天第四子，武则天废李显后，改立李旦为帝并临朝称制。李旦被软禁在皇宫，做了很长一段时间的傀儡皇帝。石

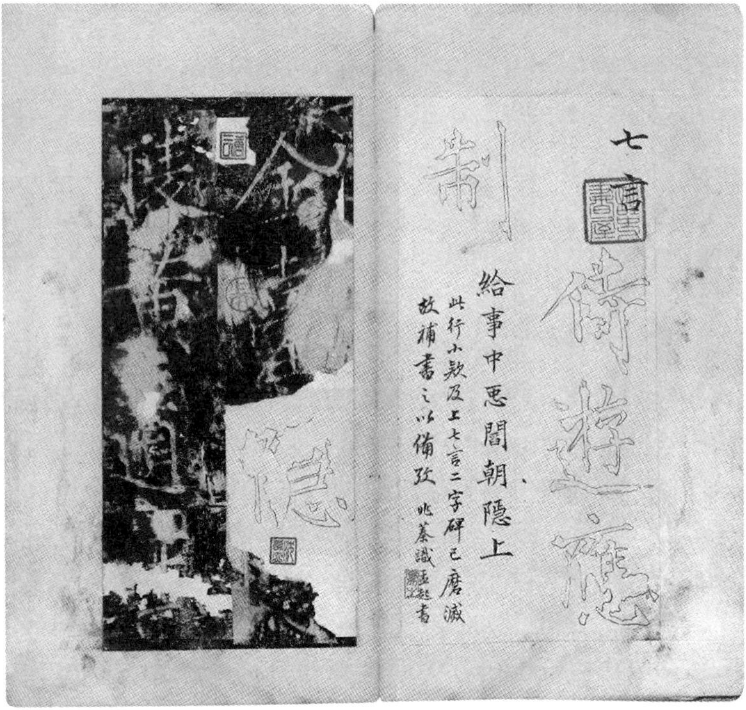

石淙摩崖石刻拓片

淙诗会前一年的圣历二年（699），李旦复封为相王。

梁王武三思是荆州都督武士彟之孙，女皇武则天的侄子，武周宰相。奉宸令张易之和麟台监张昌宗都是武则天的近宠。

给事中阎朝隐，谄事张易之兄弟。《新唐书》说张易之“性滑稽，属辞奇诡，为武后所赏”。《旧唐书》卷七八《张易之传》载，石淙诗会这一年，张易之“引辞人阎朝隐、薛稷、员半千为奉宸供奉。每因宴集，则令嘲戏公卿以为笑乐”。他似乎是东方朔一类的弄臣人物。

内史狄仁杰几次拜相，曾力劝武则天复立李显为太子，使大唐社稷得以延续。

夏官侍郎姚崇，历武则天、中宗、睿宗、玄宗四朝，为玄宗执政早期的重臣。

守给事中徐彦伯亦以文章知名，因文辞雅美与善判事的司户韦暠、工翰札的司士李亘并列，被称为“河中三绝”。他就是接李显回洛阳的那个人。

鸾台侍郎李峤，武周时依附张易之兄弟；苏味道圣历元年（698）任宰相，为人圆滑，处事模棱两可，有“苏模棱”的外号。李峤与苏味道合称“苏李”。凤阁舍人崔融亦为文章名士，以上三人又是“文章四友”成员。“文章四友”此时独缺一位杜审言，也就是杜甫的祖父。杜审言此时不在洛阳，他之前因瑞符、谶纬等事进言，触怒武则天，圣历元年被贬吉州司户参军。

为这次诗会书丹的薛曜亦有“才杰”之誉，善诗文，书法也有造诣，其书学褚遂良，瘦硬细劲，结体疏朗，被后人评为“宋徽宗瘦金体之祖”。他和上面列名“文章四友”其中三位的诗作都能合律。

另还有左奉宸内供奉杨敬述、司封员外于季子、通事舍人沈佺期。因此，此次诗会的参与者多半都是文学侍从之臣。

此次诗会怎么有“沈”无“宋”呢？宋之问可是龙门赛诗的魁首，这么重要的场合，武则天肯定会叫上他。

据史料推测，他很可能就在现场，但要为座中某人捉刀。《旧唐书》卷七八《张昌宗传》：“易之、昌宗皆粗能属文，如应诏和诗，则宋之问、阎朝隐为之代作。”同书卷一九〇《阎朝隐传》和《新唐书·宋之问传》都是如此记载。《新唐书》还记载宋之问“至为易之奉溺器"，为拍张易之马屁，竟然为其端尿壶。品格之低，跌破底线。

既然宋之问一心依附张易之、张昌宗兄弟，那么这次张易之、张昌宗的石淙应制诗，或就是宋的代作，可能性很大。

宋之问的确有一首与石淙有关的诗，即《三阳宫侍宴应制得幽字》（诗题与之前石淙诗会的名目不同），这首也是应制诗，从尾句看，当时侍宴的另有8人。

离宫秘苑胜瀛洲，别有仙人洞壑幽。
岩边树色含风冷，石上泉声带雨秋。
鸟向歌筵来度曲，云依帐殿结为楼。
微臣昔忝方明御，今日还陪八骏游。

除这两次诗会外，其他重要场合如封嵩山、造明堂、铸九鼎、建天枢、修龙门卢舍那大佛时，奉和应制诗的数目也不少，武则天身边的文学侍从之臣当然不止以上参加龙门诗会和石淙诗会的这些人。

自武则天以皇后身份与高宗共治始，就将并无职官身份的弘文馆直学士刘祎之、著作郎元万顷、刘懿之、周思茂、范履冰、胡楚宾等召为翰林院待诏，"入禁中修撰"《臣轨》《臣规》《百僚新诫》《古今内范》《内范要略》等书，实则"密令参决，以分宰相之权"，担当了佐政建策的功用。这些人被称为"北门学士"，其中的刘祎之、元万顷也是能作诗的。

除"北门学士"外，还有"珠英学士"。

圣历二年（699），武则天诏学士26人修大型类书《三教珠英》。参与编修者多是诗人兼学者，人称"珠英学士"。修书期间，麟台监张昌宗及成均祭酒李峤“广引文词之士，日夕谈论，赋诗聚会”。其后，崔融辑录参与编修《三教珠英》学士47人、诗276首，编成《珠英学士集》5卷。此书大部分逸失不传，唯敦煌写本中有斯2717号、伯3771号二残卷保留了该集卷四、卷五残本，存13人诗55首。这47人中多有参与龙门诗会和石淙诗会者，而在最初的26人以外，后续又有更多学士参与其中。

这是武则天朝规模最大的一次诗人集会，因此“珠英学士”也可视为武则天文学侍从之臣的一个更大的扩展名单。

武则天去世后，中宗即位，景龙二年（708）四月，上官婉儿接掌修文馆，武平一《景龙文馆记》、韦述《集贤注记》两书记载甚详。

修文馆增设大学士，由三品以上朝臣担任，分别为中书令李峤、兵部尚书宗楚客、中书侍郎赵彦昭、太府卿韦嗣立。设学士8员，直学士12员，以李适、刘宪、崔湜、郑愔、卢藏用、李乂、岑羲、刘子玄为学士，以薛稷、马怀素、宋之问、武平一、杜审言、沈佺期、阎朝隐为直学士，又召徐坚、韦元旦、徐彦伯、刘允济等满员，其后还有其他学士入馆。上官婉儿起用了几位神龙元年时遭贬的文臣，宋之问、杜审言、沈佺期等先后奉旨北归，供职修文馆。沈、宋、杜等人历经宦途的挫折淬炼，诗材得以拓开，诗风渐转深沉，已部分脱离早期的绮丽芜蔓，洗去了宫廷诗的旧迹。他们的回归，对中宗文坛意义重大。

中宗朝的人文鼎盛不输武则天朝，《资治通鉴》卷二〇九载：

> 每游幸禁苑，或宗戚宴集，学士无不毕从，赋诗属和，使

上官昭容第其甲乙，优者赐金帛；同预宴者，惟中书、门下及长参王公、亲贵数人而已，至大宴，方召八座、九列、诸司五品以上预焉。于是天下靡然争以文华相尚，儒学忠谠之士莫得进矣。

中宗朝还继续展开作诗竞赛，胜者得赏，输者受罚，如《唐诗纪事》“李适”条载，景龙三年元日“清晖阁登高遇雪”诗会中，宗楚客因“蓬莱雪作山”一句得赐金彩人胜。中宗九月初九临幸渭亭登高，也效仿母亲武则天作序，规定了作诗格式和奖罚措施：“人题四韵，同赋五言，其最后成，罚之引满。”诗会的竞赛性质，无形中促进了作诗技艺的提高。

此外，中宗时的诗人已不像此前那样单纯注重辞藻之繁缛富丽，更重声势的发扬、气氛的渲染，盛唐诗的各类题材（边塞诗除外）如赠友送别、节令风俗、山水景物、登临怀古等也都有涉及和开拓。

在上官婉儿主持下，修文馆游宴赋诗、君臣唱和极频繁。据统计，自神龙元年至景龙四年（705—710）近6年里，中宗参与的游宴诗会就多达50余次。[1]这个数字实在很惊人。虽然后面的开元天宝号称是盛唐诗的年代，可玄宗更爱音乐，是个通音律的音乐家和“梨园领袖”。若单论诗会，中宗是当之无愧的“诗会之王”，中宗朝实为唐代宫廷文学的波峰时段。

---

1. 贾晋华：《唐代集会总集与诗人群研究》，北京大学出版社2001年版。本书武则天朝、中宗朝诗会活动统计信息，皆出于此。

宫廷文学如此活跃，其风气也开始向其他社会阶层扩散。

能参与宫廷诗会，意味着莫大的荣耀。已踏进宫廷文学圈的学士，平时会与志趣相投的同僚友人以诗文互动，因此朝臣间的唱和活动也很频繁。而那些未能踏足内廷的更低层级的官员与士子，也会展开类似的诗文酬唱。

这些活动在形式上效仿了宫廷诗会的种种，诗作也可以视为“宫廷诗”的延伸。在题材调性上有相似处，内容上略有变异，带有较多的生活气息。

譬如陈子昂，他在第一次应科举后就曾停留洛阳，与当地官员交游酬唱。

高宗调露元年（679），陈子昂出三峡，北上长安，游学最高学府国子监。虽然已初获声誉，但这一年的科举他落第了。

调露二年（680）上元夜，陈子昂来到洛阳，与长孙正隐、陈嘉言、韩仲宣、高正臣、崔知贤、高瑾观灯游城，之后以《上元夜效小庾体同用春字》为题联席作诗，诗集由长孙正隐作序。“小庾体”即仿庾信的诗风[1]。陈子昂也写了一首，诗中可见洛阳上元夜的繁闹景象和放夜习俗：

> 三五月华新，遨游逐上春。
> 相邀洛城曲，追宴小平津。
> 楼上看珠妓，车中见玉人。
> 芳宵殊未极，随意守灯轮。

据《旧唐书》卷五“高宗本纪”载：“二年春正月乙酉，宴诸

---

1. 庾信确实写过上元日，即《道士步虚词十首》其二及其八。

王、诸司三品已上、诸州都督刺史于洛城南门楼，奏新造《六合还淳》之舞。”这个晚上，也有普天同庆的皇家宴集典礼。

调露二年（680）正月底，陈子昂又与21位京洛官员赴洛阳城东洛水与伊水交汇处的高正臣别业雅集。众人联席作诗，以“华”字为韵，陈子昂作《晦日宴高氏林亭》，语态自然明朗：

寻春游上路，追宴入山家。
主第簪缨满，皇州景望华。
玉池初吐溜，珠树始开花。
欢娱方未极，林闲散余霞。

《全唐诗》卷八十四载有陈子昂以赋体写成的序，描绘文士雅集场景极生动，结尾引“建安七子”前事作自喻，道出他积极参与洛阳交游活动所存的志向：“岂可使晋京才子，孤摽洛下之游，魏室群公，独擅邺中之会？”

入晚继续宴集，有9人与席，以“池”字为韵，诗集由周彦晖作序。陈子昂作《晦日重宴高氏林亭》：

公子好追随，爱客不知疲。
象筵开玉馔，翠羽饰金卮。
此时高宴所，讵减习家池[1]。
循涯倦短翮，何处俪长离。

---

1. 习家池，又名高阳池，位于湖北襄阳城南约5千米的凤凰山南麓，又名高阳池馆。东汉初襄阳侯习郁在此造府第时，引白马泉凿池养鱼，于池中筑钓台，池侧建馆舍，列植松竹，作为游宴之所。西晋永嘉年间，山简守襄阳时常在此饮宴，改名“高阳池馆”。东晋时，习郁后裔习凿齿在此读书。

到了三月上巳日，陈子昂仍滞留洛阳，又与韩仲宣、崔知贤、高瑾、高球、席元明等宴于洛阳县令王氏的山亭别业，以《三月三日宴王明府山亭》为题，写了分字韵的四言诗，诗集由孙慎行作序。这次雅集很明显是在模仿王羲之的兰亭之会，孙慎行的序也与《兰亭集序》类似。陈子昂的诗作是：

暮春嘉月，上巳芳辰。
群公禊饮，于洛之滨。
奕奕车骑，粲粲都人。
连帷竞野，袨服缛津。
青郊树密，翠渚萍新。
今我不乐，含意未申。

诸人吟咏内容大同小异，都是说流连春景，乐而忘返。只有陈子昂在诗的末尾说："今我不乐，含意未申。"那是因为他到洛阳考进士，刚刚得知"初试落第，故不胜惆怅"。

这几次文士雅集，与会者都是洛阳本地官员，彼此文学趣味相近。属辞典雅，多模仿宫廷宴游诗，语态庄重，亦与主宾身份相符。这是当时宫廷文学圈外围的实况。

这一年，陈子昂频频参与唱和活动，不掩其进取入仕之心，其目标无非是"通汉苑之楼台"，期望更接近权力的中心。

至于"初唐四杰"（骆宾王、卢照邻、王勃、杨炯），闻一多在《唐诗杂论》里谈论了他们年龄、性格上的差异，这里稍补他们的相同处和相通处。

首先，四人都是神童，并且很早就授官。骆宾王7岁能诗，

《咏鹅》家喻户晓，虽未参加科考，也拜为奉礼郎，为东台祥正学士。卢照邻稍晚出生，也是幼读诗书，10岁时即赴江南跟随大儒曹宪、王义方习经史，初为邓王李元裕府典签。杨炯与王勃差不多同年，显庆四年（659）应弟子举及弟，被举神童，待制弘文馆；上元三年（676），再应制举试及第，补授校书郎。王勃也不遑多让，6岁解属文，16岁就进士及第，授朝散郎。

骆宾王还有干谒时的书启文《上吏部侍郎帝京篇启》，王勃也有《上皇甫常伯启》。在考试前投寄作给主考官或关键人，即所谓"行卷"，这方面，他们都是开风气之先的人。

其二，卢照邻、骆宾王、王勃也有互动。

王勃和卢照邻有较密切的交往。咸亨元年（670）八月，他先在益州德阳县与宇文峤、郎余令等宴集，作《宇文德阳宅秋夜山亭宴集序》；九月，卢照邻刚刚罢新都尉，初九，王勃就与卢照邻、邵大震同游梓州玄武山，各作《九月九日登玄武山旅眺》一首；次年三月，王、卢两人还在成都曲水宴集，王勃作《三月曲水宴集得为烟字》，卢照邻作《三月曲水宴得尊字》。洛京城里的文会雅集，在外州也频频举行。

其三，他们都曾在政治上受挫。

骆宾王长期担任书吏，做过武功主簿、长安主簿，仪凤三年（678）入朝当侍御史，因武则天当政，上书讽刺得罪入狱，曾作《在狱咏蝉》抒悲愤。次年遇赦被释。其后武则天废中宗李显，临朝称制，李敬业在扬州起兵，骆宾王入幕府为艺文令，作《代李敬业传檄天下文》严词抨击。《新唐书》载，武则天披览此文时嬉笑自若，读到"一抔之土未干，六尺之孤何托"句时，曾感叹："有如此才，而使之沦落不偶，宰相之过也！"她是很想把骆宾王这样的才士收入彀中的。

卢照邻同样屈居下僚多年，益州新都尉秩满去官，漫游蜀中两年后寓居洛阳，因长诗《长安古意》中“梁家画阁中天起，汉帝金茎云外直”一句有讽意，得罪梁王武三思下狱，幸得友人搭救才得免脱。

杨炯待制弘文馆16年后为崇文馆学士，永淳元年（682）被擢为太子（李显）詹事司直，掌太子东宫庶务。后因伯父杨德干父子随李敬业起兵一事受株连，被贬到梓州做了司法参军。

王勃的经历最冤。他授朝散郎后担任了沛王府修撰，因沛王李贤与英王李显斗鸡，戏作一篇骈体的《檄英王鸡》，被唐高宗逐出了长安。

比他们稍晚辈的陈子昂的经历也与他们有类似之处。陈子昂后来升右拾遗后屡次上书谏诤，一度也因牵连“逆党”下狱，郁郁不得志。

由上可见，他们几位都不是无告身[1]的庶民，也非在野的隐士，而是被贬的朝官或比较外围的文学侍从之臣。相比而言，杨炯后来的命运稍好，被贬两年后的光宅元年（684）就回到洛阳，与石抱忠等会宴于皇甫兵曹宅，写了《宴皇甫兵曹宅诗序》。天授元年（690）杨炯外任秩满回洛阳，奉武则天诏令与宋之问分值习艺馆。官职虽低微，他对武则天却不吝称颂，如意元年（692）还献上了《盂兰盆赋》。

“初唐四杰”与陈子昂都曾进入到初唐的宫廷文学圈，又因政治波折而被抛离到京城之外。正因为经历了挫折，体会到人生蕴含的危机与张力，他们才厚积了感情的浓度与表达的动能，最终突破

1. 北周至隋唐时期的授官凭信，类似后世的委任状。

了齐梁宫体诗的格局，酝酿出初唐诗上升的裂变。

这些离散的才士，正是“性情”的最早的醒觉者。

袁行霈说：“性情和声色的统一，是盛唐诗歌超出于前代而又使后代不可企及的关键所在。”[1]这句话揭示了唐诗繁荣的两个基本要素，“性情”回归了“诗言志”的本怀，故而引出了后面陈子昂的“风骨论”。“声色”是指诗体韵律的构造，故而引出了初唐律诗的定型。两者齐备，诗道就大兴了。

诗体的演进

武则天朝和中宗朝留下了大量应制诗并非偶然。彼时，大量文士通过科举跻身朝阁，比之太宗朝，其宫廷文学圈已愈益扩大。在武则天的推扬、赞助与扶持下，尚文、尚诗已成为时代的新风气。不过，君臣唱和的模式，也从太宗朝政事之余的游乐性质，渐渐带有浓厚的颂圣意味。

武则天重视词臣，奖掖文学，其后唐中宗延续这一轨道，渐次累积，终于在玄宗的开元、天宝年间结出了丰硕成果。在这样的社会政治环境中，吟作的诗人们受到直接的刺激和鼓励，在格律体制、内容题材方面展开了持续的探索与竞赛。他们一方面汲取前代各种文学资源，一方面对旧的文学体制进行革新，不断尝试新的表现手段和题材空间，踵事增华使之臻于完善，开创了盛唐诗的

---

1. 袁行霈：《百年徘徊——初唐诗歌的创作趋势》，《北京大学学报（哲学社会科学版）》1994年第6期。

时代。

武则天朝和中宗朝宫廷诗会、文臣雅集颇多，一方面仍未彻底摆脱齐梁的雕饰旧风，另一方面多数是应制奉和之作，缺少性情的灌注与发挥。习气相因，便嫌累赘重复，故杨慎《升庵诗话》卷十说“命题既同，体制复一，其绮绘有余，而微乏韵度”，薛雪《一瓢诗话》第四八简直全盘抹杀：“此等诗竟将堂皇冠冕之字，垒成善颂善祷之辞，对其献谀呈媚，岂有佳作。”

同时也应看到，在这样的会集互动中，诗人们各逞其才智，互相竞争，探索尝试，使得声律谐和的写作技术获得了重要的突破。至此，律诗的体式日趋完备，直接引导了盛唐诗的到来。

我们今天对唐诗的理解，大多受后置的观念见解所影响。王运熙有一篇《唐人的诗体分类》梳理简要得当，可以让我们一窥唐人自己的分类法。

五七言诗大致分为古体诗、齐梁体、歌行、律诗、乐府五类。

古体诗简称古诗，又有古风、古调诗、格诗诸名称。模仿魏、晋、南朝宋的古诗，不受永明声病说规束，声调古朴自然。主要指五言古体，也兼指七言古体。

齐梁体是在永明声病说指导下，于齐梁时代流行的诗体。特点是重视声病，但未臻完全合律，有失粘、失对以至平仄不调的现象，因而是古体诗发展到律诗中间的过渡样式。从南齐永明年间到唐中宗时律诗定型之前，齐梁体盛行，占据诗坛主导地位。

歌行由汉魏六朝乐府诗中脱出，由南朝鲍照初制。篇幅一般较长，七言为主，兼用五言、杂言。平仄不拘，可换韵，音节、格律较为舒展自由。宋姜夔《白石诗话》描述精当：“体如行书曰行，放情曰歌，兼之曰歌行。”从声调上看，唐人的歌行有古体、齐梁体、古律夹杂体三种情况。大抵初唐时盛行齐梁体，盛唐和中晚唐时则以古体和古律夹杂体为多。

律诗又名今体诗，是讲求声律对偶、在唐代定型并流行的新诗体。唐人律诗的主要样式，有四韵、六韵（多为省试诗）、长律（排律）、二韵（绝句）四种。长律韵数没有规定，长者可百韵，短者十韵。二韵短篇，也称为“小律诗”。

唐人乐府诗可分古题乐府、新题乐府、乐府新曲三类。古题乐府沿袭汉魏六朝古乐府旧题，题旨与内容均不同程度受六朝古乐府的制约。新题乐府摆脱古题约束，注重表现时事，有叙事因素，并可根据内容创立新题。古题、新题乐府均不入乐。乐府新曲则是配合新音乐（燕乐）演唱的曲词。体裁多样，可用五言古体、齐梁体和歌行体，也可用律体。

由以上体式可见，初唐诗坛所酝酿的突破，主要就在律诗的定型上。

自南朝齐永明年间沈约等人提出声律说以后，作诗注重音律就成了趋势。与汉魏古诗的自然音律不同，此时的诗人倾向于将声律引向人为的加工，从形式自由的古体诗向格律严整的近体诗转变。这个转变过程很漫长，起于沈约、谢朓，在初唐经过上官仪和元兢的发挥，最后的完备则是在武则天朝和中宗朝。

声律技巧的研讨就在这期间展开。

从太宗朝到武则天朝，上官仪恐怕是当时影响最大的宫廷诗人，上承杨师道、李百药和虞世南，下开“文章四友”和沈佺期、宋之问，其“绮错婉媚”的诗风号为“上官体”，已表现出追求声辞之美的倾向，《笔札华梁》即是他作诗心得的札记。

上官仪归纳了六朝以来诗歌中的对仗法，在对偶规则方面提出了"六对""八对"之说，扩展了初唐人对于修辞技巧的认知。

上官仪之后又有元兢，对近体诗格律的定型也有贡献，元兢在高宗龙朔中（661—663）任周王府参军，与上官仪之子上官庭芝是府中同僚。总章元年至二年（668—669），元兢与许敬宗、上官仪等同修类书《芳林要览》300卷，又摘选汉代至初唐上官仪诗中佳句，编成《古今诗人秀句》2卷。

元兢又有诗论著作《诗髓脑》1卷，比较清晰地阐明了对仗的运用以及平仄、押韵的声律规范，还提示了前后联粘连（换头）的重要，可谓是初唐声律论的前驱。正如杜晓勤教授所说："元兢提出的调声三术使五言诗创作的调声方法从消极的'病犯'理论发展成了积极的调声术，形成讲究联间粘缀与通篇和谐的诗律。"[1]元兢的论述，后来由沈佺期、宋之问和杜审言等诗人予以了实践。

元兢之后又有崔融。崔融是武则天朝的大手笔，又是珠英学士群的核心成员，作诗律化程度很高。他又著有《唐朝新定诗格》，此书在《日本国见在书目》"小学家"类有著录，《文镜秘府论》东卷《二十九种对》提及"崔氏《唐朝新定诗格》"，地卷《十体》引作"崔氏《新定诗体》"。其内容计有"十体""九对""文病""调声"诸节，"调声"一节直承沈约之说，其余皆集纳当时珠英学士群体对诗律的议论，因此对唐诗律化进程也有重要的推进作用。

先来看五律的定型。

其实在初唐的贞观年间，王绩那首《野望》已经是很标准的五律：

1. 杜晓勤：《齐梁诗歌向盛唐诗歌的嬗变》，北京大学出版社2009年版。

东皋薄暮望，徙倚欲何依。
树树皆秋色，山山唯落晖。
牧人驱犊返，猎马带禽归。
相顾无相识，长歌怀采薇。

推想王绩是隐士，不在主流文学圈内，故而对诗坛整体风气未能构成影响。一般认为，五言律诗的定型是沈佺期、宋之问完成的。《新唐书·宋之问传》称：

魏建安迄江左，诗律屡变。至沈约、庾信，以音律相婉附，属对精密。及之问、沈佺期，又加靡丽，回忌声病，约句准篇，如锦绣成文。学者宗之，号为沈、宋。

这是宋代修史者的看法。

最早将“沈宋”与“律诗”并提的是唐代的独孤及和元稹。独孤及《唐左补阙安定皇甫冉文集序》肯定了他们的“缘情绮靡之功”：

（五言诗）历千余岁，至沈詹事、宋考功，始裁成六律，彰施五色，使言之而中伦，歌之而成声。缘情绮靡之功，至是乃备，虽去雅浸远，其丽有过于古者，亦犹路鼗出于土鼓，篆籀生于鸟迹也。

其后元稹在《唐故工部员外郎杜君墓系铭》中亦说：

唐兴，学官大振，历世之故，能者互出，而于沈宋之波，研练精切，稳顺声势，谓之为律诗。由起而后，文体之变极焉。

元稹所谓“学官”者，就是文学侍从之臣。他也最早为“律诗”定了名。

沈佺期、宋之问两人都精于属对，一首诗中除同联上下句平仄相对，上联下句和下联上句亦平仄相粘，遂使通篇声律和谐。宋之问我们已比较熟悉了，他在武则天和中宗主持的诗会中屡次夺魁，未贬之前，诗材偏狭隘，遭贬之后，诗境渐开拓，诗意也转深沉。唐中宗继位，他和沈佺期都返回洛阳，研练诗体更趋精细。宋之问景龙初年还担任了负责科举的考功员外郎，“及典举，引拔后进，多知名者”，带动景龙年间诗坛功效甚大，遂使这种新格式成为朝野文士共同追求的“今体”。

武后朝的诗会上很多还使用五言古体，而在中宗朝的诗会上，用五言律的就很多了。据统计，当时共54次诗会中，有24次是用五言八句的五言律诗进行创作的，几近一半比例，且诗作合律比例也很高。因此，胡应麟《诗薮》说：“五言律体兆自梁、陈，唐初四子，靡缛相矜，时或拗涩，未堪正始，神龙以还，卓然成调。”

“文章四友”中的杜审言，《诗薮》对他有特别的称扬：“初唐无七言律，五言亦未超然。二体之妙，杜审言实为首倡……唐初五律，必推杜审言为作者。”杜审言现存的28首五言律诗，除一首失粘，其余全部合律，可见杜审言已能娴熟运用这一诗体。上元元年（760）秋天，杜甫作《赠蜀僧闾丘师兄》，诗中说“吾祖诗冠古，同年蒙主恩”，可不是空口无凭的话。这位闾丘蜀僧的祖父闾丘均就是当年杜审言的朝中旧交。[1]

1.《旧唐书·陈子昂传》附“闾丘均传”：“益州成都人闾丘均，亦以文章著称。景龙中，为安乐公主所荐，起家拜太常博士……有集十卷。”

胡应麟又说“初唐五言律‘独有宦游人’第一”，指的是杜审言这首《和晋陵陆丞早春游望》：

独有宦游人，偏惊物候新。
云霞出海曙，梅柳渡江春。
淑气催黄鸟，晴光转绿蘋。
忽闻歌古调，归思欲沾巾。

杜甫诗是不是有乃祖痕迹？这是当然的，杜甫继承了杜审言的文学遗产，又有了新的全面的上升。

律化有力的推扬者还有李峤，他曾一口气写了120首咏物诗，全用五言八句的五律新体，分咏日、月、星、风等各类事物，如诗歌体的迷你百科事典。诗作清词丽句，很便于检索采集，据说还成了国子监学生学作律体的范文。

武则天和中宗朝时的排律也为盛唐诗提供了范式。

这期间的诗会中，五言排律的创作也急剧增加，沈、宋在这方面也有探索。胡应麟说：“沈七言律，高华胜宋；宋五言排律，精硕过沈。”

中宗朝的诗会有11次使用排律的形式，其中六韵频率最高，如宋之问《奉和晦日幸昆明池应制》六韵，就被上官婉儿评为“犹陟健举”。其次是八韵、十韵，也有十四韵的长篇排律，如武平一作于景龙三年（709）十二月的《幸新丰温泉宫应制》。

再来看七律的定型。

从汉武帝柏梁台联句以来，一直到南朝陈、隋，七言诗向来是归于乐府的。因此，沈、宋完成定型的七言律诗并不是五言律诗的增字发展，而应看作乐府歌辞的演变。

七律的定型成熟晚于五律。沈、宋不仅完成了五律的定型，还引五律的粘对法应用于七言诗，完成了七律的体式定型。胡应麟就说过："七言律滥觞沈、宋。"

如沈佺期于外贬途中写的《遥同杜员外审言过岭》，主题是怀想洛阳、期待再度归阙：

天长地阔岭头分，去国离家见白云。
洛浦风光何所似，崇山瘴疠不堪闻。
南浮涨海人何处，北望衡阳雁几群。
两地江山万余里，何时重谒圣明君。

此诗声调和谐、深沉蕴藉，律化作风已成熟，因而被称为初唐七律的奠基之作。他又有一首乐府古题《独不见》，将七律新体糅合了乐府风格，也属上品。姚鼐评说它"高振唐音，远包古韵，此是神到之作，当取冠一朝矣"：

卢家少妇郁金堂，海燕双栖玳瑁梁。
九月寒砧催木叶，十年征戍忆辽阳。
白狼河北音书断，丹凤城南秋夜长。
谁为含愁独不见，更教明月照流黄？

太宗贞观年间和高宗永徽年间，七言合律的很少，此前提到的圣历三年（700）武则天主持的嵩山石淙诗会，七律渐已成形，到中宗景龙二年（708）十二月至景龙四年四月的6次宫廷诗会上，共作七律诗67首，合律者达51首。

这一时期的七律大多是应制诗，几乎未见宫廷以外的七律创作，这也说明了"七律"的定型与成熟，有赖于中宗朝频繁举行的宫廷诗会以及中宗和上官婉儿的推扬。

绝句的定型在律诗定型之后。

“绝句”一词在六朝就已出现，四句称一“绝”，又叫“断句”“短句”，单指五言四句的小诗。庾信就有《和侃法师三绝》和《听歌一绝》。

至初唐，王绩、“初唐四杰”都有近律佳作，但格律未尽规整。五言八句的五律定型后，绝句规式等于律诗减半，随后也开始定型。不过，初唐五绝仍不多，至盛唐才大盛。宫廷诗会亦只有中宗朝景龙四年（710）一月时有过一次，唐中宗赐群臣柏叶，李乂、武平一、赵彦昭各作《元日恩赐柏叶应制》五绝一首，大抵合律。

七言绝句起自南朝乐府歌行，鲍照《夜听妓》、汤惠休《愁思引》和魏收《挟琴歌》即其雏形，这是古绝句。受唐初律诗定型的影响，七绝在唐初亦开始律化。

许学夷《诗源辩体》说：“杜、沈、宋三公，律始就纯，语皆雄丽，为七言绝正宗。”杜审言的七绝多写于外贬途中，沈、宋的几首作于宫廷诗会时，皆体式纯正，律调和谐。

李峤有一首七绝《游苑遇雪应制》，是写洛阳宫中雪景，亦足以与沈、宋媲美：

散漫祥云自圣回，飘摇瑞雪绕天来。
不能落后争飞絮，故欲迎前赛早梅。

另如上官婉儿《驾幸新丰温泉宫献诗三首》其一，亦法度初具：

三冬季月景龙年，万乘观风出灞川。
遥看电跃龙为马，回瞩霜原玉作田。

还有歌行体的演变。

初唐诗的趋势，一方面是律化，另一方面是歌行体的发扬。袁行霈先生《百年徘徊——初唐诗歌的创作趋势》一文中对此有明确的表述：

> 在初唐，诗歌创作的突破主要是由七言歌行承担的，七言歌行带动了一个新的创作方向，对盛唐诗歌新局面的打开，起了重大的作用。在初唐的七言诗里，特别是七言歌行里，有一些是具有里程碑性质的，卢照邻的《长安古意》就是一篇划时代的作品。……初唐的七言歌行上承鲍照，下启盛唐，是很值得注意的体裁。其重要性可以和赋体在汉代的地位相当，初唐之有七言歌行犹如汉代之有大赋。汉、唐两代各有一种文体与之共荣。初唐的七言歌行在体制、规模、技巧等方面都为盛唐七言歌行的发展作了很充分的准备。

初唐七言歌行的盛行与武则天的喜好也有一定关系。宋之问在龙门诗会能够上演“夺袍”的反转剧情，也是因为歌行体的《龙门应制》，他此前那首获得武则天赞赏的《明河篇》也是歌行体。

武则天偏爱七言歌行的勃勃生气，不喜刻板无趣的五言宫体诗，因此身边的文学侍从之臣纷纷呈上类似作品，如李峤《汾阴行》，张说《时乐鸟篇》《邺都引》，富嘉谟《明冰篇》等。歌行的用典明丽、贯通全篇的转韵以及奔放的气势等手法，对盛唐诗的影响很大。故宇文所安说：“盛唐七言歌行保留了许多武后朝流行的七言歌行的主题、类型联系及修辞惯例。”

“初唐四杰”富有浪漫不羁的精神气质，歌行恰是最称手的诗体。他们的歌行因此更具特色，也生动活泼：王勃有《秋夜长》《临高台》《采莲曲》，骆宾王有《帝京篇》《畴昔篇》《艳情代郭氏答卢照邻》等，卢照邻有《长安古意》《行路难》《失群雁》等，唯独杨炯没有七言歌行传世。

第四章 唐诗发达的另三个要素

初唐帝室推动唐诗演进功劳莫大，尤其是武则天秉政时期，将政治、文化重心从长安移至洛阳这一举措，对其影响甚巨。

然而，要全面探究唐诗兴盛的原因，还需跳出文学史范畴，扩展考察其他要素。以下三项不可不提。

氏族的调整

唐太宗执政初期，首件要事即重建新朝的社会秩序。

玄宗、肃宗时的史官柳芳撰有《姓系论》，关于隋唐之际各地氏族观念的差异，论述非常精当：

> 山东之人质，故尚婚娅，其信可与也；江左之人文，故尚人物，其智可与也；关中之人雄，故尚冠冕，其达可与也；代北之人武，故尚贵戚，其泰可与也。

唐高祖起家的武德集团来自关陇豪强，因循西魏、北周，杂取关、代，故崇尚冠冕与勋贵，强调的是军功和政绩。陈寅恪《唐代政治史述论稿》“统治阶级之氏族及其升降”一节也说：

> 有唐一代三百年间其统治阶级之变迁升降，即是宇文泰“关中本位政策”所纠合集团之兴衰及其分化。盖宇文泰当日融冶关陇胡汉民族之有武力才智者，以创霸业；而隋唐继其遗产，又扩充之。其皇室及佐命功臣大都西魏以来此关陇集团中人物，所谓八大柱国[1]即其代表也。

首先，李世民从藩邸到继位承统，一直在吸纳来自山东、江左的士族。至初唐四境统一，南北混同，东西收慑，为稳定政局，继续依赖这一系统，一味以关、代氏族为主干就不合时宜了。第二，此前在北方一直占据主流的山东世族内部也已弊端丛生，譬如尚冠冕者矜于门阀，尚婚姻者溺于财货等。第三，李唐出身的代北豪强本属胡汉混血，在门第上低于山东，此时一跃居上，难免使山东世族心有不服，因此也存在政治上的不稳定因素。

为实现大一统新帝国的抱负与雄心，唐太宗不能不加以整顿。贞观六年（632），诏令高士廉等撰《氏族志》以改革旧族体系，《旧唐书·高士廉传》载：

> 是时，朝议以山东人士好自矜夸，虽复累叶陵迟，犹恃其旧地，女适他族，必多求聘财。太宗恶之，以为甚伤教义，乃诏士廉与御史大夫韦挺、中书侍郎岑文本、礼部侍郎令狐德棻等刊正姓氏。于是普责天下谱牒，仍凭据史传，考其真伪，忠贤者褒进，悖逆者贬黜，撰为《氏族志》。

---

1. 指西魏时期受封的八位柱国大将军，简称“八柱国”，分别为宇文泰、元欣、李虎（李渊祖父）、李弼（李密曾祖父）、赵贵、于谨、独孤信（宇文毓和杨坚岳父，李渊的外祖父）、侯莫陈崇。

贞观八年（634），《氏族志》初稿撰成，仍以山东崔干为第一等，太宗览后很是不满：

> 我今特定族姓者，欲崇重今朝冠冕，何因崔干犹为第一等？昔汉高祖止是山东一匹夫，以其平定天下，主尊臣贵。卿等读书，见其行迹，至今以为美谈，心怀敬重。卿等不贵我官爵耶？不须论数世以前，止取今日官爵高下作等级。

唐太宗所说的“今朝冠冕”囊括了他身边众多的南北文士，表现出明显的崇文倾向。其中不乏出身寒族者，如房玄龄、魏徵、岑文本、杜正伦、马周等，这些要臣皆以文学、辅政才具进入了氏族序列，明确传达了要由武德朝重冠冕、军功向贞观朝重文学才力转型的意思。《资治通鉴》卷一九五载，贞观新氏族等第中列明“今三品以上，或以德行，或以勋劳，或以文学，致位贵显”，文学与德行、勋劳并列，成为重要价值评判标准之一。

文学才具能超越冠冕、贵戚、婚娅、人物这类旧有门阀的壁垒，发挥经世济用之能效，于此为唐代以文教治国的国策奠定了基础。唐太宗晚年自撰《帝范·崇文第十二》说：

> 礼乐之兴，以儒为本。弘风导俗，莫尚于文；敷教训人，莫善于学。因文而隆道，假学以光身……飞英声，腾茂实，光于天下不朽者，其唯学乎？此崇文术也。

令狐德棻、长孙无忌、魏徵所修《隋书·列传第四十一》有一段话，也是君臣同调：

> 然则文之为用，其大矣哉！上所以敷德教于下，下所以达

情志于上，大则经纬天地，作训垂范，次则风谣歌颂，匡主和民。

贞观朝的氏族调整，基调就是平抑世家高门，发挥文教在社会秩序重建中的功能。

风向所导，榜样在前，促使初唐各大家族皆高度重视对后辈文学才能的塑造培养。

文学世家因家族积累深厚，于贞观之初率先崛起。如绛州王氏家族，隋唐之际“文中子”王通和诗人王绩皆隐居不出；王通子王福畤，官至太常博士、雍州司户参军；王福畤有三子王勔、王勮、王勃，人称“三珠树”[1]。

如琅邪颜氏，本世居江左，至颜之推兄弟迁入北朝周、齐，渐成文学望族。入隋后，颜之推子颜思鲁仕宦不显。颜思鲁子颜师古困居长安，十年不得调，因家贫，不得不以教授为业。入唐后，颜师古与弟颜相时先后以文学才能被太宗延揽。颜师古历任中书侍郎、秘书少监、弘文馆学士，是天子近臣，厘正《五经》《五礼》，注《汉书》，一跃成为新朝文化建设的栋梁角色，其家族亦随之中兴，绵延至盛唐、中唐而有称名后世的颜真卿。

又如褚氏家族，世居褚河，自西汉褚少孙始，至唐朝褚遂良的五世孙褚虔，历6个朝代800余年，均为阳翟望族，而褚亮、褚遂良父子都是唐太宗的近臣。

其余还有虞世南、许敬宗、李百药、姚思廉、萧德言、欧阳

---

1. 三珠树是传说中奇木，譬喻才能杰出的三兄弟，出自《山海经·海外南经》：“三珠树在厌火北，生赤水上。其为树如柏，叶皆为珠。”

询、薛元超等家族，张昌宗、张昌龄兄弟所属的冀州张氏家族，盖文达、盖文懿兄弟所属的冀州盖氏家族，亦均属此类文学世家。

关陇勋贵家族也开始逐渐转型。

如弘农杨师道家族，其父杨雄为隋司空，兄杨恭仁以军功为武德年间宰相。杨师道娶桂阳公主，联姻帝室，却以文章为太宗称赏："师道退朝后，必引当时英俊，宴集园池，而文会之盛，当时莫比。雅善篇什，又工革隶，酣赏之际，援笔直书，有如宿构。太宗每见师道所制，必吟讽嗟赏之。"师道兄杨续亦"颇有词学"，从子杨思玄为高宗朝国子祭酒，玄弟杨思敬为礼部尚书，皆擅文学。类似的还有河西令狐德棻家族，洛州赵弘智家族，扬州来济家族，湖州徐齐聃家族、崔仁师家族，均以文学驰名于太宗、高宗两朝。此外，盛唐诗人高适的家族也出自北朝的勋贵后裔。

再一支是新兴的文学家族。

如南阳岑氏家族，昔日在梁、陈时虽有出仕者，但宦位、文名不显。至贞观朝，岑文本官居中书令仍自称"南方一布衣"。此后门族衍续，岑文本从子岑长倩武周时任文昌右相，孙岑羲在中宗朝任修文馆学士、睿宗朝任侍中，岑家历初唐六叶，一门三代为相，文学与政才并举，在盛唐时又培育出了四世孙岑参。

再如陕州上官仪家族。上官仪和女孙上官婉儿历太宗、高宗、武则天、中宗四朝，对初唐文学风气影响很大。类似家族还有晋陵刘子翼家族、相州杜正伦家族、刘伯庄家族和侯孝遵家族等。

杜甫所属的襄阳杜氏家族，虽然其祖先可远追晋代的杜预，可是论实质，其近世地位也类似新兴文学家族。杜甫的祖父杜审言、伯祖父杜易简都是高宗咸亨年间的进士。杜易简官殿中侍御史，与绛州龙门王福畴交好，当初就是他将王勃、王勔、王勮称为"三珠树”，而岑文本又是杜易简的姨兄。

上述这些文学家族的成员很多都是弘文馆学士，有的甚至位居宰辅。为维持家族地位于不坠，彼此又互通婚姻，如虞世南家族与房玄龄家族，岑文本、岑羲家族与徐齐聃、徐坚家族，岑文本家族与杜易简家族等。依赖姻亲关系的缔结，他们彼此奥援而相互扶持。

类似的文士家族还有很多，他们共同构筑了初唐、盛唐时期政治、文化乃至文学的社会基底，这是常被世人忽略的一点。

到高宗、武则天当政时，又发生了新的情况。武则天父亲武士彟出身寒微，虽是追随李渊太原起兵的元老，却不能让武氏跻身《贞观氏族志》高门之列。武氏的社会声望并不高。

武后干预朝政后，遭遇层层阻力，高宗也要打击异己，故而两人一方面联手打击了不肯依附自己的李唐宗室和关陇旧族，另一方面大力擢拔新兴阶层，培植亲信势力。

显庆初，唐高宗命礼部侍郎孔志、著作郎杨仁卿、太子洗马元道、太常卿吕才等12人重修谱牒，显庆四年（659）修成，定名为《姓氏录》。高宗亲为写序，说明体例。《新唐书》载，《姓氏录》共收235姓、2287家，分为9等，文水武氏扶摇直上，成为全国一等门户。《姓氏录》贯彻“崇重当朝冠冕”的品位等第原则比《氏族志》更为彻底，不仅五品以上职事官得以录入，军伍中以军功获五品以上勋官者也谱中有名，而旧士族未在当朝任五品以上官的一概被摒弃，因此所收的姓和家的数量大为减少。

为使《姓氏录》彻底取代《氏族志》，又将原存各地官府的《氏族志》全部收回并焚毁。

《姓氏录》颁布后，一时舆论哗然，旧族将其贬低为“勋格”，以被录入为耻。但这项“士庶合流”的改革举措配合了科举制的完备，使得社会阶层固化的旧局开始松动，打开了下层士人的上升通道，受到天下寒门士子的拥护。

唐太宗的《氏族志》和高宗、武后的《姓氏录》均未能彻底打破延续数百年、根深蒂固的门阀体系，河北崔、卢、李、郑等关东旧族依然故我，在门第上自矜高贵，至高宗后期，这些大族中仍有不少子弟出任朝中宰臣。新旧势力彼此颉颃角力，一直延续到了后世。中唐、晚唐时，牛僧孺、李宗闵与李德裕、郑覃两系的“牛李党争”相持40年，其源头就在初唐开启的新旧势力的对峙。

科举的完备

对唐诗与科举之关系，前人早已勾连起来思考。

如南宋严羽《沧浪诗话》：“或问唐诗何以胜我朝？唐以诗取士，故多专门之学，我朝之诗所以不及也。”

明代胡震亨《唐音癸签》：“唐试士初重策，兼重经，后乃觭奇诗赋。中叶后，人主至亲为披阅，翘足吟咏所撰，叹惜移时。或复微行，咨访名誉，袖纳行卷，予阶缘。士益争竞名场，殚工韵律。诗之日盛，尤其一大关键。”

明代王嗣奭《管天笔记》外编《文学》：“唐人以诗取士，故无不工诗。竭一生精力，千奇百怪，何所不有？”

清代《御制全唐诗序》也有类似评述：“盖唐当开国之初，即用声律取士，聚天下才智英杰之彦，悉从事于六义之学，以为进身之阶。”

这些论述说得都对，但又不太准确。

诗赋取士是科举制度逐步演变后的结果，并非立国之初就如此。而且，诗赋也只是进士科考试项目中一个单项。

李唐初立时，唐高祖武德四年（621）的诏令明确了先经州、县地方预试，以“每年十月”为赴朝廷应试的定例。武德五年三月，又有荐举诏书。标明士人可以“自进”，若无官员举荐“亦听自举”。这是一大进步，标志着自应考试的诞生。不过，当时的科举生员主要来自关陇，偶尔兼及山东、江左一带的官僚子弟，并不面向全国。

贞观十一年（637），唐太宗在洛阳发布《令河北淮南诸州举人诏》。这是唐代制举的开端。诏令中要求“文词秀美，才堪著述”之士参加制举，文学成为科举取士的单独科目。贞观十五年，诏取“文章秀异”；贞观十九年，诏取“鸿笔丽藻美誉陈于天庭”之士。

洛阳还承担了铨选官员的功能，有别于长安铨选，被称为“东选”。《新唐书》卷四五《选举志下》载：“太宗时，以岁旱谷贵，东人选者集于洛州，称为东选。”

其时进士科考试只考“时务策”五道，并无诗赋。时务策就是策论，主要考察实务判识和文笔，才识与文辞并重。徐松《登科记考》录有上官仪进士科的试策，以骈四俪六写成。上官仪于贞观初擢进士第，即召授弘文馆直学士。

贞观朝时，文学优异的进士可以成为文馆学士，出任清要文职，而文馆学士集团正是贞观政治舞台上最耀眼的一个群体，在新朝发挥了重要的辅政作用，世人艳羡，遂将入文馆比作“登瀛洲”。故而培养文馆学士就成了此时各文学家族的共同追求。

唐高宗初登位，即设立了与长安选举平行的“东都选”。《唐会要》卷七十五载：“永徽元年（650），始置两都举。礼部侍郎官号，皆以两都为名，每岁两地别放及第。自大历十二年（777）停东都，是后不置。”洛阳贡举前后延续达127年。

此后，以文学立目的制举考试更加频繁，如永徽元年（650）的“游情文藻、下笔成章科”、乾封二年（667）的“词赡文华科”、上元三年（676）的“词殚文律科”及“文学优赡科”、仪凤二年（677）的“下笔成章科”等。这些科目的设立，反映了对文学才能的进一步重视。

调露二年（680），考功员外郎刘思立奏请“加试帖经[1]与杂文，文之高者放入策”。唐高宗于次年永隆二年（681）八月颁《条流明经进士诏》[2]：

> 自今已后，明经每经，帖十得六已上者，进士试杂文两首，识文律者，然后令试策。其明法并书算举人，亦准此例，即为常式。

进士科加试杂文，于是形成了先试杂文再考策论的考试程序。此“杂文”即包含了诗赋，主要考察应试者的文学才华。

武则天执政后，科举的改革成为一项关键施政措施，以实现打击宗室、关陇势力的既定政治目标。对此议题，陈寅恪亦有充分

---

1. “帖经”的考试方法：主考官任取经书一页，用纸将左右遮盖，中间留一行，再用纸贴住部分，留三五字，要求应试者将所贴之字写出。一般须答对四五条才算合格。所考贴经是《老子》和《孝经》。

2.《唐大诏令集》卷一〇六。

论述：

> 自武后主持中央政权之后，逐渐破坏传统之“关中本位政策”，以遂其创业垂统之野心，故“关中本位政策”主要之府兵制，即于此时开始崩溃，而社会阶级亦在此际起一升降之变动……当时山东、江左人民之中，有虽工于为文，但以不预关中团体之故，致遭屏抑者，亦因此政治变革之际会，得以上升朝列，而西魏、北周、杨隋及唐初将相旧家之政权尊位遂不得不为此新兴阶级所攘夺替代。

首先，扩大应举者的出身地域，尤其重用山东、江左人士[1]。与扩大应举地域相应，又改变科考的侧重：压制明经科，抬高重文词的进士科。此中细节，陈寅恪也有分析：

> 进士科主文词，高宗、武后以后之新学也；明经科专经术，两晋、北朝以来之旧学也。究其所学之殊，实由门族之异。故观唐代自高宗、武后以后朝廷及民间重进士轻明经之记载，则知代表此二科之不同社会阶级在此三百年间升沉转变之概状矣。

于常科以外，又大开制举，《大唐新语》所载：“则天初革命，大搜遗逸四方之士，应制者向万人，则天御洛城南门，亲自临试。”考试优异者，不拘身份、资格、来历，一律破格录用，委以要职。

武则天还亲自主持殿试，选拔人才。《通典·选举》载：“武太

---

1. 参见杜晓勤《地域文化的整合和盛唐诗歌的艺术精神》一文中的《唐初、武后时各地域人士社会政治、文化地位对比表》。

后载初元年（689）二月，策问贡人于洛城殿，数日方了。殿前试人自此始。”这类“市恩遇于士”的做法，对收拢人心是非常有效的。

又下令“内外文武九品以上及百姓咸令自举”，鼓励自荐试官，使在野的才学之士不致遗漏而得重用。

又改进乡贡，扩招生徒，增添科举科目；此外，长安二年（702）还“初设武举”，扩大了选官范围。

数据最有说服力：自高宗显庆元年（656）至武周长安四年（704）的五十年间，共录取进士1040人，平均每年录取20人左右，数字大大超过了高祖武德元年（618）至高宗永徽六年（655）。

武则天择选虽宽，但考核严厉。《新唐书》说：“太后不惜爵位，以笼络四方豪杰自为助，虽妄男子，言有所合，辄不次官之；至不称职，寻亦废诛不少纵，务取实材真贤。”中唐贞元年间拜相的陆贽曾有论奏，评论武则天的用人之术：“课责既严，进退皆速，不肖者旋黜，才能者骤升，是以当代谓知人之明，累朝赖多士之用。此乃近于求才贵广，考课贵精之效也。”

后代史家对高宗、武则天的科举改革多持肯定态度，司马光在《资治通鉴》中说：

> 虽滥以禄位收天下人心，然不称职责，寻亦黜之，或加刑诛，挟刑赏之柄以驾御天下，政由己出，明察善断，故当时英贤亦竞为之用。

陈寅恪在《唐代政治史述论稿》中也说：“进士之科虽设于隋代，而其特见尊重，以为全国人民出仕之唯一正途，实始于唐高宗之代，即武曌专政之时。”

唐高宗、武则天的时代，借由氏族的调整和科举的更张，启动了社会阶层的大转换，将中古的门阀贵族政治一举推向了近世的科举官僚政治。此后“冠冕皂隶，混为一谈”，新旧士族都将维持家族地位的希望系于科举一途。《唐摭言》云：“三百年来，科第之设，草泽望之起家，簪缨望之继世。孤寒失之，其族馁矣；世禄失之，其族绝矣。”而因科举制度的刺激，天下士族开始向长安和洛阳两都集中。

武则天一朝，大批文士经由科举跻身政坛，号称“君子满朝”，娄师德、狄仁杰皆一代名臣，姚崇、宋璟、张说、苏珽等承前启后，到唐玄宗盛唐时也堪称贤相。

至于文学才士，如“北门学士”“珠英学士”“文章四友”皆声名斐然，“初唐四杰”、刘希夷、陈子昂等接踵联翩，终于开出了唐诗的新局。

上述时代转换得以展开的焦点区域，就是东都洛阳。

类书的发达

氏族、科举两个要素都在社会制度层面，比较宏观。唐诗的隆兴还与书籍撰作有关，尤其是文学类书的编纂与普及。这是比较微观、具体的层面。

类书始于魏文帝曹丕令儒士桓范、刘劭、王象、缪袭等人撰集的《皇览》，“随类相丛，凡千余篇”。六朝时也有撰作，北齐后主高纬武平三年（572）撰成的《修文殿御览》，齐梁间撰成的《古今同姓名录》、梁武帝萧衍手下的华林园学士编纂的《华林遍略》。类书有资料工具书的性质（有时也兼有诗文总集和选集的功能），编纂出来主要供撰文作诗时采录辞章典故之用，这是贵族文学的遗风。钱穆说“此等皆沿齐、梁故习”，所论准确。

类书到隋唐五代就愈加兴盛起来，数量有大幅增长。有学者统计，隋唐五代公私修撰的类书共69部8477卷[1]，从隋炀帝至唐玄宗开元中的官修类书就有很多，开元后，仍有不少私人撰述。

隋唐类书的编撰，与当时的文学风尚关联甚大，与唐诗的发达也有关联。闻一多《唐诗杂论》首篇《类书与诗》就专论此节，只不过他“检讨的范围是唐代开国后约略五十年，从高祖受禅起，到高宗、武后交割政权止”。

这里需抛开政事类的《贞观政要》、舆地类的《括地志》以及《翰林学士集》这样的诗文总集或选集[2]，以及史部和经部的类书[3]，单论与文学有关的类书。

我们又要回到隋炀帝了。因隋代就有这么一部类书，叫作《编

1. 贾晋华：《隋唐五代类书与诗歌》《隋唐五代类书考》。

2. 太宗、高宗时期诗文选集或历代诗选不少，《新唐书·艺文志》总集类著录的有：刘允济《金门待诏集》10卷，许敬宗等《文馆辞林》1000卷、《丽正文苑》20卷、《芳林要览》300卷，僧惠净《续古今诗苑英华集》20卷，刘孝孙《古今类聚诗苑》30卷，郭瑜《古今诗类聚》79卷、《歌录集》8卷，孟利贞《续文选》13卷，康显《辞苑丽则》30卷，又《海藏连珠》30卷，卜长福《续文选》20卷，卜隐之《拟文选》30卷，凡13部。还有私撰的《碧玉芳林》450卷、《玉藻琼林》100卷、《笔海》10卷，按名目推想，诗文选集的可能性较大。开元中，又有《文府》20卷，和《续文选》《拟文选》一样，也是《文选》的增补或外编。

3. 高宗龙朔中，张大素撰《策府》582卷，是与科举有关的策论汇编，属经部类书。显庆元年（656）十月，诏许敬宗、李义府等修成《东殿新书》，取《史记》至《晋书》，删其繁辞，龙朔元年（661）书成200卷。高宗亲撰序一篇，这是史部类书。此前隋朝也有一部史部类书叫作《长洲玉镜》，前已介绍。

珠》。这是隋大业七年（611）著作佐郎杜公瞻奉炀帝敕令撰成的，杜公瞻《编珠序》中说：

> 皇帝在江都日，好为杂咏及新体诗。偶缘属思，顾谓侍读学士曰："今经籍浩汗，子史恢博，朕每阅览，欲其故实简者，易为比风。"爰命微臣编录。

隋炀帝说编纂《编珠》的目的是"易为比风"，也即是说，这是为作诗起对而编撰的工具书。该书原为4卷，凡14部：天地、山川、居处、仪卫、音乐为前2卷；又有服玩、珍宝、缯彩、酒膳、黍稷、菜蔬、果实、车马、舟楫，此9部为后2卷，只存目录。这本书原已逸失，清初高士奇在内库废纸堆中寻获，依据原目作了补遗（因此也有人怀疑是托古的伪作）。

它的特点是隶事为对，即是取内容、平仄皆相对的两个词为一对，依次排列条目，条目下注引出处。如天地部"九野、四荒"，注就引了"《吕氏春秋》曰：天有九野。《尔雅》曰：地有四荒"。书名《编珠》的来历，出自本书卷一"天地"部所引《尚书中候》曰："天地开辟，甲子冬至，日月如悬璧，五星若编珠。"意思就是以成对的词条（事条）为纲目分类，前后上下编排成文，如五星、珍珠之连缀。

《编珠》开创的这个体例格式，容易记忆，切实好用，后来还被《蒙求》之类的蒙书继承。

知道了《编珠》的大概情况，对隋炀帝的作诗法也就有了第一手的了解。有了这样的写作参考书，等于拥有了诗材数据库，免去了很多搜肠刮肚的辛劳。

隋朝的另一部类书叫作《北堂书钞》，这是虞世南在秘书郎任上编成，内容凡852类。北堂即隋秘书省后堂，晚唐韦绚编撰的《刘宾客嘉话录》曾叙其事：

> 虞公之为秘书，于省后堂集群书中事可为文用者，号为《北堂书钞》。今北堂犹存，而《书钞》盛行于世。

据此，则这部书是私人摘抄编录的一部类书。又据说虞世南编撰此书是因为“隋炀帝拒谏饰非，官卑职小而无所用事”，借摘抄以自娱。那到底是官修还是私撰呢？从编纂者只一人来看，私撰是肯定的，不过从“北堂”的命名来看，毕竟是在秘书省职官任上的成果，也有一些官方色彩，私撰官定的可能性也是有的。

既然前隋编过类书，那么李唐为标扬文治，就要做同样的事。

唐武德五年（622），秘书丞令狐德棻、侍中陈叔达、欧阳询、裴矩、赵弘智、袁朗等受诏撰《艺文类聚》，武德七年完成。领修人中欧阳询、裴矩、袁朗再加任太子舍人的赵弘智，都是太子李建成藩邸的幕中学士。

《艺文类聚》是现存最早的一部完整的官修类书，按事分类，兼采诗文，分类按目编次，事条在前，均注出处。所引诗文注明时代、作者和题目，并按不同文体，以“诗”“赋”“赞”“箴”等字标明类别，体例上结合了博物百科、文学摘编、写作指导的功用。全书共100卷，100万余字，征引古籍1431种，保存了大量唐代以前的诗文歌赋，其中许多篇章早已失传。

来看一下它前九卷的目录结构：

《艺文类聚》前九卷纲目结构表

卷　数	部　名	目　　名
第一卷	天部上	天、日、月、星、云、风
第二卷	天部下	雪、雨、霁、雷、电、雾、虹
第三卷	岁时部上	春、夏、秋、冬
第四卷	岁时部中	元正、人日、正月十五日、月晦、寒食、三月三、五月五、七月七、七月十五、九月九
第五卷	岁时部下	社、伏、热、寒、腊、律、历
第六卷	地部	地、野、关、冈、岩、峡、石、尘
	州部	冀州、扬州、荆州、青州、徐州、兖州、豫州、雍州、益州、幽州、并州、交州
	郡部	河南郡、京兆郡、宣城郡、会稽郡
第七卷	山部上	总载山、昆仑山、嵩高山、华山、衡山、庐山、太行山、荆山、钟山、北芒山、天台山、首阳山、燕然山、罗浮山、九嶷山
第八卷	山部下	虎丘山、蒜山、石帆山、石鼓山、石门山、太平山、岷山、会稽诸山、交广诸山
	水部上	总载水、海水、河水、江水、淮水、汉水、洛水
第九卷	水部下	壑、四渎、涛、泉、湖、陂、池、溪、谷、涧、浦、渠、井、冰、津、桥

书中目录分类很细，共46部，727个子目。读者循细目，就可以查到唐以前名家的佳篇、名句、习语、用字。

真是实用啊，令人啧啧称奇！无怪乎闻一多先生会在《类书与诗》里面发出疑问：

> 如果它们是《通典》一类的，或《大英百科全书》一类的性质，也许我们还会嫌它们的数量太小。但它们不过是“兔园册子”[1]的后身，充其量也不过是规模较大品质较高的“兔园册子”。一个国家的政府从百忙中抽调出许多第一流人才来编了那许多的“兔园册子”（太宗时，房玄龄、魏徵、岑文本、许敬宗等都参与过这种工作），这用现代人的眼光看来，岂不滑稽？

到了唐太宗的贞观年代，又编成了一部，而且规模大大扩充。

结果大约在贞观十五年（641），果真编成了一部《文思博要》，体量比《艺文类聚》大了10倍。据《新唐书》卷五十九《艺文三》载：“《文思博要》一千二百卷。《目》十二卷。右仆射高士廉、左仆射房玄龄、特进魏徵、中书令杨师道、兼中书侍郎岑文本、礼部侍郎彦相时、国子司业朱子奢、博士刘伯庄、太学博士马嘉运、给事中许敬宗、司文郎中崔行功、太常博士吕才、秘书丞李淳风、起居郎褚遂良、晋王友姚思廉、太子舍人司马宅相等奉诏撰，贞观十五年上。”

这是一个豪华阵容，列名的编纂者都是朝中身居要职的宰臣。闻一多所说的“百忙之中”也一点不假，因为这些人一边要料理政务，一边又兼任了修史官，正在努力编修前代史。这次，唐太宗还亲自参与了《文思博要》的体例编定，《文苑英华》卷六百九十九

---

1. “兔园册子”指《兔园策府》，书名取自汉代梁孝王“兔园”典故。宋王应麟《困学纪闻》卷十四《考史》载：“《兔园策府》三十卷，唐蒋王恽令僚佐杜嗣先仿应科目策，自设问对，引经史为训注。”可见《兔园策府》即科举应试的工具书，因而素为士大夫轻贱。

《文思博要序》载："帝乃亲萦圣情，曲留元览，垂权衡以正其失，定准绳以矫其违，顿天纲于蓬莱，纲目自举，驰云车于策府，辙迹可寻，述作之义坦然，笔削之规大备。"

《文思博要》"笼缃素则一字必包，举残缺则片言靡弃"，将经史子集搜求囊括，的确是魏晋南北朝以来最大的类书，规模超过了前代的《皇览》《华林遍略》《修文殿御览》。很可惜的是，这部类书到南宋时大部分都亡佚了。

唐高宗龙朔三年（663），编成《瑶山玉彩》500卷。这是摘句[1]类书。《旧唐书·孝敬皇帝传》载："龙朔元年，命中书令上官仪、太子宾客许敬宗等，于文思殿博采古今文集，摘其英词丽句，以类相从，勒成五百卷，名曰《瑶山玉彩》。"

《瑶山玉彩》属于国家编纂的大型摘句类书，编撰者上官仪和许敬宗都是当时的诗坛领袖，它的编成对后代文学风尚的影响和推动作用也不小。

唐代最早的秀句集，当是贞观年间学士褚亮奉旨撰成的《古文章巧言语》1卷，这是发端。待《瑶山玉彩》编成后，紧接着总章年间就有元兢编成了《古今诗人秀句》2卷。其后绵延不断，又有僧玄鉴的《续古今诗人秀句》、贞元时王起的《文场秀句》、晚唐黄滔的《泉山秀句集》等，齐己《风骚旨格》1卷也近似，不一而足。

这类秀句类书也有指导写作的实用功能，可在诗人创作时作"发兴"之用。

除此，个人也可根据自己的兴趣私爱自行抄录使用，功能是一

---

1. 摘句又称"秀句"，是文学品鉴的一种方式。"秀句"一词最早见于南朝齐刘勰《文心雕龙》"隐秀篇"以及钟嵘《诗品》。

样的。正如王昌龄《诗格》所说：“凡作诗之人，皆自抄古今诗语精妙之处，名为随身卷子，以防苦思。作文兴若不来，即须看随身卷子，以发兴也。”

在唐代诗人中，李白、杜甫和白居易都在诗中提到过“秀句”。李白《献从叔当涂宰阳冰》中有“秀句满江国，高才掞天庭”，白居易《读李杜诗集因题卷后》中有“文场供秀句，乐府待新词”。杜甫的秀句意识最强，《送韦十六评事充同谷郡防御判官》有“题诗得秀句，札翰时相投”，《解闷十二首》其八有“最传秀句寰区满，未绝风流相国能”，《哭李尚书》有“史阁行人在，诗家秀句传”。

杜甫有摘抄秀句的随身卷子吗？很可能是有的。按他的文学喜好，“清新庾开府，俊逸鲍参军”，庾信和鲍照肯定会抄录，“颇学阴何苦用心”，阴铿和何逊也会列上，“王杨卢骆当时体”，“初唐四杰”肯定也会研究；他到蜀中梓州，曾到访陈子昂故居，作《陈拾遗故宅》说“有才继骚雅，哲匠不比肩。公生扬马后，名与日月悬”，作《冬到金华山观因得故拾遗陈公学堂遗迹》说“悲风为我起，激烈伤雄才”，因此，肯定也会抄录陈子昂的秀句。这些前辈诗人都是他锤炼诗艺的坐标。

编辑秀句集的风气还传入了日本。空海《文镜秘府论》就保存了元兢《古今诗人秀句》的片段。

平安时代，大江维时撰成了日本最早的秀句集《千载佳句》，除几个新罗、高丽诗人外，全为唐朝诗人，实质是日人编选的第一部唐诗秀句集。后面藤原公任兼取唐诗秀句、日本汉诗秀句、和歌秀篇，编成秀句集《和汉朗咏集》，这是体式融合的开始。平安末，藤原基俊仿《和汉朗咏集》体例，又撰成《新撰朗咏集》2卷。此后编纂秀句集的风气持续不断，时有新编。至江户初俳谐文学兴起，俳句本身就以立句为本，因此仿照体例编纂的俳句秀句集也层出不穷。可以说，日本的“秀句意识”一直延续至今。

摘句类书的另一用处是教育方面的，选编一些通俗易懂的诗文，标明写作的范文格式，是很好用的发蒙教材。生徒或学童依循事典秀句，就可以试着学习写作。唐五代时期，此类小型的摘句类书十分流行，在民间广泛传播。莫高窟敦煌文书中就保留了《语对》和《文场秀句》。秀句之类的启蒙书物还远传海外如朝鲜、日本，成为学习汉文的教材。

后面就到了武则天时代。武则天改弦更张，发动编撰了《三教珠英》。编书自圣历二年（699）始，至长安元年（701）十一月书成，全书1300卷，目录13卷。大抵还是以《文思博要》为蓝本增损删改。因武则天崇信宗教，又加入佛道二部，合成三部，儒、道、释于此书中合流。此外还加入了“亲属”“姓氏”“方域”等部。据说书中还插入了武三思、李峤、苏味道等18人的画像。

到唐玄宗的时代，他也跟在前代帝王后面编修了《初学记》这部类书。不过因为他是音乐家，所以编书的目的比较实在。《大唐新语》卷九载：

> 玄宗谓张说曰：“儿子等欲学缀文，须检事及看文体。《御览》之辈，部帙既大，寻讨稍难。卿与诸学士撰集要事并要文，以类相从，务取省便，令儿子等易见成效也。”说与徐坚、韦述等编此进上，诏以《初学记》为名。

编撰这部书不是要和老祖宗们竞赛，不要大部头，就是想让几个儿子学习文艺时有个简便实用的工具书。开元十五年（727），徐坚、韦述编成《初学记》30卷，分24部，313个子目，体例上先分“叙事”，再“事对”，再各体诗文，合叙事、事对、诗文于一体。因取材于群经诸子、历代及唐初诸家诗赋，保存了很多零篇单句。开元年间的《大唐文艺入门读本》就此诞生了。《四库全书总目》对此书评价甚高：“其叙事虽杂取群书，而次第若相连属，与他类书独殊……其所采摭，皆隋以前古书，而去取谨严，多可应用。在唐人类书中，博不及《艺文类聚》，而精则胜之。”

唐代官方的类书编修到此就告一段落了。

代宗大历年间，颜真卿出任湖州刺史时，聚集30余位江南文士编修了一部类书《韵海镜源》。颜真卿高祖颜师古在隋朝时曾与陆法言讨论音韵，陆法言于隋仁寿元年（601）著成《切韵》。初唐诗赋取士和唐诗律化定型后，《切韵》成了世人作诗的用韵标准指南。开元二十年（732）后，孙愐有一个依据《切韵》的增修本《唐韵》。颜真卿“考五代祖隋外史府君与法言所定《切韵》，引《说文》《仓雅》诸字书穷其训解，次以经、史、子、集中两字以上成句者，广而编之”，以韵为纲，加以训解，再附上诸书辞藻，将《切韵》与字书、摘句相合。

白居易也编过类书，即《白氏六帖》，又名《白氏经史事类六帖》，简称《六帖》，共30卷，分1367门。《旧唐书·白居易传》载：“有《文集》七十五卷、《经史事类》三十卷，并行于世。”

白居易编《六帖》的目的，和虞世南编《北堂书钞》差不多，乃“杂采成语故实，备词藻之用”。采辑典籍中各色成语、典故分类编排，主要是用作写作时的参考资料。不过，宋程大昌《程氏演繁露》说《六帖》是为应明经试所作，“白之书为应科第设，则以帖为名，其取此矣”。白居易分司洛阳前没太多空闲，该书估计是他到洛阳后召集部属或门人撰作出来的，因他60岁时曾做过一段时间的河南尹。

据说白居易编《六帖》时，动用了几千只陶罐。每只陶罐上贴有各色标签，从书籍中抄录来的词句就写在纸条上，然后投入对应的陶罐里。于此也可窥见唐人私撰类书的具体手法。只是这个“资料分理处”要存放几千个陶罐，所需空间不小，白居易自己的履道坊家宅里估计是容不下的。

以上种种，可知隋唐时代类书的发达。

有关类书的弊端，闻一多《类书与诗》一文中已说了不少，要点在指出初唐类书助长了齐梁体的堆砌风气，使得这期间的诗成为“类书式的诗”，“太像文学的学术和太像学术的文学”，并且嘲笑初唐是个“大规模征集词藻的时期”。方师铎《传统文学与类书之关系》亦持批评态度，认为类书助长了“饾饤”“獭祭”习气。

从文学批评的角度来说，类书确有这方面的弊端，情况最严重且有文献可征的是在高宗龙朔年间，那是齐梁诗风加强版“上官体”最为风靡的时段。你看，“初唐四杰”之一的杨炯就在《王子安集序》里严厉批评过这种诗风：

> 龙朔初载，文场变体。争构纤微，竞为雕刻。糅之金玉龙凤，乱之朱紫青黄。影带以狥其功，假对以称其美。骨气都尽，刚健不闻。

初唐时，在太宗、高宗两代帝王推扬之下，“上官体”达至顶点，“竞为雕刻”“骨气都尽”，已呈现糜烂败坏的气息。但与此同时，无论对偶、声律还是体式，诗的修辞术演进富有成果，技术上的准备已告完成。它缺少的是“风骨”，是“俊逸”，是“气势”，是“性灵”，是“史识”，这些都要留待后代诗人们来完成。

黄侃《文心雕龙札记》将齐梁以后诗歌创作讲求“用事采言”之风与类书繁荣的关系，讲得十分清楚：“齐梁而后，声律对偶之文大开，用事采言，尤关能事。其甚者捃拾细事，争疏僻典，以一事不知为耻，以字有来历为高……浅见者临文而踌躇，博闻者裕之于平素。天资不足，益以强记，强记不足，助以抄撮……后世《类苑》《书钞》，则输资于文士，效用于谀闻，以我搜辑之勤，祛人翻检之剧之助，此类书所以日众也。”

宇文所安在《初唐诗》中作了一个有趣的文本比对。他仔细比对了虞世南名诗《蝉》与《初学记》鸟部（鳞介、虫附）中的蝉类解说部分，结果发现：“虞诗中几乎每一种要素，包括典故、辞藻、对偶、意象等，都可以在类书中找到出处，可谓‘无一字无来历’。唯《初学记》较后出，虞世南未及见，若把它换成《艺文类聚》（虞世南自撰之《北堂书钞》无虫鸟部）就更有说服力了。”

这个例子，正好证明了齐梁诗风与类书密切关联的一面。骈俪对偶所需的“比类”手法正与类书的体例相吻合。

到开元中《初学记》编成，比类的资料已经无比丰富完备，刘勰在《文心雕龙》“丽辞篇”中感叹的“言对为易，事对为难”已经被克服，不成为问题了。

循着螺旋上升的轨道，此后唐诗迎来了一波又一波的翻新。今天，当我们欣赏唐诗中众多巧妙并置、意蕴丰富的对偶佳句时，就不必数落这高超技艺的初始来源了吧。

对唐代很多诗人来讲，类书是不可无的。

我们现在已知道，博学多闻如虞世南自编了一套类书自用，王昌龄有“随身卷子”来遣发诗兴，而张说、张九龄、元载、白居易、李商隐、温庭筠、皮日休等人也都曾自备类书。这与我们今天写诗遇到瓶颈，需要读一点可以提神醒脑的好作品来刺激自己的创作欲一样。

这其中，晚唐的李商隐就是诗坛中一个特异的类书爱好者，他的诗遣语工丽，用典隐僻又瑰丽，简直就是沉浸在类书中的产物。据说他作诗时书案上总要排满许多展开的书卷作参考。北宋孔平仲《谈苑》云：“李商隐为文，多检阅书册，左右鳞次，如獭祭鱼。”

元人辛文房《唐才子传》作了进一步发挥：“商隐工诗，为文瑰迈奇古，辞难事隐。及从楚学，俪偶长短，而繁缛过之。每属缀，多检阅书册，左右鳞次，号‘獭祭鱼’。”

李商隐还有自编自制的“兔园策”。比如《金钥》，那是语词典故方面的类书，专取前人的四六骈俪语句，分门别类加以编排，这是为写作骈文而用。他在蜀中辗转多年，曾辑录唐以前蜀地方言为《蜀尔雅》，体例也是名物类书的格式；又搜集市井俗谈、谐趣隐语，辑为《杂纂》[1]，从编目方式看，也是“以类相从”的类书编辑法。

诗圣杜甫很可能也有摘抄秀句的随身卷子，以备学习之用。那么，他作诗的时候，会不会也和李商隐一样要翻参考书（文学类书）呢？在他的诗作里可以找到一点间接证据。永泰二年（766）正月元日，杜甫旅居六安时，曾作《又示宗武》，描绘次子宗武学

1. 目前中国、日本都仅存《杂纂》残本。

写诗文时的作派："觅句新知律，摊书解满床。"意思是说："你新近学了一点诗律开始寻词觅句了，为此解开了书卷摊满了床[1]。"从语气和应用场景来看，这也是杜甫的经验之谈。他早年学诗时师法前代诸家，比如庾信和鲍照（《春日忆李白》："清新庾开府，俊逸鲍参军"），比如谢灵运和谢朓、阴铿和何逊（《解闷十二首》其七："孰知二谢将能事，颇学阴何苦用心"）。这些诗人的诗集肯定会放在手边时常琢磨学习。而等到"晚节渐于诗律细"的时候，"老去诗篇浑漫与"，对书籍就没那么依赖了。

杜甫当然也是个爱书人。他晚年辗转迁移各地，旅途中总要携带自己钟爱的书卷。晚年居留夔州时，作有《秋日夔府咏怀奉寄郑监李宾客一百韵》，其中就提到携带的藏书："雄剑鸣开匣，群书满系船。"

后来离夔州、行船赴江陵时，还有一首《大历三年春，白帝城放船出瞿塘峡，久居夔府将适江陵，漂泊有诗凡四十韵》，记述了船上装载的书籍被江水打湿一事："书史全倾挠，装囊半压濡。生涯临臬兀，死地脱斯须。"

在他的箧笥书囊里面，除了他爱读的《文选》、前人的诗文集，还有经书和史书，肯定也会有几卷常用的类书吧。

以上是本书的前半部分，主要讲了唐诗初期发展的"线段"和"切面"。接下来要讲"点"，也就是连缀起这些线段的若干重要诗人，讲讲他们各自与洛阳的关系。

---

1. 这里的床不是指睡床，而是堆放书物的案桌。

第五章 『逆行者』陈子昂

闻一多在《宫体诗的自赎》《四杰》里谈论过“初唐四杰”、刘希夷和张若虚。他将张若虚《春江花月夜》举扬为初唐诗乃至全唐抒情诗的至高点。这也许是对的，但他没怎么提及陈子昂。

前面篇章里已介绍过陈子昂调露二年（680）时在洛阳的活动与诗作，本节说些不一样的内容。

出身背景

7世纪中叶出生的陈子昂，面对的是一个新旧交替大转换的时代，唐朝政治的中心舞台正由长安渐渐移向了洛阳。

此时，门阀制度仍然顽强延续着，前朝的高门和新晋的勋贵把控了各路要津，科举制度虽然日趋完备，为阶层流通打开了一道机会之门，然而依赖家族门第关系网络的荐举也仍然与科举并行。与此同时，围绕帝王的宫廷文人圈刚刚成型，类似上官仪这样的文学侍从之臣一度位居宰辅，正是文士发达的样本（虽然他后来一朝跌落殒命，还差点被灭门）。此外还有很多并非高门大户出身的士人经由这个通道跻身上流阶层，因此，这也是一个一切皆有可能的时代。

那么，陈子昂的出身背景又怎样呢？

他在自撰的《堂弟孜墓志铭》中说：

其先陈国人也。六代祖太乐，梁大同中为本郡大司马。生五代祖方庆，属梁乱，始居新城郡武东山。生高祖汤，为郡主簿。生曾祖通，早卒。通生皇祖辩，少习儒学，然以豪英刚烈著闻，是以名节为州国所服……吾家代虽儒术传嗣，然豪英雄秀，济济不泯。

卢藏用《陈氏别传》记载得更详细，提及陈子昂父亲陈元敬由明经登第授官：

本居颍川。四世祖方庆，得墨翟秘书，隐于武东山，子孙因家焉，世为豪族。父元敬，瑰伟倜傥，年二十，以豪侠闻，属乡人阻饥，一朝散万钟之粟而不求报，于是远近归之，若黾鱼之赴渊也。以明经擢第，授文林郎，因究览坟籍，居家园以求其志，饵地骨炼云膏[1]四十余年。

《旧唐书》记载简略，只说陈子昂“家中世代富豪”。《新唐书》记载与卢藏用所载相合：

其先居新城，六世祖太乐，当齐时，兄弟竞豪杰，梁武帝命为郡司马。父元敬，世高赀，岁饥，出粟万石赈乡里。举明经，调文林郎。

综上，陈子昂不是高门出身，却也不是寒门。他的家族可称官宦世家，虽然隋唐以来有些衰落，但仍属当地豪族。

---

1. “饵地骨炼云膏”都是道家的神仙术。

《新唐书》将陈子昂定义为一位“富家子”：

> 子昂十八未知书，以富家子，尚气决，弋博自如。它日入乡校，感悔，即痛修饬。

卢藏用是陈子昂的挚友，所作《陈氏别传》可信度比较高，记载更详细：

> 始以豪家子驰侠使气，至年十七八未知书。尝从博徒入乡学，慨然立志。因谢绝门客，专精坟典。数年之间，经史百家，罔不该览，尤善属文，雅有相如、子云之风骨。

“弋博”就是射猎、博戏，骑马打猎再加赌博游戏。陈子昂某天和几个赌友走入当地乡学校，这才悔悟立志。总之是很晚才醒悟过来，入梓州射洪金华山道观发奋读书。

平津侯之梦

学有所成后就要用世。大约调露元年（679）前后，陈子昂出三峡，有《渡荆门望楚》纪之：

> 遥遥去巫峡，望望下章台。
> 巴国山川尽，荆门烟雾开。
> 城分苍夜外，树断白云隈。
> 今日狂歌客，谁知入楚来。

又曾漫游燕地。日后有诗《赠严仓曹乞推命录》，讲的是请严仓曹算命（陈子昂很相信命理之说，这是受了父亲陈元敬的影响），兼及回忆自己的青年时代，有“少学纵横术，游楚复游燕”一联。其后入长安，游学最高学府国子监。卢藏用所撰别传中说他：

> 年二十一，始东入咸京，游太学，历抵群公，都邑靡然属目矣，由是为远近所籍甚。

唐代国子监下设国子学、太学、四门学、律学、书学和算学六校，入学须看学生资荫身份（即父祖官爵）。国子学、太学、四门学收三品、五品、七品以上官僚子弟，律学、书学、算学收八品以下子弟及庶人。陈子昂父亲陈元敬曾授“从九品上”的文林郎散官，陈子昂就读的应是后三学，但也可能有例外。

入学过后就有了交往圈，又以诗文干谒当时名公，以求赏识，《旧唐书·文苑传》记载：

> 初为《感遇诗》三十首，京兆司功王适见而惊曰：“此子必为天下文宗矣！”由是知名。

家世不显，或还需要另辟蹊径来求闻达，唐人李亢笔记小说《独异志》记载了陈子昂摔琴、张宴为自己诗文作推广的故事，事或有杜撰不实之处（如说他“京漂”10年），但未必全是空穴来风：

> 陈子昂，蜀射洪人。十年居京师，不为人知。时东市有卖胡琴者，其价百万，日有豪贵传视，无辨者。子昂突出于众，谓左右：可辇千缗市之。众咸惊，问曰：何用之？答曰：余善此乐。或有好事者曰：可得一闻乎！答曰：余居宣阳里。指其第处。并具有酒，明日专候。不唯众君子荣顾，且各宜邀召闻

> 名者齐赴，乃幸遇也。来晨，集者凡百余人，皆当时重誉之士。子昂大张宴席，具珍羞。食毕，起捧胡琴，当前语曰：蜀人陈子昂有文百轴，驰走京毂，碌碌尘土，不为人所知。此乐，贱工之役，岂愚留心哉！遂举而弃之。舁文轴两案，遍赠会者。会既散，一日之内，声华溢都。

不管怎样，陈子昂这时在长安已经初有声誉。

调露二年（680），他第一次参加科举，落第了。恰好这一年，刘思立奏请明经、进士加试帖经、杂文。次年八月，《条流明经进士诏》颁布，这是科举考试制度的新变化。另外，还有诏令地方大员荐举，《华严经传记》第五卷载："调露二年[1]。高宗将封嵩岳，诸州宰牧各以六科举人。"这与《旧唐书》所载吻合："六月辛亥，制大赦天下，改仪凤四年为调露元年。秋七月己卯朔，诏以今年冬至有事嵩岳，礼官学士详定仪注。庚申（九日），前诏封嵩山，宜停。甲寅（十二日），临轩试应岳牧举人。"

另据《旧唐书》"高宗本纪"，从调露元年冬至到调露二年十月，唐高宗都在东都洛阳，十月八日才从东都返回西京。

对陈子昂而言，之前该做的已经做了，此时应乘机打入洛阳士人官员的交际网络（因此时皇帝就在洛阳）。所以我们才会看到他在调露二年洛阳上元夜、晦日、上巳日的雅集活动，当时很可能获得了像京兆司功王适这样的西京官员的引荐。

陈子昂落第后归返长安，而不是蜀中射洪，有赠别友人诗《落第西还别刘祭酒高明府》为证：

---

1. 纪年有误，应为调露元年。

别馆分周国，归骖入汉京。
地连函谷塞，川接广阳城。
望迥楼台出，途遥烟雾生。
莫言长落羽，贫贱一交情。

诗中有“归骖入汉京”一句，“贫贱一交情”又可见明显的身份意识。从事人际交游以求闻达，陈子昂并不是孤立的一例。事实上，过后与他成为莫逆之友并为他作传的卢藏用也是这样：《旧唐书》载，卢藏用在隐居养名之时，就因频繁往来京洛被人嘲笑为“随驾隐士”，某日与道士司马承祯游终南山，还曾受道人奚落，成了“终南捷径”典故的代言人[1]：

藏用指终南山，谓之曰：“此中大有佳处，何必在远？”承祯徐答曰：“以仆所观，乃仕宦快捷方式耳。”藏用有惭色。

弘道元年（683）十二月二十七日晚，唐高宗李治在东都贞观殿去世；第二年文明元年（684），陈子昂进士及第。之前在长安和洛阳的交游必定也发挥了应有的作用。

在尚未授官还是白衣（平民身份）时，因朝中议论高宗灵驾西归一事，陈子昂又有惊人之举，卢藏用记载说：

属唐高宗大帝崩于洛阳宫，灵驾将西归，子昂乃献书阙下。时皇上以太后居摄，览其书而壮之，召见问状。子昂貌寝

---

1. 卢藏用对友人非常好，早年与陈子昂、赵贞固友善，“二人并早卒，藏用厚抚其子，为时所称”。又为陈编次文集和作传，可以说尽到了对亡友的责任，人品是很不错的。

寡援，然言王霸大略，君臣之际，甚慷慨焉。上壮其言而未深知也，乃敕曰：“梓州人陈子昂，地籍英灵，文称伟曜，拜麟台正字[1]。”时洛中传写其书。市肆闾巷，吟讽相属，乃至转相货鬻，飞驰远迩。

机会转瞬即逝，陈子昂抓住临门一脚，写成《谏灵驾入京书》直接上呈天听。武则天给了“地籍英灵，文称伟曜”的嘉许评语，还授了麟台正字的官职。这次上书，作用巨大。很快，东都坊间都在传抄他的诗文，洛阳人站在街头巷尾互相吟赏，甚至还有鬻文贩子到远方外地去兜售他的文章。近百年过后，大历六年（771）十月，赵儋所撰《故右拾遗陈公建旌德之碑》中说：“由是海内词人，靡然向风，乃谓司马相如、杨子云复起于岷峨之间矣。”当时唐人将他比作司马相如和扬雄。

陈子昂完美再现了左思“洛阳纸贵”的奇迹。不过，读者还须注意“貌寝寡援”这几个字。武则天虽然肯定了他的才学见识，却因陈子昂容貌不俊再加性格不太合群，就不是很看重他，只授了他个正字的小官。唐人果然强调“身言书判”，而武则天也是一位“颜控”！

陈子昂与三国王粲、汉代左思的遭遇有点类似：王粲因貌丑不受荆州牧刘表赏识，事见《三国志・魏书》“王粲传”：“表以粲貌寝而体弱通侻，不甚重也。”左思据说也是貌丑口讷，见《世说新语・容止》注引《续文章志》：“思貌丑悴，不持仪饰。亦复效（潘）岳游遨，于是群妪齐共乱唾之，委顿而返。”不过，三人中左

1. “正字”是唐代职官名，北齐始置，与校书郎同主雠校典籍、刊正文章。

思好像是最惨的一个。

唐高宗李治陵寝早在长安西北郊修成，武则天本属意洛阳，但也无法改变。高宗灵柩最终归返长安，于文明元年（684）八月十一日葬于乾陵。

此后武则天前后三次召见陈子昂向他询问政事，陈子昂上书后就不了了之。武则天虽然认同他的诗文才能，但在政治上并不重用他。

待麟台正字秩满，按常例转升从八品下的右卫胄曹参军。陈子昂为继母丁忧守孝结束后，担任了八品上的右拾遗。在谏官任上，曾数次建言而未被采纳。

天授元年（690）九月，武则天即帝位，陈子昂献《大周受命颂》并序，含《神凤》《赤雀》《庆云》及《甿颂》四章，又在上表中大加称颂："今者凤鸟来，赤雀至，庆云见，休气升，大周受命之珍符也……臣不揣朴固，辄献《神凤颂》四章，以言大周受命之事。"《新唐书》本传记载此事时用了"以媚悦后"四字。

他此后也有不少应制之作，如《奉和皇帝上礼抚事述怀应制》《洛城观酺应制》，已跻身文学侍从之臣之列，相比"四杰"，他的仕途可要成功得多。

然而，陈子昂仍有进取的梦想，意欲像汉代公孙弘那样封侯拜相，在《答洛阳主人》一诗中已有所透露：

> 平生白云志，早爱赤松游。事亲恨未立，从宦此中州。
> 主人亦何问，旅客非悠悠。方谒明天子，清宴奉良筹。
> 再取连城璧，三陟平津侯。不然拂衣去，归从海上鸥。

宁随当代子，倾侧且沈浮。

为何会出局？

恃才傲物的诗人本性对陈子昂的仕途很不利。《唐才子传·陈子昂》描述他是“貌柔雅，为性褊躁”[1]。其后在证圣元年（695），陈子昂果然因为交友不慎，与抵制武则天的反对派来往，获罪入狱。具体细节虽不详，但可引陈子昂《谢免罪表》为证：

> 臣某言：月日，司刑少卿郭某奉宣敕旨，以臣所犯，特从放免，伏对恩命，魂魄飞扬。中谢。臣巴蜀微贱，名教未闻，陛下降非常之恩，加不次之命，拔臣草野，谬齿衣冠，臣私门祖宗，幽显荣庆，岂止微臣一身而已！臣宜肃恭名节，上答圣恩，不图误识凶人，坐缘逆党，论臣罪累，死有余辜，肝脑涂地，不足塞责。

武则天并未免去其官职，陈子昂请求从军塞上以抵罪：

> 臣伏见西有未宾之虏，北有逆命之戎，尚稽天诛，未息边戍。臣请束身塞上，奋命贼庭，效一卒之力，答再生之施，庶陛下威命，绥服荒夷，愚臣罪戾，时补万一。

---

1. 这段描述和《旧唐书》对杜甫的评语几乎一模一样：“甫性褊躁，无器度，恃恩放恣。”此外，李白和杜甫也都有献赋给皇帝，这叫作前行后效。他们在同样的境遇中作出了同样的反应。

万岁通天元年（696），陈子昂随武氏宗室、建安王武攸宜大军征契丹。陈子昂对行军方略提出谏言，武攸宜不纳，挥师强攻而致落败。陈子昂《感遇》第三十五首即咏此事：

> 本为贵公子，平生实爱才。感时思报国，拔剑起蒿莱。
> 西驰丁零塞，北上单于台。登山见千里，怀古心悠哉。
> 谁言未忘祸，磨灭成尘埃。

有贾兵曹要去洛阳，陈子昂委托他带去书信，作《登蓟丘楼送贾兵曹入都》：

> 东山宿昔意，北征非我心。孤负平生愿，感涕下沾襟。
> 暮登蓟楼上，永望燕山岑。辽海方漫漫，胡沙飞且深。
> 峨眉杳如梦，仙子曷由寻。击剑起叹息，白日忽西沉。
> 闻君洛阳使，因子寄南音。

由起首二联中“北征非我心”“孤负平生愿”可知，《谢免罪表》中所谓“从军抵罪”或是不得已而为之的保身之道，与他此前屡次上疏劝武则天休兵息战的初衷是违背的。

某日登蓟北城楼，陈子昂写下名作《登幽州台歌》：

> 前不见古人，后不见来者，念天地之悠悠，独怆然而涕下。

这首诗初见于卢藏用撰《陈氏别传》，卢藏用编成的陈子昂诗文集中并未收入。这首诗在唐、五代、宋、元均无征引，各种唐诗选本也未见采录，直至明代杨慎《丹铅总录》卷二一才出现《登幽州台歌》的篇名。陈尚君有《〈登幽州台歌〉献疑》一文，推测此诗或是卢藏用在作传时据陈子昂赠诗加以概括发挥而成（陈子昂初到蓟门时，曾作五古组诗《蓟丘览古赠卢居士藏用七首并序》），目的是在传记中标立陈子昂遗世独立之姿，真正作者或是卢藏用。

圣历元年（698），陈子昂回洛阳。春夏间，杜审言贬吉州司户参军，当时送行者有45人（其中多有东都洛阳的文学侍从之臣），皆赋诗以赠。陈子昂作《送吉州杜司户审言序》，诗皆不存。这是陈子昂参加的最后一次洛阳文士集会[1]。

之后不久，陈子昂就辞官，“以父老表乞罢职归侍”。以父亲年迈身体不好为由申请解官。“天子优之，听带官取急而归。”武则天待他还是很好的，准许他“带职返乡”，仍让他保留了官职。

陈子昂到家乡后，即于射洪西山构筑茅屋数十间，种树采药。卢藏用《陈氏别传》说他：“晚爱黄老之言，尤耽味《易》象，往往精诣。”陈子昂又开始跟着父亲研究《易经》和演算天命。第二年七月，父亲陈元敬过世。

乡居期间，陈子昂作《南山家园林木交映盛夏五月幽然清凉独坐思远率成十韵》以及《感遇》组诗其他散篇，皆寄寓有愤世嫉俗之意。据卢藏用《别传》载，当时陈子昂还曾撰作史书《后史记》，后因父亲去世而中辍：

> 尝恨国史芜杂，乃自汉孝武之后以迄于唐，为《后史记》。纲纪粗立，笔削未终，钟文林府君忧，其书中废。

父亲去世后，陈子昂遭遇当地县令段简逼索，气愤身亡：

1. 可见陈子昂和杜审言也是较亲密的文友，后面杜甫对陈子昂的推重，或也带有这种感念追怀的因素。

> 子昂性至孝，哀号柴毁，气息不逮。属本县令段简贪暴残忍，闻其家有财，乃附会文法，将欲害之。子昂荒惧，使家人纳钱二十万，而简意未已，数舆曳就吏。子昂素羸疾，又哀毁，杖不能起。外迫苛政，自度气力恐不能全，因命蓍[1]自巫，卦成，仰而号曰："天命不佑，吾其死矣！"于是遂绝。年四十二。

"数舆曳就吏"是说县令段简数次派官差上门，让陈子昂坐上篮舆轿子去县衙接受讯问，似乎并不像后代讹传的那样系于狱中经受暴力而死。段简是否受人指使，就无从考证了，只为谋财的可能性也很大。

杜甫在蜀时曾到访陈子昂故居，作《送梓州李使君之任》，其中两联就指此事：

> 遇害陈公殒，于今蜀道怜。
> 君到射洪县，为我一潸然。

可见陈子昂的被害后世已成公论，至少杜甫对此深信不疑。

对于事件真相，葛晓音曾有查证，提到陈子昂在父亲去世后所写的《我府君有周居士文林郎陈公墓志文》，指出这篇墓志文中的"青龙癸未，唐历云微""大运大齐，贤圣罔象"等语句，都暗指了武则天非正朔，也非圣明之君。这在女皇当朝的年代可是谋逆言论，按大唐律令"十恶"条第六"大不恭敬"中"指斥乘舆""无人臣之礼"，皆是死罪。据此推测，这段文字或就是被段简"附会文法"抓住的把柄。

---

1. 蓍草，古人用其茎占卜。

大历六年（771）赵儋所撰《故右拾遗陈公建旌德之碑》中有一段也应引起注意，说的是陈子昂父亲：

> 属青龙末，天后居摄，遂山栖饵术，殆十八年。元图大象，无不达尝。学术拟张平子，风鉴比郭林宗。

“青龙末”指李唐衰微。武则天干政后，陈元敬就辞官栖隐家乡修道。父子俩对武周篡唐心里难道没有疙瘩？很可能他们一直都有抵触，至少内心是纠结矛盾的（虽然武则天对陈子昂有提拔、宽赦之恩，待他不薄）。这时，若再联想之前陈子昂因与反武派的交结而被捕入狱的前事，或就可以勾勒出这位在文学上提倡复古的诗人在政治上的态度了。

复古的“逆行者”

了解了陈子昂仕途生涯的起落浮沉，窥知了他的思想底色，就可以循踪觅迹，去探究他的诗学观念和创作了。他的文学态度与政治态度是合一的。

此前已梳理过由隋入唐的诗歌风尚及其社会生成环境，陈子昂生活的时代就处在初唐诗和盛唐诗过渡交替的转捩点。虽然陈子昂如愿以偿踏入了文学侍从之臣的圈子，之后却逐渐与初唐宫廷诗的倾向产生了疏离。这与他落落寡合的脾性和刚直的政治态度也很有关联。

陈子昂在洛阳写出的《与东方左史虬修竹篇》序，是初唐文学自觉的先声。没错，这位左史东方虬就是在龙门诗会中起初被评为头名，后来被惨夺锦袍的那位。陈子昂序和诗都附在了写给东方虬的信函中：

> 东方公足下：文章道弊五百年矣。汉魏风骨，晋宋莫传，然而文献有可征者。仆尝暇时观齐、梁间诗，彩丽竞繁，而兴寄都绝，每以永叹。思古人，常恐逶迤颓靡，风雅不作，以耿耿也。一昨于解三处，见明公《咏孤桐篇》，骨气端翔，音情顿挫，光英朗练，有金石声。遂用洗心饰视，发挥幽郁。不图正始之音复睹于兹，可使建安作者相视而笑。解君云：张茂先、何敬祖[1]，东方生与其比肩。仆亦以为知言也。故感叹雅制，作《修竹诗》一首，当有知音以传示之。

> 龙种生南岳，孤翠郁亭亭。峰岭上崇崒，烟雨下微冥。
> 夜闻鼯鼠叫，昼聒泉壑声。春风正淡荡，白露已清泠。
> 哀响激金奏，密色滋玉英。岁寒霜雪苦，含彩独青青。
> 岂不厌凝冽，羞比春木荣。春木有荣歇，此节无凋零。
> 始愿与金石，终古保坚贞。不意伶伦子，吹之学凤鸣。
> 遂偶云和瑟，张乐奏天庭。妙曲方千变，箫韶亦九成。
> 信蒙雕斫美，常愿事仙灵。驱驰翠虬驾，伊郁紫鸾笙。
> 结交嬴台女，吟弄升天行。携手登白日，远游戏赤城。
> 低昂玄鹤舞，断续彩云生。永随众仙去，三山游玉京。

看！在原来的文学侍从之臣中又分离出了标尚“汉魏风骨”“正始之音”与“建安作者”的文学小圈子。圈子成员除了陈子昂、

---

1. 指西晋文人张华、何劭。

东方虬，还有序中提到的那位文友解三。

序文直接披露观点，“骨气端翔，音情顿挫，光英朗练，有金石声”，陈子昂提出了明确的作品论；后面的《修竹诗》是借咏物以言志，前半部状写南方修竹姿容，实为诗人的自我写照，后半部写修竹得伶伦[1]赏识而被制成乐器，隐喻他屡次上书、谏言国政之事。诗尾几联写得比较玄乎，仿佛是游仙诗，其实都是深藏用心的暗语，“登白日”“戏赤城”，表露的是更欲上攀的政治抱负。“结交嬴台女，吟弄升天行”一联如果深入解读，这“嬴台女”难道不是在说提拔他的武则天吗？

陈子昂的文学自觉在创作上的表现主要就是效阮籍《咏怀》而写的《感遇诗三十八首》。这组同题诗全采古体，以儒道思想为基底，多数篇章都紧扣时事，或刺君王，或怀黎民，或忧兵祸。组诗并非写成于一时一地，诸篇所咏之事各异，应是多年连续创作的累积连缀，且后期写成的较多。从文字中可判断，写洛阳事的有第十九首，内容是刺武则天佞佛。第二十九首作于垂拱三年（687），是讽武则天欲对西羌和吐蕃用兵。其时陈子昂在朝上还有廷议谏言，用意是一致的。

卢藏用编成文集后，还有一篇《右拾遗陈子昂文集序》。文中对初唐上官仪之流的批判言辞比陈子昂更为激烈、直白，还将陈子昂树立为与绮靡诗风对峙的一位“逆行者”，说他复振了500年来文运。卢藏用不愧是陈子昂的知音。从他的立场看，应该也在陈子

---

1. 伶伦是传说中黄帝时的乐官，乐律的创始者。《吕氏春秋·古乐》：“昔黄帝令伶伦作为律。”《汉书·古今人表》作“泠沦氏”。又代指乐人。

昂、东方虬、解三的小圈子里[1]，可谓同声相应，同气相求：

> 宋、齐之末，盖憔悴矣，逶迤陵颓，流靡忘返，至于徐、庾，天之将丧斯文也。后进之士若上官仪者继踵而生，于是风雅之道，扫地尽矣。《易》曰："物不可以终否，故受之以泰。"道丧五百岁而得陈君。君讳子昂，字伯玉，蜀人也。崛起江汉，虎视函夏，卓立千古，横制颓波，天下翕然，质文一变。

陈子昂主要的文学活动舞台就在神都洛阳，而在时间点上，他比"四杰"更具承前启后的标志性意义，为盛唐诗的展开做好了气格与基调上的准备。杜甫《陈拾遗故宅》一诗标示最为分明：

> 悠扬荒山日，惨澹故园烟。位下曷足伤，所贵者圣贤。
> 有才继骚雅，哲匠不比肩。公生扬马后，名与日月悬。
> 同游英俊人，多秉辅佐权。彦昭超玉价，郭振起通泉。
> 到今素壁滑，洒翰银钩连。盛事会一时，此堂岂千年。
> 终古立忠义，感遇有遗编。

除了杜甫，后世许多诗人主动归入陈子昂这支正脉。

元和元年（806）九月，韩愈为国子博士，向自己的上司、时任国子祭酒郑余庆推荐孟郊，作《荐士》诗，其中就有"国朝盛文章，子昂始高蹈。勃兴得李杜，万类困陵暴。后来相继生，亦各臻阃奥"几联，认为孟郊（也包括韩愈自己）接踵陈子昂其后。

---

1. 从卢藏用对上官仪诗风的厌恶和抵制来看，或可推想洛阳这个文学小圈子与当时掌握宫廷诗评定权力的上官婉儿可能存在的对立关系。杜审言的诗风比较浑厚醇正，或也在其中。

元和三年（808），白居易任左拾遗，作《初授拾遗》诗，其中有一联“杜甫陈子昂，才名括天地”，也将自己纳入了有唐一代由陈子昂启首的诗哲序列中[1]。

陈子昂意欲重塑“汉魏风骨”，但在诗歌体式的构建、修辞的磨砺上稍欠精细，还处在前代诗人“影响的焦虑”中，清初叶燮在《原诗》里也有批评：

> 子昂古诗，尚蹈袭汉魏蹊径，竟有全似阮籍《咏怀》之作者，失自家体段。

复古与翻新，始终是文学演进的两大主题（与挑战）。现在，该轮到李白、杜甫来接棒了。

---

1. 拾遗是唐代谏官名，武则天垂拱元年（685）置。职掌与补阙相同，主要是供奉讽谏、举荐人才，位从八品上。门下省在宣政殿东，故称左省，中书省在西，故称右省，隶属门下省的拾遗、补阙叫左拾遗、左补阙，隶属中书省的拾遗叫右拾遗、右补阙。陈子昂担任过右拾遗，杜甫、白居易担任过左拾遗。宝应元年（762）唐代宗即位后，曾召李白为左拾遗。李白当年病逝于当涂。

第六章 李白、孟浩然与洛阳

郡望与出生地

陈子昂出蜀46年后的开元十三年（725）[1]，又一位青年从四川泛舟出峡，开始了漫游。

李白出场了。

他出生在8世纪初的长安元年（701），差不多就在陈子昂去世的前后。李白与陈子昂的早年生涯类似，都是富贵子[2]，都在20多岁时从蜀中出发，漫游天下又奔走两京之间，开始了人生的冒险。并且，他们在文学观念上也有相通之处，都标举“复古”而追慕汉魏风骨。孟棨《本事诗·高逸》载：

> 白才逸气高，与陈拾遗齐名，先后合。其论诗云：“梁陈以来，艳薄斯极，沈休文又尚以声律，将复古道，非我而谁欤?”

南宋朱熹在《朱子语类》里曾举李白《古风》组诗为例，说明

1. 出峡时间有争议，暂以725年为准。

2. 李白《上安州裴长史书》：“曩昔东游维扬，不逾一年，散金三十余万，有落魄公子，悉皆济之。此则是白之轻财好施也。”

陈子昂带来的影响：

> 李太白诗非无法度，乃从容于法度之中，盖圣于诗者也。《古风》两卷多效陈子昂，亦有全用其句处。太白去子昂不远，其尊慕之如此。

清代翁方纲在《石洲诗话》中勾勒出陈、李在诗学观念上的桴鼓相应：

> 子昂、太白，盖皆嫉梁陈之艳薄，而思复古道者。然子昂以精深复古，太白以豪放复古，必如此，乃能复古耳。若其揣摩于行迹以求合，奚足言复古乎？

以上这些都是两人相似的地方，不过他们又有很多不同的地方。比如陈子昂的郡望来历、先祖年代很清楚，而李白的郡望和出生地就完全是一个谜！有关李白的家世背景，几乎全部凭借推测。

先来看李白自己是怎么说的。开元十三年（725），李白初出峡时，作有《渡荆门送别》一诗：

> 渡远荆门外，来从楚国游。
> 山随平野尽，江入大荒流。
> 月下飞天镜，云生结海楼。
> 仍怜故乡水，万里送行舟。

尾联将上游长江称为“故乡水”，又把江水拟为一路送他出行的友人，无疑这是把蜀中视为了故乡。

出峡差不多10年后的开元二十二年（734），李白在客居的安陆作有《上安州裴长史书》一文，致书的对象裴氏是当地安州都督府的长史：

> 白本家金陵，世为右姓。遭沮渠蒙逊难，奔流咸秦，因官寓家。少长江汉，五岁诵六甲，十岁观百家。轩辕以来，颇得闻矣。常横经籍书，制作不倦，迄于今三十春矣。以为士生则桑弧蓬矢，射乎四方，故知大丈夫必有四方之志。乃仗剑去国，辞亲远游。南穷苍梧，东涉溟海。见乡人相如大夸云梦之事，云楚有七泽，遂来观焉。而许相公家见招，妻以孙女，便憩于此，至移三霜焉。

李白在这份书状中细述家世与个人履历，是难得的第一手材料。不过他此后有一首《江西送友人之罗浮》，又说："乡关渺安西，流浪将何之。"似与上述"少长江汉"的家乡蜀中说不合。

再来看李白同时代人的讲述。

宝应元年（762）十一月，李白去世前将诗文稿交给当涂县令李阳冰，后者辑成《草堂集》10卷并作《序》。《草堂集序》载李白家世源流如下：

> 李白字太白，陇西成纪人。凉武昭王暠九世孙。蝉联珪组，世为显著。中叶非罪，谪居条支，易姓与名。然自穷蝉至舜，五世为庶，累世不大曜，亦可叹焉。神龙之始，逃归于蜀，复指李树，而生伯阳[1]。惊姜之夕[2]，长庚入梦，故生而名

1. 此句用了老子降生典故，葛洪《神仙传》卷一："老子者，名重耳，字伯阳。老子之母，适至李树下而生，老子生而能言，指李树曰：以此为我姓。"

2. 此句用了后稷诞生神话，出自《史记·周本纪》：有邰氏之女姜嫄踩巨人脚印，感孕生下后稷。

> 白，以太白字之。世称太白之精，得之矣。

这里进一步明确其先祖为西凉开国国君李暠，与李唐尊奉的帝裔族系同枝。过后，族人被贬谪条支[1]，于武则天神龙年间逃归蜀中，李白在此降生。

“复指李树”一语很有意思，可理解为重新恢复旧姓，也可理解为入内地后自称李姓。因此，李是否为李白原姓，也有疑点。

“什么？李白不姓李？！”或会有读者朋友这么惊问。是啊，李姓在唐代是帝室之姓，初入内地，为增广人脉而攀附李姓的可能性也是有的。

此外，元和十二年（817），宣歙观察使范传正会同当涂县令诸葛纵，将李白墓由龙山改葬青山，所撰碑志文《唐左拾遗翰林学士李公新墓碑并序》又有新的补充：

> 公名白，字太白，其先陇西成纪人。绝嗣之家，难求谱谍。公之孙女搜於箱箧中，得公之亡子伯禽手疏十数行，纸坏字缺，不能详备。约而计之，凉武昭王九代孙也。隋末多难，一房被窜于碎叶[2]，流离散落，隐易姓名。故自国朝以来，漏于属籍。神龙初，潜还广汉。因侨为郡人。父客，以逋其邑，遂以客为名。高卧云林，不求禄仕。

这样，根据李白自述和与其关系亲密者的转述，综合起来讲，李白本人版本的家世传略即：上祖是世家大姓，本居金陵，西凉开

---

1. 唐代西域地名，在今吉尔吉斯斯坦和哈萨克斯坦一带。

2. 碎叶指碎叶镇，与龟兹、疏勒、于阗并称为唐代“安西四镇”，仿长安城而建。位于中亚今吉尔吉斯斯坦首都比什凯克以东，楚河流域的托克马克市附近。

国君、凉武昭王李暠为其九代祖，属陇西李姓一支；至北凉沮渠蒙逊攻灭西凉后移居长安，其后族人散落，数代为庶民，隋末流落西域条支（碎叶）。神龙初年，父亲李客携家潜回内地，侨居蜀中广汉。“李客”之名也是潜回后所取。

由此可知李白将安西和蜀中并称为家乡的原因。不过，他出生于701年，神龙年间起讫是从705年正月到707年九月，因此，李白更可能生于碎叶。

开元十九年（731）前后，李白旅居洛阳、南阳等地，陆续有诗寄给在安陆的妻子许氏，即《寄远》组诗，其十一首联有“鲁缟如玉霜，笔题月氏[1]书”。这说明他能识读西域文，若非自小在西域习得，恐怕没有可能。因此，他在安西出生的可能性更大。

距离李白年代较近的官修史书《旧唐书·李白传》可能对其家世存疑，故而只记其父亲李客后来的任官，按照他的户籍地写成了山东人：

> 李白，字太白，山东人。少有逸才，志气宏放，飘然有超世之心。父为任城尉，因家焉。

李白为了抬显自己的家世，前后的几番讲述的确有些地方不能相合，然而有关事实大概是明确的：上代为金陵右姓，族属陇西，郡望为长安，后流落西域碎叶，李白或于此降生，其父李客在武则天朝神龙年间携家归返内地，侨居蜀中广汉。李客后任任城尉，李

1. 月氏是西域古族，先游牧于敦煌、祁连间。汉文帝前元三年（前177）至四年时，遭匈奴人侵西迁。

白随迁山东任城。

李白将安西和蜀中同列为家乡并没有问题，蜀中说和西域说不存在矛盾。

关于李白在西域的具体出生地也有种种说法，此处不一一列举。英国汉学家亚瑟·威利在《李白其诗及其人》一书中说："李白肯定出生在碎叶，或者出生在从碎叶回国途中。"是啊，在归国途中出生也有可能。

可是，李白果真如他本人所说是侨居蜀中吗？

北门厄之谜

李白是否侨居蜀中，这一问题，可以尝试从李白的三首诗来破解[1]。

先来看《少年行二首》：

击筑饮美酒，剑歌易水湄。
经过燕太子，结托并州儿。
少年负壮气，奋烈自有时。
因击鲁句践，争博勿相欺。

五陵年少金市东，银鞍白马度春风。
落花踏尽游何处，笑入胡姬酒肆中。

1. 此节参考了王元明讨论李白《叙旧赠江阳宰陆调》诗的数篇论文。

这两首诗应写于李白青年时期，具体作年不详。按唐人习惯，20岁弱冠以前都可称为“少年”，李白二十四五岁出蜀开始漫游，似乎已不能自称“少年”。

第一首吟咏荆轲与鲁句践[1]在邯郸交结的前事，抒发少年郎意欲追慕前辈的豪侠意气。第二首中首句“五陵年少金市东”，颇有看点。“五陵年少”初指汉代长安的贵族子弟，到了唐代，就是泛指纨绔子弟，未必一定与长安有关。后面所提的“金市”，是指哪里的“金市”呢？长安西市有“金市”的别称，从阴阳五行的角度，以“西”为“金”，故以“金市”代指“西市”。

不过，也有反证：陆机《洛阳记》就提及：“金市在大城西，南市在大城南，马市在大城东。按，金市在临商观西，兑为金，故曰金市。”《水经注》：“凌云台西有金市，北对洛阳垒。”《艺文类聚》引《西征记》：“洛阳旧有三市，一曰金市，在宫西大城内。”这里的“金市”都在东汉、魏晋时的洛阳。

最有力的证据还是陈子昂在《晦日宴高氏林亭并序》中的一段：“则有都人士女，侠客游童，出金市而连镳，入铜街而结驷。”

陈子昂诗中提到的“金市”，明白无误就在洛阳。考虑到李白对陈子昂的仰慕和追随，李白所咏是洛阳少年的可能性更大些。另外，倘若李白二十四五岁前一直都在蜀中，他又如何写出青春放浪的都市诗篇呢？仅仅依据传闻写出，似乎不太可能。倘若是出蜀后所写，年纪似乎大了些，不应称为少年。

第二首是《结客少年场行》：

---

1. “鲁句践”见于《史记·刺客列传》，曾与荆轲博戏相争：“荆轲游于邯郸，鲁句践与荆轲博，争道，鲁句践怒而叱之，荆轲嘿而逃去，遂不复会。”

紫燕黄金瞳，啾啾摇绿鬃。平明相驰逐，结客洛门东。
少年学剑术，凌轹白猿公。珠袍曳锦带，匕首插吴鸿。
由来万夫勇，挟此生雄风。托交从剧孟，买醉入新丰。
笑尽一杯酒，杀人都市中。羞道易水寒，从令日贯虹。
燕丹事不立，虚没秦帝宫。舞阳死灰人，安可与成功。

这首诗的写作时间，有系于开元二十年（732），也有系于开元二十三年李白游洛阳时。其中颔联“平明相驰逐，结客洛门东”提示了明确的地点——洛门东。

《水经注·渭水》及《长安志》载：“与洛门相对，去一十三里二百一十步，门外有鲁班所造桥，北对长乐宫，故曰端门。”魏晋时有佚名《苻生时长安谣》其一：“东海大鱼化为龙，男便为王女为公，问在何所洛门东。”以上都说明长安有洛门，不过也可以理解为修辞上的双关，李白也可能是用来借指洛阳。

这是一首拟乐府古题的游侠诗，通篇是写京都少年“古惑仔”式的勇武豪情，后三联以荆轲、秦舞阳旧事做比衬。

《乐府解题》说：“《结客少年场行》，言轻身重义，慷慨以立功名也。”从曹植《结客篇》“结客少年场，报怨洛北邙”取题，庾信和鲍照都有前作。鲍照这首名为《代结客少年场行》，“骢马金络头，锦带佩吴钩。失意杯酒间，白刃起相雠。追兵一旦至，负剑远行游。去乡三十载，复得还旧丘”，前面几段写的是少年仇斗远走他乡30年的故事。

再来看李白的五言长篇古诗《叙旧赠江阳宰陆调》，这首诗所指向的城市空间和事件人物就比较具体了：

泰伯让天下，仲雍扬波涛。清风荡万古，迹与星涛高。
开吴食东溟，陆氏世英髦。多君秉古节，岳立冠人曹。
风流少年时，京洛事游遨。腰间延陵剑，玉带明珠袍。
我昔斗鸡徒，连延五陵豪。邀遮相组织，呵吓来煎熬。
君开万丛人，鞍马皆辟易。告急清宪台，脱余北门厄。
间宰江阳邑，翦棘树兰芳。城门何肃穆，五月飞秋霜。
好鸟集珍木，高才列华堂。时从府中归，丝管俨成行。
但苦隔远道，无由共衔觞。江北荷花开，江南杨梅熟。
正好饮酒时，怀贤在心目。挂席拾海月，乘风下长川。
多沽新丰醁，满载剡溪船。中途不遇人，直到尔门前。
大笑同一醉，取乐平生年。

这首长诗大致可分如此六层：起首两联至“星涛高”，是赞颂陆调的家乡吴地；其后四联至“明珠袍”，是赞美陆调少年时来游京洛时的豪侠风度；下面四联至“北门厄”，讲述当时李白遭逢的“北门厄事件”；以下四联至“俨成行”，是遥想陆调在江阳邑的施政仪容；其后三联至“在心目”，写自己对陆调的怀念，可憾两地相隔而无法相聚共饮；末后四联，写自己准备拜访故友，期待着欢聚共饮。从诗题和内容来看，这是李白准备去江阳访旧友陆调前的赠诗。

《全唐诗》中，《叙旧赠江阳宰陆调》又出现了名为“一本作”的异文。两首有草稿与定稿之分，异文这首细节更多，应该是草稿：

太伯让天下，仲雍扬波涛。清风荡万古，迹与星辰高。
开吴食东溟，陆氏世英党。夫子特峻秀，岳立冠人曹。
风流少年时，京洛事游遨。珍驭红阳燕，玉剑明珠袍。

一诺许他人，千金双错刀。满堂青云士，望美期丹霄。
我昔北门厄，摧如一枝荡。有虎挟鸡徒，连延五陵豪。
邀遮来组织，呵吓相煎熬。君披万人丛，脱我如辘牢。
此耻竟未刷，且食绥山桃。非天雨文章，所祖托风骚。
苍蓬老壮发，长策未逢遭。别君几何时，君无相思否？
鸣琴坐高楼，绿水净窗确。政成闻推颂，人吏皆拱手。
投刃有徐地，回车摄江阳。错杂非易理，先威挫牵强。
城门何肃穆，五月飞秋霜。好鸟集珍木，高才列华堂。
时从府中归，丝管俨成行。但苦隔远道，无由共衔筋。
江北荷花开，江南杨梅熟。挂席拾海月，乘风下长川。
多沽新丰醉，满载到澳船。中途不遇人，直到尔门前。
大笑同一醉，取乐平生年。

这两份诗稿提供了足够多的信息，读来就和前面两首截然不同了。《结客少年场行》《少年行二首》还可理解为拟乐府古题，未必书写实事，这首诗里却明确出现了具体的事件与人物角色。

依据李白自述，可复原事件如下：

昔日李白结识了年少时的陆调，两人成为共游京洛的少年密友（风流少年时，京洛事游遨），因此与其他位高名显的少年郎（满堂青云士）有交游。当年的李白是一位斗鸡徒（我昔斗鸡徒），与另一极有势力且凶狠如虎的斗鸡徒产生了纠纷（有虎挟鸡徒），对方攀结了洛阳纨绔子弟（连延五陵豪），当街挡住了李白的去路，齐来逼迫威吓（邀遮相组织，呵吓来煎熬）。在这紧急关头，正是这位陆调骑上快马，穿过围观的人群去报告了御史大人。御史紧急调来人手，将李白从“北门厄事件”中解救了出来（告急清宪台，脱余北门厄）。

此次被围，李白一直引以为耻，不得不避走他乡，入山修道（此耻竟未刷，且食绥山桃）。

以上陆调救援一事是实有发生的，当时李白和陆调应该年纪相仿，这是两人共同的早年回忆[1]。

事件还原后，我们再来看这首诗的写作时间和地点。有系于天宝八载（749）五月作于金陵[2]，也有推定作于天宝七载[3]，地点也是金陵。夏天时，李白曾到扬州江阳县访故人陆调。

于是，焦点就落在第五联“风流少年时，京洛事游遨”中的“京洛”是指何地了。

毫无疑问，李白遭遇“北门厄”的地点应该就在洛阳。洛阳北门有安喜门和徽安门，安喜门近北市的繁华闹市区，可能性最大。“京洛”不可能单指长安，在这首诗里也没有将长安、洛阳两京并列的意思。

诗中的“五陵豪”才是泛指，不单指长安的纨绔贵公子。储光羲在《洛阳道五首献吕四郎中》其三就这么用过：“五陵贵公子，双双鸡玉珂。”

再来看其他的相关材料，有李白的诗文自述，也有他人的证

---

1. 詹瑛《李白诗文系年》，安旗、薛天纬《李白年谱》，日本汉学家笕久美子《李白年谱》都将“北门厄事件”定于开元十九年（731）李白于长安浪游期间。其时李白31岁，之后一路游历并滞留洛阳，返安陆后，入冬又游随州，岁末归家。倘若李白当时在长安犯事，绝无可能如此逍遥，与诗中“少年”提示的年龄也不合。

2. 詹瑛：《李白诗文系年》，作家出版社1958年版。

3. 安旗、薛天纬：《李白年谱》，齐鲁书社1982年版。

言。先看这首《结袜子》[1]：

燕南壮士吴门豪，筑中置铅鱼隐刀。
感君恩重许君命，太山一掷轻鸿毛。

“燕南壮士”指战国时燕国侠士高渐离，“吴门豪”指春秋时吴国侠士专诸，这当然可以看作李白读《史记·刺客列传》后所作的咏史诗。可细读过后，就会发现里面鼓动着昂扬的游侠精神，而且“燕南壮士”不就是前首说的“满堂青云士”，“吴门豪”不就是少年陆调吗？很可能存在这样的暗指关系。

《君马黄》也是乐府古题，汉乐府鼓吹歌十八曲之一。李白加以翻新，歌颂的是游侠俊友间的生死情谊：

君马黄，我马白。马色虽不同，人心本无隔。
共作游冶盘，双行洛阳陌。长剑既照曜，高冠何艳赫。
各有千金裘，俱为五侯客。猛虎落陷阱，壮夫时屈厄。
相知在急难，独好亦何益。

这首诗有系于天宝十载（751），是年李白经由南阳北上洛阳，也有系于安史之乱爆发后的至德二年（757），然不知依据所在。从所咏内容来看，倒恰好符合李白和陆调早年在洛阳的行迹，很可能就写于“北门厄”事件发生后不久。

还有一首《赠新平少年》[2]：

1.《结袜子》是乐府旧题，郭茂倩《乐府诗集》卷七十四列于《杂曲歌辞》。

2. 新平指邠州，《旧唐书·地理志》：“关内道邠州，开元十三年改豳为邠，天宝元年改为新平郡。”治所在新平县，今陕西彬县。

韩信在淮阴，少年相欺凌。屈体若无骨，壮心有所凭。
一道龙颜君，啸咤从此兴。千金答漂母，万古共暖称。
而我竟何为？寒苦坐相仍。长风入短据，内手入怀冰。
故友不相恤，新交宁见矜？摧残槛中虎，羁绝树上鹰。
何时腾风云，搏击申所能？

清代王琦的《李太白年谱》置此诗于天宝三载（744），安旗与薛天纬合著《李白年谱》推定作于李白初入长安的开元十八年（730）。这首诗前八句，都是引韩信旧事自喻，后半是感叹自己干谒多年毫无结果的困顿。

其中比较突出的就是首联“韩信在淮阴，少年相欺凌”，联系到前面所提的冲突事件，难道不可以置换成“李白在北门，少年相欺凌”吗？洛阳受辱似乎成了刺激李白欲图发奋的一个心结，他想要像韩信那样“一道龙颜君，啸咤从此兴”，出将入相，一雪前耻！

再来看李白开元二十二年（734）在襄阳写的《与韩荆州书》一文。韩荆州即韩朝宗，时任荆州长史兼襄州刺史、山南东道采访使。李白在这份求干谒的自荐书中自陈：“白，陇西布衣，流落楚、汉。十五好剑术，遍干诸侯。三十成文章，历抵卿相。”于此可见，李白15岁时是修习过剑术的[1]。

此次干谒韩朝宗，李白言语太过豪夸自诩，韩朝宗没有什么正面反应，李白又写下了《赠从兄襄阳少府皓》：

1. 晚唐裴敬所撰《翰林学士李公墓碑》里提到李白还想跟裴旻学剑舞：“又常心许剑舞。裴将军，予曾叔祖也，尝投书曰：如白愿出将军门下。”

结发未识事，所交尽豪雄。却秦不受赏，击晋宁为功[1]。
托身白刃里，杀人红尘中。当朝揖高义，举世称英雄。
小节岂足言，退耕春陵东。归来无产业，生事如转蓬。
一朝乌裘敝，百镒黄金空。弹剑徒激昂，出门悲路穷。
吾兄青云士，然诺闻诸公。所以陈片言，片言贵情通。
棣华倘不接，甘与秋草同。

“束发”指成童的15岁时。第三联的“托身白刃里，杀人红尘中”，就很是惊悚（此前《结客少年场行》中也有同样的一联：“笑尽一杯酒，杀人都市中。”）。当年李白在北门，难道曾犯过命案?!

相关的另一条记载，出自最著名的李白超级“粉丝”魏颢。

魏颢原名魏万，号王屋山人。他在天宝十二年（753）离开王屋山寻访李白，过梁园、东鲁，再循李白漫游踪迹过江东、吴越，一路追寻数千里，次年五月在广陵与李白相见，两人遂成忘年交。分别时，李白曾将自己诗文托付给魏颢编集[2]，不幸的是，魏颢在安史之乱中将李白诗文稿遗失，后来搜集残篇编定《李翰林集》（也已逸失），留存的《李翰林集序》中录了这么七个字：

少任侠，手刃数人。

魏颢所记必是出于李白本人口述。这句“手刃数人”与之前那联“托身白刃里，杀人红尘中”或都是李白惯有的虚饰夸张，出于

1. 此联用战国鲁仲连却秦故事和朱亥跟随信陵君以铁锤击杀晋鄙、夺符救赵之事，表明志向。

2. 魏颢返王屋山时，李白写了一首一百二十韵的长诗《送王屋山人魏万还王屋并序》赠别，魏颢回赠《金陵酬翰林谪仙子》。

事后耿耿于怀的某种“报复”心理。李白当时未必曾杀死数人，更可能只是以刀剑击伤对方，否则在洛阳犯下命案后是很难逃脱追究的，陆调也无从解救。如此推想，则李白在洛阳北门被那个凶狠如虎的斗鸡羽及其党羽包围时，确乎曾经持剑与他们交过手。

地点和事件大致搞清楚了，那么“北门厄”发生的时间点呢？

前者《与韩荆州书》里已提过“十五好剑术”，15岁这个年龄多次出现在李白的诗文中，如在蜀中写的《感兴八首》其五有：“十五游神仙，仙游未曾歇。吹笙吟松风，泛瑟窥海月。”这是说他15岁开始从师学道。在“北门厄事件”发生后，李白家中很可能安排他离开洛阳，避居峨眉山。这是较合理的推测。

又有《感兴八首》其三：

> 裂素持作书，将寄万里怀。眷眷待远信，竟岁无人来。
> 征鸿务随阳，又不为我栖。委之在深箧，蠹鱼坏其题。
> 何如投水中，流落他人开。不惜他人开，但恐生是非。

诗中写急盼亲人来信，自己打算提笔写信又恐怕生出是非来，只得将之收藏在书箱底部。这样忐忑的心情，不是很符合出走洛阳后的境况吗？

此外，李白作为斗鸡徒的能力也在《上安州裴长史书》一文中得到了验证：

> 又昔与逸人东严子隐于岷山之阳，白巢居数年，不迹城市，养奇禽千计，呼皆就掌取食，了无惊猜。广汉太守闻而异之，诣庐亲睹。因举二人以有道，并不起。

饲养斗鸡时，教其进退搏斗，需要掌握唤禽术。李白到蜀中后，似乎把这套方法用在了驯养禽鸟上，还引起了当州太守的注意。

如果对“北门厄事件”的推测成立的话，李白避地蜀中也就可以理解了。

由李白《上安州裴长史书》中自称“曩昔东游淮扬，不逾一年，散金三十余万”，可推知李白家族财力雄厚。陈寅恪和郭沫若都曾推测李白父亲李客为归返内地的商人，武则天、中宗、玄宗朝时唐帝国经营商业的中心就在洛阳，李客神龙初携家归返内地后，洛阳当然是最佳选择。按魏颢《李翰林集序》中描述，李白“眸子炯然，哆如饿虎”，面容有西域人的混血特点。由此或也能推知李白母亲是碎叶胡女。父亲为洛阳商人，再加上自己15岁时因“北门厄事件”而避居蜀中，李白无法依循正常官学渠道进入科举，故而后来只能走“终南捷径”了。

此外，《旧唐书》所载“（李白）父为任城尉”之说应该也不是虚妄杜撰。官修史书记载多依玄宗、肃宗两朝的《起居注》《时政记》而来，李白曾入职翰林，这应该是他公开申报的记录，并经中书、门下两省核实。由此推知李白避居蜀中后，父亲李客也离开洛阳，移居到了任城。

开元二十四年（736），李白携夫人、女儿绕道太原移家任城，在当地定居20多年，后因躲避安史之乱才迁往楚地。

从李白所留诗文来看，其亲族成员很多在任城及附近地区任官（说是迁入洛阳后重新缔结的远亲关系也无妨）。李白初来任城时，六叔在任城当县令，从兄在中都县当县令，族弟李凝在单父当主簿，从祖在济南当太守，近世族祖李辅在鲁郡当都督。任城按唐代行政等级属中下县，县尉是最低品级的从九品下。李客移居任城后，将商人身份遮去，依托亲族网络和财力，通过举荐出任县尉是很有可能的。这样，李白父亲也完成了他的身份转换。李白移居也是和父亲团聚。

洛阳的交游与讴歌

身世调查告一段落，下一环节就讲李白的洛阳书写了。“北门厄事件”之后，李白又是什么时候第一次归返洛阳的呢？

李白出蜀后漫游天下，来到安陆，娶故宰相许圉师孙女许氏为妻，在白兆山隐居，有所谓“酒隐安陆，蹉跎十年”之说，其间屡屡干谒失败，似乎不曾回到洛阳。

唐玄宗开元年间多次移驾东都，开元二十二年（734），玄宗幸东都，据《旧唐书·玄宗本纪》载，第二年春正月曾有诏令推举天下才士：“其才有霸王之略、学究天人之际、及堪将帅牧宰者，令五品已上清官及刺史各举一人。”

这年秋天，李白自安陆北上，经唐州方城、汝州东，过龙门而抵洛阳，其时作有《秋夜宿龙门香山寺，奉寄王方城十七丈、奉国莹上人、从弟幼成令问》：

> 朝发汝海东，暮栖龙门中。水寒夕波急，木落秋山空。
> 望极九霄迥，赏幽万壑通。目皓沙上月，心清松下风。
> 玉斗横网户，银河耿花宫。兴在趣方逸，欢余情未终。
> 凤驾忆王子，虎溪怀远公。桂枝坐萧瑟，棣华不复同。
> 流恨寄伊水，盈盈焉可穷？

末尾二联状写龙门萧瑟秋景，流露了功业未成的愁绪。结合前文的“北门厄事件”前情，“棣华不复同”“流恨寄伊水”更像是李白在重返洛阳后对今昔之变的感叹。此时距离避走蜀中已有19年。

这次回洛阳，李白很可能是受到了元丹丘的邀约。

元丹丘又称“丹丘子”“丹丘生”，是李白的终身挚友。两人可能早在蜀中时就结识。李白天宝九载（750）所作《秋日炼药院镊白发赠元六兄林宗》中有“投分三十载，荣枯同所欢”一联，可知两人结识已30年，而元丹丘亦称元林宗，林宗为字。出峡第二年，即开元十四年（726）的秋天，李白从襄阳出发，由南阳石门山至颍阳，曾访问元丹丘，作诗《题元丹丘颍阳山居》《颍阳别元丹丘之淮阳》。

开元二十二年（734），元丹丘隐于嵩山，曾邀李白前往。李白作《题嵩山逸人元丹丘山居》答谢，诗前有序：

> 白久在庐、霍，元公近游嵩山，故交深情，出处无间，喦信频及，许为主人，欣然适会本意。当冀长往不返，欲便举家就之，兼书共游，因有此赠。

两人隐居嵩山期间，李白为元丹丘写了不少诗，如《元丹丘歌》《题元丹丘山居》《观元丹丘坐巫山屏风》等。

开元初，玉真公主入道后于王屋山仙人台下建灵都观，元丹丘招引李白的一个原因或就是为了寻找机会向玉真公主引荐李白。李白有《玉真仙人词》：

> 玉真之仙人，时往太华峰。

清晨鸣天鼓，飙倏腾双龙。
弄电不辍手，行云本无踪。
几时入少室，王母应相逢。

这首诗往往系于李白入长安时，宋蜀本在“时往”二字旁有注：“一作西上。”玉真公主常在华山、王屋山修道，元丹丘也常至华山、王屋山，有李白诗《西岳云台歌送丹丘子》可证。如按“西上”理解，就说明玉真公主此时就在王屋山灵都观或洛阳，不在长安。从诗中“几时入少室”一句看，元丹丘或正等待时机，待玉真公主到嵩山别馆时引荐李白。

不过，貌似这次联络并没有取得成功，因为直到天宝元年（742），玄宗才因为玉真公主与贺知章的引荐而将李白征召入京。

这次在洛阳，李白还结识了元丹丘的族弟元演。天宝年间，李白曾作《忆旧游寄谯郡元参军》，细述与元演前后之分合聚散。诗首段五联即追忆与元演在洛阳纵酒游乐的往事：

忆昔洛阳董糟丘，为余天津桥南造酒楼。
黄金白璧买歌笑，一醉累月轻王侯。
海内贤豪青云客，就中与君心莫逆。
回山转海不作难，倾情倒意无所惜。
我向淮南攀桂枝，君留洛北愁梦思。

这一段写得恣肆豪迈，今天读来仍仿佛沾了唐朝飘来的酒气。李白虽然素有豪语夸饰的习惯，但在酒楼结伙豪饮必定也是常事。

此次来洛阳，李白还结识了另一个“粉丝”崔宗之。崔宗之作有《赠李十二》，记载了他与李白的初次见面。时间是在“凉秋八

“诗仙”李白

九月”，地点是在洛阳某处“白露空园亭”，与李白上首龙门诗中“木落秋山空”时节相合。崔宗之描绘李白的样貌举止是：“袖有匕首剑，怀中茂陵书。双眸光照人，词赋凌子虚。”诗末尾邀李白到他的嵩阳别业去隐居。

李白有酬和诗《酬崔五郎中》：

朔云横高天，万里起秋色。壮士心飞扬，落日空叹息。
长啸出原野，凛然寒风生。幸遭圣明时，功业犹未成。
奈何怀良图，郁悒独愁坐。杖策寻英豪，立谈乃知我。
崔公生民秀，缅邈青云姿。制作参造化，托讽含神祇。
海岳尚可倾，吐诺终不移。是时霜飙寒，逸兴临华池。
起舞拂长剑，四坐皆扬眉。因得穷欢情，赠我以新诗。
又结汗漫期，九垓远相待。举身憩蓬壶，濯足弄沧海。
从此凌倒景，一去无时还。朝游明光宫，暮入阊阖关。
但得长把袂，何必嵩丘山？

因为“幸遭圣明时，功业犹未成”，对崔宗之邀他到嵩阳别业隐居一事，李白称谢婉拒。他来到洛阳的目的很明确，就是为了“朝游明光宫，暮入阊阖关”，也就是入朝求官。

李白开元中返洛阳还有其他诗可作证据，如《古风》其十八咏天津桥散朝场景，《古风》其四十六咏五凤楼，都是他此次在洛阳时的实地见闻。

我们之前说过，玄宗在位期间曾频繁行幸洛阳，最后一次即开元二十二年（734）至二十四年。李白出蜀后数次来洛阳，最早一次就在元丹丘招引时。

李白在开元二十二年（734）秋至二十三年冬这段时间并不是

一直都在洛阳。开元二十二年初冬，他曾与元丹丘、元演暂离洛阳，结伴去嵩山、仙城山、随州访问道友。这年冬天，众人曾在随州胡紫阳餐霞楼宴饮，李白作有《冬夜于随州紫阳先生餐霞楼送烟子元演隐仙城山序》。过后三人在随州分途：元丹丘去了峨眉山；元演暂隐仙城，后回长安；李白则返回了安陆。

李白为求官还曾做过一次努力。开元二十三年（735）初，当得知玄宗在洛阳诏令“五品以上清官及刺史各举一人”时，他曾去襄阳投书韩朝宗，作《上韩荆州书》。李白在文中所列举的经韩朝宗推荐而任官的几人中就有之前结识的崔宗之。因此，李白此举或许也是听从了崔宗之的建议。

五月，李白应元演之邀，渡黄河、越太行，北游太原。这件事在《忆旧游赠谯郡元参军》中也有记录：“五月相呼渡太行，摧轮不道羊肠苦。行来北凉岁月深，感君贵义轻黄金。”李白在太原所写的《秋日于太原南栅饯阳曲王赞公贾少公石艾尹少公应举赴上都序》中将时事背景说得很明确：“今年春，皇帝有事千亩。湛恩八埏，大搜群才，以缉邦政。而王公以令宰见举，贾公以王霸升闻。”“有事千亩”所指即开元二十三年（735）正月玄宗在洛阳亲耕籍田事，“大搜群才”指下诏举人一事。

该年秋末冬初，李白自太原返洛阳，与从峨眉山返回的元丹丘重逢。李白作《闻丹丘子于城北山营石门幽居，中有高凤遗迹，仆离群远怀亦有栖遁之志，因叙旧游以赠之》。

冬天，李白离洛阳回安陆。临出发前在龙门夜宿，作《冬夜醉宿龙门觉起言志》，发出“青云当自致，何必求知音”的感叹！他这次的洛阳之行毫无结果。

《行路难三首》其一也写于居停洛阳期间。从“将登太行雪满山”一句可知，是与元演共游太原之前：

金樽清酒斗十千，玉盘珍羞直万钱。
停杯投箸不能食，拔剑四顾心茫然。
欲渡黄河冰塞川，将登太行雪满山。
闲来垂钓碧溪上，忽复乘舟梦日边。
行路难，行路难，多歧路，今安在？
长风破浪会有时，直挂云帆济沧海。

《行路难》也是乐府古题，李白的忧愤茫然非常明显，但是心中的万丈豪情仍在。尾句“长风破浪会有时，直挂云帆济沧海”，极其奔放开阔，成了千古名句。

还有《春夜洛城闻笛》，或也作于此次重返洛阳时：

谁家玉笛暗飞声，散入春风满洛城。
此夜曲中闻折柳，何人不起故园情。

诗中提到的“折柳”即《折杨柳》笛曲，本乐府“鼓角横吹曲”调名，将折柳曲写入诗中，多是为表离情别绪。此后杜甫在夔州曾作《吹笛》，诗中也有“故园杨柳今摇落，何得愁中曲尽生？”一联。不过，杜甫这是为了表达思洛之情。

此外，在开元二十三年（735）春正月，李白或还献上了《明堂赋》。赋中所言“帝躬乎天田，后亲于郊桑”以及“考休征兮进贤才”正与史书所载玄宗在洛阳亲耕籍田、下诏举人事相合。李白献赋也不是头一次。早在开元九年春，他就曾作《大猎赋》，由苏颋推荐上听；天宝元年（742）重新改定后，亲自进献了玄宗。

日本汉学家吉川幸次郎先生曾说，安史之乱前的李白“忙着歌颂人间的快乐”。然而，行乐或只是李白的表面。从以上《冬夜醉宿龙门觉起言志》《行路难》《春夜洛城闻笛》不难看出，在纵情豪迈的另一面，李白实有难以排解的焦虑与愁绪。

据魏颢《李翰林集序》，李白后来终于迎来了转机：

> 白久居峨眉，与丹丘因持盈法师达，白亦因之入翰林，名动京师，《大鹏赋》时家藏一本，故宾客贺公奇白风骨，呼为谪仙子。由是朝廷作歌数百篇。上皇豫游，召白，白时为贵门邀饮，比至半醉，令制《出师诏》，不草而成，许中书舍人。

持盈法师即玉真公主。李白结交道人，得到元丹丘的有力援助，终于打通了直达天听的捷径。被玄宗征辟入朝时，李白正随另一位道士吴筠隐于剡中，可谓步了卢藏用的后尘。

李阳冰《草堂集序》记载了李白入朝过后的经历：

> 天宝中，皇祖下诏，征就金马，降辇步迎如见绮、皓。以七宝床赐食，御手调羹以饭之，谓曰：卿是布衣，名为朕知，非素蓄道义何以及此？置于金銮殿，出入翰林中，问以国政，潜草诏诰，人无知者。

可是，充当“翰林供奉”这样的文学侍从之臣并不是李白的志向，也不符合他自由不羁的性格。时间一长，他就要借酒消愁，而一饮酒，行为往往就放诞任气。

李白在长安的醉酒频率实在太高。他在翰林院中醉饮：“时公已被酒于翰苑中，仍命高将军扶以登舟，优宠如是”（范传正《唐左拾遗翰林学士李公新墓碑并序》）；他在贵门宴集中醉饮：“白时为贵门邀约，比至半醉，令制《出师诏》，不草而成，许中书舍人”（魏颢《李翰林集序》）；他也在市井酒肆醉饮：“日与饮徒醉于酒肆。玄宗度曲，欲造乐府新词，亟召白，白已卧于酒肆矣。召入，以水洒面，即令秉笔，顷之成十余章，帝颇嘉之”（《旧唐书·文苑列传》）；“有诏供奉翰林。白犹与饮徒醉于市”（《新唐书·文艺列传》）。

李白的恃才傲物，也因得罪了翰林院其他朝士而引起谤议。最有力的一条谤议就是说他或因醉酒而误事，不宜长久出入禁闼。他后来被放出，与此大有关系。范传正《唐左拾遗翰林学士李公新墓碑并序》中就说玄宗虽然“甚爱其才，或虑乘醉出入省中，不能不言温室树[1]，恐掇后患，惜而逐之”。另外一条就是李白的诗人脾性不适合任官，故而玄宗虽然很赏识他的“才藻绝人，器识兼茂”，终究觉得他“非廊庙器”，故而“优诏罢遣之”。

从天宝元年（742）“征就金马”，到天宝三载“帝赐放还”，李白的三年长安生涯一度达成了个人的理想。但这个梦太容易醒来，也实在太过短暂，恍兮惚兮，如同坐了一趟过山车。不消说，辞离宫阙时他是怀有无名怨愤的。

天宝三载（744）夏天，李白离长安东返，路过洛阳时与杜甫结识。唐代诗坛的两颗巨星在此交汇了！

千年过后，闻一多先生在《唐诗杂论》中发出了这样的惊叹：

> 我们四千年的历史里，除了孔子见老子，没有比这两人的

---

1. 出自《汉书》，大臣孔光休假回家，与家人闲谈，家人问长乐宫温室殿有什么树木，孔光默然不语。后以“温室树”指代朝廷的机密。

会面，更重大，更神圣，更可纪念的了。

可惜的是，李白并没有留下诗文记述此次会面。他在洛阳没有过多停留。这里是他少年时的成长地，也是伤心地，所以触目所见都会引发惆怅吧！此后他又与杜甫、高适结伴漫游梁宋[1]。

自此过后，李白与洛阳渐行渐远。对他来说，洛阳终究成了过去的记忆。

忧国书写

天宝十四载（755）十一月初九，安禄山于范阳起兵，安史之乱猝不及防地爆发了。

战乱初起时，李白携宗夫人南奔避难，春天至当涂。不久闻听洛阳陷落，中原混乱，于是自当涂返回宣城，避难剡中。

往来宣城、当涂之间时，李白作《奔亡道中五首》，其四直接写到了洛阳，抒发国破家散之悲痛：

> 函谷如玉关，几时可生还？
> 洛阳为易水，嵩岳是燕山。
> 俗变羌胡语，人多沙塞颜。
> 申包惟恸哭，七日鬓毛斑。

门人武谔特来江南探访，李白就委托他去接出其时陷在东鲁的

---

1. 梁宋，今开封商丘一带。

儿子伯禽，并作《赠武十七谔并序》：

门人武谔，深于义者也。质本沉悍，慕要离之风，潜钓川海，不数数于世间事，闻中原作难，西来访余。余爱子伯禽在鲁，许将冒胡兵以致之，酒酣感激援笔而赠。

马如一匹练，明日过吴门。乃是要离客，西来欲报恩。
笑开燕匕首，拂拭竟无言。狄犬吠清洛，天津成塞垣。
爱子隔东鲁，空悲断肠猿。林回弃白璧，千里阻同奔。
君为我致之，轻赍涉淮原。精诚合天道，不愧远游魂。

“狄犬吠清洛，天津成塞垣”是李白咏叹洛阳的哀歌。当此危难之际，李白很幸运，有这样一位忠勇友人出手相助，故而感激涕零，援笔赠诗。

另有《古风·其十九》：

西上莲花山，迢迢见明星。素手把芙蓉，虚步蹑太清。
霓裳曳广带，飘拂升天行。邀我登云台，高揖卫叔卿[1]。
恍恍与之去，驾鸿凌紫冥。俯视洛阳川，茫茫走胡兵。
流血涂野草，豺狼尽冠缨。

诗的前半段如同一部山间游仙的奇幻影片。李白若生长在现代，定是个好导演。诗中连续长镜头一镜到底，直至随仙人驾鸿飞升；过半快到结尾时，镜头迅速下降到洛阳川，眼前陡然呈现出一幅叛军横突、遍地流血、狰狞恐怖的末世全景图。因为富有对比的

1. 卫叔卿为传说中的仙人，曾乘云车降临汉宫见汉武帝。出自《神仙传》卷四。

强度，这首诗十分鲜明动人，是反映安史战乱的佳作。

此后，洛阳每每出现在李白的纪事诗或咏怀诗里，如《南奔书怀》中的“欃枪扫河洛，直割鸿沟半”，《扶风豪士歌》中的“洛阳三月飞胡沙，洛阳城中人怨嗟。天津流水波赤血，白骨相撑如乱麻”，《北上行》中的“奔鲸夹黄河，凿齿屯洛阳。前行无归日，返顾思旧乡”，《经乱后将避地剡中留赠崔宣城》中的“双鹅飞洛阳，五马渡江徼。何意上东门，胡雏更长啸”，《猛虎行》中的“秦人半作燕地囚，胡马翻衔洛阳草”，《在水军宴赠幕府诸侍御》中的“胡沙惊北海，电扫洛阳川”，《狱中上崔相涣》中的“胡马渡洛水，血流征战场”，《赠张相镐二首》中的“誓欲斩鲸鲵，澄清洛阳水”，《江夏赠韦南陵冰》中的“胡骄马惊沙尘起，胡雏饮马天津水”。

洛阳在李白晚期诗中出现的频次比长安多得多。李白时刻牵挂着洛阳，借此寄托了自己的忧国情怀。洛阳俨然成了舞台前景以及帝国崩解危机的象征。

宝应元年（762）十月，洛阳终于被唐军收复。一个月后，李白于当涂病逝。去世前，他应该已经获知了洛阳光复的消息。这一年，玄宗与肃宗也相继去世，那个一度绚烂无比的开元、天宝时代也正式落幕了。

孟浩然的“洛漂”生涯

孟浩然是怎样一个人？

唐人王士源在他编集的《孟浩然集》中有一篇“序”，他所描绘的孟浩然是这个样子的：

> 骨貌淑清，风神散朗。救患释纷，以立义表。灌蔬艺竹，以全高尚……文不为仕，伫兴而作。故或迟行，不为饰动以求真；故以诞游，不为利期以放性。

王士源勾勒出了一幅标准的隐士肖像，孟的风姿气度仿佛晋代陶潜再世。

孟浩然20多岁时与同乡张子容同隐鹿门山。鹿门山曾是东汉庞德公隐居之地，这已经足以标明心志了。不过鹿门山与孟浩然家宅很近，他常常两边往来，所以也算不上真正的山中隐居，相当于静心读书的一处别业。

张子容不久就下山应考，孟浩然作有《送张子容进士赴举》。开元元年（713），张子容进士及第。大约两三年后，孟浩然便离开襄阳，游历湘楚各地；其后数次出入长安或洛阳，最终还是返回了襄阳故庄。孟浩然终身是个不曾做官的白衣。

李白在《赠孟浩然》中，就称赏了孟浩然的隐士风度：

> 吾爱孟夫子，风流天下闻。
> 红颜弃轩冕，白首卧松云。
> 醉月频中圣，迷花不事君。
> 高山安可仰，徒此揖清芬。

闻一多先生在《唐诗杂论》中评说孟浩然是“为隐居而隐居，为着一个浪漫的理想，为着对古人一个神圣的默契而隐居”。

这些都是对孟浩然的赞美。

孟浩然果真对仕进毫无兴趣吗？

也不尽是，他在不少诗作中都流露出求荐出仕之想：如《陪卢明府泛舟回岘山作》末句:“犹怜不调者,白首未登科。”《与白明府游江》末句:“谁识躬耕者,年年梁甫吟。”除此之外,他也常常因为无人汲引而发出落寞的感叹,如《留别王侍御维》颈联云:“当路谁相假,知音世所稀。”《夏日南亭怀辛大》:“欲取名琴弹,恨无知音赏。”

《孟浩然集》现存250多首诗作中,过半都与寄赠、酬答、送别、宴饮、登高、怀人等题材有关,这些都是社会交际的产物,而不是单纯的隐士田园诗。孟浩然是入世的,并且终身处于仕与隐的矛盾纠结中。

这是唐代士人的常态,本不必惊诧。这一点,施蛰存先生解说得最好[1]:

> 并不是说孟浩然不配称为隐士。他还是隐士。唐代知识分子由进士及第而从政,叫作入仕。落第回家,终生不得官职叫归隐。唐代所谓隐士,仅仅意味着此人没有功名,不像宋以后的隐士,根本不参加考试,不求功名,甚至韬光养晦,甘心使自己默默无闻,老死无人知道。

襄阳离洛阳不远,孟浩然多次往来洛阳,又曾在洛阳寓居过一段时日,也是“洛漂”之一。不过,与其他家乡遥远者不同,他在洛阳往往有现实的交游考虑。

他首次游洛大概在开元九年(721)春夏之间,这次是去探访

1.《唐诗百话》“孟浩然五言律诗三首”。

同乡友人袁瓘[1]，作有五言绝句《洛中访袁拾遗不遇》：

洛阳访才子，江岭作流人。
闻说梅花早，何如北地春。

不巧的是，袁瓘此时已贬官岭南，孟浩然这首五绝没有情感上的渲染，尾联却蓄有深情。南方天暖，梅花早开，怎么及得上北地的春天呢？他盼望着友人能够早日遇赦归来。

开元十一年（723）冬，孟浩然因中书令张说举荐而初次入京。据王士源《孟浩然集序》说，其间孟浩然曾参与了长安的一次诗会：

闲游秘省，秋月新霁，诸英华赋诗作会，浩然句曰：微云淡河汉，疏雨滴梧桐。举坐嗟其清绝，咸阁笔不复为继。丞相范阳张九龄、侍御史京兆王维、尚书侍郎河东裴朏、范阳卢僎、大理评事河东裴总、华阴太守郑倩之、守河南独孤策率以浩然为忘形之交。

这次虽然打入了新一代文学侍从之臣的圈子，可是，结识这些“忘形之交”并没有给孟浩然带来直接的助益。

开元十二年（724）冬，孟浩然又去了洛阳。因玄宗于该年十一月移驾洛阳，准备第二年十月从洛阳去泰山封禅。大约在此期间，孟浩然与18岁的储光羲交往，作有《同储十二洛阳道中作》：

珠弹繁华子，金羁游侠人。

1. 袁瓘，襄阳人，后移居宋州。喜剑术，与孟浩然、储光羲友善，玄宗时任左拾遗。

酒酣白日暮，走马入红尘。

这一天，我们的田园诗人大概在酒楼饮酒，一直喝到日暮时分才罢休[1]。此诗尤带朦胧醉态，诗人走马街衢中，所见不是贵公子就是游侠。从题目可见，酒楼中一同饮酒的还有储光羲。两年后，储光羲进士及第，与崔国辅、綦毋潜同榜，这年他才20岁，出仕算很早了。

又据《旧唐书》载，孟浩然在开元十六年（728）40岁时曾入京应试。这是孟浩然第二次入京，来去都曾途经洛阳。开元十八年秋冬之际离长安。经洛阳将至南阳时，道途为大雪所阻，作《南阳北阻雪》（也题为《南归阻雪》）一诗以纪之：

我行滞宛许，日夕望京豫。旷野莽茫茫，乡山在何处？
孤烟村际起，归雁天边去。积雪覆平皋，饥鹰捉寒兔。
少年弄文墨，属意在章句。十上耻还家，徘徊守归路。

孟浩然黯然返乡，思虑万千，对自己半老生涯做出了反思：因为我年轻时只爱好章句诗文，这是被“文学”耽误了啊。“十上耻还家”一语极其沉痛，以10次上书秦王、游说未成的苏秦自譬，抒发前途的无望。

又据《资治通鉴》载，开元十九年（731）十一月至开元二十年十月，唐玄宗“驾幸洛阳”将近一年，此后由洛阳北巡并州而还长安。开元二十年春，孟浩然又来洛阳，这次待了有将近一年的时间，可称之为孟浩然的“洛漂时段”。

---

1. 孟浩然爱饮酒，有李白《赠孟浩然》诗可证：“醉月频中圣，迷花不事君。”

寒食节时，他作《李氏园卧疾》：

我爱陶家趣，园林无俗情。
春雷百卉坼，寒食四邻清。
伏枕嗟公干，归山羡子平[1]。
年年白社客，空滞洛阳城。

在李姓朋友园宅养病，隐居之意又变得浓重，觉得仕途烦累，不如像子平那样归隐。从“年年白社客”可知，孟浩然几乎每年都会来洛阳，只是未必都会在诗中提到。“空滞”一语也是和《南归阻雪》一样，是反思生涯寥落。

大约同时同地，他又作《题李十四庄兼赠綦毋校书》：

闻君息阴地，东郭柳林间。
左右瀍涧水，门庭缑氏山。
抱琴来取醉，垂钓坐乘闲。
归客莫相待，寻源殊未还。

李姓朋友的别庄在洛阳城东面，次联可见具体位置。孟浩然借居这里当然要赞美主人的园宅。前文已提到，綦毋潜功名未得时，曾作《早发上东门》，其中就有“空染洛阳尘”一句。孟浩然《李氏园卧疾》吟出“空滞洛阳城”，呼应了两人羁旅洛阳的共同经历。这或许就是诗题中要“兼赠綦毋校书”的原因。

春末夏初，他又作《姚开府山池》：

---

1. 子平，是东汉向长的字。向长隐居不仕，精通老、易之学。

主人新邸第，相国旧池台。
馆是招贤辟，楼因教舞开。
轩车人已散，箫管凤初来。
今日龙门下，谁知文举[1]才。

姚开府即初唐名相姚崇，开元九年（721）已过世。某日，孟浩然去慈惠坊观览了姚崇旧宅。尾联自比东汉孔融，抒发怀才不遇之叹。

又去寻访僧人故友，夏秋之际，孟浩然来到香山寺，拜访了僧湛然[2]，作有《寻香山湛上人》：

朝游访名山，山远在空翠。氛氲亘百里，日入行始至。
谷口闻钟声，林端识香气。杖策寻故人，解鞍暂停骑。
石门殊豁险，篁迳转森邃。法侣欣相逢，清谈晓不寐。
平生慕真隐，累日探灵异。野老朝入田，山僧暮归寺。
松泉多逸响，苔壁饶古意。愿言投此山，身世两相弃。

开元二十一年（733），孟浩然再去长安。这年秋天有雨涝，孟浩然作有《秦中苦雨赠袁左丞贺侍郎》。离长安东返，经潼关时又作《初出关旅亭夜坐怀王大校书》，“王大校书”即诗人王昌龄。晚秋时再到洛阳暂停，此后不久，就动身去吴越了。

孟浩然在吴越停留了3年，与同乡老友张子容重逢。在游访拜会中，又结交了天台山道士。司马承祯自高宗朝、武则天朝时就很有影响力，玄宗及玉真公主都尊其为师，天台山正是司马承祯的道

1. 文举，指东汉末年名士孔融，“建安七子”之一。

2. 1988年，洛阳市龙门镇魏湾村出土了开元二十八年（740）的“郑德曜墓志”，卢僎撰，湛然书隶。

场。孟浩然与天台山道人交往，或也是无可奈何的迂回之策。

吴越之游过后，孟浩然就再没有来洛阳。

开元二十五年（737）夏天，张九龄被贬荆州长史，孟浩然应邀入幕，在荆州待了有一年，其间主要是跟从张九龄参加当地宴游雅集，《望洞庭湖赠张丞相》是名作：

八月湖水平，涵虚混太清。
气蒸云梦泽，波撼岳阳城。
欲济无舟楫，端居耻圣明。
坐观垂钓者，徒有羡鱼情。

“坐观垂钓”终究是无趣的，“徒有羡鱼情”则透露了落寞的心境。

这时，孟浩然患上了背疽。为此，他不得不于次年春夏间自“九龄幕府疾归，回襄阳养疾”。

这年秋天，王昌龄被贬岭南途经襄阳，孟浩然曾作《送昌龄王君之岭南》一诗相送，其中就有“已抱沈痼疾，更贻魑魅忧”一联。在襄阳静养一年多后，病情已好转，其间还外出拜访友人，作有《疾愈过龙泉精舍呈易业二公》。

开元二十八年（740）秋，被贬岭南的王昌龄遇赦北还，过襄阳时，再次上门拜问孟浩然。刚刚病愈的孟浩然与之宴饮，因进食河鲜[1]病发而亡，事见王士源《孟浩然集序》：

---

1. 痈疽是皮肤和皮组织下化脓性炎症，严重时会诱发败血症，此病忌食生冷水鲜。据说令孟浩然丧命的是汉江的查头鳊。孟浩然喜食此鱼，见其《岘潭作》一诗：“石潭傍隈隩，沙岸晓夤缘。试垂竹竿钓，果得查头鳊。美人骋金错，纤手脍红鲜。因谢陆内史，莼羹何足传。”因此，当天招待王昌龄时很可能就吃了鱼鲙（即生鱼片）。

> 开元二十八年，王昌龄游襄阳。时孟浩然疾疹发背，且愈。相得欢甚，浪情宴谑，食鲜疾动，终于冶城南园。年五十二。

孟浩然的终身不仕，向来有种种说法。后面两则笔记故事，可资对其性格的了解。

一则与山南采访使韩朝宗[1]有关，载于王士源《孟浩然集序》。韩朝宗很欣赏孟浩然的诗，因公入京时就带孟浩然同去。事先还在朝中做了一番宣传，并和孟浩然约好了引谒的时间。到了约定那天，孟浩然正与其他友人聚饮，旁人提醒他：你不是和韩公约好时间了吗，怎么忘了呢？这样恐怕不太好吧。你猜孟浩然如何回复：

> 浩然叱曰：仆已饮矣，身行乐耳，遑恤其它。遂毕席不赴，由是闲罢，既而浩然亦不之悔也，其好乐忘名如此。

以现代白话翻译，孟浩然的回答就是："我已经在喝酒了，只图行乐，怎么还顾得上其他事呢。"他虽然放了韩朝宗一个很大的鸽子，但态度很坚决，事后也不后悔。

另几条和唐玄宗有关。大都是说在某个场合，玄宗偶遇了孟浩然，然后让他吟诗，可以孟浩然作的诗一点不讨喜，直接对皇帝发了通牢骚，完全不加修饰遮掩，导致无果而终。

这些故事也不能全部归结于文人的杜撰编排，总还是有些实际的影子。孟浩然这个人的确有些骄傲又有些任性，在他的隐士身份上，应该加上这样的性格色彩。

---

1. 就是李白《与韩荆州书》里的那个韩朝宗。

第七章　杜甫的归洛之思

仁风坊少年

李白一生栖泊各地，孟浩然是襄阳人，他们都是洛阳的过客。与他们不同，杜甫可是个不折不扣的洛阳土著。

杜甫曾祖父杜依艺为巩县令，族人遂居巩县。巩县在洛阳东面虎牢关内，一直隶属洛阳。杜甫的祖父杜审言就不用说了，他历经高宗朝、武则天朝、中宗朝，曾出任洛阳丞，过后多在洛阳任官。因此，杜氏家族大多定居洛阳或洛阳周边。

杜甫就出生在巩县。他出生的那年，唐玄宗即位，他是标准的“开元子”。不过，生母崔氏在他幼年就去世了，据杜甫自撰《唐故范阳太君卢氏墓志》《唐故万年县君京兆杜氏墓志》可知，由于父亲杜闲在外任官，自家和娘家皆无人照看，因此他很小的时候就寄养在洛阳仁风坊二姑母（即万年县君）家中，由二姑母抚养。杜甫的童年和少年时期大多是在洛阳度过的。

姑母视杜甫为己出，非常疼爱。有一事可证：二姑母也有一子，年龄略大，是杜甫的表兄。某年时疫肆虐洛阳，杜甫与表兄都染了病。姑母寻医问药，得巫医指点说，孩子靠房柱东南睡觉就可痊愈。姑母念及侄子可怜，便将原本睡在房柱东南的亲子与杜甫调换。不久，杜甫痊愈，而姑母之子不幸夭折。杜甫对这件事有深刻记忆，日后常常追忆感念。他对姑母的感情是很深的。

他年纪很小的时候就开始学作诗文了（因为有杜审言这样的诗人祖父，这应该也是杜氏一族的家学吧），《奉赠鲜于京兆二十韵》中有“学诗犹孺子”一句。晚年写《壮游》，又回忆了少年时文学起步的经历：

> 往昔十四五，出游翰墨场。斯文崔魏徒，以我似班扬。
> 七龄思即壮，开口咏凤凰。九龄书大字，有作成一囊。
> 性豪业嗜酒，嫉恶怀刚肠。脱略小时辈，结交皆老苍。
> 饮酣视八极，俗物都茫茫。……

诗中回忆自己第一次咏诗，“七龄思即壮，开口咏凤凰”，和骆宾王咏《鹅》的年纪一样。虽然幼年所咏的凤凰诗没有留存下来，也可窥见他学诗的早熟。“九龄书大字，有作成一囊。”祖父杜审言对自己的笔书可是很骄傲的，曾自诩“吾笔当得王羲之北面”。可见杜甫自小就开始了严格的习字训练。

十四五岁时，少年杜甫就开始和洛阳文坛的前辈们交往了。“斯文”一句下有杜甫自注：“崔郑州尚、魏豫州启心。”崔尚是久视二年（701）进士，魏启心是神龙三年（707）进士，两人都比杜甫大二三十岁，都曾做过刺史。他们虽然不是文章名士，却愿和少年杜甫交游，可见那时的杜甫已经才学初具。引荐杜甫结识他们的人，应该就是杜甫的父亲杜闲。杜闲开元五年（717）为郾城尉，开元二十年左右擢为奉天令。崔尚和魏启心应该都是杜闲平时交往较多的官员，也常居洛阳。

李龟年是当时有名的音乐家，擅歌吟，吹筚篥、奏羯鼓，又精于制曲，深得唐玄宗的喜爱。大约开元十四年（726），15岁的杜甫曾在洛阳见过李龟年。大历四年（769）三月，杜甫离岳阳泊潭州，停留到翌年春天，不期而与安史之乱后流落江南的李龟年重逢。杜甫《江南逢李龟年》一诗，即回忆开元初在岐王宅和崔九府中与李龟年频繁相见的情形：

岐王宅里寻常见，崔九堂前几度闻。
正是江南好风景，落花时节又逢君。

据徐松《唐两京城坊考》载，李龟年曾在洛阳通远坊建有宅邸，笔记小说《明皇杂录》说其奢侈豪华超过一般公卿，史称“中堂制度甲于都下”。到中唐时，裴度在洛阳东南洛水之滨、定鼎门外午桥营建别庄，曾将李龟年通远坊故宅买下，屋宇拆解后移至午桥庄，重建为“绿野堂”，此是后话。

“岐王”即李范，玄宗的弟弟，雅好文艺，敬慕才士。“崔九”即崔涤，中书令崔湜的弟弟，玄宗时曾任殿中监，深得宠幸。又据闻一多先生考证，岐王宅在洛阳尚善坊，崔涤宅在遵化坊。由杜诗可知，这两处都是当时东都洛阳著名的文艺沙龙。

杜甫在年少时就频频出入名流府邸，得以受到多方面的文艺熏陶。故而在《壮游》诗里会如此表白：“脱略小时辈，结交皆老苍。饮酣视八极，俗物都茫茫。”换成白话就是：“我那个时候是不跟一般小孩子玩的，结交的都是名士老宿，酒喝到酣畅时就环顾天下，睥睨那些无见识的俗物。”他这个模样，很像自己的祖父杜审言呐！

关于杜甫少年行迹，还有几份自述。如天宝十四载（755）杜甫在《进封西岳赋表》中所说的“少小多病，贫穷好学”，如《奉赠韦左丞丈二十二韵》中所说的“读书破万卷，下笔如有神”，似乎自小就是个天分颖悟的学霸。其实也不尽然，他在成都草堂所作的《百忧集行》里就追忆了自己少年时的另一面："忆年十五心尚孩，健如黄犊走复来。庭前八月梨枣熟，一日上树能千回。"

他攀爬的，是二姑母家仁风坊庭院中的梨树和枣树吧！

离洛漫游

杜甫第一次离开洛阳外出漫游是在 19 岁，即开元十九年(731)，去的是北方郇瑕[1]这个地方。此行结识了韦之晋和寇锡。冯至先生在《杜甫传》中说，那年洛水、瀍水泛滥成灾，冲毁了天津桥和永济桥，许多扬州来的商船沉溺河中，千余户民房倒塌。杜甫出游郇瑕，或就是为了避水灾。

杜甫应该当年就返回了洛阳。第二年，正值弱冠之年的杜甫去往吴越漫游。这次是走隋唐大运河的水路，他自洛阳出发，经广济渠、淮水、邗沟，渡江前往江宁。游姑苏，又至越中会稽、嵊县，观览了剡溪、天台山及天姥山。杜甫叔父杜登其时可能正好在武康[2]尉任上，姑丈贺撝本是会稽人，曾任常熟尉。有了这两位家族长辈的接引，杜甫在吴越一带停留了很长一段时间。

开元二十三年（735），杜甫自吴越归，回洛阳应举。此前一年玄宗移驾东都，因此这年的进士科考试就在洛阳崇业坊福唐观举行。不过，杜甫这次落第了。

---

1. 郇瑕，在洛阳西北，今山西临猗。
2. 武康，在德清县西。

他大约在此时作《游龙门奉先寺》[1]。这是一首单纯的游赏诗，诗题下原注“距河南府四十里”：

已从招提游，更宿招提境。
阴壑生虚籁，月林散清影。
天阙象纬逼，云卧衣裳冷。
欲觉闻晨钟，令人发深省。

大约此时，杜甫已初有诗名，与文坛名士有了新的交往。

天宝七载（748），杜甫旅食长安3年后所写的《奉赠韦左丞丈二十二韵》中就有“李邕求识面，王翰愿卜邻”的表露，晚年写的《八哀诗·赠秘书监江夏李公邕》里也有追忆，“伊昔临淄亭，酒酣托末契。重叙东都别，朝阴改轩砌”。杜甫与李邕在洛阳结识，此后又在临淄重聚（李邕时为北海太守）。王翰是《凉州词》作者，曾任仙州别驾，仙州即河南叶县，杜甫与王翰也很亲近。这些交游应该都是发生在洛阳。

杜甫对初次应举落第并不在意，第二年又兴致勃勃地离洛漫游去了。父亲杜闲这时任兖州司马，杜甫先赴兖州省亲，过后和友人苏源明等结伴漫游齐赵一带，其间结识了高适和张玠。这段“裘马轻狂”的快意日子延续了4年，28岁时，杜甫才返回洛阳。这段时间留存了他早年的几首诗：《登兖州城楼》《画鹰》《房兵曹胡马》《望岳》。

---

1. 奉先寺是洛阳龙门的石窟寺，寺中有卢舍那大佛。咸亨三年（672）四月一日，由“皇后武氏赐脂粉钱二万贯”开始雕造，负责者为检校僧西京实际寺善道禅师、法海寺主惠暕法师、大使司农寺卿韦机、副使东面监上柱国樊元则、支料匠李君瓒、成仁威、姚师积等，至上元二年（675）十二月三十日毕功。调露元年（679）八月十五日，奉敕于大像南置大奉先寺。

开元二十九年（741），杜甫于洛阳东、偃师县西北25里的首阳山下筑新居土娄庄。这里有他远祖杜预和祖父杜审言的墓。寒食日，新居落成后即祭扫祖茔，杜甫作《祭当阳君文》，昭告远祖，矢志“不敢忘本，不敢违仁”。他的祖父可是唐初律诗的重要推进者杜审言，基因和家学教养即将发挥作用！

杜家本宅原在巩县，在洛阳南面本来还有别业陆浑庄。杜甫入城后即寄住仁风坊二姑母家。过后天宝初，杜甫与司农少卿杨怡的女儿杨氏成婚，他们安家的地点应该就在土娄庄。杜甫的两个儿子宗文、宗武也都出生在这里。

杜甫此后多次提到首阳山下的这个家。如《奉寄河南韦尹丈人》诗中的“尸乡[1]余土室，谁说祝鸡翁？”祝鸡翁是洛阳人，居尸乡北山下，养鸡千只，每只都有名字，只要一叫它们的名字，就会围拢过来。这是被杜甫写入诗中的首阳山乡间的神异故事。

第二年，即天宝元年（742），杜甫的二姑母在洛阳仁风坊去世，六月殡于洛阳北面孟津平乐乡。杜甫来东都洛阳为姑母服丧，作墓志《唐故万年县君京兆杜氏墓碑》并刻石。二姑父裴荣期时任济王府录事参军，也赶回料理后事。

此后两年，新婚后的杜甫应该就居留洛阳。

其间与秘书监李令问、驸马郑潜曜交往，有诗《李监宅二首》《重题郑氏东亭》。杜甫在洛阳的人际交往圈有了变化，尤其郑潜曜的身份比较特殊。

杜甫在往来别业陆浑庄时过龙门，又作《龙门》诗：

---

1. 尸乡，古地名，又名西亳，在今偃师县西南新蔡镇。

龙门横野断，驿树出城来。
气色皇居近，金银佛寺开。
往还时屡改，川水日悠哉。
相阅征途上，生涯尽几回。

第三联说自己多次经过龙门山，而伊水依旧汤汤而流。第四联是感叹，人世路途往来匆匆，不知在我的生涯里，还得从这里经过多少回。这里流露出了浅淡的失意情绪。

天宝三载（744）的初夏，杜甫和李白结识后，两人即相约同游梁宋。《李阳冰草堂集序》说李白“遂就从祖陈留采访大使彦允”，在洛阳会见杜甫后不久，李白便前往汴州投奔族亲李彦允去了。

八月，杜甫因继祖母卢氏丧事，也来到了汴州。丧事结束之后的秋天，杜甫来到商丘附近的宋中，与李白和高适再度会合，不久三人就结伴漫游了。

共游期间，杜甫作有《赠李白》：

二年客东都，所历厌机巧。野人对膻腥，蔬食常不饱。
岂无青精饭，使我颜色好。苦乏大药资，山林迹如扫。
李侯金闺彦，脱身事幽讨。亦有梁宋游，方期拾瑶草。

首联“二年客东都，所历厌机巧”中的“客”字很有意思，他这个土生土长的洛阳人对家乡已有某种厌离，不认为自己是洛阳主人而是客。洛阳因为自小见惯，反而觉得无趣，杜甫一心想走出洛阳去游历。他已过而立之年，功名未就的焦虑感开始加重。

三人同游梁宋，登台酣歌。这是唐代三个大诗人的结缘，真是稀有难得。过后杜甫或许还随李白一同去王屋山寻访道士华盖君。此后两人分途，李白于秋冬之际自王屋去安陵，请道士盖寰为他造好道箓，不久就去齐州[1]。天宝三载（744）年底或四载年初，李白由道士高如贵在紫极宫[2]正式授箓。杜甫又跟来了齐州，在此地遇齐州司马李之芳、北海太守李邕，有诗文酬和。

此后杜甫他从齐州去临邑看望担任主簿的弟弟杜颖，又去鲁郡拜问了时任当州司马的父亲，在任城县，与李白再度会面了。不久两人在鲁郡石门告别，唐代这两个大诗人就这样分途别过了。杜甫作有第二首《赠李白》：

> 秋来相顾尚飘蓬，未就丹砂愧葛洪。
> 痛饮狂歌空度日，飞扬跋扈为谁雄。

归洛与移家

天宝五载（746），杜甫离洛阳入长安，准备应举。如《壮游》一诗所说："快意八九年，西归到咸阳。"

天宝六载（747），玄宗诏天下"通一艺者"到长安应试。杜甫参加了考试。可是，这一年权相李林甫自编自导了一场"野无遗贤"的闹剧，因为他的操纵而无一人中第，参加考试的士子全部落选。

此次入仕受阻前后，父亲杜闲去世，杜甫顿时失去了依靠。过

---

1. 齐州，即济南。
2. 天宝三载（744）三月，诏令改天下诸郡玄元庙为紫极宫。

后杜甫旅食京华10年之久，生活困顿不堪。其间结交权贵，或投赠，或干谒，往往心力交瘁。

洛阳和长安离得比较近，旅食京华期间，杜甫也不时回洛阳。天宝八载（749），杜甫回洛阳时游览了太微宫（即北邙山上清宫），观赏吴道子壁画，作五言长律《冬日洛城北谒玄元皇帝庙》。

天宝九载（750），杜甫38岁，又从洛阳回到长安；天宝十载，玄宗祠太清宫、太庙、祀南郊，杜甫作三大礼赋《朝献太清宫赋》《朝享太庙赋》《有事于南郊赋》[1]投延恩匦[2]，“帝奇之，使待制集贤院，命宰相试文章”。杜甫后来在《莫相疑行》中追忆了当时场景：“集贤学士如堵墙，观我落笔中书堂。”但因主试者仍为李林甫，故而仅得“参列选序”资格，并没有立即获得授官。

据闻一多先生《少陵先生年谱会笺》考订，杜甫在天宝十三载（754）春“自东都携眷移家至长安，居南城之下杜城”。长安杜曲一带正是杜氏族人的祖地。同年秋天，因生计所迫又从杜曲移居到奉先[3]。

多年候补，四方攀求，至天宝十四载（755）十月，杜甫得授河西尉。这年他已43岁！这是九品小官，杜甫不满意，辞不赴任。《旧唐书》又载：“召试文章，授京兆府右卫率府兵曹。”改授官职是从八品下，任所就在长安。杜甫为生计考虑而接受了这一官职。

历经10年，杜甫终于在长安得官，这个洛阳人、“河南仔”好

---

1. 杜甫这是在模仿李白献《明堂赋》和《大猎赋》。

2. 武则天执掌朝政时设“匦函”。“匦”是四方形盒，四面漆以不同颜色，东面叫延恩匦，南面叫招谏匦，西面叫申冤匦，北面叫通玄匦。其中延恩匦是为怀才不遇有意求进者所设，“怀才抱器，希于闻达者投之”。

3. 奉先，今陕西蒲城县。

不容易才在长安站稳了脚跟。

战乱中的悲歌

杜甫的前半生，是开元盛世的见证者，后半生，则是天宝末年大动乱的亲历者。恰在他授官的这年冬天十一月，安史之乱爆发。他的洛阳书写也随之发生了改变。

杜甫最早写到洛阳遭乱的诗作当是《后出塞五首》，应该就写于天宝十四载（755）冬。这组诗自一个从范阳叛军中脱身逃归的兵卒的视角出发，状写安禄山起兵的征兆以及酿成战祸的原因；其二写到了洛阳。

朝进东门营，暮上河阳桥。落日照大旗，马鸣风萧萧。
平沙列万幕，部伍各见招。中天悬明月，令严夜寂寥。
悲笳数声动，壮士惨不骄。借问大将谁，恐是霍嫖姚。

“东门营”当指设在洛阳城东门附近的军营。“河阳桥”在河南孟津县，最初由杜甫先祖西晋杜预所建，乃当时洛阳通河北的交通要道。

同月，杜甫往奉先省家，不料刚进家门便得知了幼子的饿亡。国事、家事同遭离乱，杜甫悲从中来，写出了名作五古长篇《自京赴奉先县咏怀五百字》。

第二年天宝十五载（756）六月，安史叛军进逼长安，潼关失守。72岁的唐玄宗仓皇离京，入蜀避乱。七月，太子李亨即位灵武，改元至德。短短几个月内，大唐帝国已风雨飘摇。杜甫移家至鄜州[1]羌村避难。听说唐肃宗即位，杜甫于八月只身北上奔灵武，途中不幸为叛军所虏，被押至长安，困守城中不得出。

其间有亲人逃出洛阳至山东济州，杜甫得知后作《得舍弟消息二首》：

近有平阴[2]信，遥怜舍弟存。
侧身千里道，寄食一家村。
烽举新酣战，啼垂旧血痕。
不知临老日，招得几人魂。

汝懦归无计，吾衰往未期。
浪传乌鹊喜，深负鹡鸰诗。
生理何颜面，忧端且岁时。
两京三十口，虽在命如丝。

由其一“烽举新酣战”，可知是天宝十五载（756）作；由其二“两京三十口”，又可知当时他的弟妹亲人多在洛阳（长安这里加上妻儿仆佣约五六人）。

至德二载（757）四月，郭子仪领唐军进抵长安北，与叛军在城外对峙。杜甫趁机从长安城西金光门逃出，冒险从两军阵间穿越，到凤翔行在投奔肃宗。“麻鞋见天子，衣袖露两肘”。肃宗见此当然十分感动，五月十六日，授杜甫为左拾遗。杜甫临危赴险有了结果，稍一安定，就牵挂起洛阳的亲人，作《述怀一首》，诗题下

1. 鄜州，今陕西富县。
2. 平阴，今平阴县在济州。

有自注“此已下自贼中窜归凤翔作”：

去年潼关破，妻子隔绝久。今夏草木长，脱身得西走。
麻鞋见天子，衣袖露两肘。朝廷愍生还，亲故伤老丑。
涕泪授拾遗，流离主恩厚。柴门虽得去，未忍即开口。
寄书问三川，不知家在否。比闻同罹祸，杀戮到鸡狗。
山中漏茅屋，谁复依户牖。摧颓苍松根，地冷骨未朽。
几人全性命，尽室岂相偶。嵚岑猛虎场，郁结回我首。
自寄一封书，今已十月后。反畏消息来，寸心亦何有。
汉运初中兴，生平老耽酒。沉思欢会处，恐作穷独叟。

杜甫挂念在鄜州羌村的妻儿，想回去探望；又担心洛阳的亲人，“寄书问三川，不知家在否”，三川即洛阳的代称。杜甫寄信回去，想知道洛阳的土娄庄、陆浑庄、仁风坊的姑母家情况怎样了。“比闻同罹祸，杀戮到鸡狗”，听说贼兵所到之处，血流成河。“反畏消息来”，音信隔绝久了，他反而害怕听到洛阳的消息。

不久，因为上疏为房琯辩护，杜甫触怒了肃宗，经宰相张镐力救才得获释。但“帝自是不甚省录”，自此过后肃宗对杜甫就不再重用。闰八月，特放杜甫回鄜州探亲。这年九月，长安收复，十一月，杜甫回到长安，仍任左拾遗；至德三年（758）改元乾元，因受房琯案牵连，六月被贬华州司功参军。

杜甫在华州后思念亲友故土，作《遣兴五首》，日本汉学家铃木虎雄言：“这是为驱赶孤寂而作的诗，因而一一想起洛阳的兄弟、故宅、旧交等。”

其四思洛阳故居：

蓬生非无根，漂荡随高风。天寒落万里，不复归本丛。
客子念故宅，三年门巷空。怅望但烽火，戎车满关东。
生涯能几何，常在羁旅中。

其五怀洛阳旧交：

昔在洛阳时，亲友相追攀。送客东郊道，遨游宿南山。
烟尘阻长河，树羽成皋间。回首载酒地，岂无一日还？
丈夫贵壮健，惨戚非朱颜。

自移家长安以来，杜甫已有3年未回洛阳故宅，和亲人也已离散很久。结句“丈夫贵壮健，惨戚非朱颜”是自我勉励：“我还在壮年，怎么可以沉溺于凄惨哀戚呢？”原先青年时代对洛阳的厌离情绪早已不见，取而代之的是殷切持续的追忆和念想。诗中的洛阳不再是浮华名利场，而是有亲朋做伴的美好家园。杜甫此后拖家携口，辗转流徙各地，一直想归返洛阳。这个想法随了年齿渐增而愈加强烈，至死而不渝。

乾元元年（758）冬，杜甫暂离华州赴洛阳，踏上了归乡路。自华州赴东都途中作《李鄠县[1]丈人胡马行》。这首是咏物诗，归返洛阳的喜悦溢于言表：

丈人骏马名胡骝，前年避胡过金牛。
回鞭却走见天子，朝饮汉水暮灵州。
自矜胡骝奇绝代，乘出千人万人爱。
一闻说尽急难材，转益愁向驽骀辈。

1. 鄠县：即今陕西户县。

头上锐耳批秋竹，脚下高蹄削寒玉。
始知神龙别有种，不比俗马空多肉。
洛阳大道时再清，累日喜得俱东行。
凤臆龙鬐未易识，侧身注目长风生。

途经虢州湖城县时，偶遇友人孟云卿，同去友人刘颢宅做客，杜甫曾作《湖城东遇孟云卿，复归刘颢宅宿宴，饮散因为醉歌》。“天开地裂长安陌，寒尽春生洛阳殿”是追忆两京的陷落和荒凉，尾句是他终极的人生慨叹，他没有预料到自己的后半生会经历如此的变乱动荡，深感人生无常：

人生会合不可常，庭树鸡鸣泪如线。

离乡4年后，终于得了机会省视家园。他在洛阳旧庄一住数月，直到次年暮春才动身返回华州。回程途中，目睹战乱摧残下的百姓苦况，写下了名垂千古的组诗“三吏”（《新安吏》《石壕吏》《潼关吏》）和“三别”（《新婚别》《无家别》《垂老别》）。

乾元二年（759）夏天，华州及关中大旱。是年立秋后，杜甫弃官携家西去秦州，此后颠沛流离，辗转陇蜀与湖湘，再也没有回到洛阳。

漂泊中的怀洛诗

在杜甫的晚期诗作中，提及洛阳的有很多首。在杜甫心目中，洛阳是一个让他牵肠挂肚的原乡！

初至秦州时，他作有《月夜忆舍弟》：

戍鼓断人行，边秋一雁声。
露从今夜白，月是故乡明。
有弟皆分散，无家问死生。
寄书长不达，况乃未休兵。

在秦州边地，听闻雁声就思念起未通音讯、不知生死的亲人。第二联“露从今夜白，月是故乡明”是名句，故乡的月亮才是最明亮的，那是洛阳的月，是陆浑庄的月，是首阳山土娄庄的月，是仁风坊的月。

十月，杜甫又转去同谷[1]，停留了一个多月。这是迁转途中最为艰难的时段，天寒乏食，不得不采野实充饥，手脚都冻皴了。此时作《乾元中寓居同谷县作歌七首》（又称《同谷七歌》）。这是离散者的千古哀歌。其一写到了归洛之思：

有客有客字子美，白头乱发垂过耳。
岁拾橡栗随狙公，天寒日暮山谷里。
中原无书归不得，手脚冻皴皮肉死。
呜呼一歌兮歌已哀，悲风为我从天来！

向南入蜀，即将到达成都前，在广元五盘岭[2]作有《五盘》：

五盘虽云险，山色佳有余。仰凌栈道细，俯映江木疏。

1. 同谷，今甘肃成县。
2. 五盘岭，在广元县北170里。

地僻无网罟，水清反多鱼。好鸟不妄飞，野人半巢居。
喜见淳朴俗，坦然心神舒。东郊有格斗，巨猾何时除？
故乡有弟妹，流落随丘墟。成都万事好，岂若归吾庐！

在蜀北山区，他见当地土著山居风俗与中原有异，很快就想到故乡的弟妹。到成都后虽然稍可安定，可是成都怎么比得上自己土娄庄的家呢？经历了乱离与颠簸，杜甫痛感故乡亲人的珍贵。诗中“东郊有格斗”一句指向了时事：因这年八月，史思明挥兵进攻河南，九月二十七日攻破洛阳，唐军与叛军在洛阳周边展开了激烈的拉锯战。

杜甫到成都后作《成都府》，写初来时的印象感触，也可看作是24首入蜀纪行组诗的总结：

翳翳桑榆日，照我征衣裳。我行山川异，忽在天一方。
但逢新人民，未卜见故乡。大江东流去，游子日月长。
曾城填华屋，季冬树木苍。喧然名都会，吹箫间笙簧。
信美无与适，侧身望川梁。鸟雀夜各归，中原杳茫茫。
初月出不高，众星尚争光。自古有羁旅，我何苦哀伤！

诗中“未卜见故乡”“中原杳茫茫”都是感叹归乡的无期，尾句是杜甫的叩问：自古就有客居异乡的人，我如此哀伤又是何苦？感叹命运的无常不测，这也是晚期杜诗中经常出现的一个主题。

在成都又作《云山》：

京洛云山外，音书静不来。
神交作赋客，力尽望乡台。
衰疾江边卧，亲朋日暮回。

白鸥元水宿，何事有馀哀。

是年，羌、浑、党项入寇泾源、陇州，史思明率叛军再陷东都，故有“京洛”“音书”之语。杜甫稍稍安定之后，更加思念云山外的洛阳，期盼着家人告平安的来信。这是杜甫到蜀中后最为挂念的事。

上元二年（761），在成都还作有一首七律《恨别》：

洛城一别四千里，胡骑长驱五六年。
草木变衰行剑外，兵戈阻绝老江边。
思家步月清宵立，忆弟看云白日眠。
闻道河阳近乘胜，司徒急为破幽燕。

首联以地理空间与叛军作乱的年数作对，境界宏大。该年四月，司徒李光弼破史思明于河阳西渚，斩首5000余级。杜甫日夜思念着远方的亲人，期待唐军能节节获胜，直捣叛军巢穴。

宝应元年（762）冬，唐军于洛阳附近横水大破贼军。次年，即代宗广德元年（763）春正月，史思明子史朝义自缢，部将相继投降，安史之乱彻底平定。此时距离杜甫上次回洛阳探亲，又时隔5年。捷报传至杜甫流寓的梓州，他惊喜欲狂难以自抑，咏唱出七律名作《闻官军收河南河北》，诗题还加了自注：“余田园在东京。”清人浦起龙评价此诗是“老杜生平第一首快诗”：

剑外忽传收蓟北，初闻涕泪满衣裳。
却看妻子愁何在，漫卷诗书喜欲狂。
白日放歌须纵酒，青春作伴好还乡。
即从巴峡穿巫峡，便下襄阳向洛阳。

闻听喜讯后，要饮酒，要放歌，要趁着大好春光回家啦！苦忍了多年的思乡之情此时喷薄而出，正如奔涌出峡的长江水浪一般。杜甫归乡心切，已在想象自己归返洛阳的路线。

这首诗没有用典，没有雕琢，全凭一腔热烈情感写出，是压抑太久后信笔而成的一曲欢乐颂！

得知洛阳光复，杜甫就开始筹划出峡归乡。因故未能成行。

第二年，友人严武再次镇蜀，杜甫返回成都，加入了严武幕府。过了冬至，白天开始变长，眼见新的一年即将来临，自己却依然滞留剑南，不得与亲人们团聚，心里异常地憋屈，杜甫吟成了《至后》：

冬至至后日初长，远在剑南思洛阳。
青袍白马有何意，金谷铜驼非故乡。
梅花欲开不自觉，棣萼一别永相望。
愁极本凭诗遣兴，诗成吟咏转凄凉。

在成都幕府里继续待着做节度参谋有什么意思啊，我的家乡，是那个有着金谷园和铜驼街的洛阳啊！这里的梅花即将开放也无感觉，我想望的，是洛阳的棣棠花啊！忧愁之极只能咏诗，诗成之后心境却越发凄凉。

广德二年（764）年末，杜甫即将辞幕前，作《天边行》：

天边老人归未得，日暮东临大江哭。
陇右河源不种田，胡骑羌兵入巴蜀。
洪涛滔天风拔木，前飞秃鹙后鸿鹄。

九度附书向洛阳，十年骨肉无消息。

中原战乱初平，其时又有吐蕃犯境，陇右失守，巴蜀告危。自洛阳收复后，已经发出9通书信了，可10年未见的亲人们仍然没有消息，怎不叫人心焦苦痛！暮晚时分，杜甫来到江边，只能对着奔流的大江放声哭泣。

大历二年（767）秋，杜甫来到夔州的第二年，曾写下了《复愁十二首》，其三有怀洛诗句："万国尚戎马，故园今若何？"此前曾作《洞房八首》组诗，其中一首即《洛阳》，追忆了安史乱军攻破洛阳、抵近潼关、玄宗仓皇出逃长安的实况：

洛阳昔陷没，胡马犯潼关。
天子初愁思，都人惨别颜。
清笳去宫阙，翠盖出关山。
故老仍流涕，龙髯幸再攀。

在夔州结识的友人孟仓曹将赴洛阳应选，杜甫连写《送孟十二仓曹赴东京选》《凭孟仓曹将书觅土娄旧庄》两首咏作赠别，在后一首中，他委托孟仓曹去探访洛东土娄庄，并带去书信：

平居丧乱后，不到洛阳岑。
为历云山问，无辞荆棘深。
北风黄叶下，南浦白头吟。
十载江湖客，茫茫迟暮心。

杜甫这个江湖客，有生之年终究未能归返家乡洛阳。他出峡之后，又在湖湘漂泊了3年。

大历五年（770），杜甫病逝于由潭州行往岳阳的舟中，临终嘱咐要归葬首阳山杜氏祖茔。当时棺柩只得暂厝于岳阳昌江县[1]，直到40多年后的元和八年（813），他的孙子杜嗣业才终于将他的遗骸带回洛阳，与夫人杨氏合葬于首阳山下。

《旧唐书》“杜甫传”载：“元和中，宗武子嗣业自耒阳迁甫之柩，归葬偃师县西北首阳山之前。”杜嗣业扶祖父灵柩过荆州时，得知时任江陵府士曹参军的元稹敬爱祖父杜甫的诗文，特意拜请元稹撰写了墓志铭。

自乾元元年（758）短暂归乡之后，隔了半个多世纪，杜甫才回到了洛阳。这是一段曲折艰辛又无比漫长的旅程。作为补偿，诗人杜甫和他的诗篇已升入不朽的殿堂，为后人代代传颂。

1. 昌江县，即今湖南平江。

第八章　安史之乱后的转型意识

洛阳劫难的记录

安史叛军由幽州起衅，战火遍及整个中原地带，包括长安、洛阳两京。

相比长安，洛阳因为位居天下之中，成为兵家必夺之要地。唐军与叛军频频在此展开拉锯，因此洛阳受创最巨。

天宝十四年（755）十二月十二日，安禄山攻取洛阳。第二年元旦，即自称雄武皇帝，国号大燕，定都洛阳，年号圣武。《新唐书》“安禄山传”载：“贼之据东京，见宫阙尊雄，锐情僭号，故兵久不西，而诸道兵得稍集。”

至德二年（757）正月，叛军发生内乱，安禄山被儿子安庆绪杀死。为收复两京，唐肃宗向回纥求援借兵，许诺“克城之日，土地、士庶归唐，金帛、女子皆归回纥”。

唐军和回纥军九月二十七日收复长安，十月收复洛阳，安庆绪逃往邺城[1]。

---

1. 邺城，今河北省邯郸市临漳县。

回纥依照前约将要抢掠长安，太子李豫[1]劝止说，如若屠杀长安百姓，洛阳百姓将会死守，以此为理由，将劫掠地点由长安改成了洛阳。《资治通鉴》记载较详：

广平王拜于叶护马前曰：今始得西京，若遽俘掠，则东京之人皆为贼固守，不可复取矣，愿至东京乃如约……回纥入东京，肆行杀略，死者万计，火累旬不灭……登里可汗归国，其部众所过抄掠，廪给小不如意，辄杀人，无所忌惮。……壬戌，广平王俶入东京。回纥意犹未厌，俶患之。父老请率罗锦万匹以赂回纥，回纥乃止。

《旧唐书》所载较简略：

初，收西京，回纥欲入城劫掠，广平王固止之。及收东京，回纥遂入府库收财帛，于市井村坊剽掠三日而止。财物不可胜计。

而同书“回纥”条则记载了发生在圣善寺、白马寺的惨剧：

初，回纥至东京，以贼平，恣行残忍，士女惧之，皆登圣善寺及白马寺二阁以避之。回纥纵火焚二阁，伤死者万计，累旬火焰不止。及是朝贺，又纵横大辱官吏。以陕州节度使郭英乂权知东都留守。时东都再经贼乱，朔方军及郭英乂、鱼朝恩等军不能禁暴，与回纥纵掠坊市及汝、郑等州，比屋荡尽，人悉以纸为衣，或有衣经者。

---

1. 李豫，即唐代宗，初名李俶，封广平王。乾元元年（758）立为太子，改名李豫。

料想圣善寺及白马寺二阁并不能容纳如此多人，“伤死者万计”或许是夸张或讹误。但回纥劫掠这三天，对洛阳百姓来说亦不啻人间地狱。到后面，竟然连官军部伍也加入了抢掠。

乾元二年（759）秋，杜甫在秦州曾作《留花门》诗，即讥刺与回纥订约一事：

> 北门天骄子，饱肉气勇决。高秋马肥健，挟矢射汉月。
> 自古以为患，诗人厌薄伐。修德使其来，羁縻固不绝。
> 胡为倾国至，出入暗金阙。中原有驱除，隐忍用此物。
> 公主歌黄鹄，君王指白日。连云屯左辅，百里见积雪。
> 长戟鸟休飞，哀笳曙幽咽。田家最恐惧，麦倒桑枝折。
> 沙苑临清渭，泉香草丰洁。渡河不用船，千骑常撇烈。
> 胡尘逾太行，杂种抵京室。花门[1]既须留，原野转萧瑟。

诗题是《留花门》，实则是说花门不可留。杜甫对唐肃宗一味依赖回纥、仰人鼻息表示了尖锐的质疑，较《北征》诗中“阴风西北来，惨淡随回纥”一联更为直露。这首诗可以视为诗体的谏言。

乾元二年（759），史思明叛乱再起，洛阳再次陷落。叛军盘踞3年后，宝应元年（762），史思明为其子史朝义所杀，唐军再次依靠回纥兵收复洛阳，次年安史之乱彻底平定。

此后郭子仪为阻止唐代宗幸东都，上《请车驾还京奏》，曾描绘洛阳的劫后景象：

---

1. 花门即花门山，在居延海北300里，唐初在此设堡垒。天宝时为回纥占领，后以花门为回纥代称。

> 夫以东周之地，久陷贼中，宫室焚烧，十不存一。百曹荒废，曾无尺椽，中间畿内，不满千户。井邑榛棘，豺狼所嗥。

经安史乱兵和回纥兵的数度劫掠、摧毁，洛阳人口锐减，李庾《东都赋》有记录：

> 及夫埽台榭之灰，收京野之骨。征郡国之版在，验地官之籍列。太平之人，已十无七八。

《旧唐书》又载：

> 自至德后，中原多故，襄、邓百姓，两京衣冠，尽投江湘，故荆南井邑，十倍于初。

深究安史之乱的祸乱根源，实由唐玄宗在天宝年间施政昏聩、刚愎自用造成。行政一味交托权相李林甫，而边镇则一味信用番将，无所节制[1]。它造成的动荡和毁坏，比之西晋“永嘉之乱”更为严重。自李唐立国到唐玄宗天宝年间，前后已承平140年，安史之乱与晋末北方少数民族南下不同，性质属于帝国内乱。正因为猝不及防，所以对唐人造成的心理震动尤为剧烈。

李白、杜甫的诗歌创作，都可以安史之乱为节点分为前后期。这是时代大事件对文学创作造成的直接影响。

安史之乱就李白人生与创作的尾声段落，他在洛阳收复的一个月后去世，终止了他的洛阳书写；而洛阳对杜甫具有故乡的意义，

---

1. 天宝末年，安禄山一身兼任平卢、范阳、河东三镇节度，及闲厩使、陇右群牧等都使，北方军政、马匹管理全部交托一人而无辖制。

归洛之思成了他后期创作的一个旋律主题。杜甫晚年的伟大篇章，很多都以洛阳作为地理空间的指向与感情寄托的所在。因为结合了自身与家族、国家的命运，饱含了深挚的感情分量，在杜甫心目中，洛阳的重要程度要远超过西京长安。

藩镇之患

安史之乱后，唐王朝国运由盛转衰，并引发了后续的连锁反应。

一是周边地缘环境的恶化。

为平定内乱，唐廷“尽征河陇、朔方之将镇兵入国靖难”，将原来驻防在西北地区的精锐部队内调，由此造成了边疆防御空虚。广德元年（763）九月，安史之乱刚被平定，代宗刚刚登基，吐蕃就趁虚进犯，连陷兰、廓、河、鄯、洮、岷、秦、成、渭等州，占据河西、陇右，还突入长安15天。此次入侵虽被击退，却开启了唐藩之间长达半个多世纪的拉锯战。

吐蕃、羌戎的崛起和东进，也使中原通往西域的通道被阻断，安西三镇抵抗多年，到唐德宗贞元六年（790）相继陷落。

二是未能彻底剿除安史余党在河朔的势力，尾大不掉而形成藩镇割据。绥靖政策下，安史旧将田承嗣据魏博，张忠志据成德，李怀仙据幽州，皆领节度使之职，任由其继续控制河北地区，致使“河北三镇”重又坐大。其后如淄青李正己、宣武李灵曜、淮西李希烈等也都拥兵自重，又形成东南割据。

中唐至晚唐，洛阳因为距离各藩镇较近，东部一带的叛乱此起彼伏，战事频仍。

元和十二年（817）至元和十四年，先是裴度、李愬大败吴元济淮西军，过后又攻灭据守平卢、淄青的李师道，两河之间复为王土。此后，洛阳作为商业经济枢纽的地位得到恢复。虽然皇帝再无巡幸之事，洛阳政治地位明显下降，但众多被排挤出长安的官员分司来到洛阳营造私园的同时，彼此诗文唱和不断，亦让洛阳在武则天朝位居“天下神都”的一个世纪后，再度迎来了一次小型的文艺复兴。以下我们谈论韩愈、孟郊、贾岛、卢仝、白居易、元稹、刘禹锡、李商隐时，会发现很多这方面的材料。

到晚唐时，藩镇割据复炽，洛阳因处于“四战之地”再起硝烟。

乾符二年（875）六月，王仙芝、黄巢相继起兵。广明元年（880），黄巢攻克洛阳。同年，“汝州所募军李光庭等五百人自代州还，过东都焚掠市肆”；中和四年（884），“秦宗权命将出兵，寇掠邻道，孙儒陷东都，所至屠鹅焚荡，殆无孑遗”。

其后孙儒、李罕之、张全义各系军阀相互交争，洛阳重陷于战火之中，“野无遗秆”，“寂无鸡犬之音”。到张全义出任河南尹时，洛阳已是“白骨蔽地，荆棘弥望，四野俱无耕者”。

在晚唐五代初，历史再度轮回，铜驼再次埋于荆棘。

转型意识的特征

不同于“永嘉之乱”，安史之乱因为是帝国内部的崩解，乱后对国族心理意识的影响极为深远。这是作用力和反作用力的关系。

一个是政治上强调“尊王攘夷”，强化儒学为唯一合法性的道统。这是政治史和思想史的范畴，此处不展开。我们主要探讨的，是同时出现的文化保守倾向。

我们常说李唐王朝是融有少数民族（主要是鲜卑）血统和文化的一个杂糅型政权。安史之乱以前数百年的确运行的是这样胡汉并存的体制。魏晋南北朝以来的总趋势是民族大融合，随着南北政权的统一，社会观念渐渐汇于包容与混同。这是文明体的螺旋上升。

但这个进程被安史之乱打断了。

进入中唐以后，譬如对待胡族、胡风的态度就与盛唐完全相反，出现了一系列的反拨调整。在经历了安史之乱的李白、杜甫的笔下，已可发现明显的“胡”与“汉”的对峙倾向，而在中唐诗人的诗文中，类似的措辞和表达更是频频出现，这说明华夷分立的观念已成为时代主流。

由此，中唐过后的文化思潮就出现了不同方向的演变。

首先，就是对初唐流行的胡服、胡风的讽刺挞伐。《新唐书》“车服志”的记载比较典型，梳理了唐代妇人服饰的变化趋势：

> 初，妇人施幂篱以蔽身，永徽中，始用帷帽，施裙及颈，坐檐以代乘车。命妇朝谒，则以驼驾车。数下诏禁而不止。武后时，帷帽益盛，中宗后乃无复幂篱矣。宫人从驾，皆胡帽乘马，海内傚之，至露髻驰骋，而帷帽亦废。有衣男子衣而靴，如奚、契丹之服。武德间，妇人曳履及线靴。开元中，初有线鞋，侍儿则著履，奴婢服襕衫，而士女衣胡服，其后安禄山反，当时以为服妖之应。

最后一段将安史之乱的缘由归结于妇人着胡服，认为是“服妖”。这当然是偏狭的妄谈，没有什么逻辑性。不过，这却是乱平之后唐人（官方和民间）的普遍看法[1]。

中唐时，元稹和白居易联手，以消除政治积弊为目的，提倡新乐府，就曾掀起过批判胡旋舞的热潮。元稹作有《和李校书新题乐府十二首·胡旋女》，直指天宝末年的胡乱与胡女胡旋舞的关系（这是多么跳脱离奇的联想）：

天宝欲末胡欲乱，胡人献女能胡旋。
旋得明王不觉迷，妖胡奄到长生殿。
胡旋之义世莫知，胡旋之容我能传。
蓬断霜根羊角疾，竿戴朱盘火轮炫。
骊珠迸珥逐飞星，虹晕轻巾掣流电。
潜鲸暗吸笡波海，回风乱舞当空霰。
万过其谁辨终始，四座安能分背面。
才人观者相为言，承奉君恩在圆变。
是非好恶随君口，南北东西逐君眄，
柔软依身著佩带，裴回绕指同环钏。
佞臣闻此心计回，荧惑君心君眼眩。
君言似曲屈为钩，君言好直舒为箭。
巧随清影触处行，妙学春莺百般啭。
倾天侧地用君力，抑塞周遮恐君见。
翠华南幸万里桥，玄宗始悟坤维转。

1.《新唐书》是宋人所编，对《旧唐书》记载文字有大量删改，其中也渗透了编修史书的宋人的见解。

寄言旋目与旋心，有国有家当共谴。

还有白居易，他也作有一篇《胡旋女》：

胡旋女，胡旋女。心应弦，手应鼓。
弦鼓一声双袖举。回雪飘飖转蓬舞。
左旋右转不知疲，千匝万周无已时。
人间物类无可比，奔车轮缓旋风迟。
曲终再拜谢天子，天子为之微启齿。
胡旋女，出康居，徒劳东来万里余。
中原自有胡旋者，斗妙争能尔不如。
天宝季年时欲变，臣妾人人学圜转。
中有太真外禄山，二人最道能胡旋。
梨花园中册作妃，金鸡障下养为儿。
禄山胡旋迷君眼，兵过黄河疑未反。
贵妃胡旋惑君心，死弃马嵬念更深。
从兹地轴天维转，五十年来制不禁。
胡旋女，莫空舞，数唱此歌悟明主。

白居易是批判胡旋舞的首倡者还是应和者，已不可知了。他这首诗比元稹诗揭露得更深。善跳胡旋舞的那两个人即安禄山和杨贵妃，一个“迷君眼”，一个“惑君心”，仿佛事先预谋好的对舞搭档，白居易认定他们为罪魁祸首，唯独不批判那个糊涂昏庸的君王。从最后第二联“从兹地轴天维转，五十年来制不禁”来看，到元和时，胡旋舞仍然流行，无法彻底禁绝。

其次，在排斥胡风胡俗的同时，激进者进一步将之扩大化，进而开始排斥已经输入中土数百年的佛教，斥为“胡人之教”。“排佛”由此成为风潮，代表人物有唐肃宗时的张镐，唐宪宗时的韩愈，唐武宗朝的李德裕、杜牧，唐宣宗时的孙樵等。

关于排佛，引领“古文运动”的韩愈表达得很直接。元和十四年（819），韩愈有上呈唐宪宗的《论佛骨表》，又作有讽刺僧侣的诗《赠译经僧》：

> 万里休言道路赊，有谁教汝度流沙。
> 只今中国方多事，不用无端更乱华。

这首诗如同唐代的口水诗，几乎全用俚俗口语，尾联“只今中国方多事，不用无端更乱华”，就是以他为代表的排佛者的心声，将佛教看成了异己冗余之物，极欲排除摒弃。

再次，是带有浓重的文化保守色彩的“古文运动”。

以韩愈、柳宗元为首的倡导者们，以重树儒学道统为旨归，在文化上竭力排除所有外来异端，这些冠以“复古”之名的主张获得了中唐社会士人（尤其是中低层寒士）的响应与支持。其表面是一场文学运动，背后却涌动着社会思想风潮的激烈碰撞。

针对古文运动的深层背景，引用两位学者的见解作参考。

一位是日本汉学家吉川幸次郎先生，他在《中国文学入门》一书中对古文运动的生成机制有简洁扼要的评语：

> 周边民族的武力，令人们对快要失去兴趣的古诗和古文文学重新燃起热情。

另一位是陈寅恪先生，其在《论韩愈》一文中剖析得更为精确：

> 退之以谏迎佛骨得罪，当时后世莫不重其品节，此不待论者也。今所欲论者，即唐代古文运动一事，实出安史之乱及藩镇割据之局面引起。安史为西胡杂种，藩镇又是胡族或胡化之汉人，故当时特出之文士自觉或不自觉，其意识中无不具有远则周之四夷交侵，近则晋之五胡乱华之印象，“尊王攘夷”所以为古文运动中心之思想也。在退之稍先之古文家如萧颖士、李华、独孤及、梁肃等，与退之同辈之古文家如柳宗元、刘禹锡、元稹、白居易等，虽同有此种潜意识，然均不免认识未清晰，主张不彻底，是以不敢也不能因释迦为夷狄之人，佛教为夷狄之法，抉其根本，力排痛斥，若退之之所言所行也。退之之所以得为唐代古文运动领袖者，其原因即在于是。

韩愈自然是思想上的提倡者和激进者，而陈寅恪先生未提及的李德裕等朝中干臣虽然与古文运动关涉较少，却是后来实际推助唐武宗灭佛的主要实施者。事实上，类似中唐这样的“斥蛮夷、排佛教、树道统”的思潮，在后世也屡有重兴和再现，比如宋代理学、明代心学的形成，也都可以归结到这条延长线上来理解。

李庚《东都赋》

最后，提一下中唐李庾的《东都赋》。

以赋体抒写京都的首唱者是班固。他的《两都赋》写长安与洛阳两都的形胜、制度、文物等，与司马相如《子虚赋》《上林赋》之类仅写田猎内容的赋作相比，内容远为弘富、开阔，是骈体韵文形式的鸿篇巨制。后世对此体式时有摹拟之作，渐形成“京都赋”这一题材类型。《昭明文选》就将“赋”归为十五类，“京都赋”列第一。

最早模仿《两都赋》的赋作，是张衡的《二京赋》。《后汉书·张衡传》载：

> 游于三辅，因入京师、观太学……永元中，举孝廉不行，连辟公府不就。时天下承平日久，自王侯以下，莫不逾侈。衡乃拟班固《两都》作《二京赋》，因以讽谏。精思傅会，十年乃成。

此后知名者，就是左思。他的《三都赋》面世后一时“洛阳纸贵”，传为美谈。《三都赋》在形式上与之前的京都赋不同，是由三篇赋作组成。不是写一个王朝前后期的两个都城，而是写三国时代同时并存的三个国家的都城。

左思之后，北魏宣武帝时阳固也曾作《北都赋》《南都赋》以为讽谏。

到中晚唐时，有李庾追摹汉代的班固和张衡，以长安、洛阳两京为题，写出了《两都赋》，包括《西都赋》《东都赋》两篇大赋。这两篇赋作，主要记录和抒写了长安与洛阳的前代历史、在安史之乱中所受的毁坏与中唐时的复兴。

节录《东都赋》中描写天宝末年以后的片段：

> 既兆既亿，动动植植。无声之乐，薰然不息。稽成康之周隆，考文景之汉休。擢代系时，不为彼优。我俗既饶，我人既骄。安不思危，逸而忘劳。故天宝之季，渔阳兵起。逆旗南指，我无坚垒。匝甸鼙动，冲天羯腥。门开丽景，殿据武城。

> 杀人如刈，焚庐若薙。蜀驾先移，允师后誓。伤四年之委烬，奋二将以建勋。天落妖彗，风摧阵云。及夫埽台榭之灰，收京野之骨。徵郡国之版在，验地官之籍列。太平之人，已十无七八。至德复兴，六纪于兹。七圣储休，平痡补痍。故含识之士女，植发之童儿，皆能痛其丧乱，而期我康时。

由引文可知，李庾也将安史之乱归因于天宝年间的“风俗之饶”与“人心之骄”。他作赋的用意，是为了汲取历史的经验教训以为当时唐人作鉴照，包含了强烈的现实关怀。

李庾字子虔，为李唐宗室，襄邑郡王李神符后裔。宣宗大中十年（856），任殿中侍御史，分司东都。懿宗咸通年间，累官至中书舍人。咸通十四年（873），任湖南观察使兼御史大夫。工篆书，善赋作。《唐代墓志汇编》收有李庾大中十年夏六月所撰《唐故万年县尉直弘文馆李君（昼）墓志铭》。

细读赋文，并考其生平履历，可推知他写出《两都赋》的时间很可能就在分司洛阳期间。理由有二：一是身在洛阳，更能引发强烈的历史感怀；二是分司官任内，较有闲暇来撰写赋文。

李庾生年比韩愈要晚，从他写成的《两都赋》的内容主旨来看，也可归入中唐“古文运动”的脉络中。

第九章　韩愈盟主与孟郊、卢仝、李贺、贾岛

又一个洛阳人

李杜之后，唐代诗坛稍微沉寂了一阵[1]，但很快又有新的力量涌现。其中一个标志性人物就是韩愈。

韩愈在后世的地位非同一般，位列“唐宋八大家”之首，又与柳宗元并称“韩柳”。不过“唐宋八大家”是明代编书者后来授予的封号，在唐代并没有这样的说法。宋代苏轼给予韩愈很高的评价，称他“文起八代之衰，而道济天下之溺”，这是对韩愈的文学事功和政治思想两方面建树的综合评定。韩愈的文学写作跨越多种体裁，诗歌亦有标新独创；提出的“惟陈言之务去”和“以文为诗”的主张，匡正了中唐大历诗风的平庸习气，对后世的宋诗也有启示。由前文可知，他大力提倡儒学，以承续复振道统为己任，这又开了宋明理学之先声。

查看身世，会发现韩愈又是一个标准的洛阳人。

---

1. 在安史之乱中成长起来的年轻一代，如刘长卿、韦应物，以钱起、司空曙为代表的“大历十才子”，以及顾况、李益等人，皆活跃于8世纪下半叶。相对盛唐诗，他们的作品格局收敛而气骨转衰。

唐人喜称郡望，因河北昌黎的韩姓是名门望族，韩愈即自号“昌黎”，以标明家族身份。不过，他的里籍是在东都洛阳的河南府河阳县，类似今天北京北面的昌平或延庆。河阳县即今河南孟州市，其西北20里就有韩氏的祖茔，韩氏自北魏韩茂至韩愈子韩昶、侄孙韩湘，前后九代皆葬于河阳。清代《河南通志》卷四九《陵墓·韩愈祖茔》载：

在孟县尹村岭后，即今苏家庄。自始祖安定桓王茂以下及父仲卿、叔云卿、伯兄会与嫂郑氏，俱葬于祖墓。

七世祖韩茂有大功于后魏，被封为安定王。远祖韩耆，在后魏时曾任常山太守，封武安成侯。曾祖韩泰，唐初时任曹州司马。祖父韩敷素曾任朝散大夫、桂州都督府长史。

韩愈也自认是洛阳人。元和七年（812）春，韩愈由尚书职方员外郎降为国子监博士，曾写《寄崔二十七立之》寄给友僚崔立之，诗中就说过：“旧籍在东郡，茅屋枳棘篱。”他在与张籍、张彻、孟郊的《会合联句》中也说：“我家本瀍谷，有地介皋巩[1]。”

韩愈父亲韩仲卿做过潞州铜鞮县尉，武昌县令兼摄永兴县令、鄱阳县令，此后官居秘书郎赠尚书左仆射。他亦能为文，曾编纂《曹植文集》并作序。

韩仲卿生有四子，韩愈是最幼的第四子。韩愈3岁时父亲去世。韩愈生母在家中身份卑下（很可能是年轻的婢女），因此在韩仲卿卒后改嫁他人。韩愈作有《乳母墓铭》，可见乳母即其生母。

1.《括地志》：“洛州汜水县，古之虢国，亦郑之制邑，又名虎牢，汉之成皋。巩，今洛州巩县。”韩愈祖地即在成皋、巩县之间。

关于这段家世，韩愈讳莫如深。

父亲过世后，韩愈就由长兄韩会抚养。韩会善音乐，与崔造、卢东美、张正则并称“四夔”，进士擢第后累官至起居舍人，善清言，能文章，与当时的古文家李华、萧颖士、梁肃过从甚密。

韩愈叔父韩云卿曾任监察御史，是唐代宗大历年间著名的文章家，另两个叔父韩少卿、韩绅卿也均有政绩。

可以说韩愈出生在一个世代官宦之家，虽然其父祖辈的官职并不是特别显赫。

韩愈7岁时随兄到长安，幼年即立志于学，一日记诵数千言，言出成文，所学以“六经”为主。《旧唐书·韩愈传》说他：“幼刻苦学儒，不俟奖励。”大历十二年（777），韩会因党附宰相元载，被贬岭南，任韶州刺史。10岁的韩愈随兄南迁。大历十四年，韩会病死于贬所。韩会妻郑氏护送灵柩归葬河阳。此时发生李希烈、朱泚叛乱，波及洛阳。因韩会在安史之乱期间游历江南，曾于敬亭山下置有田产别业，故大历十六年，郑氏带领“韩家百口”避乱寓居宣城。

因为庶出的特殊身份，韩愈自幼即求上进，发奋苦读。《增广贤文》中收录的“书山有路勤为径，学海无涯苦作舟”一联，即是他的励志名句。13岁前，“日记数千百言”，已熟读诸子百家，并练习写作。又因幼年时得到兄嫂的悉心抚育才得以顺利成长，成年后的韩愈“颇能诱厉后进”。《旧唐书·韩愈传》说他：“内外茕弱悉抚之。”特殊的家庭环境，塑造出了韩愈优异的人格品质。

跌宕仕途

贞元三年（787）秋，19岁的韩愈取得乡贡资格后前往长安应科举。

韩愈在日后的《示儿》诗中有自述“始我来京师，止携一束书”，贞元十七年（801）给门生李翊的书状《答李翊书》中也说自己自宣城入京应试时已“尽能通六经、百家之学”，考中进士时呈给凤翔陇州观察使邢君牙的书状《与凤翔邢尚书书》中，也自称：“愈也布衣之士也。生七岁而读书，十三而能文。”

此后，韩愈三次参加进士考试，三次落选。贞元七年（791），第四次赴长安。贞元八年，陆贽知贡举，韩愈与李观、李绛、崔群、王涯、欧阳詹等23人同榜（该年进士多文章名士，时称“龙虎榜”）。

二三月间，韩愈返回故乡河阳，娶河南府法曹参军卢贻第四女卢氏。卢家为范阳大姓，世代居洛阳，这桩婚姻属于本地人的联姻，或为韩卢两门父兄辈的约定。贞元十九年（803），卢贻继夫人苗氏去世。韩愈曾为苗氏写碑志《府君夫人苗氏墓志铭》，文中自称“季女婿”，可知苗氏与卢贻的合墓就在洛阳龙门山，而卢家就住在洛阳敦化坊。

此后韩愈又连续三次参加吏部博学宏词科考试选拔，均无果；贞元十一年（795）春，连续三次上书宰相，要求仕进，被目为“躁进”。该年五月到九月，韩愈在旧籍河阳，与妻子卢氏相守。

贞元十二年（796），韩愈得宰相、宣武军节度使董晋提携推荐，试任秘书省校书郎，并出任其幕府推官，初步踏入仕途。一年后称病退居洛阳，其间作《复志赋》，文内道出当时心绪：

哀白日之不与吾谋兮，至今十年其犹初。岂不登名于一科兮，曾不补其遗余。进既不获其志愿兮，退将遁而穷居。排国门而东出兮，慨余行之舒舒。时凭高以回顾兮，涕泣下之交如。戾洛师而怅望兮，聊浮游以踌躇。假大龟以视兆兮，求幽贞之所庐。甘潜伏以老死兮，不显著其名誉。

很明显，韩愈并不甘于做没有品秩的推官，“求幽贞”“甘潜伏”等都是反语。“戾洛师而怅望兮”是说暂时蛰伏洛阳而怅然眺望，可见其心志。

又有《从仕》诗，应该也是同时所作，有“居闲食不足，从仕力难任”的类似感叹。

贞元十五年（799）二月，董晋去世，韩愈扶董晋灵柩离汴州回到洛阳。韩愈其时生活困顿，致友人卫大受的《与卫中行书》就自陈：“穷居荒凉，草树茂密，出无驴马，因与人绝。”

同年秋，应徐泗濠节度使张建封之聘，出任节度推官，试协律郎。不到一年，贞元十六年（800）夏六月辞张建封幕，于夏秋之交返回洛阳。

其时有洛阳青年友人侯喜等人随他学习古文。某日因侯喜相邀，韩愈曾与几人一同出城钓鱼，作《赠侯喜》：

吾党侯生字叔起，呼我持竿钓温水。
平明鞭马出都门，尽日行行荆棘里。
温水微茫绝又流，深如车辙阔容辀。

虾蟆跳过雀儿浴，此纵有鱼何足求。
我为侯生不能已，盘针擘粒投泥滓。
晡时坚坐到黄昏，手倦目劳方一起。
暂动还休未可期，虾行蛭渡似皆疑。
举竿引线忽有得，一寸才分鳞与鬐。
是日侯生与韩子，良久叹息相看悲。
我今行事尽如此，此事正好为吾规。
半世遑遑就举选，一名始得红颜衰。
人间事势岂不见，徒自辛苦终何为。
便当提携妻与子，南入箕颍无还时。
叔起君今气方锐，我言至切君勿嗤。
君欲钓鱼须远去，大鱼岂肯居沮洳。

从"平明鞭马出都门"可知，韩愈这段时间就住在妻子娘家敦化坊家中。虽然在钓鱼，人却有点心不在焉。"晡时坚坐到黄昏"，"一寸才分鳞与鬐"，从下午坐到傍晚才钓到了一条刚及一寸的小鱼。韩愈想："这不是和我求官的遭遇一样吗？"由此联想到自己奔忙举选的徒劳无功，说出了"我今行事尽如此"的牢骚话[1]。唐代钓鱼诗多写闲适或隐居主题，韩愈这首诗叙述钓鱼细节如同场景再现，倒也写得活泼有趣。

这天晚上，4人投宿洛阳北面的惠林寺，韩愈作有《洛北惠林寺题名》纪游：

韩愈、李景兴、侯喜、尉迟汾，贞元十七年七月二十二

1. 李贺有一首《钓鱼诗》，同样也有为仕途不遇感伤的调子。

日，鱼于温洛[1]，宿此而归。昌黎韩愈书。

这次投宿惠林寺，韩愈还作有一首《山石》诗：

山石荦确行径微，黄昏到寺蝙蝠飞。
升堂坐阶新雨足，芭蕉叶大栀子肥。
僧言古壁佛画好，以火来照所见稀。
铺床拂席置羹饭，疏粝亦足饱我饥。
夜深静卧百虫绝，清月出岭光入扉。
天明独去无道路，出入高下穷烟霏。
山红涧碧纷烂漫，时见松枥皆十围。
当流赤足踏涧石，水声激激风吹衣。
人生如此自可乐，岂必局束为人鞿[2]？
嗟哉吾党二三子，安得至老不更归。

夜宿惠林寺，天明乘兴游山，韩愈的心情很不错。这首诗全用散句，不用偶对，照样写得轻盈生动。《山石》诗中“芭蕉叶大栀子肥”一句还得到金代元好问的赞赏，见其《论诗三十首》第二十四诗：

有情芍药含春泪，无力蔷薇卧晚枝[3]。
拈出退之山石句，始知渠是女郎诗。

与韩愈诗的简劲明快相比，北宋秦观《春日》诗中“有情芍药

---

1. 谓王者如有盛德，则洛水先温，故称“温洛”，这里是借指洛阳。
2. “鞿”字一作“鞿”。
3. 秦观诗这句为“晓枝”，元好问记录有误。

含春泪，无力蔷薇卧晓枝”一联过于纤巧，就如同“女郎诗”。

为解决衣食问题，韩愈急于求仕，贞元十七年（801）冬即入长安应吏部铨选。贞元二十年被贬连州[1]阳山县令时，曾作《县斋有怀》，其中就有记录此段旅程的句子：

两府变荒凉，三年就休假。
求官去东洛，犯雪过西华。
尘埃紫陌春，风雨灵台夜。
名声荷朋友，援引乏姻娅。

尾联“名声荷朋友，援引乏姻娅”很有意思，道出了当时官场实情：在朝堂上，人际关系网络非常重要，要树立名声，就需要很多的朋友，而要获得有力擢拔，婚姻门第所起的作用非常之大。

贞元十八年（802）春，韩愈终于通过铨选，被任命为国子监四门博士（也就是唐代最高学府的教授）。其间告假回到洛阳，又游华山。

贞元十九年（803），韩愈升为监察御史，与柳宗元、刘禹锡同在御史台。过后贬连州阳山县令，又移江陵法曹参军。元和元年（806）六月，回长安，授官权知国子博士。

他在阳山县任上时曾作《梨花下赠刘师命》。这首怀洛诗清新可咏，与他后面的“怪奇诗风”全然无涉：

洛阳城外清明节，百花寥落梨花发。
今日相逢瘴海头，共惊烂漫开正月。

1. 连州，今广东省清远市。

元和二年（807）六月，韩愈离长安分司洛阳，依旧领国子博士职。元和四年六月十日改授都官员外郎、分司东都兼判祠部。韩愈又回洛阳来了。东都分司官是个闲职，兼判祠部事务，主要就是管理洛阳寺观僧道之事。

其间常有官僚间的宴集。韩愈写给友人侯继的《送侯参谋赴河中幕》就有“东司绝教授，游宴以为恒”的记录。

〔东晋〕佚名：小楷书《曹娥诔辞》[1]（辽宁省博物馆藏）

不过，耿直的韩愈还是闹出了动静。据宋人王观国《学林》载：“愈独判二年，日与宦者为敌，相伺候罪过，恶言詈辞，狼藉公牒。”皇甫湜《唐韩文公神道之碑》记：“司京城观寺，尚书敛手失职，先生按《六典》尽索之以归，诛其无良，时其出入，禁哗众以正浮屠。”因为将洛阳寺观管理权收归祠部，得罪了从中渔利的宦官，韩愈不得不向东都留守郑余庆提交辞呈，称病告休。

1. 其上留有韩愈观款：“国子博士韩愈、赵玄遇、著作佐郎樊宗师、处士卢同观。元和四年五月二十日，退之题。”

元和五年（810）春，告休期间，韩愈作有《东都遇春》诗。由诗中“深居疑避仇，默卧如当暝”一联，可见判祠部事务时得罪宦官的前因，“为生鄙计算，盐米告屡罄”一联可见当时家中生计的局促。

这年冬天，韩愈改任河南令。这或是郑余庆的一种转圜处理。

早在韦应物任洛阳丞时，就曾处置过洛阳两军骑士。韩愈任河南令后，又出手处置了冒名军籍的无赖，此辈“坐坊市卖饼，又称军人”，“以钱财赂将吏，盗相公文牒，窃注名姓于军籍中”，在洛阳街坊结伙作恶由来已久。

据皇甫湜《唐韩文公神道之碑》记载，韩愈又出令禁止藩镇留邸人员随意出入街坊：

> 魏、郓、幽、镇，各为留邸，贮潜卒以櫜罪士，官无敢问者，先生将擿其禁，以壮朝廷。断民署吏，俟旦发，留守尹以闻，皆大恐，令遽相禁。有使还为言，宪宗悦曰：“韩愈助我者！”是后，郓邸果谋反东都，将屠留守，以应淮、蔡。

魏州、郓州、幽州、镇州都是当时拥兵自雄的藩镇，“留邸”是藩镇节度使设在洛阳的私邸，名为家宅，实藏军士，以刺探情报和谋逆内应，平日里一贯横行街坊。其后不久，郓州节度使私邸果然在洛阳谋反，准备刺杀东都留守以策应淮西吴元济。韩愈的果断处置受到了唐宪宗的嘉许。

河南令上，韩愈作《李花二首》，其一写县衙西园，其二写家园李花：

当春天地争奢华，洛阳园苑尤纷拏。
谁将平地万堆雪，剪刻作此连天花。
日光赤色照未好，明月暂入都交加。
夜领张彻投卢仝，乘云共至玉皇家。
长姬香御四罗列，缟裙练帨无等差。
静濯明妆有所奉，顾我未肯置齿牙。
清寒莹骨肝胆醒，一生思虑无由邪。

由第四联可知，韩愈白天赏花未尽兴，夜里还领了弟子张彻去到寄居洛阳的卢仝家赏花。卢仝家是很贫寒的，只“破屋数间而已”，诗中却说是“乘云共至玉皇家”，语带嘲谑而相知至深。后面三联都是赞美李花的独白，将李花譬喻为了“清寒莹骨”的美人。

又有《感春五首》，其二写洛阳春色：

洛阳东风几时来，川波岸柳春全回。
宫门一锁不复启，虽有九陌无尘埃。
策马上桥朝日出，楼阙赤白正崔嵬。
孤吟屡阕莫与和，寸恨至短谁能裁。

由颈联“策马上桥朝日出，楼阙赤白正崔嵬”可知，他骑马来到了天津桥上。尾联中所言“寸恨”并不是咏叹感伤东都的没落，而是在抒发政治志向不得伸展之恨。这首诗平仄不调，似律又非律，看得出韩愈总在想方设法跳脱律诗格式的束缚。

元和六年（811）秋，韩愈调任职方员外郎，离洛阳赴长安，此后大部分时间一直在长安任官。

元和十四年（819），因为上《论佛骨表》劝谏唐宪宗迎佛骨，韩愈被贬潮州刺史。

“古文运动”的首唱

贞元十七年（801）入长安应吏部铨选前，韩愈仍在洛阳。六月二十六日，他给弟子李翊回了一封信，即《答李翊书》，这篇书状成了中唐“古文运动”的发端。

李翊向韩愈请教写文章的技巧，韩愈的作答不像写策论文那么系统有条理，只是挥洒直言，阐发自己多年的心得。概言之，其方法有三个要点：一是惟陈言之务去（他自己也说很难，“戛戛乎其难哉！”）；二是行之乎仁义之途，游之乎诗书之源，无迷其途，无绝其源，终吾身而已矣；三是气盛则言之短长与声之高下者皆宜。

关于第一点，韩愈并没有明指何为“陈言”。不过从他诗文创作的屡屡破格可以看出，“陈言”就是当时国家在公文、科举取士中广泛通行应用的骈体文，即代表了中世贵族文学精华的骈俪文体。再扩而言之，也包括了受六朝以来骈偶俪对影响产生的新体律诗。韩愈比陈子昂的复古论要更进一步。他要摆脱诗歌发展从初唐宫廷诗到律诗的轨道，“以文为诗”。

具体来说，就是以“散体”冲破“骈体”，以“失粘出格”冲破“律化程式”，以叙事、议论来冲破“抒情套式”，以口语、俗语和奇怪搭配的古僻字来打破诗的稳定性。

这个设想是与第二点，也即他倡导的“文以载道”“重树道统”的思路相匹配的。中唐开始，倡导古文者其来有自。继萧颖士、李华、孙逖、独孤及之后，梁肃、高参、崔元翰、陈京、唐次和齐抗等师事独孤及，同样倡导古文。韩愈、李观、李翱等又师事梁肃。贞元八年（792）韩愈的登第就与梁肃的推荐大有关系。此外，少年韩愈避居宣城苦读期间，萧颖士、李华、孙逖与独孤及一系的古文派就活跃在江南一带，这对韩愈的影响应该也很大。

方法第三的“气盛”就与他的脾性有关了。韩愈是一个热血质的人，性格热情而执傲，甚至还有谐谑、狂放的一面。

韩愈的主张得到了柳宗元的响应。值得注意的是，韩、柳两家还是世交。韩愈兄长韩会与柳宗元父亲柳镇是至交好友。柳宗元曾作《先君石表阴先友记》，列数父亲生前好友，其中就有提及韩会和韩愈：

> 韩会，昌黎人。善清言，有文章，名最高。然以故多谤。至起居郎，贬官，卒。弟愈，文益奇。

贞元十九年（803），韩愈、柳宗元同在御史台任监察御史，所以他们又曾是同事。韩、柳两人在朝堂上作的公文奏议，也常常破体为文，消融古文与骈文的界限，骈散合一，灵活运用。

柳宗元屡次为韩愈的见解作辩护，最显明的一次就是在书状《答韦中立论师道书》中：

> 今之世，不闻有师，有辄哗笑之，以为狂人。独韩愈奋不顾流俗，犯笑侮，收召后学，作《师说》，因抗颜而为师。世果群怪聚骂，指目牵引，而增与为言辞。愈以是得狂名，居长安，炊不暇熟，又挈挈而东，如是者数矣。

由柳宗元转述可知，韩愈因为特立独行的见解，被目为“狂人”；他是因为受到长安官场的排斥才分司洛阳的。

柳宗元去世后，韩愈曾撰《柳子厚墓志铭》，其中提到古文新风的影响：

> 衡湘以南为进士者，皆以子厚为师，其经承子厚口讲指画为文词者，悉有法度可观。

韩、柳联手，一时声势蔚为大观。不过，在他们两人去世后，骈文一派再度复振（可以令狐楚、李商隐、温庭筠、段成式为代表）。要到北宋时欧阳修等人再次重兴“古文运动”，韩、柳所倡导的古文才真正压倒骈文，成为近世的正统文体。

“古文运动”的同盟者，还有李翱、皇甫湜、李汉、樊宗师、侯继等门人。李翱娶韩愈侄女，关系自然不一般，应举前就跟从韩愈学文，此后曾作《复性书》三篇，偏于阐道；皇甫湜于韩愈为晚辈，也是韩门中的古文家，作诗为文尚怪奇，偏晦涩；此外还有吕温、刘禹锡等人也可算作同道。至晚唐，皮日休、陆龟蒙、罗隐等人的小品文篇制短小而文笔犀利，也可归入“古文运动”的余绪。

韩愈与元稹的交往也值得一提。元和四年（809）七月至五年二月，元稹以监察御史分司东台[1]，与韩愈同在洛阳，其间两人有较密切的互动。元稹妻韦丛于元和四年七月去世后，韩愈曾为之撰墓志。元和五年初春，元稹有作《辛夷花》诗：

> 韩员外家好辛夷，开时乞取三两枝。

---

1. 就是这次分司过后，元稹回长安时发生了与宦官刘士元的争厅事件。

折枝为赠君莫惜，纵君不折风亦吹。

诗题下有元稹自注："问韩员外。"这首诗如家常话语，写得清新动人。

"洛阳怪奇帮"

韩愈在《县斋有怀》诗里说过"名声荷朋友"。的确，他是一个热血质的人，也很能交朋友。贞元十八年（802），韩愈在长安国子监四门博士任上，在写给进士同榜好友、宣州观察判官崔群的书信《与崔群书》中曾盘点了一下：

> 仆自少至今，从事于往还朋友间，一十七年矣，日月不为不久。所与交往相识者千百人，非不多；其相与如骨肉兄弟者，亦且不少，或以事同，或以艺取，或慕其一善，或以其久故，或初不甚知，而与之已密，其后无大恶，因不复决舍；或其人虽不皆入于善，而于己已厚，虽欲悔之不可。

此前说过，韩愈的出身背景对他性格影响很大，他是庶母所出，父兄又很早过世，因家门衰微，出仕前的状况比较窘困。因此，当他奋力挣脱出来而有能力汲引相助时，就很能理解他人的类似处境。韩愈为官后交往最多、帮助最多、提携最多的往往是所谓的寒士，即那些没有高贵门第、没有父祖门荫可资的庶族文人，如孟郊、贾岛、李贺、皇甫湜、牛僧孺、张籍等，力所能及时还会给予经济上的援助支持。后人常以"韩孟"或"韩孟诗派"命名这群同道者，其实更准确的说法是“寒士诗派”或“庶族诗派”[1]。

贞元八年（792），42岁的孟郊赴长安应进士举，24岁的韩愈作《长安交游者一首赠孟郊》及《孟生诗》相赠，两人始有交往。

其后韩、孟两人和其他诗友又有两次聚会：一次是韩愈入汴州董晋幕和徐州张建封幕期间，孟郊、张籍、李翱先后与韩愈相会；另一次是韩愈由江陵法曹返长安任国子博士时，与张籍、张彻、孟郊曾相会京师，联手作《会合联句》。

韩愈从元和二年（807）六月分司洛阳，至元和六年秋回长安。分司洛阳4年期间，孟郊、卢仝、李贺、马异、刘叉、贾岛陆续到来，张籍、李翱、皇甫湜也时来访洛，除以上人物外，还有樊宗师、卢殷、刘言史、陆畅、孟简、王涯、淡公等韩孟诗派更外围的成员。他们个人的抒怀诗还比较正常，但相互之间唱和赠酬的诗作往往各逞其能而争奇斗险，洛阳就是他们这群志同道合者比试诗艺的一个舞台。

倘若回到现场，唐人又是如何评判当时这股诗风的呢？长庆年间，尚书左司郎中李肇撰有《唐国史补》，其中就有提到这一节。因李肇是韩愈同时代人，故而所记真实度很高：

> 元和以后，为文笔则学奇诡于韩愈，学苦涩于樊宗师。歌行则学流荡于张籍。诗章则学矫激于孟郊，学浅切于白居易，学淫靡于元稹，俱名为“元和体”。大抵天宝之风尚党，大历之风尚浮，贞元之风尚荡，元和之风尚怪也。

1. 日后的“牛李党争”也有这一背景，即牛僧孺所代表的庶族士人和李德裕所代表的高门士人的对峙冲突。

韩愈“奇诡”，元和“尚怪”，这股风气和这批诗人扎堆洛阳大有关系。用“怪奇帮”来形容他们是最恰当不过了。当然，此时诗坛还有白居易和元稹很能吸引眼球。李肇评白居易“浅切”也还算贴合，评元稹为“淫靡”说明很是看低。

“洛阳怪奇帮”中，属盟主韩愈创作的怪奇诗最多，如《和虞部卢四汀酬翰林钱七徽赤藤杖歌》《孟东野失子》等。这些诗大多想象奇诡，横突恣肆，语带戏谑，频用生字，有时也因失于节制，而读来艰涩。

元和元年（806），韩愈在长安与张署、孟郊、张籍等人宴饮，席间作《醉赠张秘书》，这首诗的尾句就预示了他所将实验的险怪诗风：

> 险语破鬼胆，高词媲皇坟。
> 至宝不雕琢，神功谢锄耘。

元和三年（808）冬，皇甫湜到任陆浑尉后，作《陆浑山火》一诗（原作已佚）赠韩，韩愈赠以《陆浑山火一首和皇甫湜用其韵》，是怪奇诗风的极致之作：

> 皇甫补官古贲浑，时当玄冬泽乾源。
> 山狂谷很相吐吞，风怒不休何轩轩。
> 摆磨出火以自燔，有声夜中惊莫原。
> 天跳地踔颠乾坤，赫赫上照穷崖垠。
> 截然高周烧四垣，神焦鬼烂无逃门。
> 三光弛隳不复暾，虎熊麋猪逮猴猿。
> 水龙鼍龟鱼与鼋，鸦鸱雕鹰雉鹄鹍。

焊炰煨爊孰飞奔，祝融告休酌卑尊。
错陈齐玫辟华园，芙蓉披猖塞鲜繁。
千钟万鼓咽耳喧，攒杂啾嚄沸篪埙。
彤幢绛旃紫纛幡，炎官热属朱冠裈。
髹其肉皮通髀臀，颓胸垤腹车掀辕。
缇颜靺股豹两鞬，霞车虹靷日毂幡。
丹蕤縓盖绯翻帟，红帷赤幕罗脤膰。
衁池波风肉陵屯，谽呀钜壑颇黎盆。
豆登五山瀛四尊，熙熙釂酬笑语言。
雷公擘山海水翻，齿牙嚼啮舌腭反。
电光䃟磹赪目暖，顼冥收威避玄根。
斥弃舆马背厥孙，缩身潜喘拳肩跟。
君臣相怜加爱恩，命黑螭侦焚其元。
天阙悠悠不可援，梦通上帝血面论。
侧身欲进叱于阍，帝赐九河湔涕痕。
又诏巫阳反其魂，徐命之前问何冤。
火行于冬古所存，我如禁之绝其飧。
女丁妇壬传世婚，一朝结雠奈后昆。
时行当反慎藏蹲，视桃著花可小骞。
月及申酉利复怨，助汝五龙从九鲲。
溺厥邑囚之昆崙，皇甫作诗止睡昏。
辞夸出真遂上焚，要余和增怪又烦，虽欲悔舌不可扪。

这首诗太过诡谲奇异，体式上更接近七言歌行和七律之间的变体，而用字的古奥险僻，直让人眼花缭乱（韩愈肯定翻了大量的唐代字书、类书)。要读通如同解谜,在5万首唐诗中可谓独此一篇。

看这首诗的历代集评,如同看到了一大堆的惊叹号。宋员兴宗《九华集》说它:"变体奇涩之尤者,千古之绝唱也。"黄周星唐诗选本《唐诗快》中说它:"无语不奇,无字不古,横绝一世,不可有二。"钱良择《唐音审体》说:"此诗望之骇目惊心,按之词义,了然无不可解……乃天地间从来未有之文。"沈曾植《海日楼札丛》评其为:"一帧西藏曼荼罗画。"

韩愈在末尾两联道出了求险怪的缘由,他说皇甫湜的诗本来就"怪又烦",皇甫湜要他和诗,自己管不住舌头就这样吟了出来。这是彼此唱和时刻意求怪的一个明显例证。

近来有学者做了新解读[1],认为这首诗表面光怪陆离,其实藏有大量的暗喻,隐射时政。

元和三年(808)四月,唐宪宗诏令策试"贤良方正直谏"举人,皇甫湜、牛僧孺、李宗闵得上第。因为在策论中"指陈时政"触忤了宰相李吉甫和专权宦官,三人全都被排斥出长安,打发到了洛阳。皇甫湜补陆浑尉,牛僧孺调伊阙尉,李宗闵补洛阳尉。考策官户部侍郎杨於陵、覆策官翰林学士裴垍、王涯等也遭放逐惩罚。王涯出刺袁州,杨於陵出镇岭南。

这次事件被称为"元和制举案",通常被认为是"牛李党争"的发端。

此时韩愈以国子博士分司东都,本与之没有牵涉,但他与事件中人都有交谊。皇甫湜是他的弟子,王涯是他的进士同榜好友,还

1. 孙羽津:《元和政治与奇诡诗风之关系窥管——韩愈〈陆浑山火一首和皇甫湜用其韵〉新证》,《清华大学学报(哲学社会科学版)》2017年第6期。

是皇甫湜的舅舅。制举案后，王涯又辟韩愈侄女婿李翱入幕。韩愈为此有作《送李翱》。

诗中铺陈描摹了火象、雷象、水象三象，其中，火象暗喻宦官势力，雷象暗喻宰相李吉甫等朝中元老，水象暗喻包括皇甫湜在内的制举人及考官。后半引入上帝形象，将火、雷、水三象归为《离》《震》《坎》三卦，暗喻唐宪宗制衡各方势力的手法。

这首诗的逞奇斗怪，原来是韩愈精心布设的“烟幕弹”，暗藏了其对时局的观察与预判。

任河南令时，韩愈写有一首《河南令舍池台》。这首倒不是酬和诗，而是一人独吟。诗中写县令官舍池台这样的题材，一般人都会写纯粹的赏景诗，但韩愈偏喜欢写池台的破落邋遢：

> 灌池才盈五六丈，筑台不过七八尺。
> 欲将层级压篱落，未许波澜量斗石。
> 规摹将巧何足夸，景趣不远真可惜。
> 长令人吏远趋走，已有蛙黾助狼藉。

读了这样的诗，你只能佩服韩愈写诗抓取角度的刁钻和搞怪式的幽默，里面甚至还有点现在流行的那种负能量的“丧”。

韩愈的怪奇倾向是有他的经义理据的。在他看来，这也是古道的一种。戏谑不但不妨碍“道”，还是“道”的有益补充。他在《重答张籍书》中就是这么解释的：

> 昔者夫子犹有所戏，《诗》不云乎：“善戏谑兮，不为虐兮。”《记》曰：“张而不弛，文武弗能也。”恶害于道哉？

剑走偏锋当然是危险的。元和五年（810），韩愈就意识到了这一点。这年卢仝写了一首《月蚀诗》，以1600字的长篇制作写日全食，想象天马行空，用语狂放恣肆，在超现实描写中又暗寓讽意（卢仝效仿韩愈的《陆浑山火一首和皇甫湜用其韵》，暗讽宦官吐突承璀征讨成德军王承宗不利的时事）。韩愈的和作《月蚀诗效玉川子作》只是将卢仝《月蚀诗》加以改削写成，对怪奇实验已有所克制。

此后，韩愈的诗风渐趋平淡。元和六年（811）春，贾岛赴洛阳，带了自己的诗作投谒韩愈。韩愈有赠诗《送无本师归范阳》，提醒贾岛“奸穷怪变得，往往造平澹”，没有鼓励贾岛继续尝试险怪。同年，韩愈回长安。孟郊、卢仝虽然还在洛阳，已不再斗险。

元和九年（814），孟郊去世。元和十一年，李贺去世。卢仝差不多也在此时离开了洛阳。“怪奇帮”只剩下了年轻的贾岛。

元和十年（815）以前，贾岛受到韩、孟的影响，也写复古倾向的古体诗，风格朴拙，模拟孟郊较多。元和十年后，贾岛写了不少律诗，这个颇具实验性的“怪奇帮”也就逐渐解体了。

韩愈他们当时所作的探索有没有一点可取的价值？当然有，而且还不小。因为这些实验与尝试，蕴藏了可资我们思考甚至取法的有益成分。这是唐诗递延到中唐时发生的又一个转向。如何超越前人始终是一个挑战，以韩、孟为代表的元和诗人作出了他们的回应。

长庆三年（823）早春，韩愈时任吏部侍郎，作《早春呈水部张十八员外》：

天街小雨润如酥，草色遥看近却无。
最是一年春好处，绝胜烟柳满皇都。

韩愈晚年诗写得如此清新浅淡，与他盛年时的怪奇诗风作对比，简直让人不敢相信出自同一人手笔（这跟他官职的向上升迁不无关系）。

韩愈仍然富有远见卓识。元和十年（815）左右，他写有《调张籍》一诗。在前五联中，他对李、杜诗的价值作出了超越同侪的高度肯定，展现了敏锐的文学史眼光：

李杜文章在，光焰万丈长。不知群儿愚，那用故谤伤。
蚍蜉撼大树，可笑不自量。伊我生其后，举颈遥相望。
夜梦多见之，昼思反微茫。……

孟郊的咏洛诗

天宝十年（751），孟郊生于湖州武康。不过，元辛文房《唐才子传》说他是洛阳人，因其郡望为平昌[1]，先祖一直世居洛阳。孟郊生于父亲孟庭玢任昆山县尉时，则武康很可能就是孟郊的母家。又，孟郊青年时代曾隐居嵩山，或也可证其家族先代与洛阳的关系。孟郊40岁前游于中原和江南，行踪不定，曾在信州上饶为陆羽山舍题诗，后来又在苏州与韦应物唱酬。

贞元七年（791），孟郊41岁，才在籍地湖州举乡贡，然后去

1. 平昌，今山东临邑东北。

往长安应进士试。贞元八年，下第时结识韩愈。虽然年纪相差18岁，韩、孟两人就此结为“忘形之交”。

孟郊赴长安屡试不第后，曾作《叹命》：

三十年来命，唯藏一卦中。
题诗还问易，问易蒙复蒙。
本望文字达，今因文字穷。
影孤别离月，衣破道路风。
归去不自息，耕耘成楚农。

孟郊到贞元十二年（796）才进士及第，时年46岁。不过，唐人有“三十老明经，五十少进士”的俗谚，若和晚唐73岁中进士的曹松比起来，他还不算很老。中第后喜不自胜，作《登科后》，成为唐人科举诗的名作：

昔日龌龊不足夸，今朝放荡思无涯。
春风得意马蹄疾，一日看尽长安花。

孟郊中第后久不授官，一直到4年后的贞元十六年（800）才授溧阳尉[1]，这年孟郊都50岁了。他投身科举，本来就只瞩目长安和洛阳，溧阳离家乡不远，这个官职让他很不称心。登程赴任时，韩愈作《送孟东野序》宽慰，将其列为继陈子昂、苏源明、元结、李白、杜甫之后的诗坛不凡者，为他发不平之鸣：“东野之役于江南也，有若不释然者。”

因为不遂心愿，孟郊到任后耽于作诗，就不太理职事，薪水俸

1. 溧阳尉，是中下县的县尉，品级是最低的从九品下。

禄也被减半腰斩。《新唐书》“孟郊传”载：

> 年五十，得进士第，调溧阳尉。县有投金濑、平陵城，林薄蒙翳，下有积水。郊闲往坐水旁，裴回赋诗，而曹务多废。令白府，以假尉代之，分其半奉。

《溧阳秋霁》就是他徘徊“投金濑”水边时吟咏的成果吧：

> 晚雨晓犹在，萧寥激前阶。星星满衰鬓，耿耿入秋怀。
> 旧识半零落，前心骤相乖。饱泉亦恐醉，惕宦肃如斋。
> 上客处华池，下寮宅枯崖。叩高占生物，龃龉回难谐。

首联写秋雨晨景用语爽净，次联叹老抒怀也不局促；末尾“上客处华池，下寮宅枯崖”，透露他不甘久沉下僚的心声，“龃龉回难谐”说明他与县中同僚相处并不融洽。

孟郊在溧阳任上时还写下了流传千古的名作《游子吟》。诗有自注“迎母溧上作”。任官后把母亲接来了溧阳。这首是母爱的赞美诗，“慈母手中线，游子身上衣。临行密密缝，意恐迟迟归”两联，写得质朴而情深。

后因韩愈、李翱的推荐，罢相不久刚出任河南尹的郑余庆奏请孟郊为河南水陆运从事（相当于省交通厅司长），试协律郎，职位品阶一下跳到了正八品上，比溧阳尉可好多了。就这样，孟郊于元和元年（806）冬来到了洛阳，其年已56岁。

第二年，韩愈也以国子博士分司东都，两人在洛阳重聚。不过他俩在洛阳的唱和不多，只在孟郊丧子时，韩愈曾作《孟东野失子》安慰宽解。

孟郊在洛阳时的诗作计有100多首，占全部诗作的四分之一。

此前他很少写组诗，在洛阳期间却写了很多，如《立德新居十首》《寒溪九首》《杏殇九首》《吊卢殷十首》《吊元鲁山十首》《送淡公十二首》《济源寒食七首》《游枋口二首》等。他和韩愈都以追慕李杜为志向，写作上很勤奋。

韩愈在《贞曜先生墓志铭》里说孟郊写诗是“及其为诗，刿目鉥心，刃迎镂解，钩章棘句，掐擢胃肾，神施鬼设，间见层出”，仿佛是在形容一位武林高手的苦修。李肇在《唐国史补》评论孟郊诗风“矫激”，矫激即特异、激切，说得很准确。苏轼对孟郊有恶评，但他在《读孟郊诗》里这联“诗从肺腑出，出辄愁肺腑”中，也点出了孟郊诗的情绪基调。将三人之论调和，苦吟、激切和愁绪差不多可以形容孟郊诗的特质了。

孟郊也有自己的创作谈，即《夜感自遣》：

> 夜学晓未休，苦吟神鬼愁。
> 如何不自闲，心与身为雠。
> 死辱片时痛，生辱长年羞。
> 清桂无直枝，碧江思旧游。

首联记录了刻苦学诗兼日夜苦吟的情景，次联和颈联透露了创作心理动机：因为“本望文字达”而不成，于是“生辱长年羞”，如此苦吟就是为了“以诗雪耻”。这首诗还有另外的题目《失志夜坐思归楚江》和《苦学吟》，再结合尾句“碧江思旧游”一句，推想应作于科举失败归乡时。

元和二年（807），孟郊在洛北立德坊置新居。这里离皇城所在的河南府衙署很近，应是都水监官员的住宅区。附近风景宜人，又有溪水流经。孟郊在宅园中造“生生亭”以取闲观景，又开出两亩菜园，俨然在洛阳城里拥有了一处田园居。

孟郊有诗《生生亭》纪之：

> 滩闹不妨语，跨溪仍置亭。置亭嵽嵲头，开窗纳遥青。
> 遥青新画出，三十六扇屏。褭褭立平地，棱棱浮高冥。
> 一日数开扉，仙闪目不停。徒夸远方岫，曷若中峰灵。
> 拔意千馀丈，浩言永堪铭。浩言无愧同，愧同忍丑醒。
> 致之未有力，力在君子听。

随着生活境况有所改善，孟郊之前诗作里的激切、愁容就减弱甚至部分消失了。这间生生亭是筑在溪边小丘上的亭阁，四面有窗，能眺望周边景致，故而开窗过后可见“遥青新画出，三十六扇屏”。新亭造好，孟郊喜欢得不得了，一天要开好几次窗，目不暇接地赏看。

好友卢仝给这间亭阁写了一首《孟夫子生生亭赋》，开篇有句：“玉川子沿孟冬之寒流兮，辍棹上登生生亭。”可见这间亭阁通水流，可乘舟划桨而至。

孟郊组诗《立德新居十首》其一也写到了亭阁和园圃：

> 立德何亭亭，西南耸高隅。阳崖泄春意，井圃留冬芜。
> 胜引即纡道，幽行岂通衢。碧峰远相揖，清思谁言孤。
> 寺秩虽未贵，家醪良可哺。

新居亭阁在立德坊西南，向南的坡崖已有春意，园圃里还留着冬天的芜菁，绕走宅园小道，却与喧闹街衢相隔。登上亭阁可望见远山碧峰，收美景于前。能住在这样的居所，即便官品低点也没关系，能喝到家酿的米酒已足够。看，孟郊是多么自足快乐啊！这一点与杜甫很像。

立德坊南面有从洛水引流的漕渠，东面归义坊有从邙山北麓引流瀍水的瀍渠（又名“东溪”），两渠在归义坊东南汇合。组诗《寒溪九首》描绘家宅附近地貌甚详，尤其是其二，还写到了邻近哭啼的孀妇和砍柴的童子：

> 洛阳岸边道，孟氏庄前溪。舟行素冰折，声作青瑶嘶。
> 绿水结绿玉，白波生白珪。明明宝镜中，物物天照齐。
> 仄步下危曲，攀枯闻孀啼。霜芬稍消歇，凝景微茫齐。
> 痴坐直视听，戆行失踪蹊。岸童劚棘劳，语言多悲凄。

在洛阳时，孟郊也曾与友人外出游赏。元和三年（808），友人王涯贬虢州司马，孟郊随同到洛阳北面的济源游玩，作《济源春》《济源寒食七首》《游枋口二首》《与王二十一员外涯游枋口柳溪》。同时前后，又游洛阳城中的昭成寺，作《与王二十一员外涯游昭成寺》。从诗中内容看，当时还接受了寺主的茶茗宴集的接待（典型的唐代茶会诗）。僧俗共席谈论玄理、坐咏诗文：

> 洛友寂寂约，省骑霏霏尘。游僧步晚磬，话茗含芳春。
> 瑶策冰入手，粉壁画莹神。赪廓芙蓉霁，碧殿琉璃匀。
> 玄讲岛岳尽，渊咏文字新。屡笑寒竹宴，况接青云宾。
> 顾惭馀眷下，衰瘵婴残身。

孟郊的诗风素有“险怪”和“清古”两路。“险怪”这一路忌平易，《与王二十一员外涯游昭成寺》这首诗就有一点逞怪作奇的特色，间作险怪语，时见古奥字[1]，读来口唇生涩，与游寺主题稍有游离。徐松《唐两京城坊考》记载昭成寺有画手程邈、杨廷光的壁绘。杨廷光所绘名为《西域记图》，“粉壁画莹神”一句或即指此。

七绝《洛桥望晚》则属“清古”一类。这首诗没有任何刻意古怪的用字，描绘的是洛阳冬日的初寒景象。此时天津桥一带行人稀少，景物寂寥。尾句清绝异常，意境空阔：

> 天津桥下冰初结，洛阳陌上人行绝。
> 榆柳萧疏楼阁闲，月明直见嵩山雪。

可是，这样安定闲静的日子并没有多久。孟郊定居洛阳后的几年中，接连遭遇丧子之痛。

孟郊写有组诗《杏殇九首》，遣发感伤悲愁情绪。当时韩愈有作诗宽慰劝解，其诗序说“东野连产三子，不数日辄失之”。新生儿连连早夭，可见孟郊老年得子不易。此外，孟郊元和元年（806）初来洛阳时，身边曾有一幼子，过后亦夭折。

孟郊去世后，王建曾有《哭孟东野二首》一诗追怀，其二就专写此事：

> 老松临死不生枝，东野先生早哭儿。
> 但是洛阳城里客，家传一首杏殇诗。

可以想见，孟郊的《杏殇九首》当时曾在洛阳的坊间里巷广泛

1. 首句“洛友寂寂约”已经够古怪了，后面这个“瑶策”是什么东西就很令人费解，推想或是玉如意或禅板之类僧器。

流传。

来洛4年后的元和四年（809）正月，孟郊母亲裴氏也过世了。孟郊居家服丧后久未迁调，生计极为窘迫，《秋怀》15首尽是描写当时贫病困厄的情状。他几乎感到了绝望，在《自惜》一诗中甚至开始怀疑自己是被儒教所误，对佛教的出离思想有所亲近，其中“零落雪文字，分明镜精神”是好句：

> 倾尽眼中力，抄诗过与人。自悲风雅老，恐被巴竹嗔。
> 零落雪文字，分明镜精神。坐甘冰抱晚，永谢酒怀春。
> 徒有言言旧，惭无默默新。始惊儒教误，渐与佛乘亲。

孟郊遭遇连番家难后，诗中的“苦寒”成分大量增加。这与生活境况的急转直下是紧密相关的。

《唐才子传》中说孟郊：“拙于生事，一贫彻骨，裘褐悬结。”独特的人生造就了独特的诗艺。后人的评价也不尽相同。苏轼在《读孟郊诗二首》中把孟郊呼作了“寒虫”，这样的说法未免过于刻薄，缺乏同情的理解。严羽在《沧浪诗话》中提到了自己的阅读感受：“孟郊之诗刻苦，读之使人不欢。”这也的确是事实。元好问所作结语比较周全：“东野穷愁死不休，高天厚地一诗囚。”孟郊就是一个终身为诗所困的“囚徒”。

韩、孟两人始终保持了珍贵的文学友谊。元和六年（811），韩愈出任职方员外郎，自东都返长安时作《双鸟诗》，将孟郊与自己比作了“相伴而鸣”的双鸟：“自从两鸟鸣，聒乱雷声收；鬼神怕嘲咏，造化皆停留。”对孟郊的诗艺有充分的肯定。元和八年，韩愈又自国子博士迁比部郎中、史馆修撰，孟郊也有赠诗《赠韩郎中愈三首》：

其一

何以定交契？赠君高山石。
何以保坚贞？赠君青松色。
贫居过此外，无可相彩饰。
闻君硕鼠诗，吟之泪空滴。

其三

前日远别离，今日生白发。
欲知万里情，晓卧半床月。
常恐百虫秋，使我芳草歇。

其一勉励韩愈不堕前志，“高山石”“青松色”是孟郊好友对韩愈的期待；其三抒写离别之不舍，叹人生已到暮年。“常恐百虫秋，使我芳草歇”一联犹如诗谶。

元和九年（814）三月，郑余庆由河南尹移任山南西道节度使，召辟孟郊为参谋、试大理评事。这年八月二十五日，孟郊在即将抵达阌乡县时，突然暴病身亡。

友人张籍等合议，私谥孟郊曰“贞曜先生”，韩愈为撰《贞曜先生墓志铭》。孟郊的丧事也由韩愈等一众友人集资筹办；樊宗师负责料理，郑余庆亦有出资相助。洛阳“怪奇帮”的众诗友还设法为孟家留了一笔钱，让孟郊的遗孀得以维持生活。

孟郊落葬在洛阳东面靠近嵩山山麓和洛水的地方，就在樊宗师自家先人墓的旁边。

卢仝的奇变

因为资料缺乏，卢仝的身世一向不明。

他的存诗有90多首，从诗文推断，其祖上或曾定居扬州，他早年亦在扬州置有屋舍与藏书。约30岁时离开扬州，其间旧居由旧友贾撰代他“营守”。

此后先隐居嵩山。卢仝好茶，有《走笔谢孟谏议寄新茶》。本来他的诗风是轻盈浪漫一派的，比如《喜逢郑三游山》：

> 相逢之处花茸茸，石壁攒峰千万重。
> 他日期君何处好，寒流石上一株松。

后来又隐居济源王屋山，作有《直钩吟》；既是一首钓鱼诗，也是人世的讽喻诗：

> 初岁学钓鱼，自谓鱼易得。
> 三十持钓竿，一鱼钓不得。
> 人钩曲，我钩直，哀哉我钩又无食。
> 文王已没不复生，直钩之道何时行。

这些诗都平直浅易如话家常，毫无险怪之象。从尾句“文王已没不复生，直钩之道何时行”来看，他对隐居已有倦意，因此或可推知是他移居洛阳前所作。

可是，自从元和初结识了韩愈和孟郊，气质上受到吸引，卢仝诗风就往艰涩险怪的方向踏进了很大一步。《新唐书》“卢仝传”

载，韩愈“为河南令，爱其诗，厚礼之”，孟郊也在《答卢仝》一诗中赞许他是“君文真风声，宣隘满铿锵”。诗友的肯定给了他很大的刺激和鼓励。在洛阳“怪奇帮”中，他后来变成了最具实验性的一个（在这一点上，他有点像法国前期象征派里的洛特雷阿蒙）。

《唐才子传》说他“自成一家，诗尚奇谲”。他在诗作中的怪奇表现，比如偏好“调笑浅俗”的“游戏语”以及奇幻的想象还影响了韩愈。后者不但有酬和他《月蚀诗》而作的《月蚀诗效玉川子作》，元和六年（811）所写《李花二首》其二也有模仿谐谑的痕迹。

结识了韩、孟两人后，为方便与诗友往来，大约在元和二年（807）至三年间，卢仝携家带口从济源移居洛阳，借款在洛阳东南角的里仁坊买了一处屋宅。虽然生活贫困，但卢仝素有志节，很得韩愈的看重。

元和六年（811）二月，韩愈写有一首长诗《寄卢仝》，以散体白描手法细致描绘卢仝的生活境况和秉性脾气，保留了唐人诗作中很少有的对生活细节的描写。由诗中“至今邻僧乞米送”可知卢仝家境的贫困，由“俸钱供给公私余，时致薄少助祭祀”可知韩愈当时在经济上接济过卢仝，由“劝参留守谒大尹，言语才及辄掩耳”可知，韩愈曾建议他干谒河南尹郑余庆，而卢仝掩耳不听，原因是卢仝自视甚高，“宰相未许终不仕”。

另外还记录了一桩意外事件：当时卢仝里仁坊家宅有邻家恶少爬墙窥探卢仝内室，报官之后，官吏前去查问，恶少扬言与卢仝家有婚媾关系，致使卢仝妻小一家惊恐不安。韩愈得知此事，出手很猛，立即派出衙吏将恶少捉去，在洛阳城中将其处决弃市。这似乎是卢仝唯一一次开口请韩愈相助，但这样酷烈的处置，卢仝觉得并非他所愿。

因债主催逼甚紧，卢仝为偿还购宅所欠债务，于元和六年（811）冬从洛阳南下扬州。其时所作《冬行三首》其二中，透露了他的家世情况以及早年踪迹：

长年爱伊洛，决计卜长久。赊买里仁宅，水竹且小有。
卖宅将还资，旧业苦不厚。债家徵利心，饿虎血染口。
腊风刀刻肌，遂向东南走。贤哉韩员外，劝我莫强取。
凭风谢长者，敢不愧心苟。赁载得估舟，估杂非吾偶。
壮色排榻席，别座夸羊酒。落日无精光，哑瞑被掣肘。
漕石生齿牙，洗滩乱相掫。奔澌嚼篙杖，夹岸雪龙吼。
可怜圣明朝，还为丧家狗。通运隔南溟，债利拄北斗。
扬州屋舍贱，还债堪了不。此宅贮书籍，地湿忧蠹朽。
贾僎旧相识，十年与营守。贫交多变态，僎得君子不。
利命子罕言，我诚孔门丑。且贵终焉图，死免惭狐首。
何当归帝乡，白云永相友。

诗中说得很明白，此次南下就是为了出售扬州旧宅以偿还债务。

当卢仝处置完扬州产业返回洛阳时，孟郊作有《忽不贫，喜卢仝书船归洛》，欢迎他的归返：

贫孟忽不贫，请问孟何如。卢仝归洛船，崔嵬但载书。
江潮清翻翻，淮潮碧徐徐。夜载为朝载，朝载良卷舒。
江淮君子水，相送仁有馀。我去官色衫，肩经入君庐。
喃喃肩经郎，言语倾琪琚。琪琚铿好词，鸟鹊跃庭除。

书船平安归，喜报乡里闾。我愿拾遗柴，巢经于空虚。
下免尘土侵，上为云霞居。日月更相锁，道义分明储。
不愿空岧峣，但愿实工夫。实空二理微，分别相起予。
经书荒芜多，为君勉勉锄。勉勉不敢专，传之方在诸。

看到卢仝归洛本来就让孟郊很开心了，此刻见他还载了满船的书卷回来，简直就让孟郊喜出望外。他先是自嘲“贫孟忽不贫”，仿佛在说，你卢仝载了那么多书回来，一定也有我的份，于是贫穷如我也不觉得穷啦。“我去官色衫，肩经入君庐。喃喃肩经郎，言语倾琪琚”，孟郊过后还亲自上阵担当了搬书的任务，一边说笑着，一边喜滋滋地把书扛到了卢仝家中。这首诗里面的孟郊不但一点不“苦寒”，而且还很风趣。而爱书人的“痴”，看来也是古今同一。

以上提及的韩、孟赠诗和孟郊搬书诗，都是洛阳“怪奇帮”彼此情谊的最佳见证。对卢仝来说，像韩愈、孟郊这样的洛阳诗友不啻生命中的重要支柱。倘若和李杜或者元白相比，“怪奇帮”之间的友谊恐怕还更为真挚与炽热呢！

李贺的入门

李贺是李唐宗室旁支后裔，远祖是唐高祖李渊的叔父大郑王李亮。到他父亲李晋肃时已家道中落，移居洛阳西南宜阳县昌谷。李晋肃早年在边塞任职，与杜甫是表兄弟关系，大历三年（768）赴蜀任职时曾与杜甫相遇于公安。李贺出生的贞元年间，李晋肃转任陕县令，不久就去世，母亲郑氏带着一女二子守昌谷。所以，严格来说，李贺也是洛阳人。

李贺其时家境困顿，《勉爱行二首送小季之庐山》曾有“欲将千里别，特此易斗粟”，记述窘迫情状。又有《送韦仁实兄弟入关》诗，由其中“我在山上舍，一亩嵩硗田。夜雨叫租吏，春声暗交关”可知，一家人以耕作山田为生业。

韩愈分司洛阳期间，携诗文来投谒交结的人不少，李贺就是其中一位。

李贺少年时就有诗名，然而有人还嫌不够早，直接把他说成了天才儿童。晚唐五代王定保撰有笔记《唐摭言》，多载录唐人逸闻，卷十就记载了李贺7岁时“以长短之制，名动京华”，说是韩愈、皇甫湜过访其家时，李贺曾作《高轩过》一诗相赠。《新唐书》采信了王定保这个故事版本，也说他“七岁能辞章”。这其实是小说家的杜撰。

李贺投谒的可能性更大，唐人张固笔记杂谈《幽闲鼓吹》载：

> 李贺以歌诗谒韩吏部，吏部时为国子博士分司，送客归极困，门人呈卷，解带旋读之。首篇《雁门太守行》曰：“黑云压城城欲摧，甲光向日金鳞开。”却援带命邀之。

韩愈读了李贺投谒的第一篇诗就立刻引他入门相谈。《雁门太守行》也是唐诗名作，全诗如下：

> 黑云压城城欲摧，甲光向日金鳞开。
> 角声满天秋色里，塞上燕脂凝夜紫。
> 半卷红旗临易水，霜重鼓寒声不起。
> 报君黄金台上意，提携玉龙为君死。

过后，韩愈携皇甫湜同访李贺昌谷山居，李贺写《高轩过》诗以赠（这才是比较正常的程序）：

华裾织翠青如葱，金环压辔摇玲珑。
马蹄隐耳声隆隆，入门下马如如虹。
云是东京才子，文章巨公。
二十八宿罗心胸，九精耿耿贯当中。
殿前作赋声摩空，笔补造化天无功。
庞眉书客感秋蓬，谁知死草生华风。
我今垂翅附冥鸿，他日不羞蛇作龙。

其诗有前注："韩员外愈、皇甫侍御湜见过，因而命作。"韩愈以都官员外郎分司东都是在元和四年（809）至五年授河南令期间，因此李贺与韩愈结交最可能的时间点就在元和四年的下半年。清人王琦、近现代朱自清先生和其他学者对此已有考订，不赘言。

据《新唐书》"李益传"所载："益故宰相揆族子，于诗尤所长。贞元末，名与宗人贺相埒。"则李贺在此之前在两京之间已有诗名[1]。

结识之后，韩愈曾致书李贺，劝其举进士。当年秋天，李贺就参加了河南尹房式主持、韩愈参与组织的河南府府试，李贺作有《河南府试十二月乐词并闰月》。府试诗本该写成6韵12句的五言排律，李贺这首组诗突破了定例格式，多七言、五言古诗还有长短句，类似描绘洛中风物的13幅速写。有韩愈压阵，李贺的府试肯定通过了。

---

1. 贞元末的贞元二十一年（805），李贺15岁。

李贺素有才名，不料却遭争名者的诋毁，放出舆论说李贺父亲名为“晋肃”，与“进士”音近，李贺应避父讳，不当应进士试（在今天看来，这个理由真的好荒谬，可这却是唐代真实社会环境的一环）。李贺赴长安后的进士之途因之受阻，未能应礼部试。第二年即元和五年（810），韩愈曾作《讳辩》为李贺辩护，前段概述了此事大概细节：

> 愈与李贺书，劝贺举进士。贺举进士有名，与贺争名者毁之，曰贺父名晋肃，贺不举进士为是，劝之举者为非。听者不察也，和而唱之，同然一辞。皇甫湜曰：“若不明白，子与贺且得罪。”愈曰：“然。”

不能参加进士试，对李贺打击很大，为此写了不少抒愤诗。韩愈大约曾在他的长安朋友圈内加以推奖鼓吹，加上李贺本来就有宗室后裔这层背景，元和五年（810）秋，李贺再赴长安应选，出发前有作《自昌谷到洛后门》：

> 九月大野白，苍岑竦秋门。寒凉十月末，露霰濛晓昏。
> 澹色结昼天，心事填空云。道上千里风，野竹蛇涎痕。
> 石涧涷波声，鸡叫清寒晨。强行到东舍，解马投旧邻。
> 东家名廖者，乡曲传姓辛。杖头非饮酒，吾请造其人。
> 始欲南去楚，又将西适秦。襄王与武帝，各自留青春。
> 闻道兰台上，宋玉无归魂。缃缥两行字，蛰虫蠹秋芸。
> 为探秦台意，岂命余负薪。

《仁和里杂叙皇甫湜》也是离洛阳赴长安前夕的留赠之作：

大人乞马癯乃寒，宗人贷宅荒厥垣。
横庭鼠径空土涩，出篱大枣垂珠残。
安定美人截黄绶，脱落缨裾暝朝酒。
还家白笔未上头，使我清声落人后。
枉辱称知犯君眼，排引才升强絙断。
洛风送马入长关，阖扇未开逢猰犬。
那知坚都[1]相草草，客枕幽单看春老。
归来骨薄面无膏，疫气冲头鬓茎少。
欲雕小说干天官，宗孙不调为谁怜？
明朝下元复西道，崆峒叙别长如天。

“洛风送马入长关，阖扇未开逢猰犬”即是说遭谤受阻一事，“那知坚都相草草”是说因为惹出非议，赴长安贡举时被礼部官员刷了下来。前首中“又将西适秦”“为探秦台意”和后首中“明朝下元复西道”，说明李贺正打算再去长安作尝试，并且提示了时间是在深秋十月十五日（唐人称为“下元日”）的前一日。另外，从前首“强行到东舍，解马投旧邻。东家名廖者，乡曲传姓辛”和后首首联中“宗人贷宅荒厥垣”可知，他当时是租赁了昌谷旧邻辛廖在洛阳仁和里的荒宅。

李贺离洛阳赴长安途中，过华阴县时作《开愁歌》，由次联可推知他出生于贞元六年（790）：

秋风吹地百草干，华容碧影生晚寒。
我当二十不得意，一心愁谢如枯兰。

1. 坚都是指古代两位善相马者刀坚与丁君都，诗中代指主持考试的官员。

衣如飞鹑马如狗，临歧击剑生铜吼。
旗亭下马解秋衣，请贳宜阳一壶酒。
壶中唤天云不开，白昼万里闲凄迷。
主人劝我养心骨，莫受俗物相填豗。

这次赴长安，或许经由韩愈等友人帮助，得到有力宗室的推荐，经礼部考核后，第二年即元和六年（811），李贺因门荫得官，授从九品的奉礼郎。

奉礼郎隶属太常寺，掌朝会、祭祀时君臣次序及引导跪拜礼仪。因为品级低微，李贺对这份官职并不满意，加上妻子患病无法照料，就有悔意，想退官回乡，作《始为奉礼忆昌谷山居》：

扫断马蹄痕，衙回自闭门。长枪江米熟，小树枣花春。
向壁悬如意，当帘阅角巾。犬书曾去洛，鹤病悔游秦。
土甑封茶叶，山杯锁竹根。不知船上月，谁棹满溪云。

元和九年（814），李贺辞奉礼郎，归昌谷。出长安途中，作《金铜仙人辞汉歌》，中有“衰兰送客咸阳道，天若有情天亦老”之名句。又作《秋来》，中有“桐风惊心壮士苦”之句，都是呕心沥血之作。归乡之后又出游，于深秋时节行至潞州，因友人张彻[1]举荐，在昭义军节度使郗士美幕府做了文书。

元和十一年（816），郗士美告病回洛阳休养，张彻回长安。李贺只得返回昌谷故居，不久病卒，年27岁。

---

1. 张彻也是韩愈朋友圈的一员，尝跟从韩愈学古文，在长安参与韩愈、张籍、孟郊联句赋诗。韩愈嘉许其才，以堂侄女妻之，又曾携张彻同访卢仝。张彻元和四年（809）登第，元和八年为潞州节度从事。潞州即今山西长治市。

李贺还是幸运的。他的诗文能留传后世，还多亏了在长安结交的朋友沈述师（字子明）。李贺生前曾将“平生所著歌诗，杂为四编，凡千首”托付给他（考虑到他的生平，这个数字是很惊人的）。

沈述师此后带着诗稿辗转各地，原以为已遗失。大和五年（831）十月某天晚上，他酒醒后整理书物，突然发现了之前的李贺遗稿，立即给杜牧写了封信[1]，遣人当夜送去，约请杜牧为《李贺集》写序[2]。信中说：

> 吾亡友李贺，元和中，义爱甚厚，日夕相与起居饮食。贺且死，尝授我平生所著歌诗，杂为四编，凡千首。数年来，东西南北，良为已失去。今夕醉解，不复得寐，即阅理箧帙，忽得贺诗前所授我者。思理往事，凡与贺话言、嬉游，一处所，一物候，一日夕，一觞，一饭，显显焉无有忘弃者，不觉出涕。贺复无家室子弟，得以给养恤问，常恨想其人，咏其言，止矣。子厚于我，与我为贺集序，尽道其所来由，亦少解我意。

沈述师又请李商隐[3]写小传。李商隐所记逸闻是从李贺的姐姐那里听来的，估计做了一次“采访”：

1. 此信内容载于杜牧所写《太常寺奉礼郎李贺歌诗集序》中。

2. 大和二年（828）春，杜牧在东都洛阳应进士举及第，三月在长安应制举“贤良方正直言极谏科”及第，授弘文馆校书郎，十月即随宣歙观察使沈传师赴洪州幕。杜牧祖父是宰相杜佑，沈杜两家是世交，《新唐书·沈传师传》载：“少为杜佑所器。”沈述师是沈传师之弟，当时为集贤学士。

3. 李商隐身世与李贺相近，也喜爱“长吉体”，早年诗作中也可看到李贺的影响。

长吉细瘦，通眉，长指爪，能苦吟疾书。最先为昌黎韩愈所知。所与游者，王参元、杨敬之、权璩、崔植辈为密，每旦日出与诸公游，未尝得题然后为诗，如他人思量牵合，以及程限为意。恒从小奚奴，骑距驉[1]，背一古破锦囊，遇有所得，即书投囊中。及暮归，太夫人使婢受囊出之，见所书多，辄曰："是儿要当呕出心乃已尔。"上灯，与食。长吉从婢取书，研墨叠纸足成之，投他囊中。非大醉及吊丧日率如此，过亦不复省。王、杨辈时复来探取写去。长吉往往独骑往还京、洛，所至或时有著，随弃之，故沈子明家所余四卷而已。[2]

小传中记载的李贺作诗方式很有意思，比如李贺不是先得题，然后再绞尽脑汁去套用程式，而是先吟句。此外，得句后就投入随行童仆所背的锦囊中，回家过后就把之前吟句敷衍成篇。而且是日日如此，除非喝得大醉或是碰到吊丧之日。

李贺的诗风有没有受到韩愈"怪奇帮"的影响呢？还是有的，但不像之前卢仝那样发生剧烈的磁场效应。初识韩愈时所作《高轩过》一诗，其句法、气调就有追步韩愈的痕迹，说明李贺对韩诗早有钻研。在李贺诗集中，也有许多诗作接近韩愈的风格，钱锺书先生在《谈艺录》中有过评点：

长吉诗境，杜韩集中时复有之。杜《元都坛歌》之"屋前太古元都坛，青石漠漠松风寒；子规夜啼山竹裂，王母昼下云旗翻"，韩《游青龙寺》之"然云烧树火实骈，金乌下啄赪虬

1. 距驉，即驴骡。

2. 参见李商隐：《李长吉小传》。

卵；魂翻眼倒迷处所，赤气冲融无间断”，皆近长吉。而长吉诗如《仁和里杂叙皇甫湜》、《感讽》五首之第一首、《赠陈商》等，朴健犹存本色，雅似杜韩。《开愁歌》亦为眉踈目爽之作……《春归昌谷》及《昌谷诗》，剧似昌黎五古整炼之作。《北中寒》可与韩孟《苦寒》两作骖靳。昌谷出韩门，宜引此等诗为证；世人仅知举《高轩过》，目论甚矣。况《高轩过》本事颇有疑窦哉。

无论是学杜甫还是学韩愈，都是文学影响的正常之例。他后期的“鬼气”，也即杜牧《序》中形容的“恨怨悲愁，虚荒诞幻”的诗风，应与他授官前后的心态波动大有关系。

贾岛的押尾

贾岛与韩愈的结识，世人常以“推敲”故事来叙说。《鉴诫录》卷八“贾忤旨”条：

忽一日于驴上吟得“鸟宿池中树，僧敲月下门”，初欲著“推”字，或欲著“敲”字。炼之未定，遂于驴上作推字手势，又作敲字手势，不觉行半坊，观者讶之，岛似不见。时韩吏部权京尹，意气清严，威振紫陌，经第三对呵唱，岛但手势未已，俄为宦者推下驴，拥至尹前，岛方觉悟。顾问欲责之，岛具对：“偶得一联，吟安一字未定，神游诗府，致冲大官。非敢取尤，希垂至鉴。”韩立马良久思之，谓岛曰：“作敲字佳矣。”遂与岛并辔语笑，同入府署。共论诗道，数日不厌，因与岛为布衣之交。

这当然是后人编排的故事。韩愈出任京兆尹是在长庆三年（823）六月，其实他们结识的时间要更早。

按韩愈仕途和诗名来说，贞元十六年（800）、十七年，韩愈刚刚从汴州和徐州幕退返，声名还不显。最可能的情况是在元和二年（807）他分司洛阳之后。

贾岛的生卒年，可由苏绛《贾司仓墓志铭》所记“会昌癸亥岁七月二十八日，终于郡官舍，春秋六十有四”推出，即生于大历十四年（779）。

他本籍范阳石楼，幼年失怙出家为僧，法名无本。20岁前后离乡云游，早年生涯无可考，只知曾游易水、恒山。有从兄贾区也是少年出家，法名无可。两人曾结伴同居长安青龙寺。

《新唐书》记载：

> 岛字浪仙，范阳人。初为浮屠，名无本。来东都时洛阳令禁僧，午后不得出。岛为诗自伤，愈怜之，因教其为文。遂去浮屠，举进士。

发布“午后不得出”禁僧政令的洛阳令（河南令），应该就是有排佛倾向的韩愈[1]。时间是在元和五年（810）。《北梦琐言》《唐诗纪事》录有贾岛散句“不如牛与羊，犹得日暮归”，该年贾岛年31岁，此前应该游方至洛阳寺院中。根据《新唐书》所载“岛为诗自伤”，推想贾岛或就因违反禁令，被巡街差役捕入衙门而吟句，

1. 参见皇甫湜《唐韩文公神道之碑》。

从而被韩愈获知。

这段时间，贾岛应该与洛阳“怪奇帮”另外几人如张籍、李贺、卢仝、马戴、樊宗师、张彻等都有结识，算得上是最晚踏入这个圈子的成员。

元和五年（810），贾岛曾在韩愈家中结识当时名士、河南少尹李益。李益时年64岁（由2008年新出土的李益夫妇墓志可知），以边塞诗和歌行知名。据说当时每作一篇，教坊乐人都会贿赂求取，作为供奉歌辞在内廷演唱，名作《夜上受降城闻笛》当时“天下亦唱为乐曲”。他写的《征人歌》《早行篇》，好事者还书写在屏风上，可见他在元和时的流行程度[1]。

重阳节前，李益曾约贾岛及其他友人同游龙门。贾岛过后辞别友人去拜访在附近石门陂居住的从叔贾谟，小住数日后告别，作《石门陂留辞从叔谟》，这是一首写景抒怀诗：

幽鸟飞不远，此行千里间。
寒冲陂水雾，醉下菊花山。
有耻长为客，无成又入关。
何时临涧柳，吾党共来攀。

在洛阳期间，贾岛还拜谒过城东的苏秦墓，作《经苏秦墓》：

沙埋古篆折碑文，六国兴亡事系君。
今日凄凉无处说，乱山秋尽有寒云。

---

1. 其后唐宪宗曾命令狐楚编《御览诗》，李益入选了36首，很受当时朝内文士看重。

元和六年（811），韩愈转任尚书职方员外郎，贾岛追随韩愈西去长安，有诗《携新文诣张籍韩愈途中成》：

> 袖有新成诗，欲见张韩老。青竹未生翼，一步万里道。
> 仰望青冥天，云雪压我脑。失却终南山，惆怅满怀抱。
> 安得西北风，身愿变蓬草。地只闻此语，突出惊我倒。

从首联“袖有新成诗，欲见张韩老”来看，不像是未结识前的投谒，应作于从洛阳去往长安的途中。

大约同时，作《洛阳道中寄弟》，诗中所提的“弟”或就是从弟僧无可。

> 趋走迫流年，惭经此路偏。
> 密云埋二室，积雪度三川。
> 生类梗萍泛，悲无金石坚。
> 翻鸿有归翼，极目仰联翩。

到长安后，贾岛听从韩愈建议还俗（这是韩愈身体力行的“辟佛”举动）。其后返回家乡范阳，或就是为了在家乡寺院移除僧籍。韩愈作有赠别诗《送无本师归范阳》。由诗中“始见洛阳春”和“遂来长安里”可推知两人结交先在洛阳、后在长安的前后过程。

因为之前没有和孟郊结交，贾岛元和七年（812）由范阳南返长安时，有《投孟郊》诗，表达敬慕：

> 月中有孤芳，天下聆薰风。江南有高唱，海北初来通。
> 容飘清冷馀，自蕴襟抱中。止息乃流溢，推寻却冥濛。
> 我知雪山子，谒彼偈句空。必竟获所实，尔焉遂深衷。

录之孤灯前，犹恨百首终。一吟动狂机，万疾辞顽躬。
生平面未交，永夕梦辄同。叙诘谁君师，讵言无吾宗。
余求履其迹，君曰可但攻。啜波肠易饱，揖险神难从。
前岁曾入洛，差池阻从龙。萍家复从赵，云思长萦萦。
嵩海每可诣，长途追再穷。原倾肺肠事，尽入焦梧桐。

贾岛自范阳返回长安前，或先至洛阳与孟郊相会。孟郊当时作有《戏赠无本二首》，其一称赞贾岛的别异诗才，有“可惜李杜死，不见此狂痴”句。其二有“再期嵩少游，一访蓬萝村”句，可见两人在洛阳会面后还一同游嵩山，可谓一见如故。

元和八年（813）八月，孟郊卒，由友人樊宗师、郑余庆等人安排落葬。据韩愈为孟郊所写《贞曜先生墓志铭》自述，孟郊妻郑氏来长安报讯后，他曾在自己家中设孟郊灵位（这也是很稀有的事）：“其配郑氏以告，愈走位哭。且召张籍会哭。明日，使以钱如东都供葬事，诸尝与往来者，咸来哭吊。”

贾岛闻讯，来韩愈家中，作《哭孟郊》：

身死声名在，多应万古传。
寡妻无子息，破宅带林泉。
冢近登山道，诗随过海船[1]。
故人相吊后，斜日下寒天。

又作《吊孟协律》：

1. 与前面所述孟郊墓冢位置符合。

才行古人齐，生前品位低。
葬时贫卖马，远日哭惟妻。
孤冢北邙外，空斋中岳西。
集诗应万首，物象遍曾题。

在孟郊过世后，韩愈曾作《赠贾岛》：

孟郊死葬北邙山，从此风云得暂闲。
天恐文章浑断绝，更生贾岛着人间。

他将贾岛命名为孟郊之后的接棒人，勉励贾岛在文学道路上精进努力。这首诗影响很大，可以说是为贾岛奠定了在长安的诗名。

贾岛在长安时，多蒙韩愈照拂关心，故而当元和十四年（819）韩愈因上《论佛骨表》被贬潮州时，贾岛怨愤难当，作《寄韩潮州愈》，为韩愈打气：

此心曾与木兰舟，直到天南潮水头。
隔岭篇章来华岳，出关书信过泷流。
峰悬驿路残云断，海浸城根老树秋。
一夕瘴烟风卷尽，月明初上浪西楼。

该年遇大赦，韩愈十月量移袁州刺史，次年冬回朝任国子祭酒。贾岛闻讯作有《黄子陂上韩吏部》，由诗题可知，他当时就住在长安南面樊川北的皇子陂：

石楼云一别，二十二三春。相逐升堂者，几为埋骨人。
涕流闻度瘴，病起喜还秦。曾是令勤道，非惟恤在迍。
疏衣蕉缕细，爽味茗芽新。钟绝滴残雨，萤多无近邻。

溪潭承到数，位秩见辞频。若个山招隐，机忘任此身。

这里的石楼当指其故乡范阳石楼村，照诗中“二十二三春”来推算，贾岛（僧无本）辞乡的时间应是在贞元十七年（801）22岁时，也就是韩愈自徐州幕归返洛阳的那一年，当时两人还不相识。

会昌三年（843），贾岛在普州[1]司仓参军任上去世，葬于普南安泉山。不过，据《洛阳府志》《洛阳县志》记载，在洛阳伊川县龙门山南麓也有贾岛墓。

贾岛生前曾作有一首《题诗后》，感叹知音稀少：

两句三年得，一吟双泪流。
知音如不赏，归卧故山秋。

他在后世还是有知音的，而且还是严重痴迷级别的“贾粉”。比如《唐才子传》就记载了晚唐诗人李洞对贾岛的崇拜异行[2]：

（李洞）酷慕贾长江，遂铜写岛像，戴之巾中。常持数珠念贾岛佛，一日千遍。人有喜岛者，洞必手录岛诗赠之，叮咛再四曰：此无异佛经，归焚香拜之。

还有南唐的孙晟，他也将贾岛画像挂于壁上朝夕礼拜。贾岛倘若地下有知，应该也会展颜一笑的吧！

---

1. 普州，今四川省安岳县。

2. 这样的疯魔崇拜，洛阳“怪奇帮”中的张籍也有，他崇拜的对象是杜甫。冯贽《云仙杂记》载：“张籍取杜甫诗一帙，焚取灰烬，副以膏蜜频饮之，曰：令吾肝肠从此改易。”

第十章　白居易在洛阳

故宅在洛阳

大和三年（829），白居易以太子宾客第二次分司东都，来到洛阳。此前在贞元十四年（798），他曾由符离移家洛阳，至贞元二十年徙华州下邽，在洛阳已住过7年。其实白家与洛阳的渊源关系还不止于此。

白居易的曾祖父白温生于唐高宗咸亨二年（671），曾任都官郎中、朝请大夫，大约在出仕后，由祖郡同州[1]韩城徙居下邽。不过，白温所处朝代恰好在唐高宗、武则天移洛时期，他又多年担任京官，因此就有在洛阳置宅。

关于其祖父白锽，白居易在《故巩县令白府君事状》中有记述：

> 公讳锽，字确钟，都官郎中第六子。幼好学，善属文，尤工五言诗，有集十卷。年十七明经及第，解褐授鹿邑县尉、洛阳主簿、酸枣县令。理酸枣，有善政。本道节度使令狐彰知而重之，秩满，奏授殿中侍御史、内供奉，赐绯鱼袋，充滑台节

1. 同州韩城和下邽都在长安东北方，下邽距离长安更近。

度参谋。明年，选授河南府巩县令。在任三考。

白锽的各期任官，从鹿邑县尉到巩县令，任所都在河南境内。在洛阳县主簿任上时娶妻生子，任巩县令时又移家新郑。

至于父亲白季庚，据白居易所写《襄州别驾府君事状》，是天宝末明经出身，解褐授萧山县尉，其后历左武卫兵曹参军、宋州司户参军、彭城令、徐州别驾、襄州别驾，居所一直随任所迁移，早已不在下邽居住。其他亲族成员，如叔父白季轸曾任许昌县令，家在河南，叔父白季宁曾任河南府参军，任所就在洛阳。

由上可见，白居易曾祖白温、祖父白锽、叔父白季宁都曾定居洛阳。

唐代宗大历七年（772）正月二十日，白居易出生在河南新郑东郭宅，其时父亲白季庚出任宋州司户参军，新郑宅即宋州任上时的居所。

贞元十年（794），父亲白季庚在襄州别驾任上去世。贞元十四年春，白居易3年守丧期满，携寡母、外祖母自符离迁回洛阳。其间去溧水看望时任溧水县令的从叔白季康，再去饶州看望长兄浮梁县主簿白幼文。十五年初秋，归返洛阳。有《伤远行赋》记其事：

> 贞元十五年春，吾兄吏于浮梁。分微禄以归养，命予负米而还乡。出郊野兮愁予，夫何道路之茫茫。茫茫兮二千五百里，自鄱阳而归洛阳。

回洛阳后，他曾作《重到毓材宅有感》，伤叹父亲的过世：

> 欲入中门泪满巾，庭花无主两回春。
> 轩窗帘幕皆依旧，只是堂前欠一人！

毓材宅应该就是白氏家族的祖宅。毓材坊的位置，据《唐两京城坊考》卷五，在“东城之东，第五南北街，从南第一坊”。

洛阳千唐志斋保存有《白羡言及妻贺若氏合葬志》等5块唐代白氏族人墓志，更可证明白居易有好几位同族长辈和从兄弟在洛阳定居。白居易为十五从兄所写祭文《祭乌江十五兄文》中，也有“旧业东洛，先茔北邙”的记载。

白居易贬江州时作有《忆洛下故园》，又有《登郢州白雪楼》，字里行间也是视洛阳为家乡：

> 白雪楼中一望乡，青山簇簇水茫茫。
> 朝来渡口逢京使，说道烟尘近洛阳。

白居易故宅在洛阳，因此，说他是半个洛阳人，应该是没有问题的。

乞鹤事件

毓材宅大约在迁往下邽时已出售，不过白居易始终心怀洛阳，后来在长庆年间购入了履道坊宅。他这个“洛阳子”，当时已有了晚年归洛的打算。有关购宅及营建宅园的细节，可参看《唐诗洛阳记：风物篇》中“造园的竞赛”一节。这里说点不一样的内容。

当履道宅园营建完毕后，白居易曾写有一篇《池上篇序》，回忆说：“罢杭州刺史时，得天竺石一、华亭鹤二以归。”可是，他长庆四年从杭州返回洛阳时写的《洛下卜居》里却说：“三年典郡归，所得非金帛。天竺石两片，华亭鹤一只。”数量似乎对不上。“一只”或是为偶对而设，并非实数。

关于华亭鹤，当时的确发生了一件让白居易很窘迫的事。

华亭鹤，顾名思义，即产于华亭的鹤。唐代华亭县属吴郡，隶浙江西道，即今天松江一带[1]。当时华亭三面环海，有大片沿海滩涂；又兼河网密布，有三泖河港[2]；又有连通太湖和下游出海口宽近20里的古吴淞江，沿岸芦苇密布。广阔的滨海湿地由此成了候鸟的天然栖息地。因为此地产鹤，华亭很多地名都与鹤有关，如鹤沙、鹤坡、鹤窠村、鹤坡塘、陆鹤墩等，其中尤以鹤窠村最知名。鹤有丹顶鹤、白鹤和灰鹤，其中绿足、龟纹的丹顶鹤姿态华美，是鹤中佳品。沈括《梦溪笔谈》说：“鹤唯鹤窠村所出为得地，余皆凡格。”

在三国时，吴地文士已有养鹤之好。相传华亭侯陆逊就曾在鹤沙置别业，盛养白鹤。陆逊生子陆抗，陆抗又生陆机和陆云。西晋时，陆机辅佐成都王司马颖时遭谗被害，临刑前曾感叹华亭之鹤，事载《世说新语·尤悔》：

> 陆平原河桥败，为卢志所谗，被诛，临刑叹曰：“欲闻华亭鹤唳，可复得乎？”

“华亭鹤唳”一语，此后成为与李斯父子“上蔡黄犬”齐名的典故，常被后人作诗为文时引用。用途有二，一是寄寓出仕后的归乡之思，二是感叹宦途沉沦的悲剧下场。

东晋谢灵运曾作《山居赋》，曾发“判身名之有辨，权荣素其

1. 上海市区当时还在海平面之下，长江三角洲地区冲积平原一直在持续扩展中。
2. 大泖、圆泖、长泖。

无留。孰如牵犬之路既寡，听鹤之涂何由哉”之感叹。谢灵运于元嘉十年（433）流放被杀，命运亦与陆机相似。北魏中山王拓跋熙伐元叉战败，被戮前《与知故书》中亦同样：“昔李斯忆上蔡黄犬，陆机想华亭鹤唳，岂不以恍惚无际，一去不还者乎？”

到唐初贞观年间，唐太宗为《晋书》作《陆机论》，推崇其文章而感叹其命途不测：“上蔡之犬，不诫于前，华亭之鹤，方悔于后。卒令覆宗绝祀，良可悲夫！”

唐诗中，李白在《行路难》中也有咏唱：“陆机雄才岂自保，李斯税驾苦不早。华亭鹤唳讵可闻，上蔡苍鹰何足道。”

大历年间，钱起的《送陆贽擢第还苏州》是另一种表达，所咏是归乡之思：

乡路归何早，云间喜擅名。
思亲卢橘熟，带雨客帆轻。
夜火临津驿，晨钟隔浦城。
华亭养仙羽，计日再飞鸣。

到了中晚唐，华亭鹤再度成为士人心目中的上品雅物。引领这个风尚的就是曾出任苏、杭刺史的白居易和刘禹锡这对好搭档。其得以流行的原因，大致与白居易赏鉴太湖石非常类似。

白居易当然知道陆机“鹤唳”的典故，也早就听闻华亭鹤的美名。元和初刚刚入仕，他就写过咏鹤诗《感鹤》。友人元稹当时有应和，作《和乐天感鹤》。

元、白两人当时初登仕途，政治关怀强烈。这两首都不是单纯的咏物诗，而是意调鲜明的讽喻诗。诗中针砭了当时朝士的失节，寄托了革新除弊的愿望。元稹尾句“期君常善救，勿令终弃捐”，是对友人的勉励与提醒。

元和十四年（819），白居易在忠州任上还作有一首《寄王质夫》，将少年时代的友人比作漂泊的流云，而将被贬外放仕途困顿的自己比作入笼之鹤："忽从风雨别，遂被簪缨缚。君作出山云，我为入笼鹤。笼深鹤残悴，山远云飘泊。去处虽不同，同负平生约。"

白居易咏鹤主要是为了彰显士人的清正操守，已开始溢出"华亭鹤唳"的意涵范围。他重新激活了这个旧有诗材。但真正的华亭鹤，他还一直无缘观赏。等到长庆二年（822）出任杭州刺史时，他才终于一睹风采。

白居易在官舍中养了两羽华亭鹤，就此痴迷不已，3年任期里常常以鹤为伴。之前提到的那首《求分司东都，寄牛相公十韵》里就有"万里归何得，三年伴是谁？华亭鹤不去，天竺石相随"两联。华亭鹤和天竺石就是他离任前要带走的两样宝物。

宝历元年（825）五月，白居易转任苏州刺史时，这两羽华亭鹤似乎又随他去了苏州。琴与鹤成了他自称的"吏隐"标配物，有《郡西亭偶咏》诗可证：

常爱西亭面北林，公私尘事不能侵。
共闲作伴无如鹤，与老相宜只有琴。
莫遣是非分作界，须教吏隐合为心。
可怜此道人皆见，但要修行功用深。

那年冬天，官舍中的华亭鹤突然飞离失踪，"三夜不归笼"。相伴已久，白居易怅然若失，写下《失鹤》纪之：

失为庭前雪，飞因海上风。
九霄应得侣，三夜不归笼。
声断碧云外，影沉明月中。
郡斋从此后，谁伴白头翁。

唐人养鹤法，须先将鹤的羽翮剪断，使其难以高飞，再择水木丰茂的空旷处放养。饲养者诱鹤前来进食时，会拊掌、顿足、摆头作舞蹈姿势。长久过后，鹤形成条件反射，一听到掌声便会随之起舞，振羽长鸣。喂养多用精细生鲜，控制每日食量，以保持仙姿体态，不能使其肥硕如鸡。白居易的这两羽丹顶鹤应该是雏鹤，因为长成后没有及时剪去羽翮，所以才会飞走。

好在华亭是苏州的属县，那就可以近水楼台先觅鹤了。过后不久，白居易果然就在吴市[1]重新得了一对雏鹤（或也是当地友僚所赠），这才一扫前几日的愁闷。

宝历二年（826）冬，刘禹锡罢和州刺史，外放23年后返回洛阳。与此同时，白居易也罢苏州刺史返洛。他们在扬子津（扬州码头）初次相逢了，之前两人先后外放，无缘谋面。

这是两个才力相当的大诗人的相会，也是此后刘白唱和的启幕。他们的唱和是文学高手之间的对话，因此既有视为知己的认同，也有诗艺竞技的意味。白居易在后来所撰的《刘白唱和集解》序言中有充分说明：

1. 吴市即吴都街市，在苏州。汉袁康《越绝书·外传记吴地传》："吴市者，春申君所造，阙两城以为市。在湖里。"

彭城刘梦得，诗豪者也。其锋森然，少敢当者。予不量力，往往犯之。夫合应者声同，交争者力敌。一往一复，欲罢不能。

扬州席上，白居易先作《醉赠刘二十八使君》：

为我引杯添酒饮，与君把箸击盘歌。
诗称国手徒为尔，命压人头不奈何。
举眼风光长寂寞，满朝官职独蹉跎。
亦知合被才名折，二十三年折太多。

在这首诗中，白居易主要表露的是对刘禹锡诗才的高度认可，以及对他长期被贬外放的同情。尾句“二十三年折太多”，也有为其鸣不平。

刘禹锡和之以《酬乐天扬州初逢席上见赠》，这是唐诗中的名作：

巴山楚水凄凉地，二十三年弃置身。
怀旧空吟闻笛赋[1]，到乡翻似烂柯人。
沉舟侧畔千帆过，病树前头万木春。
今日听君歌一曲，暂凭杯酒长精神。

诗是刘禹锡写得好一些，但这次唱和并没有多少竞赛意味。白居易只是表达喜相逢后对刘禹锡的赞誉和同情之理解，而刘禹锡历经20多年仕途蹉跎，久被压抑的志怀一时倾泻而出，诗的锋芒气

---

1. “闻笛赋”指西晋向秀的《思旧赋》。曹魏末年，嵇康、吕安被司马氏所害。向秀经嵇康旧居，闻邻人吹笛而起悲，作《思旧赋》追念。昔日“永贞革新”的同道王叔文、王伾、柳宗元、韦执谊、陈谏、凌准、吕温等同道友人已相继死于贬所，只身北返的刘禹锡借此典故怀念旧友，抒发悲愤。

势自然不同。

就在这次扬州会面时，刘禹锡见到了白居易带在身边的这两羽华亭雏鹤，陪着白居易看了一整天。

刘禹锡自己也是极其爱鹤的，一生诗文篇章很多以鹤为题或提到过鹤。此前被贬朗州司马时，就曾作有《秋词二首其一》。这是一首咏鹤名作，境界雄阔而诗境壮美，寄意深远：

自古逢秋悲寂寥，我言秋日胜春朝。
晴空一鹤排云上，便引诗情到碧霄。

两人随后同归洛阳。白居易将这2羽雏鹤、5块太湖石、白莲、折腰菱和一艘青板舫带回了履道宅园。

白居易没有在洛阳待很久，任命诏书很快到达，授秘书监，赐紫金鱼袋以及三品以上官员的紫袍。这可是白居易等待多时的升迁。

大和元年（827）三月，白居易已在长安，某日早晨，刘禹锡来到履道坊拜会白居易家人（很可能就是借此由头来看鹤，加上之前从杭州带回的两羽，现在园中共有4羽鹤了）。入得门后，见那两羽雏鹤缓步走上前来观看，仿佛还认得他，左右徘徊，低头又昂首，似有满腹言语而又不能言。

刘禹锡不胜惊喜感叹，回家后写下《鹤叹二首并序》，寄给了白居易：

并引：友人白乐天，去年罢吴郡，挈双鹤雏以归，余相遇于扬子津，闲玩终日，翔舞调态，一符相书，信华亭之尤物也。今年春，乐天为秘书监，不以鹤随，置之洛阳第。一旦，予入门，问讯其家人。鹤轩然来睨，如记相识，徘徊俯仰，似含情顾慕填膺而不能言者，因作《鹤叹》以赠乐天。

寂寞一双鹤，主人在西京。
故巢吴苑树，深院洛阳城。
徐引竹间步，远含云外情。
谁怜好风月，邻舍夜吹笙。

丹顶宜承日，霜翎不染泥。
爱池能久立，看月未成栖。
一院春草长，三山归路迷。
主人朝谒早，贪养汝南鸡。

汝南所产之鸡善鸣，南朝徐陵《乌栖曲》之二有“惟憎无赖汝南鸡，天河未落犹争啼”一联。刘禹锡是在调笑白居易，说他爱鹤却不带鹤走，在长安只能听鸡鸣。白居易接信展读后当然也很感慨，作《有双鹤留在洛中，忽见刘郎中依然鸣顾，刘因为鹤叹二篇寄予，予以二绝答之》应和：

辞乡远隔华亭水，逐我来栖缑岭云。
惭愧稻粱长不饱，未曾回眼向鸡群。

荒草院中池水畔，衔恩不去又经春。
见君惊喜双回顾，应为吟声似主人。

从这里开始，刘白两人就开始斗诗啦。

第一首尾句“未曾回眼向鸡群”是在表白：我在长安可没有忘记这两羽丹顶鹤，仍时时眷念着它们，鸡群我是不会多看一眼的。

仿佛写下了立誓忠贞的保证书。

第二首尾联是说，它们看到你来到宅园中，那是因为你的声音很像我，以为主人回家来了，你可不要自作多情哦！

刘、白两人都是当时的名士、大诗人，新作好的诗很快就会有人传抄，因此“白家双鹤”的名声很快传扬了开来。

这时，华亭鹤事件的另一主角就要出场了，那就是裴度。

此前白居易虽与裴度同朝，但并没有太多交集。裴度出身于高门望族河东裴氏的东眷房一支，白居易的太原白氏当然不及；裴度是“元和中兴”功臣之一，是三朝元老、当朝宰相，又有拥立本朝天子唐文宗之功，论政治地位白居易也是远远不及。早前他们在朝政方面倒是步调一致，比如唐宪宗打算用兵淮西时，裴、白两人都是主战派，曾在朝堂上彼此声援呼应；但关于他们早年私下交往的记载不多，想来关系是比较浅淡的。

白居易归长安时，正是裴度权位、声誉隆盛之时。宝历二年（826），裴度自山南西道节度使任上回到长安入朝辅政，兼判度支，因拥立唐文宗即位，再度拜相。其间在长安兴化坊[1]建造了“西园”。这座私园以水景为主，环绕大片池水营建，沿岸竹林成荫，长松茂植，池中还有船舫可供乘渡，正是长安城中难得的一处幽胜境。

裴度雅好诗文，常会招邀文士朝臣来园中雅集，饮酒联句，间论政事。他当然知道白居易的诗名，于是刚回长安的白居易也成了裴度的座上宾（当然，白居易也需要攀结这样有力的政治盟友）。

大和元年（827）秋天，白居易就参加了这样一次雅集，作有

1. 兴化坊在皇城南，朱雀门街之西第二街，街西从北第三坊有长安县府廨。

《宿裴相公兴化池亭》，诗有自注："兼蒙借船舫游泛。"这次在裴度私园的游玩有两个特色，一个是泛舟池水赏景，第二个是在园中过宿：

林亭一出宿风尘，忘却平津是要津。
松阁晴看山色近，石渠秋放水声新。
孙弘[1]阁闹无闲客，傅说[2]舟忙不借人。
何似抡才济川外，别开池馆待交亲。

前几句都是奉承裴度的场面话，从尾句"别开池馆待交亲"来看，大约从这时起，两人开始建立了较亲密的私交。白居易屡屡出席兴化坊雅集，与裴度、刘禹锡、张籍等即席吟咏，其间作有《首夏犹清和联句》《蔷薇花联句》《西池落泉联句》。

大和二年（828）二月十九日，大约是在裴度、韦处厚两位宰相的提携下，白居易由秘书监升刑部侍郎，封晋阳县男，第一次有了爵位。这标志着他的身份有了一次"质"的跃升：因为唐代有个不成文的定例，只要曾担任过翰林学士、中书舍人的"侍郎"，就有机会跻身宰辅。至少在这时，白居易仍怀有政治抱负，犹如徘徊宅园的华亭鹤，也期待着能振翅飞起，长鸣冲霄。

裴度当然看到了刘白二人的咏鹤诗。也许是受了刘禹锡诗中"寂寞一双鹤，主人在西京"的启发，在白居易升刑部侍郎之后不久，裴度突然起意写了《白二十二侍郎有双鹤留在洛下，予西园多

---

1. 公孙弘少时为狱吏，40岁时治《春秋公羊传》，以熟悉文法吏治，被汉武帝任命为丞相，封平津侯。

2. 先秦史传所记载的殷商时贤臣，曾筑于傅岩之野，商王武丁访得，举以为相。

野水长松，可以栖息，遂以诗请之》这样一首诗，希望白居易能将洛阳那对华亭鹤相赠，让它们移住长安：

闻君有双鹤，羁旅洛城东。
未放归仙去，何如乞老翁。
且将临野水，莫闭在樊笼。
好是长鸣处，西园白露中。

在裴度看来，17亩的履道宅园不够宽敞，逼仄如同“樊笼”，实在不适宜养鹤。再说你人又不在洛阳，华亭鹤的风姿无人欣赏，岂非可惜？我这里的西园，多野水与长松，最适宜华亭鹤栖息安家了。要不，你就让这双鹤儿搬到我家来住？这样，身在长安的你也能时常见到它们了，岂非双美？

白居易接到这样一封索鹤信，起初肯定都懵了。

照理说，之前升官已得裴度出力相助，这回裴度又亲口来求，没有不应承的道理。可这对华亭鹤不同，它们是白居易的心头爱物，怎么舍得放手呢？可裴度的诗信必须回复。白居易打起精神，作《答裴相公乞鹤》：

警露声音好，冲天相貌殊。
终宜向辽廓，不称在泥涂。
白首劳为伴，朱门幸见呼。
不知疏野性，解爱凤池无。

这首回复诗虽然写得很雅致，表露的却是婉拒的意思：的确，华亭鹤需要一个比较开阔的空间（辽阔之“西园”），不应该拘束在狭促不洁的地方（“泥涂”之履道坊）。本来想自己老了以后与双鹤做伴，却很荣幸被宰相您看中了（“朱门”两字有微讽意味）。您的心意我知道了，但我家那对鹤本性放纵不拘，不知道它们会不会喜欢西园的凤池啊。

裴度寄来的索鹤诗，半是正经半是戏语，本来也就随口一提，并没有太多强逼的意思（用意或许倒在探明白居易的政治态度，白如果立刻将双鹤奉上，就表明愿意投靠，今后关系自然可以更进一步）。白居易的回复不置可否，打了个马虎眼。

这时却有一个第三者涉足进来了，这个人就是写了《鹤叹二首并序》的刘禹锡，他和裴、白两人的私交都很好。

刘禹锡和裴度的交情要比白居易深很多。其母亲所在的卢氏家族与河东裴氏乃是世交。元和十年（815），刘禹锡得罪当权执政，本来要远贬播州，正是裴度上疏宪宗，以刘母年老在堂为由请求宽赦，最后刘禹锡才改贬了连州刺史。对刘禹锡来说，现任宰相裴度就是他过去的恩主。

刘禹锡得知裴度开口求鹤后，作《和裴相公寄白侍郎求双鹤》：

> 皎皎华亭鹤，来随太守船。
> 青云意长在，沧海别经年。
> 留滞清洛苑，裴回明月天。
> 何如凤池上，双舞入祥烟。

这首诗充满了“暗语”，“青云意长在”似在暗示白居易，双鹤是身外物，你的青云志若要实现，就要把眼光放长远些；双鹤放在洛阳宅园中固然好，可是，要说适合养鹤，恐怕还是裴宰相祥烟袅袅的西园凤池吧！

本来还算风雅的一件事，到此就有些变味了。这让白居易左右为难（不单是不舍得送鹤，也因为他不想太多介入朝内的派系斗争）。

这时又有一位旁观者掺和了进来，大和二年（828）任国子监司业的张籍与裴度素来交好，此前也是兴化坊西园雅集的参与者，他接着写了一首《和裴司空以诗请刑部白侍郎双鹤》：

皎皎仙家鹤，远留闲宅中。
徘徊幽树月，嘹唳小亭风。
丞相西园好，池塘野水通。
欲将来放此，赏望与宾同。

张籍不像刘禹锡那样拐弯抹角地说“凤池”“祥烟”什么的，第三联索性直接说出“丞相西园好”，意思是你那对华亭鹤还是拿来长安比较好，这样众人可以同赏。

刘禹锡的诗已在天平一侧的裴度这里加了砝码，张籍把话说到这个份上，使得天平彻底失去了平衡。

白居易无奈作《送鹤与裴相临别赠诗》，表示愿意将华亭鹤赠送裴度：

司空爱尔尔须知，不信听吟送鹤诗。
羽翮势高宁惜别，稻粱恩厚莫愁饥。
夜栖少共鸡争树，晓浴先饶凤占池。
稳上青云勿回顾，的应胜在白家时。

这是写给双鹤的赠别诗：宰相很喜爱你们，到了宰相府，“稻粱恩厚”，不愁没有精细好食；到了那里后，少跟鸡群去争树，早上洗浴时就让凤凰先占了池水。你们去了宰相园池如同青云直上，待遇的确要胜过待在洛阳的白家。絮絮叨叨地倾诉，仿佛那对雏鹤就是自家子女一般。诗中“势高”“恩厚”“鸡争树”“凤占池”“青云”等语都有微讽意味。可以想象，白居易当时是强压下了心头的不快。

得知白居易同意送鹤后，刘禹锡很快活地又写了一首《和乐天送鹤上裴相公别鹤之作》：

> 昨日看成送鹤诗，高笼提出白云司。
> 朱门乍入应迷路，玉树容栖莫拣枝。
> 双舞庭中花落处，数声池上月明时。
> 三山碧海不归去，且向人间呈羽仪。

刘禹锡这首诗表面上是写给送出门的白家双鹤听的：你们初入宰相园池或许会迷路，不要挑挑拣拣，随便找一棵玉树栖息，有个容身之处就可以了，等到适当的时节，你们可要向世人展现绝美的风仪啊！话说得很婉转、很风雅，其实却是说给白居易听的宽心话：送了裴宰相双鹤，你离青云阶就更近了一步，等待时机吧，你早晚也会像那对白鹤一样，登上宰辅高位。这里面，刘禹锡的态度是有点谄媚的。

鹤已经送出去了，偏还要跟我讲这番道理，白居易气恼不平，又作《鹤》：

> 人各有所好，物固无常宜。
> 谁谓尔能舞，不如闲立时。

每个人都有自己的喜好，世间的确没有东西可以长久保留。白鹤啊白鹤，你舞蹈翩跹干什么呢？不如闲立在一旁！这里似乎藏有双关语，暗指刘禹锡有点多管闲事。这首不是赠答诗，只是白居易的心情发泄。

乞鹤事件，到此也就暂时告一段落了。

白居易的送鹤并没有迎来什么仕途的转机。该年十二月，宰相韦处厚，友人孔戡、钱徽、崔植等先后病故，裴度也称病蛰伏不出，内廷的宦官集团蠢蠢欲动，朝士的党争倾轧愈演愈烈，“长安居大不易”的压力环境再次出现。

白居易并非没有政治嗅觉，在此时局之下，他知道最好的选择不是去攀缘名位，而是适时退身，年末作《戊申岁暮咏怀三首》抒怀。由其二中“更拟踟蹰觅何事，不归嵩洛作闲人”一联可知，他已下定归洛的决心。其三又借白鹤自比，表达了急欲离开长安这座囚笼的心志：

> 七年囚闭作笼禽，但愿开笼便入林。
> 幸得展张今日翅，不能辜负昔时心。
> 人间祸福愚难料，世上风波老不禁。
> 万一差池似前事，又应追悔不抽簪。

第三联和第四联表露了对时运的直觉，“人间祸福愚难料，世上风波老不禁”，他已极度厌烦动荡不定的日子，急欲从长安抽身。

大和三年（829）三月末，白居易辞刑部侍郎，以太子宾客分司东都。他这次在长安待了两年，回洛阳时是58岁。

乞鹤、送鹤一事，虽然折腾了点，毕竟也巩固了他和裴度的友情。离长安前，裴度特意为白居易在兴化坊西园设宴饯行。事件中另两位配角刘禹锡、张籍也都有出席，4人一同咏作《宴兴化池亭送白二十二东归联句》。

在这次宴集上，白居易看到他那对雏鹤了吗？鹤就在西园水池边，白居易肯定有看到的。但4人联句中没有一个人提到“鹤”字，想来大家已有了默契。

归洛不久，白居易作《问江南物》一诗：

> 归来未及问生涯，先问江南物在耶。
> 引手摩挲青石笋，回头点检白莲花。
> 苏州舫故龙头暗，王尹桥倾雁齿斜。
> 别有夜深惆怅事，月明双鹤在裴家。

一踏进家门，先不问家中生活近况，第一件事就是寻看宅园中从江南带来的几种爱物；摩挲青石，点检莲花，苏州船还泊在池中，只是船头装饰的龙头颜色已发暗，友人王起助造的岛桥也有些歪斜。到夜深人静时，又想起那对白鹤，白居易觉得心里空落落的，心情变得很惆怅。

裴度后来把鹤还回来了吗？

很可能还了。不然，白居易在归来不久后写成的《池上篇》里怎么会有这么欢快的调子呢：

> 灵鹤怪石，紫菱白莲；皆吾所好，尽在吾前；时饮一杯，或吟一篇；妻孥熙熙，鸡犬闲闲；优哉游哉，吾将终老乎其间。

裴度毕竟是识风趣也懂人情的，经历了前番索鹤、送鹤的环节，他已充分了解白居易对鹤的痴迷程度。

刘禹锡也做了弥补，修复了两个大诗人之间的友谊。大和五年（831），他出任苏州刺史后，特意觅得一羽华亭鹤寄到了洛阳。白居易欢喜不已，作《刘苏州以华亭一鹤远寄，以诗谢之》：

老鹤风姿异，衰翁诗思深。
素毛如我鬓，丹顶似君心。
松际雪相映，鸡群尘不侵。
殷勤远来意，一只重千金。

按以上诗文记录，则白居易第二次分司洛阳后，履道宅园中就有3羽丹顶鹤了。它们后来又如何了呢？

白居易晚年仍有咏鹤诗，最后应该是这首《苏州故吏》：

江南故吏别来久，今日池边识我无。
不独使君头似雪，华亭鹤死白莲枯。

之前在苏州刺史任上的属吏来洛阳探望，他问昔日的部下："你还认得出我吗？你的使君已经头发全白，华亭鹤已死掉，池中的江南白莲也枯萎了。"万事万物都有新陈代谢，这是人世的常态。

名姝与马

把时间指针往后拨到开成二年（837）。

这年五月，距裴度分司来洛阳不足一年，朝廷又下诏，让他以本职兼太原尹、北都留守、河东节度使。接诏书后，裴度连续上表请辞，不获允。推辞不得，只得北上赴任，这年裴度已经72岁了。

太原为唐北都，地接边陲，素来出名马，白居易就动起了小脑筋。上回你裴度向我索鹤，搞得我很难堪；这一年来，你我在洛阳做了邻居，一起玩得很开心，如今我就依样画葫芦，向你索马，看你如何接招（他很可能就是这么想来着）。

裴度赠马是有过前史的：早在元和十五年（820），裴度曾以宰相衔领太原尹、北都留守、河东节度使。他与张籍关系素来很好，知道张籍视力差，走路不便，就从太原给他送了一匹马。当时张籍作《谢裴司空寄马》，裴度有作《酬张秘书因寄马赠诗》，参与酬和的还有元稹等人，此事传为美谈。

白居易是写诗索马，还是写信求马，不得而知。[1]

谁知没过多久，裴度就差遣属下从太原送来了马。随马匹到达履道宅园的还有诗笺一页，只有一联[2]："君若有心求逸足，我还留意在名姝。"

裴度是一代名相，处理这些人事往来，手法非常娴熟。他爽快地送来了马，然后又给白居易出了道难题。这次比之前的索鹤更要命，他要白居易用家里的名姝（有名的美人之意）作交换！

她们是白居易"私家歌舞团"里的台柱，而且还有名字，白居易在诗里屡屡写过她们，所以名声早就传扬在外了。孟棨《本事诗·事感》载："白尚书姬人樊素善歌，姬人小蛮善舞，尝为诗曰：'樱桃樊素口，杨柳小蛮腰。'"

二女名声之大，以至其事迹还载入了正史中（这可是独一份的待遇），五代后晋执笔《旧唐书》的史官就在"白居易传"里记了这么一笔："樊素、蛮子者，能歌善舞。"

裴度分司洛阳时是白居易的隔壁邻居，对他的底细一清二楚，

---

1. 按白居易以诗记事的写作习惯，必定有诗。但这首诗很可能被他从集子里剔除了。

2. 这一联后来被冠以《答白居易求马》的名目。

一下就戳到了白居易的痛点。有了上次索马事件的经验，白居易知道裴宰相又在故意捉弄他，赶忙作《酬裴令公赠马相戏》回复：

安石风流无奈何，欲将赤骥换青娥。
不辞便送东山去，临老何人与唱歌？

白居易在诗里用了东晋谢安携妓出游的典故，意思是：真拿你这个当代谢安没办法，想要用一匹赤骥来换青春美女。如果将她送去太原，我老了谁还给我唱歌啊？从诗中"唱歌"一语来看，裴度索要的是其中善歌的樊素。

白拿人家的赤骥也不行，樊素又断不能送人，白居易就让家中一名僮仆跟了差官前去太原，作为交差。

裴度在太原看到这个洛阳来的奴仆必定乐坏了，又作《诮乐天寄奴买马绝句》（可惜这首诗并没有留存下来），而且跟上回一样，又将诗寄给了刘禹锡看。

刘禹锡怎么会放过这么好的一个谐谑题材呢，马上跟着作《裴令公见示诮乐天寄奴买马绝句，斐言仰和，且戏乐天》：

常奴安得似方回[1]，争望追风绝足来。
若把翠娥酬騄耳[2]，始知天下有奇才。

诗题摆明了就是要戏弄白居易：你家奴仆又不是修道的仙人，怎么比得上良马呢？只有美女才是对等的赠礼，你若舍得送出，如果你敢送出，那我就佩服你是天下的奇才了。他和裴度一唱一和，

1. 方回为古仙人名，见汉刘向《列仙传》。
2. 騄耳，良马名，周穆王"八骏"之一。

就想看看白居易的反应。

白居易似乎吸取了前回的教训，就此止声而没有后续了。

白居易当然不会将樊素送给裴度。从后面的诗文可知，他把樊素留在了身边，直到开成五年（840）才放归。

李绅是白居易新乐府运动时期的老友，开成元年（836）正好任河南尹，旋又任汴州刺史、宣武军节度使、宋亳汴颍观察使。汴州离洛阳不远，他听说了“名姝换马”一事，又送了一匹白马给白居易。白居易作《公垂尚书以白马见寄，光洁稳善，以诗谢之》道谢：

翩翩白马称金羁，领缀银花尾曳丝。
毛色鲜明人尽爱，性灵驯善主偏知。
免将妾换惭来处，试使奴牵欲上时。
不蹶不惊行步稳，最宜山简醉中骑。

这匹马得来轻松，没有任何心理负担，于是白居易在前两联里就把它夸上了天。第三联“免将妾换惭来处”也很发噱，是说没有回赠什么给好友李绅，感觉怪难为情的（这话其实是说给调笑他的裴度和刘禹锡听的）。

裴度离开洛阳后，白居易有作酬和诗《又和令公新开龙泉晋水二池》：

旧有潢污泊[1]，今为白水塘。
笙歌闻四面，楼阁在中央。
春变烟波色，晴添树木光。

1. “潢污泊”指不流动的死水。

龙泉信为美，莫忘午桥庄。

由诗中内容可知，裴度到任所太原后，在那里新开了龙泉与晋水两方池塘，其间还造起了楼阁。白居易还等着裴度回洛阳做邻居呢，所以尾联就说龙泉池虽美，但不要忘了洛阳的午桥庄啊。

隔年开成三年（838）冬，裴度病重，上表请求回洛阳养病，未获允，只得返回长安；开成四年三月初四，裴度于长安病逝，享年75岁。文宗下诏罢朝4日，追赠太傅，谥号文忠，身后备极哀荣。

早年恋爱事迹考[1]

由前文已知，白居易晚年分司洛阳时身边有美姬樊素和小蛮。进一步考察其生平履迹，就可发现与他发生关涉的女性，远不止她们两人。而在他19岁到37岁之间，确实有一场长久而无果的苦恋。这段延续18年的恋爱史大致可以从迁家符离、移居洛阳、长安中第后移家下邽和与杨氏成婚几个节点来考察。

白居易父亲白季庚任彭城令时，白家在建中三年（782）迁宿州符离，次年避难越中。贞元初，白季庚从徐州别驾转任衢州别驾，白居易随父至衢州。贞元七年（791），少年白居易告别越中重返符离居住，这年19岁。大约此后不久，他与邻家少女湘灵相识相恋，有《邻女》诗描写恋人姿容：

娉婷十五胜天仙，白日嫦娥旱地莲。

1. 此节诗文时序，参见蹇长春《白居易评传》。

何处闲教鹦鹉语，碧纱窗下绣床前。

初恋时相思极苦，白居易白天抱着枕头躺在床上发呆。这是典型的恋爱症状。请看《昼卧》：

抱枕无言语，空房独悄然。
谁知昼日卧，非病亦非眠。

他在白天逡巡复徘徊，到了夜里辗转难眠，一直坐到深夜时分。恋人形象萦绕眼前，却尚未有机会当面表白，见《夜坐》：

庭前尽日立到夜，灯下有时坐彻明。
此情不语何人会，时复长吁三两声。

又有《暮立》诗：

黄昏独立佛堂前，满地槐花满树蝉。
大抵四时心总苦，就中肠断是秋天。

从前后联中的“蝉”声和“秋天”来看，单方面的苦恋从夏天一直延续到了秋天。

啊，少年白居易与歌德《少年维特的烦恼》中描绘的维特是何其相似！维特初识绿蒂后也是这样的魂不守舍[1]：

我无法控制自己，我还是去了她那儿。现在我回来了，威廉，我要吃着黄油面包作为夜宵给你写信。看到她同一群活泼可爱的孩子——她的八个弟妹在一起，我的灵魂是多么狂喜

1. 引文参考了《少年维特的烦恼》，韩耀成译，译林出版社2010年版。

呀！（六月十六日）……

“我要去看她！”早上醒来，我愉快地望着美丽的太阳喊道：“我要去看她！”一整天我再也不想干别的了。一切，一切都交织在这期望中了。（七月十九日）

到清秋时节，少年白居易向少女湘灵表白，恋爱终于发生了。见《夜凉有怀》一诗：

清风吹枕席，白露湿衣裳。
好是相亲夜，漏迟天气凉。

从诗中“白露”一语可知，两人在清秋时节开始了热恋，并且频频幽会。这首诗白居易有自注：“自此后诗并未应举时作。”可见以上诗篇都写于从符离搬去洛阳之前。其间曾发生与湘灵约定幽会之期而佳人未至，作《期不至》：

红烛清樽方延伫，出门入门天欲曙。
星稀月落竟不来，烟柳朦胧鹊飞去。

然而，热恋时更多是情浓时分，见《春眠》：

枕低被暖身安稳，日照房门帐未开。
还有少年春气味，时时暂到梦中来。

这是唐人诗作中很少见的青春情爱诗。这天上午，少年白居易一觉睡到日头很高才醒来，而前夜欢会如此美好，回味时恍惚仍在梦中。

与少女湘灵的热恋细节，还折映在白居易晚年写的乐府叙事诗

《井底引银瓶》中。白居易给它按了个“止淫奔也”的短序（“淫奔”即私奔，这是顺应当时世情的不得已的障眼法）。诗中主人公是一位自由恋爱的少女，“井底银瓶”譬喻了少女，“丝绳”譬喻了恋情：

> 井底引银瓶，银瓶欲上丝绳绝。
> 石上磨玉簪，玉簪欲成中央折。
> 瓶沉簪折知奈何？似妾今朝与君别。
> 忆昔在家为女时，人言举动有殊姿。
> 婵娟两鬓秋蝉翼，宛转双蛾远山色。
> 笑随戏伴后园中，此时与君未相识。
> 妾弄青梅凭短墙，君骑白马傍垂杨。
> 墙头马上遥相顾，一见知君即断肠。
> 知君断肠共君语，君指南山松柏树。
> 感君松柏化为心，暗合双鬟逐君去。
> 到君家舍五六年，君家大人频有言。
> 聘则为妻奔是妾，不堪主祀奉蘋蘩[1]。
> 终知君家不可住，其奈出门无去处。
> 岂无父母在高堂？亦有亲情满故乡。
> 潜来更不通消息，今日悲羞归不得。
> 为君一日恩，误妾百年身。
> 寄言痴小人家女，慎勿将身轻许人！

由《井底引银瓶》可以推想两人当初相识相恋的场景：少女探

1. 蘋和蘩是两种可食用的水草，古时常用于祭祀。

出短墙来摘青梅，而少年骑马立于垂杨之下。还可推想，热恋时湘灵曾私奔外出，与白居易同居共宿。由“到君家舍五六年”一句，可知这段热恋期前后延续了有五六年。

贞元十年（794）五月二十八日，白居易父白季庚在襄阳官舍去世（时在襄州别驾任上），享年六十六，棺柩暂厝于襄阳县东津乡南原。其后白居易携母亲陈氏返回符离。与湘灵的恋情曝光后，白居易遭到了母亲的斥责。白居易是家中次子，负有提振门第的重任，遵制须守三年之丧。与湘灵的恋爱显然是不合礼法的，故而《井底引银瓶》中君家大人所言“聘则为妻奔是妾，不堪主祀奉蘋蘩”，很可能就是陈氏告知他们的原话（而湘灵这个女子也很骄傲，不甘做妾）。

这时正是与湘灵情炽之时，白居易痛苦万分，写《有感》：

> 绝弦与断丝，犹有却续时。
> 唯有衷肠断，应无续得时。

三年守制期满，贞元十四年（798），白居易遵母命由符离移家洛阳，准备科考应举，是年26岁。白居易赴襄阳料理丧事时，湘灵或曾留赠他一面双盘龙铜镜。当时情思仍然坚定，路中写下恋情诗《寒闺夜》《长相思》，又作《寄湘灵》一诗状写与恋人离别的痛苦。由诗文可知，湘灵当时曾登上符离城西楼望远送行。“寄”字说明两人一直有书信往来：

> 泪眼凌寒冻不流，每经高处即回头。
> 遥知别后西楼上，应凭栏干独自愁。

白居易其后去溧水看望从叔白季康，通过县试；再去饶州浮梁看望长兄白幼文。贞元十五年（799）初秋，他负米回洛阳，又去宣州应乡试，随后赴西京。贞元十六年，白居易科举及第，其间曾回符离，居留近一年，与湘灵的婚姻再度遭到母亲的严词拒绝。

白居易秋天要重归洛阳，打算转道长安准备应吏部试。分别时，湘灵赠他“锦表绣为里”的履綦，即鞋带，表达永相追随之情意。白居易作《生离别》，由诗尾“生离别，生离别，忧从中来无断绝。忧极心劳血气衰，未年三十生白发”可知，婚配无望的凄苦已使他早生白发。另还有《南浦别》，倾诉与恋人分别时的不舍：

> 南浦凄凄别，西风袅袅秋。
> 一看一肠断，好去莫回头！

白居易在长安时仍苦苦相忆。《感秋寄远》中有“佳期与芳梦，劳落两成空”一联，《古意》中有“昔为连理枝，今作分飞翮”一联，都是未能忘情的怨语。

贞元十九年（803），任校书郎期间的白居易于秋冬之际告假南游许昌，曾过境符离，第二年春天自洛阳举家西迁长安。在符离时有作《三年别》，这是回符离后赠给湘灵的恋诗：

> 悠悠一别已三年，相望相思明月天。
> 肠断青天望明月，别来三十六回圆。

临行前与湘灵私下告别，作《潜离别》。从贞元七年（791）到这时，两人已相恋近12年，这次乃是终生无期之别：

不得哭，潜别离。不得语，暗相思，
两心之外无人知！
深笼夜锁独栖鸟，利剑春断连理枝。
河水虽浊有清日，乌头虽黑有白时。
唯有潜离与暗别，彼此甘心无期矣！

白居易移家至长安附近下邽后，冬天有作怀念诗《冬至夜怀湘灵》：

艳质无由见，寒衾不可亲。
何堪最长夜，俱作独眠人。

元和元年（806），白居易34岁，任盩厔[1]县尉时仍单身未婚。一日与友人陈鸿、王质夫游览马嵬驿附近的仙游寺，因谈论玄宗、贵妃情事而写成名篇《长恨歌》。篇尾4句“在天愿作比翼鸟，在地愿为连理枝。天长地久有时尽，此恨绵绵无绝期”，流传千古，是对爱的伤逝的咏叹，实与以上写给湘灵的恋诗同一气脉。白居易在这首长篇叙事诗里“借题发挥”，注入了浓重的自我色彩，寄托有深挚的感情。

第二年由盩厔县尉调回京城时，他仍然苦恋着湘灵，不愿结婚，写下《独眠吟二首》：

夜长无睡起阶前，寥落星河欲曙天。
十五年来明月夜，何曾一夜不孤眠。

1. 盩厔，今西安市周至县。

独眠客，夜夜可怜长寂寂。
就中今夜最愁人，凉月清风满床席。

元和三年（808），白居易又授左拾遗，这是从八品上的朝官，再不娶妻就会被朋辈僚友说闲话了，有社会舆论的压力。白居易实在拖不下去，迎娶了友人杨虞卿的从妹杨氏。

白居易与妻子杨氏感情如何？从他留下的几首寄内诗来看，彼此仅是相敬如宾，感情是比较平淡的。新婚时写过一首劝勉妻子的诗作《赠内》，要杨氏学陶潜妻翟氏和梁鸿妻孟光甘于贫素。由其中“君虽不读书”一句可知，白居易是将杨氏与湘灵作了对比，对她有些看轻。

同期所写的这首《寄内》就有怪怨了。婚后不久，杨氏应该知道了丈夫与湘灵的恋爱前事，白居易告诉她不要去纠缠往事：

漠漠暗苔新雨地，微微凉露欲秋天。
莫对月明思往事，损君颜色减君年。

后面还有一首同题《寄内》，其中“不如村妇知时节，解为田夫秋捣衣”一联，对妻子有微讽。由此可见，两人婚后关系不只平淡，还有不小的隔膜。

结婚3年后的元和六年（811），母亲陈氏因看花坠井意外去世，白居易离职丁忧居下邽。其时湘灵馈赠的那面双盘龙铜镜仍带在身边，他时常拿出来拂拭摩挲，作《感镜》；到元和七年又作《夜雨》：

我有所念人，隔在远远乡。我有所感事，结在深深肠。
乡远去不得，无日不瞻望。肠深解不得，无夕不思量。

况此残灯夜，独宿在空堂。秋天殊未晓，风雨正苍苍。
不学头陀[1]法，前心安可忘。

与湘灵的分离，对白居易来说创痛巨深，由尾联“不学头陀法，前心安可忘”一联可知，白居易后来的亲近佛教，或也与他试图弥合创伤、调服内心有关。

元和十年（815），武元衡遇刺身亡。白居易上表力主严惩凶手，因越职言事被贬江州司马，据说赴任途中曾与湘灵意外偶遇[2]。自贞元十九年（803）符离一别，两人已12年未见。此时白居易43岁，而湘灵也39岁了。《逢旧二首》记录了两人重逢时悲喜交加的场景：

我梳白发添新恨，君扫青蛾减旧容。
应被傍人怪惆怅，少年离别老相逢。

久别偶相逢，俱疑是梦中。
即今欢乐事，放盏又成空。

他到江州的第二年，七夕晒物时重又看到昔日湘灵赠予的鞋带信物，仍然难忘旧情，写下《感情》，如一曲哀歌：

中庭晒服玩，忽见故乡履。昔赠我者谁，东邻婵娟子。
因思赠时语，特用结终始。永愿如履綦，双行复双止。
自吾谪江郡，漂荡三千里。为感长情人，提携同到此。

1. 头陀（dhata）一语意为修治身心而舍弃贪欲，去除尘垢烦恼，也指代苦行。

2. 有说地点就在江州，但并没有直接证据。白居易很可能还是走汴河路往东至淮北然后折南，途经符离附近。

今朝一惆怅，反覆看未已。人只履犹双，何曾得相似。
可嗟复可惜，锦表绣为里。况经梅雨来，色黯花草死。

长庆元年（821），白居易升中书舍人后又拜尚书主客郎中、知制诰，加朝散大夫，转上柱国，杨氏也获颁了弘农县君的诰命。其时作《妻初授邑号告身》一诗，有“我转官阶常自愧，君加邑号有何功”一联，对妻子仍有轻视语。

登楼望故乡，又作《寄远》，语意间依然不能忘怀旧情，这年他都快50岁了。

长庆四年（824），白居易卸任杭州刺史回京，经宿州时曾返回符离故居，此间作《汴河路有感》：

三十年前路，孤舟重往还。
绕身新眷属，举目旧乡关。
事去唯留水，人非但见山。
啼襟与愁鬓，此日两成斑。

《梦旧》大约是写到湘灵的最后一首诗：

别来老大苦修道，炼得离心成死灰。
平生忆念消磨尽，昨夜因何入梦来？

由诗中“老大苦修道”一语来推测，湘灵或许终身未嫁而皈依了佛门，白居易这一梦是记忆灰烬最后的复燃。

白居易到晚年归返洛阳后，昔日情火彻底熄灭，对发妻杨氏多年的陪伴扶持才有了真切体认，能够诚恳相待，作于开成年间的《二年三月五日斋毕开素当食偶吟赠妻弘农郡君》中有这么两联：

“况观姻族间，夫妻半存亡。偕老不易得，白头何足伤。”

白居易和湘灵的恋爱悲剧，是不是与千年之后歌德小说《少年维特的烦恼》有某种类似？它们一个真实发生在中古的唐代，一个所刻画的时代环境是在18世纪下半叶的德国，似乎风马牛不相及，然而主人公的痛苦泰半都是因为门第阶层观念与个人情感的冲突所造成，这是两者的共通之处。

勃兰兑斯在《十九世纪文学主流》中如此评价《少年维特的烦恼》的典型意义：“这篇描写炽热而不幸的爱情的故事，其重要意义在于，它表现的不仅是一个人孤立的感情和痛苦，而是整个时代的感情、憧憬和痛苦……”援用勃兰兑斯的句式，我们也可以说，白居易所经历的情感痛苦，在门第等级观念依然牢固的唐代，“不仅是一个人孤立的感情和痛苦，而是整个时代的感情、憧憬和痛苦”。事实上，在整个中晚唐时代，他的遭遇也不是孤例（其后还有李商隐）。

自由恋爱的发生，使得人类感情得以脱离社会规范的压抑束缚，是对人性的解放，无论如何都是一种社会的进步（早熟）。在8世纪末至9世纪初，白居易将这段私人情感尽数写入诗中，这种自发又自觉的尝试是唐代（包括唐代以前）诗歌中尚未出现过的因素（恐怕只有先秦《诗经·国风》和两汉乐府诗的若干篇章可以拿来做对比）。

今天的我们，当为白居易的感情经历一叹。而知晓了这段前情，也才能理解他中年的放任和晚年的逸乐。这是他一生行事的底色。

放任不羁的中年

有了上一节作铺垫，写白居易的中年和晚年生活就比较容易了。简要来说，白居易在中年任官期间的作为，完全如同马尔克斯小说《霍乱时期的爱情》里的主人公阿里萨一样（因为追求费尔米娜不成，阿里萨开始了自我的放纵与情欲的探险）。

元和初，白居易适应了长安的都市空气，开始屡屡出入风月场。对照之前苦恋的17年，他似乎完全变了一个人。

大约在出任苏州刺史或杭州刺史期间，白居易曾有一首长篇五言排律《江南喜逢萧九彻，因话长安旧游，戏赠五十韵》[1]，这是一首艳诗，前半段详细记录了当年与萧彻同游长安妓馆的情况。全诗篇幅太长，摘录片段试作解释。

“忆昔嬉游伴，多陪欢宴场。寓居同永乐，幽会共平康。”寓居永乐坊，说明白居易移家下邽后，仍在长安租赁屋宅而居，时间在购入新昌坊宅的长庆元年（821）之前。按长安城坊图，永乐坊距离平康坊才隔了两个坊，距离是很近的。

“师子寻前曲，声儿出内坊。花深态奴宅，竹错得怜堂。庭晚开红药，门闲荫绿杨。经过悉同巷，居处尽连墙。”街中有狮子舞，说明是元月十五或是其他节庆时。“态奴宅”“得怜堂”都是平康坊妓馆名，是此行的目的地。后两联描绘坊中花木及建筑。

---

1. 该诗收入了五代韦縠所编唐诗选集《才调集》。白居易似乎未将其收入自编诗集中。萧彻曾任职方郎中，宝历元年（825）夏四月曾任御史，大和九年（835年）去世。

“时世高梳髻，风流澹作妆。戴花红石竹，帔晕紫槟榔。鬟动悬蝉翼，钗垂小凤行。拂胸轻粉絮，暖手小香囊。”这一节仔细描摹了妓馆女子的装扮，发髻、妆容、戴花、帔子，俱见活色生香。“暖手小香囊”可证是在冬日，因此很可能就在元月十五日。

“选胜移银烛，邀欢举玉觞。炉烟凝麝气，酒色注鹅黄。急管停还奏，繁弦慢更张。雪飞回舞袖，尘起绕歌梁。旧曲翻调笑，新声打义扬。”然后就到了宴饮的场面，选胜邀欢就是挑选陪侍妓人的意思。有歌舞，也有弦管，有旧曲，也有新声，场面好不热闹。

“名情推阿轨，巧语许秋娘。风暖春将暮，星回夜未央。宴馀添粉黛，坐久换衣裳。结伴归深院，分头入洞房。”隔了很多年，白居易竟然还记得当年陪侍妓人的名字，一个叫阿轨，一个叫许秋娘，记性可真是好。

“彩帷开翡翠，罗荐拂鸳鸯。留宿争牵袖，贪眠各占床。绿窗笼水影，红壁背灯光。索镜收花钿，邀人解袷裆。暗娇妆靥笑，私语口脂香。怕听钟声坐，羞明映缦藏。眉残蛾翠浅，鬟解绿云长。”宴饮歌乐过后就是狎妓的最后段落了，这晚两人都在坊中宿夜。

“旧游千里外，往事十年强。”这倒数第五联提示了时间。白居易长庆二年（822）出刺杭州，宝历元年（825）出刺苏州，往前倒推10年，则他俩结伴狎游平康坊或在元和七年（812）或元和十年（815）。因为元和七年白居易尚在母亲丁忧期间，不合适，则唯一合理的时间就是元和十年的正月十五，恰好在武元衡六月三日靖安坊遇刺之前。

据学者研究，在平康里筹办妓宴需要支付9600文至38000文钱[1]，白居易他们这次的费用估计也不菲。此外，据《北里志》，在长安召妓侍酒还须获得官厅许可："京中饮妓，籍属教坊。凡朝士宴聚。须假诸曹署行牒，然后能置于他处。"

白居易的狎游当然不止这么一次，也不是只有他和萧彻两人如此，这是中晚唐时的普遍风气。《开元天宝遗事》就说：

> 长安有平康坊，妓女所居之地，京都侠少萃集于此，兼每年新进士以红笺名纸游谒其中，时人谓此坊为风流薮泽。

白居易类似的艳诗还有《东南行一百韵》《和梦游春诗一百韵》等，也都以写实的手法追忆当时经历。

康正果在《风骚与艳情》一书中对白居易的艳诗写作有过评价：

> （白居易）之所以对往日的这段生活津津乐道、怀恋不已，是因为一想起那些甜蜜的游戏，他在长安度过的最得意的日子便闪现在眼前。往日的冶游点缀了少年得志的岁月，回忆冶游并不意味着它就是白居易早年在长安生活的主要内容，它的诗意在于它象征着青春、幸福和欢乐。

这段话还可以稍微修正一下，它的诗意不仅象征着青春、幸福和欢乐，不如说是对早年恋爱挫折所造成创伤的补偿和消弭。

白居易的好友元稹是传奇《莺莺传》的作者，也写了不少艳情诗，如《会真诗三十韵》《梦游春》等，其《叙诗寄乐天书》中就说："又有以干教化者，近世妇人，晕淡眉目，绾约头鬓，衣服修

---

1. 宣宗朝时，1斗米值40文，1匹绢要200文。

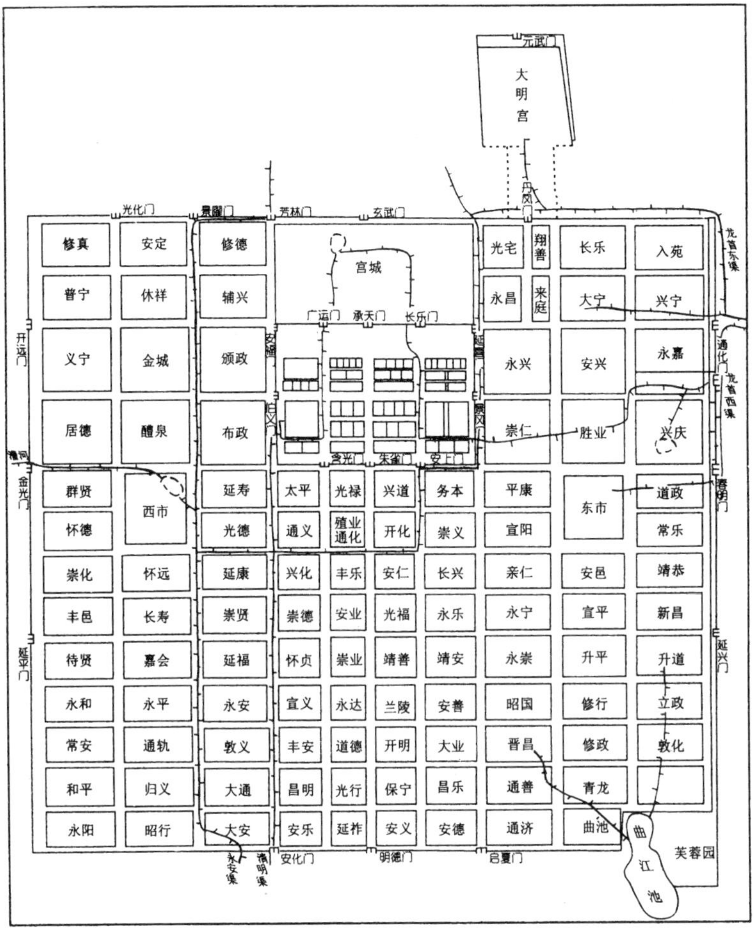
大明宫
宫城
东市
西市
曲江池
芙蓉园
光化门
景耀门
芳林门
玄武门
丹凤门
开远门
金光门
延平门
通化门
春明门
延兴门
安化门
明德门
启夏门
广运门
承天门
长乐门
含光门
朱雀门
安上门
龙首东渠
龙首西渠
永安渠
清明渠
修真
安定
修德
光宅
翔善
长乐
入苑
普宁
休祥
辅兴
永昌
来庭
大宁
兴宁
义宁
金城
颁政
永兴
安兴
永嘉
居德
醴泉
布政
崇仁
胜业
兴庆
群贤
延寿
太平
光禄
兴道
务本
平康
道政
怀德
光德
通义
殖业通化
开化
崇义
宣阳
常乐
崇化
怀远
延康
兴化
丰乐
安仁
长兴
亲仁
安邑
靖恭
丰邑
长寿
崇贤
崇德
安业
光福
永乐
永宁
宣平
新昌
待贤
嘉会
延福
怀贞
崇业
靖善
靖安
永崇
升平
升道
永和
永平
永安
宣义
永达
兰陵
安善
昭国
修行
立政
常安
通轨
敦义
丰安
道德
开明
大业
晋昌
修政
敦化
和平
归义
大通
昌明
光行
保宁
昌乐
通善
青龙
永阳
昭行
大安
安乐
延祚
安义
安德
通济
曲池

唐长安城坊图

广之度，及匹配色泽，尤剧怪艳，因为艳诗百馀首，词有古、今，又两体。”

元稹是白居易长安冶游的另一个同伴，白居易《代书诗一百韵寄微之》和元稹的酬和诗《酬翰林白学士代书一百韵》，曾共同回忆两人结伴狎游的情形。

兄长白居易有此经历，弟弟白行简当然也会跟从效仿。白行简是元和二年（807）进士，也和哥哥一样长于文辞，以传奇著称，其《李娃传》脱胎于当时民间话本《一枝花》，状写了平康坊倡优女李娃与荥阳公子的爱情故事。鲁迅《中国小说史略》评价：“行简本善文笔，李娃事又近情而耸听，故缠绵可观。”20世纪在敦煌藏经洞发现的《天地阴阳交欢大乐赋》堪称中古时代的春宫情色指南，撰作者托名白行简所撰。

蒋防所著传奇《霍小玉传》也是写长安倡家霍小玉与士子李益的故事。[1]

不但京城长安如此，地方官员还有“官妓”的配置，也称“乐营妓人”“营妓”“官使妇人”“官使女子”等，名目众多。她们往往擅长某项艺能，或善歌，或善舞，或长于酒令，或长于弦管，一般住于乐营，由官府供给衣粮，不得随意外出。地方长官如节度使、州刺史在官府举行庆典、送迎宴会时，她们就会前去献艺、陪酒、侍夜。

白居易出任杭州刺史和苏州刺史时，就与官妓有很多交涉。譬

---

1. 其余如写《莺莺歌》的李绅，撰作《玄怪录》的牛僧孺，撰作《续玄怪录》的李复言，写《南柯太守传》《谢小娥传》的李公佐等人，也都是进士官僚集团的成员。他们与白居易、白行简、元稹、蒋防等人都在同一个文士交往圈内。

如《醉歌》：

> 罢胡琴，掩秦瑟，玲珑再拜歌初毕。
> 谁道使君不解歌，听唱黄鸡与白日。
> 黄鸡催晓丑时鸣，白日催年酉前没。
> 腰间红绶系未稳，镜里朱颜看已失。
> 玲珑玲珑奈老何，使君歌了汝更歌。

这首有自注："示伎人商玲珑。"指明是写给官妓的。这商玲珑身兼多种艺能，能奏胡琴，还能弹瑟。白居易酒到酣处，竟然还趁醉作歌，咏叹年华易逝、岁月催老。

白居易还让官妓招待过访杭州的友僚，如《代谢好妓答崔员外》：

> 青娥小谢娘，白发老崔郎。
> 谩爱胸前雪，其如头上霜。
> 别后曹家碑[1]背上，思量好字断君肠。

这首有自注"谢好，妓也"，也留下了官妓名字。这回酒喝多了，他竟将青春美女的酥胸与崔员外头上的白发相提并论，真够另类的。

因为被白居易写到了诗里，杭州这两位官妓的名字就传到了时任浙东观察使兼越州刺史的元稹那里。白居易竟然还把商玲珑调派去了越州（绍兴），元稹竟然还出了一笔数目不小的钱。宋人王谠在笔记小说《唐语林》里记载了这件事："长庆二年，白居易以中

---

1. 蔡邕曹娥碑碑背上题有"黄绢幼妇，外孙齑臼"，是"绝妙好辞"四字的隐语，乃暗赞碑文撰写之妙，兼诵孝女曹娥事迹。事见《世说新语 · 捷悟》。

书舍人出任杭州刺史，杭州有官妓商玲珑、谢好好者，巧与应对，善歌舞。白居易日以诗酒与之寄兴。元稹在越州闻之，厚币来邀玲珑，白遂遣去，使尽歌所唱之曲。”

商玲珑借调期满，将回杭州，元稹还写了首《重赠》让她带给白居易：

休遣玲珑唱我诗，我诗多是别君词。
明朝又向江头别，月落潮平是去时。

这首元稹也有自注：“乐人商玲珑能歌，歌予数十诗。”原来他邀请商玲珑去越州，就是为了让她习唱自己写的歌诗。商玲珑回去难道会不唱么？抛开其间的情色传闻不说，这里也可想见当时唐人作诗的另类传播方式。

唐代任官比较宽松，公事余暇还能歌舞娱乐。到了宋代，对官员行为约束要严厉得多，宋人龚明之《中吴纪闻》的这则记载里，就表露了对唐代官员的某种羡慕：“乐天为郡时，尝携容满、张志等十妓，夜游西湖虎丘寺，尝赋纪游诗。为见当时郡政多暇，而吏议甚宽，使在今日，必以罪闻矣！”

这里又出现了另外两个官妓的名字，容满和张志。

白居易在杭州时，真正钟情的是一位名叫陈结之的女伎，曾作《柘枝妓》[1]一诗状写她的舞姿和美貌：

平铺一合锦筵开，连击三声画鼓催。

1. 柘枝舞是从西域传来。初为女子独舞，多以鼓伴奏。后来有双人舞，名《双柘枝》。舞蹈时，舞姬帽戴金铃，起舞后转动有声。

红蜡烛移桃叶起，紫罗衫动柘枝来。
带垂钿胯花腰重，帽转金铃雪面回。
看即曲终留不住，云飘雨送向阳台。

白居易将她唤作“桃叶”[1]，离开杭州时却没有将她带去洛阳。日后念念不忘，屡屡提及。大和八年（834），有《结之》一诗，从中可以想见他与陈结之的前番情事：“欢爱今何在，悲啼亦是空。同为一夜梦，共过十年中。”

开成四年（839），白居易又作《感旧石上字》。当初带回洛阳的5块太湖石里，其中一块上面还镌刻了“陈结之”三个字，可见白居易的眷爱程度：

闲拨船行寻旧池，幽情往事复谁知。
太湖石上镌三字，十五年前陈结之。

杭州刺史任期届满时，白居易写下《西湖留别》，对杭州风物、歌乐和翠黛（美女）都眷恋难别：

征途行色惨风烟，祖帐离声咽管弦。
翠黛不须留五马，皇恩只许住三年。
绿藤阴下铺歌席，红藕花中泊妓船。
处处回头尽堪恋，就中难别是湖边。

这次杭州卸任，他还带了几名美姬回洛阳（估计不是官妓，其中就有之前提到的樊素与小蛮）。计有功《唐诗纪事》载：“白乐天

1. “桃叶”是晋代王献之爱妾名，王献之曾为她写了三首《桃叶歌》。

任杭州刺史，携数妓还洛阳，后却还钱塘，故禹锡戏答云：‘其那钱塘苏小小，忆君泪点石榴裙。’”

过后在苏州刺史任上，白居易也照样诗酒歌乐，与官妓有关的诗也不少，如《吴宫辞》：

一入吴王殿，无人睹翠娥。
楼高时见舞，宫静夜闻歌。
半露胸如雪，斜回脸似波。
妍媸各有分，谁敢妒恩多。

其余还有《郡斋旬假始命宴呈座客示郡寮》《代诸妓赠送周判官》《宿湖中》《泛太湖书事寄微之》等，也都是写苏州的宴饮游乐事。

刘禹锡出任苏州刺史后，曾游江南，苏杭一带官妓常常当着他的面提起前任白居易的风流诗文，刘禹锡有作《乐天寄忆旧游，因作报白君以答》纪之：

报白君，别来已渡江南春。
江南春色何处好，燕子双飞故官道。
春城三百七十桥，夹岸朱楼隔柳条。
丫头小儿荡画桨，长袂女郎簪翠翘。
郡斋北轩卷罗幕，碧池逶迤绕画阁。
池边绿竹桃李花，花下舞筵铺彩霞。
吴娃足情言语黠，越客有酒巾冠斜。
坐中皆言白太守，不负风光向杯酒。
酒酣襞笺飞逸韵，至今传在人人口。
报白君，相思空望嵩丘云。

其奈钱塘苏小小，忆君泪点石榴裙。

尾句就是说："杭州的官妓们很想念你，曾经泪洒石榴裙哦！"有没有洒泪这回事我们并不知道，但歌舞女子被白居易屡屡写入诗文，在当时的主流"娱乐圈"内那可是一件非常荣耀的事[1]。谁叫白居易是当时的第一等风流人物呢！

白居易又有《江南忆三首》，我们常常只念诵其一：

江南好，风景旧曾谙。日出江花红胜火，春来江水绿如蓝。能不忆江南？

而其二、其三，恰是他苏杭优游生涯的最好总结：

江南忆，最忆是杭州。
山寺月中寻桂子，郡亭枕上看潮头。何日更重游？

江南忆，其次忆吴宫。
吴酒一杯春竹叶，吴娃双舞醉芙蓉。早晚复相逢？

晚年逸乐生活

白居易带回洛阳的就是家妓了，这也有可循的定例。

唐中宗时，依官员品级对蓄养家妓的人数做过规定："三品已

---

1. 也有娼人以会背白居易诗而自抬身价的，事载于白居易写给元稹的《与元九书》："及再来长安，又闻有军使高霞寓者，欲聘倡妓，妓大夸曰：'我诵得白学士《长恨歌》，岂同他哉？'由是增价。"

上听有女乐一部，五品已上女乐不过三人。”到唐玄宗时，天宝十载（751）九月二日敕又有放宽：“五品已上正员清官，诸道节度使及太守等，并听当家继续畜丝竹，以展欢娱，行乐盛时，覃及中外。”

白居易分司前任刑部侍郎，官正四品，按规定只能蓄家妓3人。之前已经说过樊素和小蛮两人了。此外，作于大和七年（833）的《咏兴五首·小庭亦有月》里又提到了其他家妓的名字：

小庭亦有月，小院亦有花。可怜好风景，不解嫌贫家。
菱角执笙簧，谷儿抹琵琶。红绡信手舞，紫绡随意歌。
村歌与社舞，客哂主人夸。但问乐不乐，岂在钟鼓多。
客告暮将归，主称日未斜。请客稍深酌，愿见朱颜酡。
客知主意厚，分数随口加。堂上烛未秉，座中冠已峨。
左顾短红袖，右命小青娥。长跪谢贵客，蓬门劳见过。
客散有余兴，醉卧独吟哦。幕天而席地，谁奈刘伶何。

这首诗还有白居易的自注：“菱、谷、紫、红皆小臧获名也。”“臧获”即奴婢，诗中提到的菱角、谷儿、紫绡、红绡四人皆善弦管歌舞，可见也是家妓。

之前白居易在《池上篇序》中曾说罢刑部侍郎归洛时“洎臧获之习管磬弦歌者指百以归”，似乎从长安带回了一个私家管弦乐团和歌舞队。其实“指百”者非指百人，实只10人（1人10指）。《史记·货殖列传》：“牛千足，羊彘千双，僮手指千。”

也就是说，白居易的家妓有两拨，一拨是从杭州带回的，即樊素和小蛮（从她们的名字来看也是来自江南），另一拨就是第二次分司时从长安带回来的10名。合计总人数为12名。

当时其他洛阳分司官有多少名家妓呢？白居易赠牛僧孺的《酬思黯戏赠》中有“钟乳三千两，金钗十二行”一联，赠裴度的《夜宴醉后留献裴侍中》中有“九烛台前十二姝，主人留醉任欢娱”一联。牛僧孺和裴度的家妓也是12名。当时或许有不成文的定例。

有时，白居易还会以家妓的名义邀请他的朋友来家里宴饮，如这首《九日代罗樊二妓招舒著作》：“罗敷敛双袂，樊姬献一杯。不见舒员外，秋菊为谁开？”这里出现了第七位有姓名的家妓“罗敷”。当然，这是从汉乐府《陌上桑》里借用来的名字，这位家妓或就是善舞的小蛮。

12名家妓，白居易还会定期更换，见《追欢偶作》：

> 追欢逐乐少闲时，补贴平生得事迟。
> 何处花开曾后看，谁家酒熟不先知。
> 石楼月下吹芦管，金谷风前舞柳枝。
> 十听春啼变莺舌，三嫌老丑换蛾眉。
> 乐天一过难知分，犹自咨嗟两鬓丝。

首联暴露了他的动机心思：“补贴平生得事迟”是说之前痴情苦恋湘灵那么多年，不知道享受人生，等醒悟过来已经很迟了，因此后来就“追欢逐乐少闲时”[1]。次联和颔联是说分司洛阳后常常带着家妓外出游乐观赏。第四联谈到了家妓的情况，10年里一共换了三拨人，老了丑了，就会另换一批年轻女子，差不多每三年一轮换。当然，樊素、小蛮与她们不同，她们是关系亲密的侍妾，那是万万不舍得换的。

---

1. 白居易《赠同座》中一联“谋欢身太晚，恨老意弥深”，也是同样意思。

白居易与牛僧孺甚至还聚拢自家家妓组织了一场宴会，为此而作《与牛家妓乐雨夜合宴》，由此也可见两人关系的密切：

玉管清弦声旖旎，翠钗红袖坐参差。
两家合奏洞房夜，八月连阴秋雨时。
歌脸有情凝睇久，舞腰无力转裙迟。
人间欢乐无过此，上界西方即不知。

这次联欢会办在八月仲秋，正逢雨天。诗中可见白居易贪赏流连的目光。后来他大概是酒喝多了，在末尾一联兴致高昂地说：我们两家的歌舞宴会可称人间第一，差不多可以和仙人的天界和西方极乐世界媲美了。

白居易对家妓所住的地方也有描绘，这首题目很长的《五月斋戒罢宴撤乐，闻韦宾客、皇甫郎中饮会亦稀，又知欲携酒馔出斋，先以长句呈谢》就提到了这一节：

妓房匣镜满红埃，酒库封瓶生绿苔。
居士尔时缘护戒，车公何事亦停杯。
散斋香火今朝散，开素盘筵后日开。
随意往还君莫怪，坐禅僧去饮徒来。

家妓们不可能住在履道池园的本府，那么她们住在哪里呢？诗里并未指明。推想起来，她们很可能就住在府西水亭院。大和五年（831）左右，白居易曾有修葺。

回洛阳的前10年，白居易过得非常逍遥自在。他也的确写了一首《自在》诗，前四联是这样子的：“杲杲冬日光，明暖真可爱。移榻向阳坐，拥裘仍解带。小奴捶我足，小婢搔我背。自问我为谁，胡然独安泰。”

冬天，他在宅园中晒太阳，将卧榻移到了向阳处，身上穿了裘衣半坐半卧。“奴”是奴子，在帮他敲腿，“婢”是婢女（或就是家妓），在为他搔背，白乐天实在是很会享受。

可是，衰老和疾病终究还是找上门来了。开成四年（839）十月冬，白居易68岁时突然中风[1]，不得已卧床静养了几个月，《旧唐书》载：

> 四年冬，得风病，伏枕者累月，乃放诸妓女樊、蛮等，仍自为墓志，病中吟咏不辍。

他养病期间主要做了三件事，一是吟成了《病中诗十五首》；二是给自己写好了墓志铭，即《醉吟先生墓志铭》[2]，自述生平是“外以儒行修其身，中以释教治其心，旁以山水风月、歌诗琴酒乐其志”。

第三件事，是为自己此前的逸乐生活做了个收结。他将所蓄家妓尽数放出，让她们各回家乡。《病中诗十五首·别柳枝》即吟咏此事，“两枝杨柳”即指樊素与小蛮：

> 两枝杨柳小楼中，袅袅多年伴醉翁。
> 明日放归归去后，世间应不要春风。

樊素初到洛阳时，刘禹锡就写有《寄赠小樊》一诗：

> 花面丫头十三四，春来绰约向人时。

---

1. 白居易《病中诗十五首并序》，说得病是在冬十月甲寅旦。

2. 墓志铭真伪问题，一直有争议。笔者认同日本学者芳村弘道的见解。参见芳村弘道《据〈管贝抄〉本题注考辨白居易〈醉吟先生墓志铭〉之真伪》。

终须买取名春草，处处将行步步随。

她来时年纪为十三四岁，正值豆蔻年华，离开洛阳时是二十八九岁，前后陪伴白居易15年之久。刘禹锡又有诗《忆春草》，根据刘自注“春草，乐天舞妓名”，则“春草”就是樊素初来洛阳、未及笄[1]时的小名。

刘禹锡得知白居易放归樊素后，曾作《杨柳枝词》：

轻盈袅娜占春华，舞榭妆楼处处遮。
春尽絮飞留不得，随风好去落谁家。

白居易以诗回应，作《前有别杨柳枝绝句，梦得继和云春尽絮飞留不得，随风好去落谁家，又复戏答》：

柳老春深日又斜，任他飞向别人家。
谁能更学孩童戏，寻逐春风捉柳花。

给刘禹锡的答诗貌似写得很轻松，把之前宠爱樊素、小蛮二姬说成是“孩童戏”。其实却不尽然，白居易非常不舍。

放归樊素同时还卖马（是李绅送的那匹白马，裴度送的那匹赤骥已不在），当时情形，白居易一一记录在《不能忘情吟并序》中。序言：“乐天既老，又病风，乃录家事，会经费，去长物。妓有樊素者，年二十余，绰绰有歌舞态，善唱《杨枝》，人多以曲名名之，由是名闻洛下。籍在经费中，将放之。马有骆[2]者，驵壮骏稳，乘

1. 古代女子年满15岁而束发加笄，表示成年。
2. 骆指黑鬃白马。

之亦有年。籍在长物中，将鬻之。圉人牵马出门，马骧首反顾一鸣，声音间，似知去而旋恋者。素闻马嘶，惨然立且拜，婉娈有辞，辞毕涕下。予闻素言，亦愍默不能对。且命回勒反袂，饮素酒，自饮一杯，快吟数十声。声成文，文无定句，句随吟之短长也，凡二百三十五言。噫！予非圣达，不能忘情，又不至于不及情者。事来搅情，情动不可柅，因自哂，题其篇曰‘不能忘情吟’。”诗如下：

鬻骆马兮放杨柳枝，掩翠黛兮顿金羁。
马不能言兮长鸣而却顾，杨柳枝再拜长跪而致辞。
辞曰：主乘此骆五年，凡千有八百日。衔橛之下，不惊不逸。
素事主十年，凡三千有六百日。巾栉之间，无违无失。
今素貌虽陋，未至衰摧。骆力犹壮，又无虺隤。
即骆之力，尚可以代主一步。素之歌，亦可以送主一杯。
一旦双去，有去无回。故素将去，其辞也苦。
骆将去，其鸣也哀。
此人之情也，马之情也，岂主君独无情哉？
予俯而叹，仰而咍，且曰：
骆、骆，尔勿嘶，素、素，尔勿啼，骆反厩，素反闺。
吾疾虽作，年虽颓，幸未及项籍之将死。
何必一日之内，弃骓兮而别虞兮，乃目素兮素兮。
为我歌杨柳枝，我姑酌彼金罍，我与尔归醉乡去来。

白马和攀素当天都没有离开，又返回了宅中。白居易饮下一杯酒后，吟成此文。

从文中樊素的告白“素事主十年”来看，她真正跟从白居易是在大和三年（829），即白居易第二次分司洛阳之时。这似乎与计有功《唐诗纪事》所载不合。然而，白居易在杭州将其携归时她年纪尚小，从长庆四年（824）到大和三年，她应该一直待在履道宅园成长。樊素所谓“事主”是成为白居易侍妾的意思。如此一想，也就合于记载了。白马终于还是卖掉了，樊素和小蛮也又放还离开了履道宅园。过后白居易在诗文中屡屡提及，如《闲居》《夜凉》《老病幽独偶吟所怀》等，不一而足。

白居易对樊素尤其念念不忘，听别的歌女唱曲，当听到某个段落时就会想到她，觉得还是樊素以前唱得更好，见《听歌六绝句·听都子歌》：

都子新歌有性灵，一声格转已堪听。
更听唱到嫦娥字，犹有樊家旧典刑。

他走到邻居家门前，听到门内传来的歌乐声也会倍感失落，作《闻乐感邻》，“欢娱未足”就是他的心声：

老去亲朋零落尽，秋来弦管感伤多。
尚书宅畔悲邻笛，廷尉门前叹雀罗。
绿绮窗空分妓女，绛纱帐掩罢笙歌。
欢娱未足身先去，争奈书生薄命何。

那段时间心情低落，他只能借酒浇愁，又作《烧药不成命酒独醉》：

白发逢秋王，丹砂见火空。
不能留姹女，争免作衰翁。

赖有杯中绿，能为面上红。

少年心不远，只在半酣中。

你看他，酒酣耳热过后仍在怀想之前的逸乐享受，虽然已年近70岁，竟还自称有“少年心”。虽然有些可笑，毕竟也是可哀。

到第二年，白居易这种失落情绪仍未平复，又作《长相思》词。由词中“瓜州古渡头”一语来看，樊素本籍或就在扬州：

汴水流，泗水流，流到瓜州古渡头。吴山点点愁。

思悠悠，恨悠悠，恨到归时方始休。月明人倚楼。

他饮酒后给友人李播[1]寄去诗信《对酒有怀寄李十九郎中》，诗中回顾了自己逸乐生涯中最不能忘情的三位女子：

往年江外抛桃叶，去岁楼中别柳枝。

寂寞春来一杯酒，此情唯有李君知。

吟君旧句情难忘，风月何时是尽时。

在“桃叶”后面有“结之也”的自注，在“柳枝”后面有“樊、蛮也”的自注。尾句“风月何时是尽时”，化用了李播《悼故妓诗》中的“直应人世无风月，始是心中忘却时”一联。

白居易的前半生，眷恋了湘灵一人，坚忍而执着；后半生放任逸乐，系情于三位青春妙龄的姹女，沉溺也深。虽然他晚年又是斋戒又是坐禅，就其根性来说，终究还是红尘中一枚少见的情种（唐

---

1. 李播，《全唐诗》中仅存诗两首（《见志》《见美人闻琴不听》）。白居易在《寄李蕲州》诗中赞他“动笔诗传鲍谢风”。

人中像他这样痴情又多欲的人真是不多）。后人评价他时，切不可以今天的社会伦理标准去裁量他当时的行为。

之前说过，与湘灵的苦恋是他一生行事的底色，这个底色渗透到他中年和晚年，慢慢又渲染出更多的色彩，若要引用他自己的诗来形容，那么最合适的就是这首《花非花》[1]了：

花非花，雾非雾，夜半来，天明去。
来如春梦几多时？去似朝云无觅处。

何以成诗魔？

据陈尚君先生考稽，唐诗在今天可考的存数在5.3万首，绝对可靠者大概超过5万首。白居易一生留下了近3000首诗，占到了1/16，这个比例是比较惊人的。

相比之下，李白只留存了900多首诗，杜甫留存了1400多首诗[2]，李商隐、杜牧、王维等人留存的诗作都是几百首。白居易在诗作数量上可谓一骑绝尘。

---

1. 这首诗在《白氏长庆集》中编次于《真娘墓》《简简吟》两诗之后，或就写于出任苏州刺史期间。

2. 杜甫的情况稍有特殊，他在天宝九年（750）的《进雕赋表》曾自述："臣幸赖先臣绪业，自七岁所缀诗笔，向四十载矣，约千有余篇。"现存杜甫诗集中，作于40岁前的只有二三十首。也就是说，40岁之前的1000首左右的诗文（大半应为诗）或是被他删汰，或是已遗失（安史之乱是一个重要的背景因素）。若加上这部分散失作品，则他一生创作数量应该是2000多首，而且40岁之后可能还有被删或散失的诗作。

数量为何会如此悬殊呢？以下试来分析其原因。

第一个原因与白居易的人生轨迹有关。

白居易在文学上是早慧的，他在《与元九书》里曾自陈："仆始生六七月时，乳母抱弄于书屏下，有指'之'字、'无'字示仆者，仆口未能言，心已默识。后有问此二字者，虽百十其试，而指之不差。则知仆宿习之缘，已在文字中矣。及五六岁，便学为诗。九岁谙识声韵。"这与杜甫在《进雕赋表》自述的"自七岁所缀诗笔"是一样的，作诗的起步很早。

《与元九书》后面又有一段，可见其青年时期的勤奋："十五六，始知有进士，苦节读书。二十已来，昼课赋，夜课书，间又课诗，不遑寝息矣。以至于口舌成疮，手肘成胝。"

白居易入仕后，除被贬江州时曾有一个阶段的低迷，多数时间在两京任官，一生宦途大致是很平顺的。他不像天宝末年的李白、杜甫那样，遭逢了如安史之乱这样的时代大动荡[1]；因为采取"吏隐"与"中隐"的处世态度，他与朝政始终保持一定距离，所以也没有卷入党争受到政敌的严重打击，在宦海波涛中沉沦不起。晚年自请归洛，离开长安后如出牢笼［因此幸运地躲开了大和九年（835）的"甘露之变"］，而分司官俸禄优厚[2]，生活无忧，使得他

1. 战乱对文学传播的影响深远巨大。宝应元年（762），李阳冰为李白诗文集作《草堂集序》就说："自中原有事，公避地八年；当时著述，十丧其九，今所存者，皆得之他人焉。"大历年间，樊晃为杜甫集作序也说过类似的话："文集六十卷，行于江汉之南。属时方用武，斯文将坠，故不为东人所知。"诗文集的传播受阻，曾大大延迟了李、杜诗的经典化过程。

2. 会昌元年（841），罢太子少傅，停俸。会昌二年，以刑部尚书致仕，领取半俸。晚年生活条件是比较优渥的。

可以专心作诗，长久保持创作的能量和习惯。简言之，他在中年和晚年的诗歌写作获得了生活环境的保障。

第二个原因当然就是白居易对作诗的热爱乃至狂热痴迷。关于这个话题，他在诗文中屡有告白，如这首《爱咏诗》："辞章讽咏成千首，心行归依向一乘。坐倚绳床闲自念，前生应是一诗僧。"

还有这首《山中独吟》：

> 人各有一癖，我癖在章句。万缘皆已消，此病独未去。
> 每逢美风景，或对好亲故。高声咏一篇，恍若与神遇。
> 自为江上客，半在山中住。有时新诗成，独上东岩路。
> 身倚白石崖，手攀青桂树。狂吟惊林壑，猿鸟皆窥觑。
> 恐为世所嗤，故就无人处。

"爱"字、"癖"字、"病"字和"狂"字，都被他用来形容自己的创作欲望之强烈。最为极致的表露，当属他自封的这个"诗魔"称号了，见《醉吟二首》其二：

> 两鬓千茎新似雪，十分一醆欲如泥。
> 酒狂又引诗魔发，日午悲吟到日西。

刘禹锡在寄赠白居易的诗里也这么称呼他，如《春日书怀寄东洛白二十二、杨八二庶子》：

> 曾向空门学坐禅，如今万事尽忘筌。
> 眼前名利同春梦，醉里风情敌少年。
> 野草芳菲红锦地，游丝撩乱碧罗天。
> 心知洛下闲才子，不作诗魔即酒颠。

第三个原因是白居易早前在宦途遭遇挫折，政治抱负不得施展，人生发生了转向，故而致力于在文学上进行表露和发挥。恰如下面这首《读谢灵运诗》中所说："壮志郁不用，须有所泄处。"诗就是他壮志未酬后的一个发泄处：

吾闻达士道，穷通顺冥数。通乃朝廷来，穷即江湖去。
谢公才廓落，与世不相遇。壮志郁不用，须有所泄处。
泄为山水诗，逸韵谐奇趣。大必笼天海，细不遗草树。
岂惟玩景物，亦欲摅心素。往往即事中，未能忘兴谕。
因知康乐作，不独在章句。

在《答刘和州禹锡》里也有同样的揭示：

换印虽频命未通，历阳湖上又秋风。
不教才展休明代，为罚诗争造化功。
我亦思归田舍下，君应厌卧郡斋中。
好相收拾为闲伴，年齿官班约略同。

"不教才展休明代"意思就是没有碰到政治开明向上的时代，刘禹锡的才能不得施展，"为罚诗争造化功"，故而上天惩罚你，让你努力作诗而与造化争功。这两句其实也在表露自己的心迹。

第四个原因，恐怕就要讲到他独特的诗学观了。

元和元年（806），白居易刚刚罢校书郎，与元稹一同准备该年制举，其间退居长安华阳观，闭户累月复习演练，写成应对策论考试的75篇条目材料。同年四月，试"才识兼茂明于体用"科及第，授盩厔县尉。此后，将75篇集成4卷《策林》。《策林》第六十四篇、第六十九篇中，就阐述了以"情"为主轴机杼的诗学理念：

> 乐者本于声，声者发于情，情者系于政。
>
> 大凡人之感于事，则必动于情，然后兴于嗟叹，发于吟咏，而形于歌诗矣。

元和十年（815），他在江州司马任上时写成《与元九书》，又进一步发展了他的以情代志的创作观：

> 感人心者，莫先乎情，莫始乎言，莫切乎声，莫深乎义。诗者，根情，苗言，华声，实义。上自圣贤，下至愚騃，微及豚鱼，幽及鬼神。群分而气同，形异而情一。未有声入而不应、情交而不感者。

白居易的“根情”诗学观，与儒家向来的“诗言志”传统相比，发生了某种偏移（或转化）。个人审美的趣向自有其性格心理上的成因，也与我们屡次提到的他的早年恋爱经历有关。与湘灵的苦恋曾给予他极大的精神上的刺激，进而也潜移默化地影响了他的诗学观。

因为主张“根情”，所以白居易中后期的诗写作渐渐就从政治关怀、家国叙事撤退，开始重点关注私己生活、人间情感与自然风土，总之是一种内向化的倾向（杜甫晚年诗中也有同样的趋势征象）。

此后，杜牧在墓志铭《唐故平卢军节度巡官陇西李府君》中借他人语言严厉抨击元白诗“纤艳不逞”，宋代苏轼在《祭柳子玉文》中贬低中唐诗人“元轻白俗，郊寒岛瘦，嘹然一吟，众作卑陋”，都是偏颇之论，并未真正领会其中优异合理的成分。

第五个原因，白居易比较在意自己所作诗文的后世影响。

杜甫在生前就对此事比较茫然，曾在《梦李白二首》其二中发出“千秋万岁名，寂寞身后事”的感叹，类似感怀白居易自然也有，而且更为强烈，但他为此主动做出了安排。

唐代雕版印刷技术还未成熟，更没有成熟的出版业，诗文作品传播主要靠人手誊抄，耗时费力还费钱[1]。因此白居易从很早开始，就对自己诗文的整理、保存与传播有所预谋和规划。这个因素对于解释他的存世诗作数量为何居唐人首位是最有说服力的。

早在元和十年（815）被贬江州时，他就“检讨囊帙”，将约800首诗分为讽喻诗、闲适诗、感伤诗、杂律诗4类，编成15卷成集。编成后曾作《编集拙诗成一十五卷因题卷末戏赠元九李二十》：

> 一篇长恨有风情，十首秦吟近正声。
> 每被老元偷格律，苦教短李伏歌行。
> 世间富贵应无分，身后文章合有名。
> 莫怪气粗言语大，新排十五卷诗成。
> ……

他不求生前世间富贵，但求身后文章有名，目的很明确。

时间延后到长庆四年（824），好友元稹亲手排纂，编成了50卷本的《白氏长庆集》。大和二年（828），白居易自己又做了续编。

到大和九年（835），他统合前后所编，勒成60卷，题名为《白氏文集》，送入庐山东林寺经藏（他曾担任江州司马，与东林寺

1. 当时需雇用专门誊抄的佣书（抄书人）誊抄，按页计价，所费不赀。李商隐少年时因为家贫就做过抄书人，见其《祭裴氏姊文》：“乃占数东甸，佣书贩舂。日就月将，渐立门构，清白之训，幸无辱焉。”

僧有交往，自可信托）。

开成元年（836），他扩编成一部65卷的《白氏文集》，收诗文3255篇，置于洛阳圣善寺钵塔院（他分司归洛后定居洛阳18年，这是托付给洛阳人的一部诗文集）。

开成四年（839），他又编成一部67卷的《白氏文集》，置于苏州南禅院千佛堂内［他在宝历元年（825）至宝历二年出任苏州刺史，在当地颇有政声］。后来在会昌四年（844），日僧慧萼去苏州，得禅林寺南禅院僧人帮助，费时一个半月，抄录了副本，《白氏文集》由此传播东瀛。

以上这三个本子都不是定本，卷帙数量也不同，由收藏者负责逐年添加增补。

开成五年（840）十一月，白居易又自编《白氏洛中集》10卷，集格律诗800首，藏于香山寺。据其《香山寺白氏洛中集记》载："《白氏洛中集》者，乐天在洛所著也。太和三年春，乐天始以太子宾客分司东都，及兹十有二年矣，其间赋格律诗凡八百首，合为十卷，今纳入龙门香山寺经藏堂。"

会昌五年（845），白居易作了最后一次编集。当时写成的《白氏集后记》对著述作品的安排有详细说明：

> 白氏前著《长庆集》五十卷，元微之为之序；《后集》二十卷，自为序；今有《续后集》五卷，自为记。前后七十五卷，诗、笔大小凡三千八百四十首。集有五本：一本在庐山东林寺经藏院；一本在苏州禅林寺经藏内；一本在东都圣善寺钵塔院律库楼；一本付侄龟郎；一本付外孙谈阁童，各藏于家，传于后。其日本、新罗诸国及两京人家传写者，不在此记。

这个集成于会昌五年（845）的75卷本，应该就是《白氏文集》的定本[1]。两部交由家人留存，一部交给了自小收养如同己出的侄子龟郎[2]，另一部交给了自己的外孙谈阁童。这件工作完成后，翌年，白居易便与世长辞。

由此可知，白居易的诗文集前后相续编集过7次，有5种传本。

白居易的文运其实非常不错，作品很早就流行于世，尤其《秦中吟》《长恨歌》影响巨大，而且并不局限在文士团体间，声名还扩散传播到了整个中唐基层社会。元和十年（815），白居易就曾在《与元九书》中谈到当时情形：

> 又足下书云：到通州日，见江馆柱间有题仆诗者。何人哉？又昨过汉南日，适遇主人集众娱乐，他宾诸妓见仆来，指而相顾曰：此是《秦中吟》《长恨歌》主耳。自长安抵江西三四千里，凡乡校、佛寺、逆旅、行舟之中，往往有题仆诗者；士庶、僧徒、孀妇、处女之口，每有咏仆诗者。此诚雕篆之戏，不足为多，然今时俗所重，正在此耳。虽前贤如渊、云者，前辈如李、杜者，亦未能忘情于其间。

《白氏集后记》还提到了白诗在海外的传播："其日本、新罗诸国及两京人家传写者，不在此记。"据《日本文德天皇实录》记载，白居易文集传入日本是在838年，几乎与唐人同步。当时的太宰少

1. 非常可惜，75卷本《白氏文集》最后的《续后集》5卷也散逸了，残篇后来被辑为71卷。

2. 龟郎，即白居易嗣子白景受，为兄长白幼文次子，小名又叫"阿新"。

贰藤原岳守“捡校大唐人货物，适得元白诗笔奏上。帝甚耽悦，授从五位上”。这一年是开成三年，白居易67岁时。相比之下，李白、杜甫诗文集传入日本要比白居易晚了100多年。

1968年，日本作家川端康成在诺贝尔文学奖获奖致辞《我在美丽的日本》中，曾用“雪月花”来概括日本的古典之美：

> 以研究波提切利而闻名于世、对古今东西美术博学多识的矢代幸雄博士，曾把“日本美术的特色”之一，用“雪月花时最怀友”的诗句简洁地表达出来。当自己看到雪的美，看到月的美，也就是四季时节的美而有所省悟时，当自己由于那种美而获得幸福时，就会热切地想念自己的知心朋友，但愿他们能够共同分享这份快乐。这就是说，由于美的感动，强烈地诱发出对人的怀念之情。这个“朋友”，也可以把它看做广泛的“人”。另外，以“雪、月、花”几个字来表现四季时令变化的美，在日本这是包含着山川草木，宇宙万物，大自然的一切，以至人的感情的美，是有其传统的。日本的茶道也是以“雪月花时最怀友”为它的基本精神的，茶会也就是“欢会”，是在美好的时辰，邀集最要好的朋友的一个良好的聚会。

不管是有意还是无意，川端康成没有提及“雪月花时最怀友”这句诗的真正作者。这句诗其实就出自白居易的《寄殷协律》[1]（亦题作《多叙江南旧游》）：“五岁优游同过日，一朝消散似浮云。琴诗酒伴皆抛我，雪月花时最忆君。几度听鸡歌白日，亦曾骑马咏

1. “殷协律”，即苏州刺史府中的僚属殷三。由“五岁优游”可知，白居易在杭州、苏州任上，殷三一直跟随。

红裙。吴娘暮雨萧萧曲，自别江南更不闻。”

白居易的文学作品、审美情趣与生活观念，曾启发、熏陶了日本平安时代的文学与文化。这是另一个话题了。

白居易留存的近3000首诗作中，歌咏洛阳的就有800多首[1]。前面已介绍过开成五年（840）编成的《白氏洛中集》，这是一部专门献给洛阳的诗集。

自分司洛阳后，白居易交游于洛阳的文士僧侣，沉浸于洛阳的自然风物，形成了深挚长久的恋地情结。他对洛阳的眷恋，在其开成三年（838）自撰的《醉吟先生传》中有生动翔实的记录：

> 性嗜酒，耽琴，淫诗。凡酒徒、琴侣、诗客，多与之游。游之外，栖心释氏，通学小中大乘法。与嵩山僧如满为空门友，平泉客韦楚为山水友，彭城刘梦得为诗友，安定皇甫朗之为酒友。每一相见，欣然忘归。洛城内外六七十里间，凡观寺、丘壑有泉石花竹者，靡不游；人家有美酒、鸣琴者，靡不过；有图书、歌舞者，靡不观。自居守洛川及洎布衣家，以宴游召者，亦时时往。每良辰美景，或雪朝月夕，好事者相过，必为之先拂酒罍，次开诗箧。酒既酣，乃自援琴，操宫声，弄《秋思》一遍。若兴发，命家僮调法部丝竹，合奏《霓裳羽衣》一曲。若欢甚，又命小妓歌《杨柳枝》新词十数章。放杯自娱，酩酊而后已。往往乘兴，屦及邻，杖于乡，骑游都邑，肩

1. 本书征引的咏洛诗中，取自白居易的数量也最多，他的确是咏洛诗的大手笔。

舁[1]适野。舁中置一琴一枕，陶、谢诗数卷。舁杆左右悬双壶酒，寻水望山，率情便去。抱琴引酌，兴尽而返。如此者凡十年。

会昌六年（846）八月，白居易在履道坊家中去世，其后十一月葬于龙门东山琵琶峰。

唐宣宗李忱素来喜爱白诗，在白居易去世后，特作《吊白居易》：

缀玉联珠六十年，谁教冥路作诗仙。
浮云不系名居易，造化无为字乐天。
童子解吟长恨曲，胡儿能唱琵琶篇。
文章已满行人耳，一度思卿一怆然。

这首由皇帝亲撰的悼念诗，恰是这个自称“诗魔”的大诗人的一生写照。

---

1. 唐代的箱形轿子，又称“平肩舆”，内可坐人，架上竹竿，可使人以肩抬着行走。白居易《东归》诗：“翩翩平肩舆，中有醉老夫。”

第十一章 李商隐与杜牧

义山早年入洛考

有关李商隐的生年，仍然存有争议，学界大多认同其生于元和七年（812）[1]，也有提出生于贞元十五年（799）[2]。系定生年对理解李商隐其人其诗非常重要。这个问题暂且放在一边，先来看看李商隐与洛阳发生的交涉。

李商隐初次入洛（进入洛阳的文士交往圈）是在哪一年呢？

他早年曾在令狐楚、崔戎门下学习今体（骈文章奏），参与幕府，熟习宦事。这段前事，在他大中元年（847）十月十二日所撰《樊南甲集序》中有追述："樊南生十六能著《才论》《圣论》，以古文出诸公间，后联为郓相国、华太守所怜，居门下时，敕定奏记，始通今体。"

令狐楚曾三次在洛阳任官，其履历如下：

长庆二年（822）十一月，量移[3]郢州刺史后升太子宾客、分司东都。

长庆四年（824）正月，穆宗崩，敬宗即位，寻用楚为河南尹，

1. 刘学锴、余恕诚：《李商隐诗歌集解》，中华书局1998年版。

2. 宋宁娜：《李商隐生卒年新考》，《南通大学学报（社会科学版）》2006年第4期。

3. 官员因罪远谪，遇赦酌情调迁近处任职称为"量移"。元和十五年（820），令狐楚任山陵使时，因亲吏赃污事贬衡州刺史。

兼御史大夫。九月，出任检校礼部尚书、汴州刺史、宣武军节度、汴宋亳观察等使。

大和二年（828）九月，令狐楚入朝为户部尚书。

大和三年（829）三月，改任检校兵部尚书、东都留守、东畿汝州都防御使（白居易同时太子宾客分司洛阳）。同年十一月，升任检校右仆射、郓州刺史、天平军节度使、郓曹濮诸州观察使。“郓相国”所指就是此时。

“华太守”指华州刺史崔戎。大和六年（832）二月，令狐楚调任太原尹、北都留守，李商隐也随之到太原。大和七年（833）中，令狐楚离开太原，赴任吏部尚书。该年李商隐应试不中，转投时任华州刺史的表叔崔戎。崔戎很看重李商隐，为让他安心应考，没有安排幕府冗务，还将他与自己的两个儿子崔雍、崔衮一同送到终南山寺院里静修学业。不幸的是，崔戎第二年调任兖州观察使，到任不久就病故了。

李商隐日后有《安平公诗》，曾感怀崔戎的恩遇：

> 华州留语晓至暮，高声喝吏放两衙。
> 明朝骑马出城外，送我习业南山阿。

又开成二年（837）十一月十二日，令狐楚在山南西道节度使任上去世，李商隐事后撰《奠相国令狐公文》写道：“昔梦飞尘，从公车轮；今梦山阿，送以哀歌。古有从死，今无柰何！天平之年，大刀长戟。将军樽旁，一人衣白。十年忽然，蜩宣甲化。”

由上述《樊南甲集序》所称“郓相国”，和《奠相国令狐公文》所记“天平之年，大刀长戟。将军樽旁，一人衣白”，以及“十年忽然”，可以推知李商隐进入令狐楚幕府是在大和三年（829）。他“以古文出诸公间”遍求干谒并获得令狐楚赏识的时间应在该年十一月前，地点就在洛阳。

在洛阳这段时间，李商隐还结识了周墀。

周墀于长庆二年（822）授湖南团练巡官，累迁监察御史、起居郎、集贤殿学士，转考功员外郎时曾担任李商隐吏部试的考官[1]。会昌元年（841），唐武宗即位，周墀以疾辞，出为工部侍郎、华州刺史。这年李商隐有投谒《上华州周侍郎状》，其中有提到两人在洛阳的交往：

> 某文非胜质，黠不半痴，辛勤一名，契阔九品。献书指佞，远愧南昌；悬棒申威，近惭北部。窃思顷者伏谒于游梁之际，受知于入洛之初。

由“伏谒于游梁之际”，可推知李商隐最初干谒令狐楚等人的时间还要前移到大和二年（828）九月令狐楚为户部尚书之前的汴州刺史任上。如按李商隐生于元和七年（812）来计算，这一年他16岁。这个年龄恰好与他在《樊南甲集序》中所说“樊南生十六能著《才论》《圣论》，以古文出诸公间”吻合。

由《旧唐书·文苑传》可知，那段时间李商隐一直跟从令狐楚：“商隐幼能为文。令狐楚镇河阳[2]，以所业文干之，年才及弱

---

1. 李商隐大和初年试于崔郾，大和年中试于贾𫗧，开成年间试于高锴，共应“三宗伯”之试。开成二年（837）及第后吏部不取，开成三年参加博学鸿词吏部试，周墀就是主考官。李商隐本已被录取，却被中书驳下。开成四年再试书判拔萃科，方释褐授正九品上的秘书省校书郎，授弘农尉。开成五年辞弘农县尉。会昌二年（842），李商隐以书判拔萃复入秘书省为正字。

2. “镇河阳”应是《旧唐书》误记，应为“镇汴州”。

冠。楚以其少俊，深礼之，令与诸子游。楚镇天平、汴州，从为巡官，岁给资装，令随计上都。……商隐能为古文，不喜偶对。从事令狐楚幕。楚能章奏，遂以其道授商隐，自是始为今体章奏。博学强记，下笔不能自休，尤善为诔奠之辞。”

因为有令狐楚的汲引，大和三年（829）三月至十一月，李商隐应该一直在洛阳。其间参与洛阳文会，拜谒当时文坛名宿。李商隐在《上令狐相公状七》中有追忆：

> 伏承博士七郎[1]，自到彼州，顿痊旧疾，无妨步履，不废起居。某顷在东郡，久陪文会，尝叹美疹，滞此全材。今则拜庆之初，累岁之拘挛顿释；承欢之始，一朝而跪起如常。

结缘白乐天

大和三年（829）春，令狐楚出任东都留守，白居易以太子宾客分司，两人不约而同地来到了洛阳。

他们此前交情就不错。宝历元年（825），白居易由太子左庶子分司东都除苏州刺史，从洛阳出发途经汴州时，与时任宣武节度使的令狐楚相聚5日才离去，各有赋诗唱和。白居易在苏州任上，亦与令狐楚时有往来唱和。大和元年（827），白居易离开苏州返回洛

---

1. 这里所说患有脚疾而康复的七郎应该就是令狐楚的长子令狐绪。令狐楚另有二子令狐绹、令狐纶，见李商隐在令狐楚去世后代草的《代彭阳公遗表》，其中有“今月八日，臣已召男国子博士绪、左补阙绹、左武卫兵曹参军纶等”的记录，有国子博士职衔的就是令狐绪。

阳，途经汴州时又与令狐楚聚首。白居易在赠诗中曾将令狐楚比作汉代喜筵宾客的梁孝王。

总之，经由令狐绹的推荐，白居易认识（或知道）了李商隐。这一年李商隐17岁，而白居易57岁，两人年纪相差了40岁，差不多隔了两代人。

在洛阳期间的某天，李商隐曾上门投刺[1]拜问白居易，事见李商隐本人的回忆。白居易去世3年后的大中三年（849），嗣子白景受上门请托李商隐撰写白居易的墓志铭。李商隐应承了下来。依白居易生前遗嘱，曾陪同母亲杨氏来长安。此事在《与白秀才状》中有如下记述：

> 杜秀才翱至，奉传旨意，以远追先德，思耀来昆，欲俾虚芜，用备刊勒。承命揣己，悲惶莫任。伏思太和之初，便获通刺，升堂辱顾，前席交谈。陈蔡及门[2]，功称文学；江黄预会[3]，寻列《春秋》。虽迹有合离，时多迁易，而永怀高唱，尝托馀晖，遂积分阴，俄逾一纪。

这是一个年近60岁的老翁和一个17岁少年的初次会面，却是唐代文坛堪与李、杜之交相媲美的遇合。落座寒暄后，李商隐肯定呈上了自己的诗文，请前辈指教，也必定收获了一些赞许吧。在状文中，李商隐自称是白居易非正式的入门弟子，也为受到白的盛情

---

1. 投刺，即投递名帖。

2. “陈蔡及门”典出孔子《论语・先进》中的“子曰：从我于陈、蔡者，皆不及门也”。

3. “江黄预会”典出《春秋》：“秋九月，齐侯、宋公、江人、黄人盟于贯。”“江黄”指齐宋会盟时的两个小诸侯国。

接待而感到荣幸。

由“江黄预会，寻列《春秋》”可知，在令狐楚任东都留守的8个月中，李商隐曾数次参与洛阳官员文士的诗文雅集(白居易必定也会出席)。他的《初食笋呈座中》一诗，或就是参与某次宴集的即席吟作，表露了少年诗人的“凌云之志”：“嫩箨香苞初出林，於陵论价重千金。黄都陆海应无数，忍剪凌云一寸心。”

不过，他们毕竟年龄、身份差异太大，“迹有合离”一语，说明后来并没有更多的直接往来，我们也没有发现任何两人诗文唱和或通信的记录。北宋蔡居厚倒是在他的《蔡宽夫诗话》中记载了这么一件事：

> 白乐天晚极喜李义山诗文，尝谓我死得为尔子足矣。义山生子，遂以白老字之，既长，略无文性。温庭筠尝戏之曰：“以尔为乐天后身，不亦忝乎？”

这条不知来源的八卦是说白居易晚年垂老的时候，因为很喜欢李商隐的诗文，曾说过死后愿意投胎做李商隐的儿子这样的话。而在白居易去世后的第二年，李商隐生了儿子李衮师，真就给儿子取了“白老”这个小名。李衮师长成后没有遗传父亲的文墨天赋，惹得诗人温庭筠忍不住嘲谑：“你要是白乐天转世，那也太辱没他的盛名了！”

此事不知真假。但履道池园一会之后很长一段时间里（17年间），白居易显然很有机会看到李商隐后来的诗文作品，也见证了其创作的渐趋成熟。白居易是文学方面的明白人，必定很了解李商隐在新锐文人中的强劲实力（当然，这也意味着后辈对前辈的挑战），和撰作诔奠祭文的才具，不然怎么会交代自己的嗣子白景受去请李商隐写墓志铭而没有交托其他人呢？就这点来看，蔡居厚所说也不全然是离奇八卦，其中也有事实的成分。或许，这就是当时洛阳文坛曾经流传的一件逸闻。

白、李两人还有另一个关联，他们在洛阳的居所还很接近。据学者研究[1]，开成二年（837）李商隐进士及第后，五六月间去未来岳父王茂元的泾原幕府拜问，过后即展开求婚与订婚。令狐楚屡次要他赴任所兴元[2]，李商隐一直拖延未去[3]。年底，令狐楚去世。开成三年春，协助料理完令狐楚丧事后不久，李商隐便到泾原与王茂元女儿王氏完婚并入幕。

李商隐岳丈王茂元在洛阳的居宅在崇让坊，就在白居易履道池园的南邻一坊。也就是说在将近8年时间里，白、李两人曾是邻居。

笔者还是忍不住要找些诗文的证据，来证明他们之间的关联，好歹找到了两首。

一是白居易有诗《二月二日》："二月二日新雨晴，草芽菜甲一时生。轻衫细马春年少，十字津头一字行。"看内容所述，是写二月二日出游赏春，白居易似乎与一伙年轻人一起骑马同行。诗中写到的地点是"十字津头"。

二是李商隐有《十字水期韦潘侍御同年不至，时韦寓居水次故郭汾宁宅》："伊水溅溅相背流，朱栏画阁几人游。漆灯夜照真无数，蜡炬晨炊竟未休。顾我有怀同大梦，期君不至更沈

1. 毕宝魁《李商隐与令狐绹关系裂痕起因探析》。

2. 兴元，在今陕西汉中市东面。

3. 这是引发令狐楚之子令狐绹后来对李商隐产生看法、逐渐疏远的起因，而后李商隐加入属于李党的郑亚幕府，更加深了两者之间的裂隙。

忧。西园碧树今谁主，与近高窗卧听秋。”诗题提到的韦潘与李商隐同在开成二年（837）登进士第，此时官职是侍御，距离中第已有多年，可见这首诗应写于稍晚的会昌年间或大中年间。

李商隐写到的“十字水”与白居易上面写到的“十字津头”，应该就是洛阳城中同一个地点。“十字水”，顾名思义就是两条水流的垂直交汇之处。查看《隋唐洛阳城水系分布图》，一时无法确定具体位置。

这两首诗不是同时所作（前者在仲春二月，后者在秋天），不过，也不能完全排除两人曾共同赴会的可能性啊！

崇让宅的咏作

虽然李商隐给白居易写过墓志，细究起来，他们却是性格、作为、命途完全不同的两个人。李商隐性格的内向、敏感与矫激，在唐代文士中显得很是突出。由此之故，《旧唐书·文苑传》将他与温庭筠、段成式两人并列，还给出了这样的评语：

> 与太原温庭筠、南郡段成式齐名，时号“三十六”。文思清丽，庭筠过之。而俱无持操，恃才诡激，为当涂者所薄。名宦不进，坎壈终身。

前文曾描绘过诗体由隋入初唐再到盛唐的大致脉络。盛唐诗之后的大历时段是个低潮期，过后风调丕变，开始出现了三种不同的演进方向[1]：

1. 这三支流派都不约而同取法于杜甫，并在创作中有追摩。

韩愈借取了古文的路径而“以文为诗”，去陈言、避骈对、破声律，标尚怪奇新创，可称为中唐的“实验派”；

白居易、元稹、刘禹锡三人在公共生活与私人生活之间俯仰歌咏，实质是借取了诗经与乐府的路径“以歌入诗”，可称为中唐的“歌咏派”；

李商隐全面继承了盛唐诗的律化成果，又将心理意象注入了骈偶属对，六朝辞章在他这里获得了某种向上的循环（这也是极致的“复辟”），其实质是“以骈入诗”，可称为中晚唐的“意象派”。探究起来，这与他早年师从令狐楚学习今体章奏大有关系[1]。

他在创作气质上殊异于同类，很少描绘事件实况或点明具体时空，估计不会认同白居易“文章合为时而著，歌诗合为事而作”的主张；他也不像韩愈那样外向活跃，几乎没有引类呼朋的文学活动，文人间的唱和诗也很少[2]，因为疏离于群体，所以他还是一个“非社会性”的诗人。

他的诗声韵华美而幽奥难解，修辞的张力构成了浓郁诗意。梁启超就声称受其迷惑与吸引：“义山的《锦瑟》《碧城》《圣女祠》等诗，讲的什么事，我理会不着。拆开来一句一句叫我解释，我连文义也解不出来。但我觉得它美，读起来令我精神上得一种新鲜的愉快。”[3]

---

1. 事实上，李商隐对此是有过反思的，见《漫成五章》其一：“沈宋裁辞矜变律，王杨落笔得良朋。当时自谓宗师妙，今日惟观对属能。”他晚年路过长安城南开化坊令狐楚故宅，还曾作《白云夫旧居》，后悔当年投入令狐门下：“平生误识白云夫，再到仙檐忆酒垆。墙外万株人绝迹，夕阳惟照欲栖乌。”

2. 李商隐与温庭筠有较多唱和，与令狐绹早年也有唱和，但后期更多是单方面的寄赠。

3. 引自梁启超《饮冰室文集》中《中国韵文内所表现的情感》一文。

由是之故，李商隐很少有标准意义上的咏洛诗（难得的一首是《天津西望》），以下选择与洛阳有所关涉的诗作，试作梳理。

他有两首《一片》，都是取头两字为题，风格近似于他的无题诗。其中一首与洛阳有关：

一片非烟隔九枝，蓬峦仙仗俨云旗。
天泉水暖龙吟细，露畹春多凤舞迟。
榆荚散来星斗转，桂花寻去月轮移。
人间桑海朝朝变，莫遣佳期更后期。

“九枝”即有九枝分叉的灯树，“蓬峦”“仙仗”“云旗”描绘的是道教斋醮仪式。第二联“天泉”提示了地点是在洛阳天泉池。第三联中，“榆荚”即榆钱，结成在仲春三月，而桂花在八月，前后句标明了延展时段，由“月轮移”又可推想作诗时间是在中秋之后。尾联则透露了一点恋爱情事的痕迹：李商隐似与某位女冠约定相会，但对方一再拖延时间，从春天到秋天，两人一直未能相会。“莫遣佳期更后期”一句不免有所抱怨。青年李商隐曾与玉阳山灵都观中的宋姓女冠发生恋爱，这首《一片》似乎就是前情的后续。

此事发生在李商隐随同令狐楚入洛之前，还是之后？他的恋人那时也来洛阳了吗？这是我们比较好奇的。

另一首《向晚》也咏到了佳期：

当风横去幰，临水卷空帷。
北土秋千罢，南朝祓禊归。
花情羞脉脉，柳意怅微微。
莫叹佳期晚，佳期自古稀。

首联写到了佳人乘坐帷车沿水岸离去，时间是三月三日上巳。从三四联来看，与恋人的相会已达成，只是那个隐身的主人公还略有怅意。这位佳人还是上面提到的宋姓女冠吗？同样不明确。

又开成三年（838）春，李商隐入泾原节度使王茂元幕府，并娶其女儿为妻。可是，会昌四年（844）他在《祭小侄女寄寄文》中有这么一段："况吾别娶以来，胤绪未立，犹子之义，倍切他人。"

"别娶"与"再婚"同义，这可是李商隐本人的证言。既然在娶王氏以前，他曾有过一段婚姻，那他的前妻不知是否就是上两首诗中的那位佳人呢？回答还是不知道，仍然只能猜测。

后来李商隐写《送王十三校书分司》时，人在长安，这是赠给即将分司去洛阳的友人的：

> 多少分曹掌秘文，洛阳花雪梦随君。
> 定知何逊缘联句，每到城东忆范云。

长安是政治中心，分司东都常给当时唐人"被边缘化"的发想，因此首句"多少分曹掌秘文"是安慰友人；"洛阳花雪梦随君"是说，现在正是洛阳花雪的季节（可见写诗时正是暮春），我梦里都想跟你一起去看这洛中美景。次联"定知何逊缘联句，每到城东忆范云"用了南朝梁代何逊与范云结为忘年诗友的典故[1]，可知这位王十三校书要比李商隐年长不少，此前两人曾有共席联句之举。

但这位王十三校书后来又变成了王十三郎。会昌三年（843），

1.《梁书·文学传上·何逊传》："逊八岁能赋诗，弱冠州举秀才，南乡范云见其对策，大相称赏，因结忘年交好。自是一文一咏，云辄嗟赏，谓所亲曰：'顷观文人，质则过儒，丽则伤俗，其能含清浊，中今古，见之何生矣。'"

李商隐岳丈王茂元出任河阳军节度使，奉命讨伐昭义军节度使刘稹，九月卒于军中。次年八月，其二子及部属护送灵柩回洛阳。该年十月，李商隐作《上许昌李尚书状》报告了上述情况。许昌李尚书是其妻舅李执方，时任陈许节度使。文中说："王十二郎、十三郎扶引灵筵，兼侍从郡君，今年八月至东洛讫。声尘永已，门馆依然。仲宣非女婿之才，昔惭刘氏；安仁当国士之遇，今感戴侯。仰计交情，良深轸悼。下情不任感恸之至。"

原来之前的王十三校书就是王茂元的儿子，后来成了李商隐内兄。之所以将棺柩送回洛阳，是因为王茂元宅邸就在洛阳崇让坊[1]。

由此可见，李商隐《送王十三校书分司》写于"别娶"王氏的开成三年（838）之前。李商隐与王茂元另一女婿韩瞻是同年进士，或是经由韩瞻的牵线搭桥，李商隐才与王家有了议婚之举，他与王十三郎两人的共席联句必定也发生在这段时间。

李商隐仿效杜甫《戏为六绝句》曾作有两组论诗绝句。其中《漫成三首》其一咏到了洛阳花：

> 不妨何范尽诗家，未解当年重物华。
> 远把龙山千里雪，将来拟并洛阳花。

首句"不妨何范尽诗家"是对何逊与范云的赞赏和肯定，"未解当年重物华"是对南朝文学重物象辞藻而轻内蕴情致的批评，后一联中，"龙山千里雪"引自南朝鲍照的名句"朔风吹朔雪，千里度龙山"。"将来拟并洛阳花"则是摘引了何、范两人合写的《范广

1. 崇让坊位于洛阳城东南，长厦门东第四街从南向北数第一坊，正北即履道坊。

州宅联句》，可见“洛阳花”已是被经典化了的一个诗材[1]：

李商隐实实在在的咏洛诗不多，不过，他写洛阳崇让坊宅的诗倒有好几首。入仕之后，除担任秘书省校书郎、秘书省正字时在长安，任弘农尉一年，李商隐多半时间都在各地幕府流转，入幕前、离幕后往往就在洛阳停留，崇让坊宅就是一个暂居休整的中转站。

家宅是封闭的空间，他这几首咏作或咏物或追忆或抒怀，都是一个人静思默想的产物，于此也可想见他偏好孤立的性格。

会昌元年（841年），岳丈王茂元出为忠武节度使、陈许观察使[2]。某日，王茂元诸子于崇让坊宅设家宴，李商隐其时有作《七月二十九日崇让宅宴作》，

露如微霰下前池，月过回塘万竹悲。
浮世本来多聚散，红蕖何事亦离披？
悠扬归梦惟灯见，濩落生涯独酒知。
岂到白头长只尔，嵩阳松雪有心期。

亲族聚饮本是赏心乐事，可李商隐这首诗虽然题目有“宴”字，诗中却避写席间宴饮，也没写到任何具体的人。首联只描绘宅中池园的凄冷景象，与宴会场景形成强烈的反差。由第二联可知，此前李商隐辞弘农尉，正暂住岳父家中，而妻子王氏仍在长安。第三联写离席来到宅园池边静僻处一人独饮的情景，“濩落生涯”一语是对自己仕途坎壈的自嘲，有无奈，也有愤激。尾联又透露出内

1. 李商隐于大中年间在西川节度使柳仲郢梓州幕府所作的《病中闻河东公乐营置酒口占寄上》也有咏道：“闻驻行春旆，中途赏物华。缘忧武昌柳，遂忆洛阳花。”

2. 治所在陈州，今河南淮阳县。

心的矛盾,“岂到白头长只尔”是不甘,“嵩阳松雪有心期”又流露了退隐之意。李商隐原籍河南沁阳,后迁荥阳,皆在嵩山附近,所以这里的“嵩阳”代指家乡。由这首诗也可推想,李商隐与内兄王十三郎等家人相处并不十分融洽。

这年秋天,李商隐受招赴陈许为岳丈王茂元的掌书记,离崇让宅前夕,雨中观紫薇又作《临发崇让宅紫薇》:

一树浓姿独看来,秋庭暮雨类轻埃。
不先摇落应为有,已欲别离休更开。
桃绶含情依露井,柳绵相忆隔章台。
天涯地角同荣谢,岂要移根上苑栽。

起首一联是摹景,秋日细雨中,诗人见庭院中紫薇花树而出神凝想;第二联是对着紫薇自言自语,第三联就引入想象中的长安上苑露井桃与章台柳来作比较与衬托,这样洛阳家中这株紫薇就有了别样的寄托寓意,尾联“天涯地角同荣谢,岂要移根上苑栽”点出全篇旨趣:不管在长安还是别的地方,草木不都一样会有荣枯么,人的命运也是这样。考虑到他此前刚辞弘农尉,未能如愿得授京官,李商隐这里就代入了自己的感怀。

会昌五年(845),李商隐应郑州刺史从叔李褒的招引,停留洛阳。其间作《七夕偶题》,深秋又作《独居有怀》:

麝重愁风逼,罗疏畏月侵。怨魂迷恐断,娇喘细疑沈。
数急芙蓉带,频抽翡翠簪。柔情终不远,遥妒已先深。
浦冷鸳鸯去,园空蛱蝶寻。蜡花长递泪,筝柱镇移心。
觅使嵩云暮,回头灞岸阴。只闻凉叶院,露井近寒砧。

初读过后，感觉就是一道李商隐式的谜之诗，或诗之谜。不过，拨开纷蔓的语词枝叶，从第二联中的“怨”与“疑”，以及第四联中的“情”与“妒”，还是能够发现一些端倪。既然诗题言“独居”，则此时夫人必不在李商隐身边。那个“觅使嵩云暮，回头灞岸阴”的主人公，恐怕还是此时在长安的王氏吧，李商隐“别娶”之后或许仍旧未忘旧情，还是造成了与王氏的隔阂。有论诗者引“香草美人”的俗套譬喻法，说这首诗是借了闺情的外壳，其实是在抒写对令狐绹的寄望。感觉有点牵强，暂时也只能存疑。

不过，这年秋天令狐绹的确曾从长安致函问候李商隐。李商隐有赠答诗，即《寄令狐郎中》：

> 嵩云秦树久离居，双鲤迢迢一纸书。
> 休问梁园旧宾客，茂陵秋雨病相如[1]。

这首诗的意思就显明多了，李商隐以司马相如自况，告知令狐绹自己愁病交加的近况。“梁园旧宾客”是在暗示昔日两人在令狐楚府中亲密结交的旧事。诗中“嵩云”“离居”等语似乎与《独居有怀》内容有某种神秘的勾连、呼应。难道《独居有怀》这首诗真的暗藏了微妙的譬喻？这也太拐弯抹角了吧！

笔者的看法是，既然不能断然排除，不如两者兼取。

时针再拨后到4年后，《旧唐书·李商隐传》载：“大中初，白

---

1. 司马迁《史记·司马相如列传》：“相如口吃而善著书，常有消渴疾。”又晋代葛洪《西京杂记》卷二：“长卿（相如字）素有消渴疾，及还成都，悦文君之色，遂以发痼疾。”

敏中执政，令狐绹在内署，共排李德裕逐之。郑亚坐德裕党，亦贬循州刺史。商隐随亚在岭表累载。三年入朝，京兆尹卢弘正奏署掾曹，令典笺奏。明年，令狐绹作相，商隐屡启陈情，绹不之省。弘正镇徐州，又从为掌书记。"

大中三年（850）九月，李商隐受由京兆尹转任武宁军节度使的卢弘正邀请，赴徐州幕府。其间前停留洛阳，又作《崇让宅东亭醉后沔然有作》：

> 曲岸风雷罢，东亭霁日凉。新秋仍酒困，幽兴暂江乡。
> 摇落真何遽，交亲或未忘。一帆彭蠡月，数雁塞门霜。
> 俗态虽多累，仙标发近狂。声名佳句在，身世玉琴张。
> 万古山空碧，无人鬓免黄。骅骝忧老大，鶗鴂妒芬芳。
> 密竹沈虚籁，孤莲泊晚香。如何此幽胜，淹卧剧清漳。

这首诗里面就没有那么多怨愤了。第二联第二句"幽兴暂江乡"中的"江乡"即指徐州，可见他当时接受卢弘正幕府任职并未作长久之想。第三联"摇落真何遽"是感叹自己蹭蹬不前的仕途现况，"交亲或未忘"中"交亲"泛指所有的亲人故交，当然也包括了往昔老友、如今已登相位的令狐绹。此前李商隐自桂州郑亚幕府回长安，曾数次写信向令狐绹恳求汲引而遭拒绝。不过第六联中"声名佳句在"一句，也表露了对自己诗文的高度自信。这首诗的后半段写得很平淡，几组对句都是浓浓的六朝风格，有低回无力之感。

大中五年（851）春夏间，夫人王氏病故，此后李商隐为她写了很多首悼亡诗。护送妻子灵柩前往郑州荥阳坛山祖茔时，经停洛阳崇让旧宅，李商隐曾作《夜冷》感叹伤逝：

树绕池宽月影多，村砧坞笛隔风萝。
西亭翠被余香薄，一夜将愁向败荷。

同一夜又作《西亭》，可知李商隐与王氏新婚时就住在西亭，失侣的哀痛难以言表：

此夜西亭月正圆，疏帘相伴宿风烟。
梧桐莫更翻清露，孤鹤从来不得眠。

第二日醒来后又作《昨夜》，由“桂花吹断”可知是在初秋：

不辞鶗鴂妒年芳，但惜流尘暗烛房。
昨夜西池凉露满，桂花吹断月中香。

6年后的大中十一年（857）正月，李商隐重返洛阳崇让宅。目睹宅中旧景，怀想亡妻，作追念诗《正月崇让宅》：

密锁重关掩绿苔，廊深阁迥此徘徊。
先知风起月含晕，尚自露寒花未开。
蝙拂帘旌终展转，鼠翻窗网小惊猜。
背灯独共馀香语，不觉犹歌起夜来[1]。

这首诗的特别之处是有主观视点的渐次推移。

首联从门外开始，崇让宅很久都没有人住，启锁推门一看，见已一派荒落。在廊阁间徘徊，旧日往事一一涌上心头。次联描摹宅中入夜后凄清景象，月含晕，花未开，都在呼应诗题中的正月时

1.《起夜来》是古曲名，依《乐府解题》，“其辞意犹念畴昔思君之来也”。

〔唐〕李商隐撰并书《王翊元夫妇墓志铭》，宜阳鱼元弼刻字。作于大中三年(849)，李商隐时年38岁。王翊元是王茂元之四弟，李商隐妻家的长辈节。颈联的视点由室外移入室内，“蝙拂帘旌”与“鼠翻窗网”，俱能衬托环境的极度寂静和宅室的荒陋，“小惊猜”三字，又勾勒出夜深后辗转难寐的心绪，都极尽佳妙。尾联写恍惚间的幻觉，仿佛嗅到妻子的香味仍余留房室内，仿佛看到妻子背着灯烛，就坐在身后与自己喁喁而语，还唱着《起夜来》的思君曲。多么沉痛的思念啊，读之令人将欲落泪！

李商隐的一生，先后系情于两位女性。我们都可以在诗文中或显或隐地寻到证据。而在与王氏结缡的这13年里，因为他多年在外游幕，夫妻两个聚少而离多。他对王氏有微小的怨言，有真实的歉疚，更有深挚的感情，这一点是不容怀疑的。也因此，我们应将他这首名作《夜雨寄北》所寄的对象系于他的妻子[1]：

> 君问归期未有期，巴山夜雨涨秋池。
> 何当共剪西窗[2]烛，却话巴山夜雨时。

“小李杜”的交集

晚唐诗坛上，李商隐与杜牧齐名，两人才具相等，因前面已有李白、杜甫合称“李杜”，故他们两个也被称为“小李杜”。

之前已说过大和五年（831）十月沈述师请杜牧为《李贺集》

---

1. 清人冯浩《玉谿生年谱》据李商隐诗文内容推测，李商隐在大中二年（848）辞桂州郑亚幕府后“有徘徊江汉，往来巴蜀之程”，曾作巴蜀之游，由是将《夜雨寄北》的写作时间系于该年。近人张采田在《玉谿生年谱会笺》也赞同。

2. 西窗，两亭，西池，应该都是在说洛阳崇让宅。

写序一事，杜牧当时作成《太常寺奉礼郎李贺歌诗集序》，其后沈述师又请李商隐为李贺写了小传。

这件事发生在长安，当时杜牧28岁，是沈述师之兄、宣歙观察使沈传师的幕僚，奉命出使京师。李商隐呢，这年才19岁。据《旧唐书·李商隐传》载，“楚镇天平、汴州，从为巡官，岁给资装，令随计[1]上都”。李商隐进入令狐楚幕府后，奉命来长安出差，已开始了官场历练。这时他还没有应科举，但已有文名。

这是他们“小李杜”的一次交集，但他们当时未必已有直接交往。

大中二年（848），杜牧得宰相周墀之助，结束多年外放，自睦州刺史转任司勋员外郎、史馆修撰，回到了长安。

同年秋天，李商隐辞郑亚桂州幕回到长安，向故友令狐绹请求汲引无果，只被选为盩厔县尉。大中三年（849）春天，干谒京兆府尹卢弘正获赏识，被借调为法曹参军，专门起草他所擅长的章奏。事载李商隐自撰的《樊南乙集序》：

> 明年正月，自南郡归，二月府贬，选为盩厔尉，与班县令武公刘官人同见尹。尹即留假参军，事专章奏属天子事边。康季荣首得七关数月，李玭得秦州，月馀，朱叔明又得长乐州，而益丞相亦寻取维州，联为章贺。时同僚有京兆韦观文，河南房鲁乐安、孙朴，京兆韦峤，天水赵璜，长乐冯颛，彭城刘允章，是数辈者，皆能文字，每著一篇则取本去。

这段时间，杜牧、李商隐都在长安。杜牧46岁，李商隐37岁，

---

1. “随计”就是随同本州计吏一同入京之意。

距离为李贺写序和传已时隔18年。

此前一年，牛僧孺在洛阳去世。次年下葬时，京兆尹卢弘正请杜牧撰墓志铭，杜牧写成《唐故太子少师奇章郡开国公赠太尉牛公墓志铭》，对牛僧孺不吝称颂[1]。

李商隐当时已有“尤善为诔奠之辞”的口碑[2]，卢弘正又请李商隐作祭文一篇，《樊南乙集序》还记载了卢弘正对两人文章的赞语：“是时葬牛太尉，天下设祭者百数。他日尹言：吾太尉之薨，有杜司勋之志与子之奠文二事，为不朽。”

大约就在这段时间，因为卢弘正之前的邀约和事后的作局设宴，李商隐和杜牧有了面对面的交往。对李商隐来说，杜牧可是他少年时代以来的偶像啊，于是作《杜司勋》以赠：

> 高楼风雨感斯文，短翼差池不及群。
> 刻意伤春复伤别，人间惟有杜司勋。

由首句“高楼风雨感斯文”可知，在墓志和祭文写成后，京兆尹卢弘正或曾在长安某处楼阁设宴集。李商隐和杜牧都有出席。“斯文”是夸赞杜牧的气度与文风。次句“短翼差池[3]不及群”将自

---

1. 此前牛僧孺出任淮南节度使时，辟杜牧为节度掌书记。因杜牧时常涉足扬州花街柳巷，还专门派人保护。事见《唐语林·补遗》：“杜牧少登第，恃才，喜酒色。初辟淮南牛僧孺幕，夜即游妓舍。厢虞侯不敢禁，常以榜子申僧孺，僧孺不怪。逾年，因朔望起居，公留诸从事从容，谓牧曰：‘风声妇人若有顾盼者，可取置之所居，不可夜中独游。或昏夜不虞，奈何？’牧初拒讳，僧孺顾左右取一篋至，其间榜子百余，皆厢司所申，牧乃愧谢。”

2. 李商隐一生写祭文54篇，篇数为唐人之冠。

3. “差池”犹参差，指燕飞时尾羽参差不齐，语出《诗经·邶风》：“燕燕于飞，差池其羽。”

己比作短翼的燕子，“不及群”，意思是说不能与众鸟一样高飞，可见座中还有其他品级较高的官员，这既是自谦语，也有自叹官职卑微的意思。第三句“刻意伤春又伤别”是赞美杜牧诗的特质。不过，这多少会让人感觉有些怪异突兀，因为杜牧的诗风以华美俊健著称，即便是艳情诗，也不纯是感伤一类。

细品之后，感觉这首诗很可能是即席吟就的。

李商隐回去之后估计意犹未尽，又作《赠司勋杜十三员外》，诗题中出现了“赠”字，是更正式的吟作：

> 杜牧司勋字牧之，清秋一首杜秋诗。
> 前身应是梁江总，名总还曾字总持。
> 心铁已从干镆利，鬓丝休叹雪霜垂。
> 汉江远吊西江水，羊祜韦丹尽有碑。

李商隐好像是特意要为前一首中的“刻意伤春复伤别”作解释，第二首诗的首联直接提到了杜牧的代表作，即《杜秋娘诗》。这首诗借叙述杜秋娘遭遭抒写士人感慨，其中“女子固不定，士林亦难期”一联或就打动了李商隐。

次联又将杜牧比作南朝梁代诗人江总。李商隐追摹的杜甫也曾自叹“远愧梁江总，还家尚头黑”对不对？以上两联是以杜牧和江总的名和字作对，因为两人名与字的构成方式相似，一个是名总，字总持，一个名牧，字牧之，很有点绕口令的意思。

颔联“心铁已从干镆利”转而又称赞杜牧的武略。这也符合事实，因杜牧少年时就热衷军事，后来专门研究孙子，写过13篇《孙子》注。除此之外，他还写过多篇讨论时政军事的策论。杜牧平生以文才武略自负，却一直沉居下僚，仕途颇不得志，这就引发了李商隐的共情。“鬓丝休叹雪霜垂”，仿佛就是啦啦队员的加油打气：杜牧啊，你莫要叹老，莫要泄气，你是最棒的！

尾联“汉江远吊西江水，羊祜韦丹尽有碑”提到了杜牧前不久奉诏撰写韦丹碑文一事，赞其文笔必将如羊祜碑一样流芳千古。

李商隐向杜牧赠了两首诗，却没有收得任何回应，在杜牧的诗文集里没有一个字提到，杜牧把他当成了空气。这样单向的赠诗，在唐代士人中间也是不常见的。

为什么会这样的呢？

李商隐的第一首诗其实没有什么问题，顶多是诗学见解不同。可是，第二首诗却引发了很多误会。

第一，李商隐与杜牧的关系并非亲交至友，直接拿对方名字来作戏语，显然很不妥当。他写了太多骈文，对文字游戏很敏感，找出这样的对偶，只能说是职业习惯使然吧。

其二，他拿来与杜牧配对的这个人物是个很不恰当的比拟对象。江总历梁、陈、隋三代，在陈后主朝曾官居尚书令，文名虽盛，却是文臣祸乱朝政的一个恶例。据《陈书》卷二七“江总传”：“后主之世，江总当权宰，不持政务，但日与后主游宴后庭，共陈暄、孔范、王瑳等十余人，当时谓之狎客。”口碑实在是差得不能再差了。将两人这样并列，不就是在说杜牧是个当代的狎客么？（不过，杜牧“十年一觉扬州梦，赢得青楼薄幸名”，倒也是另一种狎客。）而且，李商隐似乎还忘了杜牧曾写过一首讥讽陈后主的《泊秦淮》：

> 烟笼寒水月笼沙，夜泊秦淮近酒家。
> 商女不知亡国恨，隔江犹唱后庭花。

杜牧看了李商隐这首赠诗会作何感想？肯定会生气，也会郁闷，哪里还有心情来唱和？躲都来不及。

此外，还有其他原因，比如杜牧对李德裕极其反感贬低，在他写的《牛僧孺墓志》《杜顗墓志》《祭周相公文》几篇祭文墓志里非常明显。而李商隐之前追随李党重要人物郑亚去桂州，受托为李德裕《会昌一品集》作序时，还曾褒奖李德裕为“万古良相”，回京师后，马上又为李德裕的政坛死敌牛僧孺写祭文，这样暧昧的骑墙行为难免也会引来议论。至于早前同属“牛党”的令狐绹指斥李商隐的“忘家恩，放利偷合”，那都是很次要的因素了。

简而言之，我们高蹈的意象派诗人李商隐的社会情商似乎真的不高，他就是这么不善交际的一个人。

赠诗过后，被称为“小李杜”的这两位诗人此后再无交集。

第二年大中四年（850），杜牧先转吏部员外郎，秋天出为湖州刺史，而李商隐跟随卢弘正去了徐州幕府。

大中五年（851）秋，杜牧再次回京供职，拜考功郎中、知制诰，进入了朝政中枢；可是，第二年十一月就病卒于长安。

卢弘正病逝后，李商隐从徐州幕府回国子监待了一阵，很快又转去了蜀中，进入了东川节度使柳仲郢的梓州幕府。

虽然“小李杜”两个并没有唱和诗，但他们倒也有过一次撞题。李商隐有五绝《登乐游原》，这是一首广为人知的名作，语言简明而感喟深沉，说明他不用典故隐语也能写得很好：

> 向晚意不适，驱车登古原。
> 夕阳无限好，只是近黄昏。

杜牧也有一首同题的《登乐游原》：

长空澹澹孤鸟没，万古销沉向此中。
看取汉家何事业，五陵无树起秋风。

他这首诗的体例是七绝，咏史的同时兼有个人感怀，不过这首诗的知名度就比李商隐那首诗低了很多。

关于两人的身后之名（影响力），晚清刘熙载在《艺概》卷二中将李商隐与杜牧并举，曾感叹杜牧一流未成宗派："杜樊川诗雄姿英发，李樊南诗深情绵邈。其后李成宗派而杜不成，殆以杜之较无窠臼与？"

为什么会这样呢？刘熙载判断是因为杜牧没有固定的程式（即所谓"窠臼"）。而李商隐不然，他是中古时代的心理意象派，又有绵邈的深情，很多名篇佳作都是技术流的，故而吸引了大批的追随者和模仿者。

他们身后的另一种"交集"，就是在历代各种唐诗选本中的选入篇数了。结果基本上都是李商隐胜出，在蘅塘退士编选的《唐诗三百首》中，收了李商隐22首，杜牧才9首。

东都得意场

还是继续来说杜牧吧。与李商隐这样的寒门之士比起来，早年的杜牧就是一个标准的世家子，因他的祖父是中唐德宗、顺宗、宪宗三朝的名相杜佑。杜佑不但是宰相，还是学问家和史学家，视政之余手不释卷，曾以36年之功撰成专记历代典章制度的史书《通典》200卷。

杜佑长男杜式方生子杜悰，后迎娶宪宗第六女岐阳公主，位列公卿。杜牧是杜佑三男杜从郁之子，元和七年（812）杜佑去世，杜牧时年9岁。

杜牧对自己的家世是非常自豪的，在教示侄儿学问之道的这首《冬至日寄小侄阿宜诗》中，就有不少回忆的片段：“我家公相家，剑佩尝丁当。旧第开朱门，长安城中央。第中无一物，万卷书满堂。家集二百编，上下驰皇王。多是抚州写，今来五纪强。尚可与尔读，助尔为贤良。经书括根本，史书阅兴亡。高摘屈宋艳，浓薰班马香。李杜泛浩浩，韩柳摩苍苍。”

然而杜牧的父亲杜从郁早逝，过后他这一支很快就家道中落。虽然后来杜牧与弟弟杜顗先后中进士，杜顗在镇海节度使李德裕处任巡官时却得了眼疾，目不能视，后来只能羁留扬州养病。杜牧在黄州、池州、睦州任刺史期间，不得不以一人俸禄养活弟弟、孀妹和自己三家人。

大中二年（848）回长安后，因京官俸禄比地方官低，杜牧为家人生计，在任吏部员外郎的大中四年曾3次上书宰相，请求外放。先求杭州刺史，不得，后三求湖州刺史，才最终如愿。在《上宰相求湖州第二启》中，他记述了自家早年的困苦境况：

> 某幼孤贫，安仁旧第置于开元末，某有屋三十间而已。去元和末，酬偿息钱，为他人有，因此移去。八年中凡十徙其居，奴婢寒饿，衰老者死，少壮者当面逃去，不能呵制。止有一竖，恋恋悯叹，挈百卷书，随而养之。奔走困苦无所容，归死于延福私庙，支拄敧坏而处之。长兄以一驴游丐于亲旧，某与弟顗食野蒿藿，寒无夜烛，默念所记者凡三周岁，遭遇知

己，各及第得官。

长安安仁坊30间祖屋典卖殆尽，仆佣离散，“食野蒿藿，寒无夜烛”，是说只能吃野菜度日，晚上连照明的蜡烛也没有，这是几近赤贫的状态了，比李商隐少年时“佣书贩舂”还要艰辛。在困厄逼仄的处境中，少年杜牧发愤苦学。他在日后所写的《上李中丞书》中有自剖：

> 某世业儒学，自高、曾至于某身，家风不坠，少小孜孜，至今不息。性颛固，不能通经。于治乱兴亡之迹，财赋兵甲之事，地形之险易远近，古人之长短得失，中丞即归廊庙，宰制在手，或因时事召置堂下，坐之与语，此时回顾诸生，必其不辱恩奖。

杜牧成长为一个奋发的少年，弱冠时已博通文史，23岁时写出名篇《阿房宫赋》。他不但诗文绝胜，还多才多艺：他的书法承续王羲之一路，墨迹《张好好诗并序》留存后世而成今日之国宝；又曾临摹顾恺之维摩诘像，北宋米芾在《画史》中赞为“精采照人”；熟知兵法武略，自注《孙子》，还对器物制作发生兴趣，注解了《考工记》；善弈围棋又通音乐能吹笛。他简直就是一个“文艺复兴”式的全能人物。

明代胡震亨在《唐音癸签》卷二十五中对此有评论：“杜牧之门第既高，神颖复隽，感慨时事，条划率中机宜，居然具宰相作略……牧之后，诗人擅经国誉望者概少，唐人材益寥落不振矣。”

他是中唐时代孕育出的最后一个奇才，全祖望称他为“唐长庆以后第一人”，诚不谬也。

大和二年（828）进士试在洛阳举行。这一年，杜牧26岁。他在《投知己书》中也有记述：“大和二年，小生应进士举，当其时先进之士，以小生行可与进，业可益修，喧而誉之，争为知己者不啻二十人。”

礼部侍郎崔郾主持该次进士试。五代笔记小说《唐摭言》卷六记述了崔郾读过名篇《阿房宫赋》后的反应，杜牧的文学才华如此耀眼夺目，不但令同辈追捧诵读，也获得了考官的格外垂青：

> 时吴武陵任太学博士，策蹇而至。郾闻其来，微讶之，乃离席与言。武陵曰：“侍郎以峻德伟望，为明天子选才俊，武陵敢不薄施尘露！向者，偶见太学生十数辈，扬眉抵掌，读一卷文书，就而观之，乃进士杜牧《阿房宫赋》。若其人，真王佐才也，侍郎官重，必恐未暇披览。”于是搢笏郎宣一遍，郾大奇之。武陵曰：“请侍郎与状头。”郾曰：“已有人。”曰：“不得已，即第五人。”郾未遑对。武陵曰：“不尔，即请比赋。”郾应声曰：“敬依所教。”既即席，白诸公曰：“适吴太学以第五人见惠。”或曰：“为谁？”曰：“杜牧。”众中有以牧不拘细行间之者。郾曰：“已许吴君矣。牧虽屠沽，不能易也。”

“王佐才”就是可以辅佐君王的卿相之才，不过，当时也有人表示异议，说杜牧“不拘细行”（平时行为不够检点，这的确是杜牧为人的另一面）。崔郾的回答很逗趣：“我已经答应了老吴，哪怕杜牧是个卖肉的屠户、卖酒的酒贩子，也不能变更。”

该年的状元是韦筹，同科进士中就有杜牧。试题为“缑山月夜闻王子晋吹笙诗”，杜牧的同题诗似乎没留下来。

依唐制，进士及第只是领了一张资格证，若要再进一步获得授官，还须参加吏部试。祖父、父亲亡故之后，杜牧历经千辛万苦，家门终于得以重振。这回可真是扬眉吐气啊！他自洛阳出发启程前作《及第后寄长安故人》，向友人报告自己的行程：

东都放榜未花开，三十三人走马回。
秦地少年多酿酒，已将春色入关来。

进士放榜时，洛阳的花还没有开，这是早春时节。这次有33位同榜进士，大家伙即将一同骑马返回长安了。秦地的少年朋友们，赶快多备些美酒，我们很快就会将春光春色带进关内。

多么意气风发的诗篇，不难想象杜牧吟出此诗时的欢乐表情。

杜牧这首《及第后寄长安故人》和孟郊那首吟出“春风得意马蹄疾”的《登科后》有得一拼，都是唐人科举诗中翘楚之作。

大和二年（828）正好有皇帝亲自主持的制举，这是为选拔才士临时设置的考试。三月，杜牧考中了“贤良方正能直言极谏”科。在同一年接连进士及第与制策登科，这是很少有的现象。

分司的交友与咏作

大和九年（835），杜牧辞扬州淮南节度使府掌书记，回京城长安任监察御史。

此时的朝局却面临了新的动荡。大臣李训、郑注得唐文宗宠信，牛李两党尽遭排斥。司门员外郎李中敏上书弹劾郑注，未获允准，辞职归返洛阳。不几日，友人李甘也被贬为封州司马。风声鹤唳之际，杜牧于八月“移疾分司东都洛阳”，以患病为由主动要求分司，由此侥幸避开了3个月后“甘露之变”[1]的大动荡。

杜牧在洛阳住在哪里呢？在他这首《分司东都寓居履道叨承川尹刘侍郎大夫恩知上四十韵》中有提及：

散曹分已白，崇直眼由青。
赐第成官舍，佣居起客亭。

这一联杜牧有自注：“某六代祖国初赐宅在仁和里，寻已属官舍，今于履道坊赁宅居止。”他的六代祖杜行敏[2]初唐时在仁和坊有赐宅，不过这时已充作官舍，杜牧这次分司洛阳是租赁了履道坊的屋宅客居，也就是说，这段时间他和白居易是住在同一坊的邻居。

那么，杜牧为何会攻击元白的诗文，说是“纤艳不逞”呢？这个评价来自他为朋友李戡所写的墓志铭，即《唐故平卢军节度巡官陇西李府君墓志铭》，其实是引述李戡生前所说：

所著文数百篇，外于仁义，一不关笔。尝曰：“诗者，可

---

1. 安史之乱后，唐德宗以宦官掌禁军，中人干政遂不可制。宝历二年（826）十二月，宦官刘克明杀唐敬宗，宦官王守澄立李昂为帝（唐文宗）。大和五年（831），文宗与宰相宋申锡谋划除掉宦官，事败后宋申锡被贬死。过后文宗又与大臣李训、郑注合谋，先杖杀参与谋害宪宗的宦官陈弘志，不久又将王守澄赐死。大和九年十一月二十一日，欲擒杀宦官头目仇士良，事未成而遭反噬，李训、王涯、贾悚、舒元舆、王璠、郭行余、罗立言、李孝本、韩约等朝官被杀，受株连者1000多人，诗人卢仝也在此时无辜蒙难，史称“甘露之变”。

2. 杜牧高祖杜崇悫，官右司员外郎、丽正殿学士，曾祖杜希望为玄宗名臣，历任鸿胪卿、恒州刺史、西河郡太守、河西陇右节度使，终加尚书左仆射。按族谱再上溯是杜行敏，杜行敏于唐太宗贞观十七年（643）为齐州兵曹参军，后累迁常州刺史，荆益二州大都督府长史，封南阳郡公，赐宅应在此时。

以歌，可以流于竹，鼓于丝，妇人小儿皆欲讽诵，国俗薄厚，扇之于诗，如风之疾速。尝痛自元和已来有元、白诗者，纤艳不逞，非庄士雅人，多为其所破坏。流于民间，疏于屏壁，子父女母，交口教授，淫言媟语，冬寒夏热，入人肌骨，不可除去。吾无位，不得用法以治之。”欲使后代知有发愤者，因集国朝已来类于古诗得若干首，编为三卷，目为《唐诗》，为序以导其志。

李戡对元白诗的反感达到了深恶痛绝的程度，竟然还想“用法以治之”，也是一绝，俨然一副卫道士的作派。这还不算，他还按照自己口味，选录李唐立国以来古诗，自编了3卷《唐诗》。杜牧把他的话原封不动转引过来，倾向是很明显的。

《新唐书》卷七十八“列传”的“宗室”条目，将李戡列为渤海敬王李奉慈的七世孙：“戡字定臣，幼孤。年十岁所即好学，大寒，掇薪自炙。夜无然膏，默念所记。年三十，明《六经》，举进士，就礼部试，吏唱名乃入，戡耻之。明日，径返江东，隐阳羡里[1]。阳羡民有斗争不决，不之官而诣戡以辨。凡论著数百篇。”

杜牧这次分司洛阳时，经人推荐才认识了李戡，两人过后“旦夕往来”，关系密切，墓志铭还记录了两人结交的缘由：

大和九年，（杜牧）为监察御史，分司东都，今谏议大夫李中敏、左拾遗韦楚老、前监察御史卢简求咸言于某曰：“御史法当检谨，子少年，设有与游，宜得长厚有学识者，因访求得失，资以为官，洛下莫若李处士戡。”某谢曰：“素所恨未见

1. 阳羡里，今江苏宜兴。

者。”即日造其庐，遂旦夕往来。

开成元年（836），李戡受平卢军节度使王彦威邀请出任幕府巡官，第二年西归洛阳后病卒。李戡的言说，大部分继承了韩愈恢复儒道正统的复古论。杜牧与他交往时间虽只两三年，思想上却受了不小影响而逐渐趋于保守，故而到会昌排佛时他会鼎力支持。

另一条资料，出自唐人范摅《云溪友议》卷中“钱塘论”条目：“先是李补阙林宗、杜殿中牧，与白公辇下较文，具言元、白诗体舛杂，而为清苦者见嗤，因兹有恨也。白为河南尹，李为河南令。道上相遇，尹乃乘马，令则肩舆，似乖趋事之礼。尝谓乐天为嗫嚅公，闻者皆笑，乐天之名稍减矣。白尹曰：‘李直水（林宗字也）吾之犹子也，其锋不可当。’”

“辇下”即皇帝车舆之下，代指京城。这则记载很是令人发噱。杜牧和李林宗两人曾在长安与白居易争论文学的正道，因指斥元白诗体驳杂错乱被人嗤笑而衔恨。这件事很可能发生在大和二年（828）三月杜牧制举登科之后，当时白居易从秘书监转任刑部侍郎。

过后大和四年（830）至大和七年白居易任河南尹，李林宗为河南令。李林宗就很“调皮”，私底下给白居易取了个“嗫嚅公”[1]的绰号，听到的人都会心一笑。李林宗过后一直分司东都，开成三年（838）十月还写过一通墓志[2]，当时官职是朝散大夫守匠作少监。

杜牧、李林宗的年纪要比白居易小上一辈，属于文坛的新进力

---

1. 白居易平日谈吐很可能就是絮絮叨叨、吞吞吐吐的，这个样态与他某些诗作的风调还蛮吻合。

2. 即近年发现的《唐试太子司议郎兼侍御史知度支东都择善院事清河崔府君墓志铭并叙》。

量。他们的公开挑战说明当时已形成了一个反对元白诗风的小团体。这个洛阳小团体的成员，当然还须加上前面提到的李戡、李中敏、韦楚老、卢简求几人。

白居易的应对可谓云淡风轻："我是把小李当子侄辈看待的，其锋芒的确不可抵挡。"显然，他并不太把这些年轻人的躁进举动当回事（元和初自己刚入仕时不也是这个样子的么？这是过来人的同理心）。

分司洛阳期间，杜牧写了不少咏洛诗。

先作《故洛阳城有感》，怀古兼刺世：

> 一片宫墙当道危，行人为尔去迟迟。
> 筚圭苑里秋风后，平乐馆前斜日时。
> 锢党岂能留汉鼎，清谈空解识胡儿。
> 千烧万战坤灵死，惨惨终年鸟雀悲。

前两联咏汉代洛阳城，筚圭苑是汉灵帝所建园囿，在洛阳宣平门外，平乐馆是上林苑未央宫北宫殿。第三联是评议，"锢党岂能留汉鼎"用东汉末年桓、灵二帝时"党锢之祸"典故；"清谈空解识胡儿"是引石勒旧事，典出《晋书·石勒载记》："年十四，随邑人行贩洛阳，倚啸上东门，王衍见而异之，顾谓左右曰：'向者胡雏，吾观其声视有奇志，恐将为天下之患。'驰遣收之，会勒已去。"

这首诗表面是怀古，其实蕴藏了切中时事的强烈关怀，昔日东汉"党锢之祸"与此前不久发生的"甘露之变"何其相似乃尔！杜牧已洞彻朝局的走向，也预言了未来"千烧万战坤灵死，惨惨终年鸟雀悲"的悲剧。然而，他的警示终究抵挡不住时代的洪涛，预言后来还是一步步变成了现实。

杜牧又咏晋代石崇家姬绿珠事，作《金谷园》：

繁华事散逐香尘，流水无情草自春。
日暮东风怨啼鸟，落花犹似坠楼人。

金谷园是咏洛诗经常写到的经典诗材。据说石崇为教练家姬舞步，以沉香屑铺象牙床令其踩踏，无痕迹者赐予珍珠。尾句“坠楼人”指石崇的爱妾绿珠。

另一首《金谷怀古》也是咏叹金谷往事，尾联可见居洛期间杜牧郁闷愁结的心绪：

凄凉遗迹洛川东，浮世荣枯万古同。
桃李香销金谷在，绮罗魂断玉楼空。
往年人事伤心外，今日风光属梦中。
徒想夜泉流客恨，夜泉流恨恨无穷。

另有《洛阳长句二首》《洛中二首》，写得平稳俗套，没有好的发挥。只《洛中二首》其二直抒胸臆，仍有早年的俊健风调：

风吹柳带摇晴绿，蝶绕花枝恋暖香。
多把芳菲泛春酒，直教愁色对愁肠。

分司洛阳的第二年，杜牧作《东都送郑处诲校书归上都》，由“蝉闻第一声”可知作于初夏：

悠悠渠水清，雨霁洛阳城。
槿堕初开艳，蝉闻第一声。
故人容易去，白发等闲生。

〔唐〕李林宗撰《唐试太子司议郎兼侍御史知度支东都择善院事清河崔府君墓志铭并叙》

此别无多语，期君晦盛名。

郑处诲是大和八年（834）进士，此次路过洛阳或是入长安应吏部试。然而此前长安刚刚发生“甘露之变”，杜牧嘱咐友人要低调行事。郑处诲于大中九年（855）撰著笔记杂说《明皇杂录》，采辑玄宗、肃宗及代宗时不少旧事。

杜牧在洛阳期间，有一件事似乎又延续了他在扬州那几年的风流倜傥。他曾主动要求参加李司徒摆设的宴席，还当面向主人讨要美姬。此事最早载于孟棨《本事诗》“高逸第三”：

杜为御史，分务洛阳时，李司徒罢镇闲居，声伎豪华，为当时第一。洛中名士，咸谒见之。李乃大开筵席，当时朝客高流，无不臻赴。以杜持宪，不敢邀置。杜遣座客达意，愿与斯会。李不得已，驰书。方对花独酌，亦已酣畅，闻命遽来。时会中已饮酒，女奴百余人，皆绝艺殊色。杜独坐南行，瞪目注视，引满三卮，问李云：“闻有紫云者，孰是？”李指示之。杜凝睇良久，曰：“名不虚得，宜以见惠。”李俯而笑，诸妓亦皆回首破颜。杜又自饮三爵，朗吟而起曰：“华堂今日绮筵开，谁唤分司御史来？忽发狂言惊满座，两行红粉一时回。”意气闲逸，旁若无人。

此前有人将李司徒指认为名将李愬的兄长李愿。李愿的确历任方镇统帅，但他卒于宝历元年（827）六月，死后才赠司徒，此时不可能在洛阳设宴。考虑到这个时段李德裕曾短暂分司来洛，这位李司徒更可能是李德裕。杜牧此前因亲近牛僧孺而颇受李德裕压制，因此他讨要紫云的举动也可理解为一种貌似风雅的蓄意作难。不过李德裕授司徒是在会昌年间，此时官身为太子宾客。

杜牧当场吟成的这首诗被冠以了《兵部尚书席上作》的诗题，后一联感觉很平俗，不像是他本人所写，倒像是笔记作者的拟构自作（写到兴起时做了一道填空题）。

开成二年（837）春，为照顾得眼疾的弟弟杜顗，杜牧转投宣州刺史、宣歙观察使崔郸幕下，为宣州团练判官。他前后在洛阳待了不足两年。

重遇张好好

杜牧在洛阳不但见到了紫云，此前大和八年（834）还在这里遇到了张好好。

大和三年（829），杜牧入仕之初曾在江西观察使沈传师府中做幕僚，当时认识了年方13岁的张好好。一年后，沈传师转任宣歙观察使兼宣州刺史，张好好跟随前往宣州入乐籍。再两年后，张好好被沈传师的弟弟沈述师（就是在长安请杜牧为李贺诗集作序的那位）纳为了侍妾。

其后沈传师回京任职，杜牧转投淮南节度使牛僧孺，去了扬州。

大和八年（834），杜牧回长安途中暂停洛阳，不意在城东遇到了当垆卖酒的张好好。张好好为何会出现在洛阳？当然是被沈述师给抛弃了。杜牧当即写下五言长篇《张好好诗》，诗前还有短序，分述前后情事："牧大和三年，佐故吏部沈公江西幕，好好年十三，始以善歌舞来乐籍中。后一岁，公移镇宣城，复置好好于宣城籍中。后二岁，为沈著作以双鬟[1]纳之。后二岁，于洛阳东城重睹好好，感旧伤怀，故题诗赠之。”诗云：

君为豫章姝，十三才有余。翠茁凤生尾，丹脸莲含跗。
高阁倚天半，章江联碧虚。此地试君唱，特使华筵铺。
主公顾四座，始讶来踟躕。吴娃起引赞，低回映长裾。
双鬟可高下，才过青罗襦。盼盼乍垂袖，一声雏凤呼。
繁弦迸关纽，塞管裂圆芦。众音不能逐，袅袅穿云衢。
主公再三叹，谓言天下殊。赠之天马锦，副以水犀梳。
龙沙看秋浪，明月游东湖。自此每相见，三日已为疏。
玉质随月满，艳态逐春舒。绛唇渐轻巧，云步转虚徐。
旌旆忽东下，笙歌随舳舻。霜凋谢楼树，沙暖句溪蒲。
身外任尘土，樽前且欢娱。飘然集仙客，讽赋欺相如。
聘之碧瑶佩，载以紫云车。洞闭水声远，月高蟾影孤。
尔来未几岁，散尽高阳徒。洛城重相见，婥婥为当垆。
怪我苦何事，少年垂白须？朋游今在否，落拓更能无？
门馆恸哭后，水云愁景初。斜日挂衰柳，凉风生座隅。
洒尽满襟泪，短歌聊一书。

启首至“赠之天马锦，副以水犀梳”一联，是写张好好在江西幕府中初展歌喉获得沈传师称赏一事。

“龙沙看秋浪”至“云步转虚徐”，写两人的交往和张好好姿容，由“自此每相见，三日已为疏”可见当时两人日渐熟稔，暗示

1. 此处“双鬟”喻指巨资高价，语出汉代辛延年《羽林郎》诗：“胡姬年十五，春日独当垆。两鬟何窈窕，一世良所无。一鬟五百万，两鬟千万余。”

了彼此已互生好感（有没有实际的真情表露并不清楚）。

“旌旆忽东下”至“月高蟾影孤”，写张好好转去宣州后被沈述师纳为侍妾。沈述师当时是出了巨资把她买下来的，因为要赎出她乐籍伎人的身份。自此过后，杜牧与她两相隔绝，不复再见。

“尔来未几岁”至结尾一联都是讲述眼前事。杜牧略去了询问张好好如何流落来此的情节，“怪我苦何事，少年垂白须？朋游今在否，落拓更能无？”两联却是张好好问杜牧：你究竟为何事所苦，年纪轻轻就须髭皆白？当年同游的友朋如今还在吗，你是否还像以前那样豪放不羁？

由“门馆恸哭后”一句可知，当时杜牧曾领张好好去自己暂住的馆驿，两人站在门前相对恸哭（由此更可见他们之前初识时已有一定感情）。回至住处，杜牧援笔即书，写下了这首流传千古的相遇诗篇。

在杜牧所有诗作中，这首《张好好诗》显露了他全部的才华。因为发自真情，所以格外动人。尤为难得的是，他当时挥泪写就的这帧墨迹竟然一直保存流传了下来。唐代诗人留有诗作真迹的恐怕也是独此一件了，这真是人间的一个奇迹。

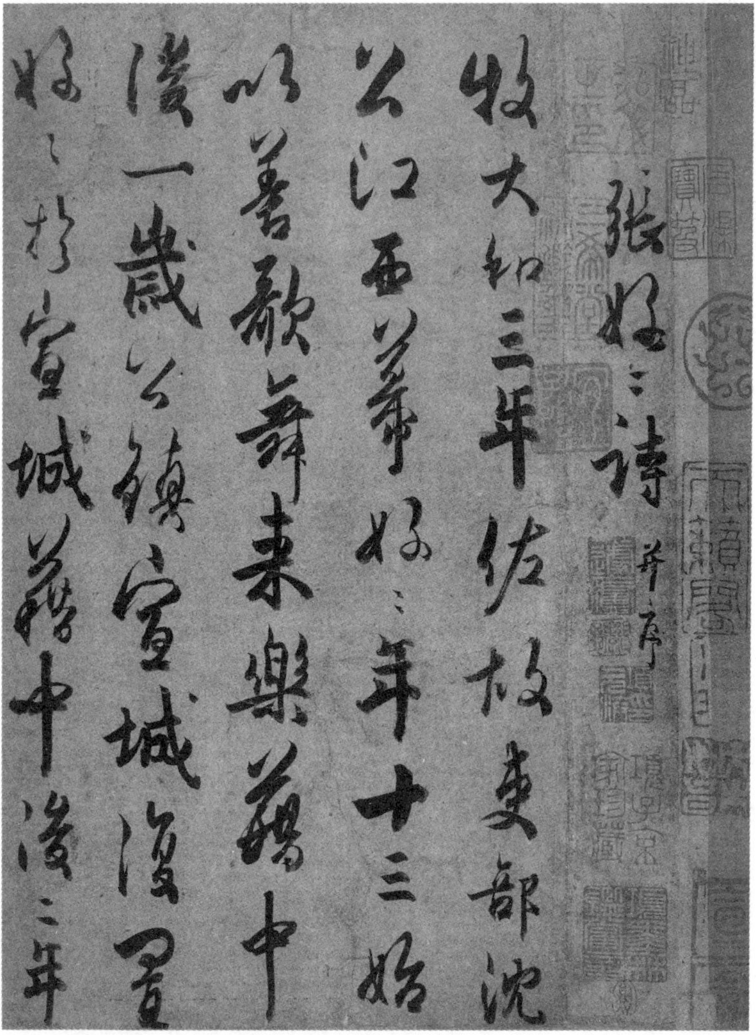

〔唐〕杜牧《张好好诗》行草墨迹

第十二章 不尽的尾声

韦庄的记忆

晚唐到五代是一个纷乱动荡的时代，王廷衰疲不振，各地藩镇豪强并起，然而李唐皇室的正统合法性还在，故而其崩解不是猝然而至，而是逐渐朽坏、坍塌的。

其间涌现的诗人也有不少，总体来说，气格才具比前代薄弱了很多。此节单提韦庄出来，乃因其生涯恰好横跨了这个时段，其创作与人生经历也颇具传奇色彩。

韦庄字端己，大约生于大中三年（849）[1]，出自京兆韦氏。这个家族自西汉入关后就衣冠鼎盛，是长安的名门望族，尤其韦庄所在的逍遥公房这支在唐代就出了三位宰相韦待价、韦安石、韦巨源，《旧唐书》说“议者云自唐以来，氏族之盛，无逾于韦氏”。据学者考证[2]，韦庄是唐睿宗时右相韦待价七世孙，诗人韦应物的四世孙。

会昌六年（846）时，祖父韦退之任“监察御史里行”，其时家

1. 据齐涛《韦庄生平新考》，此前夏承焘先生《韦端己年谱》定于开成元年（836）。

2. 据姜剑云、何卉《韦庄家世小考》。

境尚富足，韦庄有《过旧宅》一诗，追忆早年长安生活：

华轩不见马萧萧，廷尉门人久寂寥。
朱槛翠楼为卜肆，玉栏仙杏作春樵。
阶前雨落鸳鸯瓦，竹里苔封螮蝀桥。
莫问此中销歇寺，娟娟红泪滴芭蕉。

到韦庄父亲韦韫这一代时，官声不显，家道开始中落。幼居长安，又寄寓下邽，此后移居虢州十载。乾符三年（876）由虢州移居鄠杜[1]。次年由鄠杜往潇湘，第一次南游，乾符五年（878）赴长安科举不第。

广明元年（880），韦庄再次在长安应举。其时黄巢军势如破竹，六月陷宣州，十月陷申州[2]、颍州[3]、宋州[4]、徐州、兖州，十一月十七日攻击洛阳，仅6日，东都留守刘允章就率百官献城。十二月初三攻破潼关，初五唐僖宗如百年多前唐玄宗一样逃奔成都。这年为庚子年，故又称“庚子乱难”或“广明之乱”。

韦庄未能及时逃走，又为病困，弟妹也在乱中失散。其间遇故友，作《重围中逢萧校书》感叹时事艰危，唐军无力：

相逢俱此地，此地是何乡？
侧目不成语，抚心空自伤。
剑高无鸟度，树暗有兵藏。

1. 鄠县与杜陵一带，位于长安南面郊外。
2. 治今河南信阳。
3. 治今安徽阜阳。
4. 治今河南商丘。

底事征西将，年年戍洛阳。

至中和二年（882）春，韦庄才寻得机会逃往洛阳。初到时曾作《洛阳吟》：

万户千门夕照边，开元时节旧风烟。
宫官试马游三市，舞女乘舟上九天。
胡骑北来空进主，汉皇西去竟升仙。
如今父老偏垂泪，不见承平四十年。

这首诗韦庄有自注："时大驾在蜀，巢寇未平，洛中寓居作七言。"虽然所咏是玄宗时的安史之乱，却是后面所作《秦妇吟》的先声。昔日噩梦已重现，借古讽今的意味不言而喻。兵燹焚火中的两京强烈刺激着诗人的感官，这段时间，韦庄必定重读了杜甫当年乱中吟就的诸多名篇（包括"三吏""三别"等），感受到了笼罩及身的共同的命运。

又作《赠戍兵》，忧虑唐军止步不前，未能收复西京：

汉皇无事暂游汾，底事狐狸啸作群。
夜指碧天占晋分，晓磨孤剑望秦云。
红旗不卷风长急，画角闲吹日又曛。
止竟有征须有战，洛阳何用久屯军？

韦庄自来洛阳，此前陷于长安时与逃出途中的亲历见闻，屡屡充塞心胸，萦绕梦中。韦庄运思谋篇良久，在第二年即中和三年（883）三月，写出了长篇七言歌行《秦妇吟》，这是现存唐诗中篇幅最长的一首诗，共238行，1666字。

此时，韦庄身上有白居易、元稹附体了，因他采用了元白最擅长的长庆体——适合铺叙与传唱的长篇歌行；然后杜甫也来附体了，因为他和杜甫面临的是同样的处境，有着同样的命运[1]。站在唐诗书写的绵延脉流中，此前的阅读经验叠加了一己的才赋、经历、悲痛与感怀，韦庄写下了这首新乐府的鸿篇巨制，或者说，一部纪实性的诗体报道。

全诗共分五个段落。首段6联是序幕（引子），诗人与一位从长安东奔来洛阳的秦妇相遇；第二段秦妇回忆黄巢军攻陷长安后情状，重点描绘长安女性所受苦难；第三段写长安陷落期间秦妇目击的种种惊悚细节，从“长安寂寂今何有，废市荒街麦苗秀”一联到“内库烧为锦绣灰，天街踏尽公卿骨”，极力铺陈长安帝京的凋零惨状，勾勒出一幅文明浩劫的真实图景；第四段写秦妇逃出长安后于东奔途中所遇之事；末段秦女听闻彼时江南平定，嘱告诗人早日向东避难，作为全篇的收结。

韦庄是在场的亲历者，他在洛阳写就的这篇《秦妇吟》笔法全系写实，少议论，少抒情，椽笔所至之处，诗行奔涌泻出，今日读来仍能感受到他书写时强烈的情感热度。诗中叙事跨越数年时段，空间上横贯东西两京，内容充满了不见史书记载的丰富细节。这和元白两人偏于浪漫抒情、杂糅议论的长篇叙事诗很不一样，在形制篇幅和写实强度上也超出了杜甫的“三吏”“三别”。因此之故，后人将它与汉乐府《孔雀东南飞》、北朝乐府《木兰辞》合称为“乐

---

1. 韦庄早年曾住在白居易也曾寄寓的下邽，自小就受白翁诗风濡染；晚年入蜀后心仪杜甫，觅得浣花溪草堂旧址柱基，加以重整修治，自己的诗集也以“浣花”命名。这都是他和白、杜两人的缘分。

府三绝”。陈寅恪先生在《韦庄〈秦妇吟〉校笺》中评定此诗为“端己平生诸作之冠”。俞平伯先生也评价它“不仅超出韦庄《浣花集》中所有的诗，在三唐歌行中亦为不二之作”。

因遭逢惨烈的时代悲剧而催生出这样强有力的诗篇，正合清人赵翼在《题遗山诗》中所说的“国家不幸诗家幸，赋到沧桑句便工”。王国维曾说“有主观之诗人，有客观之诗人，主观之诗人不必多阅世，客观之诗人必多阅世”。韦庄就是这样一个因为多阅世而获得跃升的客观诗人吧。

《秦妇吟》作成后，一时风传天下，情状与当年白居易《长恨歌》问世后类同。当时唐人称呼韦庄为“秦妇吟秀才”，还将这首诗书写到幛子（屏风）上赏看。可是，因为诗中刻画公卿罹难情状过于惨烈，又暴露了唐军的疲弱自溃，韦庄中第之后，因为“志希免祸”[1]，晚年就讳言此诗。孙光宪《北梦琐言》载：

> 蜀相韦庄应举时，遇黄寇犯阙，著《秦妇吟》一篇，内一联云：“内库烧为锦绣灰，天街踏尽公卿骨。”尔后公卿亦多垂讶，庄乃讳之，时人号“秦妇吟秀才”。他日撰家戒，内不许垂《秦妇吟》障子。以此止谤，亦无及也。

其弟韦蔼天复三年（903）编《浣花集》时，依照上述嘱咐，就没有收入这首诗，以致后代只知《秦妇吟》篇名而不见其诗，清初编校刊刻《全唐诗》时也未录入。

直到1000多年后的20世纪初，随敦煌藏经洞唐代文书的发现，《秦妇吟》才得以再度面世。据陈寅恪《韦庄〈秦妇吟〉校

---

1. 参见陈寅恪《韦庄〈秦妇吟〉校笺》。

笺》一文所说，是敦煌学者王重民访问巴黎图书馆调查伯希和收藏时才发现了《秦妇吟》的7个抄本。今日所见诗文，即依据“天复五年（905）[1]乙丑岁十二月十五日敦煌郡金光明寺学仕张龟写”抄本。

韦庄在入蜀后的晚年，还写有词作《菩萨蛮五首》，前三片是回顾之前的江南游历生涯，其五写到了他曾寓居的洛阳：

> 洛阳城里春光好，洛阳才子他乡老。柳暗魏王堤，此时心转迷。　　桃花春水渌，水上鸳鸯浴。凝恨对残晖，忆君君不知。

这阕词的起首一联，以写景和感慨并列，洛阳春日的风光唤起了他深挚的情感。寄寓蜀中的韦庄自比为“洛阳才子”，对此只能感叹年岁的老去。他已没有心力重返两京了。用语平淡含蓄，却有无法言说的沉痛。汤显祖品读《菩萨蛮》时，在“他乡老”一语下曾有“可怜可怜，使我心恻”的评点。洛阳一直是唐代士人的心灵故乡，韦庄这首词也可算作是怀洛诗的最后余绪。

韦庄的词风清丽古朴，语句谐和、流畅又有静气，并不像温庭筠词那样秾艳幽怨到近乎女性化的程度。王国维先生在《人间词话》中评价为“端己骨秀”，故而韦词后来开出姜夔、张炎一路，而温词开出周邦彦、吴文英一路。

如同《秦妇吟》诗中秦女嘱告的那样，中和三年（883）韦庄便携家南游，先在润州做幕僚，再至婺州。光启四年（888）秋，

1. 此时韦庄尚在世。

由睦州往江西。流寓南方多年，至昭宗景福二年（893），才重新回到了长安。次年乾宁元年（894）进士及第，授校书郎，这年他已45岁。

乾宁四年（897），韦庄被两川宣谕和协使李询辟为判官，奉使入蜀见西川节度使王建，不久返京。天复元年（901）再入蜀，王建辟为掌书记，其年52岁，自此终身仕蜀。不久，朝廷授起居舍人，韦庄不赴任，王建上表留之。天复二年，于浣花溪寻得杜工部草堂遗址，结茅为室定居。此时距杜甫营构草堂已有142年。

天祐四年（907），朱温灭唐建后梁，韦庄劝王建称帝开国，任左散骑常侍，判中书门下事，次年升任宰相。武成三年（910）八月，卒于成都花林坊，谥文靖。享年61岁，官终吏部侍郎兼平章事。

因韦庄脱离了长安王廷，依附了前蜀王建，故而《旧唐书》《新唐书》《旧五代史》《新五代史》中均无韦庄传，到清代康熙八年（1669）吴任臣撰作《十国春秋》，才为韦庄立传。

韦庄的前半生，几乎都在颠沛流离中度过，于两京之乱中写成《秦妇吟》，此后又拥立藩主，他的人生是足够“传奇”的。然而，即便到了蜀中，仍有不期之祸，见吴任臣《十国春秋》所载：“庄有美姬善文翰，高祖托以教宫人为词，强夺去，庄作‘谒金门’辞忆之。姬闻之不食而死。”韦庄写有三首《谒金门》词，这里所指应该是这阕《谒金门·空相忆》：

> 空相忆，无计得传消息。天上嫦娥人不识，寄书何处觅？　新睡觉来无力，不忍把伊书迹。满院落花春寂寂，断肠芳草碧。

又有《悔恨》诗可证：

六七年来春又秋，也同欢笑也同愁。
才闻及第心先喜，试说求婚泪便流。
几为妒来频敛黛，每思闲事不梳头。
如今悔恨将何益，肠断千休与万休。

由此可知，韦庄及第后确曾纳有一妾，在六七年后去世。《十国春秋》所记若属实，则王建夺美姬一事，应该就发生在韦庄入蜀后不久。

韦庄在《菩萨蛮五首》第二首中曾说“未老莫还乡，还乡须断肠”，然而入蜀后他就碰到了这件断肠事，再次遭遇了命运的戏弄。可是，悔恨也来不及了。

众声的合唱

在晚唐诗人的书写中，洛阳渐渐脱离实在的情境，笼罩上了一层浓厚的历史记忆的翳影。他们追忆与想望的，是洛阳灿烂辉煌的过去。由此，他们的诗作中频频出现了“古”“故”“旧”这样的字眼。洛阳已蜕变为一个具有象征意义的文化符号。

许浑是武后朝宰相许圉师六世孙，晚年致仕后闲居润州村舍，约在大中十二年（858）去世。他这首《登洛阳故城》的诗题就用了“故城”的称谓：

禾黍离离半野蒿，昔人城此岂知劳？

水声东去市朝变，山势北来宫殿高。
鸦噪暮云归古堞，雁迷寒雨下空壕。
可怜缑岭登仙子，犹自吹笙醉碧桃。

这首诗起句苍凉，次联也见开阔，第三联没有作转折，只是接续描绘，由此尾联的调子也稍显低抑无力。

其另一首《洛阳道中》也是写怀古之思，意调就比较清隽：

洛阳多旧迹，一日几堪愁。
风起林花晚，月明陵树秋。
兴亡不可问，自古水东流。

温庭筠也有几首洛阳咏作。他是初唐宰相温彦博后裔，诗与李商隐齐名，并称“温李”。为人恃才放任，又好讥刺权贵，多遭官场猜忌[1]。大中十三年（859）被贬随县尉，过后投山南东道节度使徐商的襄阳幕府，担任了巡官。襄阳离洛阳很近，或就在赴任途中经停了洛阳，作七律《寄河南杜少尹》：

十载归来鬓未凋，玳簪珠履见常僚。
岂关名利分荣路，自有才华作庆霄。
鸟影参差经上苑，骑声断续过中桥。
夕阳亭畔山如画，应念田歌正寂寥。

由次联“岂关名利分荣路，自有才华作庆霄”来看，当时他并不把贬官当回事，仍是一副名士作派。后两联可见当天骑马游城的

1. 夏承焘认为温庭筠被贬主要还是因为搅扰科场或得罪令狐绹。

路线轨迹（先过上阳苑，再过中桥），过后应该是出城了，于洛外山亭中观赏落日。

又作七绝《洛阳》：

巩树先春雪满枝，上阳宫柳啭黄鹂。
桓谭未便忘西笑，岂为长安有凤池。

于首联可知，他到达洛阳时正是下雪的初春。第二联自诩为两汉之际博学多能的才士桓谭。

又有词《清平乐·洛阳愁绝》：

洛阳愁绝，杨柳花飘雪。
终日行人恣攀折，桥下水流呜咽。
上马争劝离觞，南浦莺声断肠。
愁杀平原年少，回首挥泪千行。

这首词写的是洛阳告别。上阕没有直写离愁，侧写杨柳花[1]和桥下水流声以烘托气氛。下阕描绘与友人离别前举觞对饮场面，又交织了莺鸟鸣声，“南浦”是引江淹《别赋》中“送君南浦，伤如之何”一句。结尾以“愁杀”二字与起首“愁绝”呼应叠合，离愁别绪得到极大强化。而“平原年少”与“回首挥泪千行”语气果决又有慷慨气，整首词的意调并不低迷。

1. “花如雪”已是一个与洛阳有关的经典诗语意象，南朝范云，唐代宋之问、白居易、李商隐、韦庄等都有写过。

有人评价温庭筠词“大半托词房帷，极其婉雅”[1]，这首《清平乐》却跳脱出来，书写不俗。

近年来，还有新发现的咏洛诗。

有学者[2]从北宋蔡襄《洛阳诗帖》和南宋张世南笔记《游宦纪闻》卷十发端，多方考索，录得了五代书家杨凝式诗作《洛阳风景四绝句》中的三首：

洛阳风景实堪哀，昔日曾为瓦子堆。
不是我公重葺理，至今犹自一堆灰。

洛阳风景实堪夸，几处楼台处处花。
尽是齐王修种得，如今惆怅似无家。

洛阳风景实堪珍，到此今经三纪春。
无限欢娱荣乐事，一时回施少年人。

《洛阳风景四绝句》本来题于洛阳大圣善寺胜果院东壁，并镌有碑版。宋敏求父宋绶在仁宗宝元二年（1039）十一月至康定元年（1040）三月任洛阳留守，蔡襄时年27岁，跟随宋绶为洛阳留守府推官，摹写碑版而有了《洛阳诗帖》。此后世事变迁，杨凝式壁上题诗和碑版都亡逸了，明人刊刻《蔡襄集》时不作细究，稀里糊涂

---

1. 此语出自清代陈廷焯《白雨斋词话》卷七：“飞卿词大半托词帷房，极其婉雅而规模自觉宏远。周、秦、苏、辛、姜、史辈，虽姿态百变，亦不能越其范围。本原所在，不容以行迹胜也。”

2. 萧风《杨凝式佚诗〈洛阳风景四绝句〉考辨》，《书法》2017年12月号；陈尚君《偶见杨凝式佚诗》，《文汇读书周报》2019年2月27日；王伟《书家诗心：蔡襄〈洛阳诗帖〉本诗及其书学意义考论》，《文艺研究》2019年第7期。

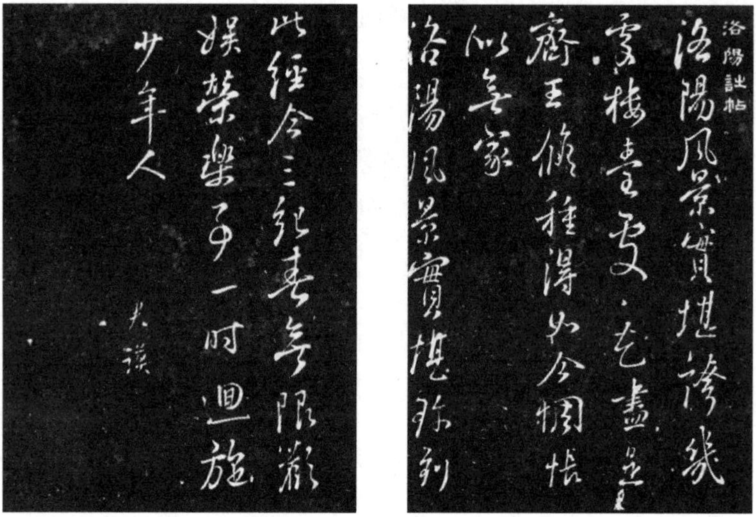

〔宋〕蔡襄《洛阳诗帖》拓片

就将诗帖里的这两首诗按在了蔡襄名下，五代诗于是变成了宋诗。

杨凝式生于唐咸通十四年（873），昭宗朝进士及第。天祐四年（907）三月，朱温弑君篡唐，其父杨涉在唐哀帝时为宰相，曾与几位大臣将传国玉玺从洛阳送到汴州，而杨凝式在此时随父迁洛。诗中所提的“我公”“齐王”都是指晚唐五代时主政洛阳的张全义（他曾替李德裕子李延古讨回“醒酒石”而杖毙宦官）。居洛期间，杨凝式得张全义赏拔，“请以本官充留守巡官”。

据《游宦纪闻》卷十载，《洛阳风景四绝句》这一组诗，意在称颂张全义保全洛阳之功。写成时间是在后晋天福四年（939）三月，杨凝式时年66岁。

张全义在黄巢之乱中起家，历仕后梁、后唐两朝，累官太尉、中书令、河南尹兼领河阳节度使，封齐王，卒于后唐同光四年

(926) 春。《旧五代史》卷六三《张全义传》载有他在洛阳的事迹:

> 孙儒、诸葛爽争据洛阳,迭相攻伐,七八年间,都城灰烬,满目荆榛。全义初至,唯与部下聚居故市,井邑穷民,不满百户。全义善于抚纳,课部人披榛种蓺,且耕且战,以粟易牛,岁滋垦辟,招复流散,待之如子。每农祥劝耕之始,全义必自立畎亩,饷以酒食,政宽事简,吏不敢欺。数年之间,京畿无闲田,编户五六万,乃筑垒于故市,建置府署,以防外寇。

北宋张齐贤所撰《洛阳缙绅旧闻记》还为他专辟了一章“齐王张令公外传”,记载其事更加详细。

张全义本来出身佃农,秉性勤俭务实,主持洛阳后颇能勤勉理政,召拢民户,修葺旧城,再立府署,遍植花木,又能四时劝农,建设地方,尤其对洛阳城的多次修复,令洛阳由唐末的残窟废墟再度成了三朝帝都、两代陪都,实在有再造洛邑之功。他的事迹,足以为后来主政者之榜样,值得我们长久铭记。

自天祐四年 (907) 移居来洛,到后周显德元年 (954) 81岁时去世,杨凝式在洛阳前后住了有47年。《旧五代史·杨凝式传》载:“晋天福初,改太子宾客,寻以礼部尚书致仕,闲居伊洛之间,恣其狂逸,多所干忤。”致仕过后,杨凝式于政坛退守自处,不失本位,而在私人生活上,则日日与诗、书、酒、僧为伴。他在书艺方面用力最勤,尤其行草出神入化,可称五代第一。《游宦纪闻》就记录了他的晚年行迹:“既久居洛,多遨游佛道祠,遇山水胜概,辄留连赏咏。有垣墙圭缺处,顾视引笔,且吟且书,若与神会,率宝护之。”

杨凝式似乎变成了白居易的“另一个化身”,从《洛阳风景四绝句》留存的三首来看,他也秉续了白翁平易内蕴的诗风。四绝句中“堪珍”一首最具深意，“无限欢娱荣乐事，一时回施少年人”这一联仿佛也在嘱告我们：

请好好珍惜爱护洛阳城吧，让一代又一代的少年人永记她的美丽与荣光！

这样的记忆与咏唱一直延续到了宋代。

北宋时，政治文化中心移到了汴梁（开封），洛阳仍保有陪都的地位，皇城和坊市也有修葺与营建。到这时，这座隋唐古都仍然投映有唐代文化的金色余晖：李格非的《洛阳名园记》、苏辙的《洛阳李氏园池诗记》，先后记载了洛阳私园复兴的盛况；欧阳修于神宗年间退居洛阳，一边主持撰修《资治通鉴》，一边还写了一篇《洛阳牡丹记》，记录了洛阳人的生活审美情趣。

本书将以司马光《过故洛阳城》收结，以此与扉页上同一首引诗遥相呼应。今天的我们，倘若要谈论历史时空中的洛阳、隋唐的洛阳、唐诗的洛阳，这首诗永远是一个最佳切入点：

烟愁雨啸黍华生，宫阙簪裳旧帝京。
若问古今兴废事，请君只看洛阳城。

补遗 怀洛之思

本书即将结束，在“补遗”一章，我们要来讨论一下唐人对洛阳精神上的眷恋，用文学语言来表述，就是所谓的“怀洛之思”。

洛阳与长安的确是中古历史地理时空里的双子星座，然而它们在文学中的表现又有明显的差异。有唐一代，长安作为国都的历史超过200年，围绕它的书写总带有浓重的政治意味，而洛阳作为副都，政治色彩就要淡一些。洛阳在唐代士人的心目中更类似“乡国”，一个“精神与文化上的原乡”。

南北朝时，洛阳就已经有这个指代功能了，以江总《遇长安使寄裴尚书[1]》一诗为例：

> 传闻合浦叶[2]，远向洛阳飞。北风尚嘶马，南冠独不归。
> 去云目徒送，离琴手自挥。秋蓬失处所，春草屡芳菲。
> 太息关山月，风尘客子衣。

这首诗作于陈文帝天嘉四年（563），江总在侯景之乱后流寓岭南，恰逢有长安使者至，遂托付使者带回书信。首联中的“合浦”

1. 裴尚书指裴忌，字无畏，陈宣帝太建五年（573）曾任都官尚书。

2. 合浦是东汉郡名，郡治在今广西合浦县东北，据晋刘欣期《交州记》、嵇含《南方草木状》，其地有巨杉，叶落则随风飞入洛阳城内，“合浦叶”由此成为典故，寄寓心向中原、朝阙之义。

喻指南方偏远之地，这里的“洛阳”就不是实指，而是指代了江总心目中的“乡国”，因陈朝的实际首都在建康（南京）。

以下尝试梳理唐代诗人与洛阳在情感与文化上的联系，大体按“原乡者”“外任者”“远贬者”“唐代的‘洛漂’”四个类别来分述。

原乡者

本籍是洛阳的唐代诗人有多少？这真是个难题。唐人延续前代遗风，仍然看重郡望门第，然所称郡望与实际祖籍、居住地常常不合，故而评定洛阳籍贯的标准的确比较复杂。

最简便而可靠的办法，就是根据其诗文、传记、史料，看其祖父、父亲一代有无在洛阳置产定居，以及本人是否曾在洛阳较长时间居住。

按此标准，唐代洛阳本籍的诗人名单就有祖咏、王湾、刘方平、张说、贾至、刘长卿、元结、元稹、刘禹锡。

孙钦善在《高适集校注》附录二《高适年谱》中说：“高适旧题郡望，谓渤海蓨人[1]，里籍当为洛阳。”《新唐书》“独孤及传”载：“独孤及字至之，河南洛阳人。”则独孤及和高适一样，里籍也在洛阳。

若放宽标准，以较长时间定居这点来考察，还会看到更多的“洛阳人”。武则天朝的文学侍从之臣如沈佺期、宋之问和杜审言等人都曾定居洛阳。李白早年身世不明，很有可能是在洛阳长成了青

1. 蓨，古县名，今河北景县南。

年（虽然证据还不太确凿）；杜甫幼年丧母后由二姑母抚养，童年和少年时代都在洛阳；韩愈的里籍在河南府河阳县，也在洛阳都市圈内；孟郊任水陆运从事后曾长居洛阳；李贺的家乡在河南府福昌县昌谷，就在洛阳东南不远；卢仝曾隐居嵩山，此后也迁居洛阳；白居易一家自祖父一代即在洛阳置宅，近亲家族多在洛阳，晚年致仕后退居洛阳18载。中晚唐时来自长安的分司官员中，武元衡、裴度、李德裕、牛僧孺等人都曾在洛阳购宅居住，有的还置有别庄。李商隐祖籍怀州河内[1]，生于郑州荥阳，他自称“占数东甸”（在东都周边入籍），其妻家也在洛阳有宅第，并非无所寄托的洛阳客。中晚唐时吕温、许浑、于武陵[2]也都是洛阳人。

如此，名单就可以扩展包括沈佺期、宋之问、杜审言、独孤及、高适、杜甫、韩愈、孟郊、李贺、卢仝、白居易、武元衡、裴度、李德裕、李商隐、吕温、许浑、于武陵等人。李白暂时存疑，牛僧孺诗写得一般，不列入。

上面这两份名单，几乎囊括了盛唐、中唐所有重要的诗人。

先来看王湾的《次北固山下》。王湾在玄宗先天年间（712）进士及第，授荥阳县主簿，又做过洛阳尉。有段时间曾往来吴楚之间，泛舟东行，夜泊北固山下，见潮平岸阔，归雁翔空，触发了怀洛之思：

客路青山外，行舟绿水前。

潮平两岸阔，风正一帆悬。

---

1. 河内，今河南沁阳市。

2. 有说于武陵与于邺是同一人，未有定论。这里取同一人的说法。

海日生残夜，江春入旧年。
乡书何处达？归雁洛阳边。

这首诗最早载于唐人芮挺章编选的《国秀集》。有写景，有抒情，诗境与音韵皆美，可称千古佳篇。

第三联历来有佳评，《河岳英灵集》说："诗人已来少有此句。张燕公（张说）手题政事堂，每示能文，令为楷式。"张说很欣赏这两句，还亲手抄写在政事堂的屏风或壁面上。明代胡应麟《诗薮》评论此联："形容景物，妙绝千古。"

祖咏也是洛阳人，开元十二年（724）进士及第后长期未授官，后因张说推荐，做过一段时间的驾部员外郎。屡遭迁谪，仕途落拓。此后辞官移家洛阳东南的汝水别业，渔樵终老。他的《江南旅情》《宿陈留李少府揆厅》都是怀洛诗，后首较好：

相知有叔卿，讼简夜弥清。
旅泊倦愁卧，堂空闻曙更。
风帘摇烛影，秋雨带虫声。
归思那堪说，悠悠限洛城。

从诗题可知，此时他正借宿陈留县尉官厅公堂。第三联状写衙署官舍环境，笔法细腻。所写风吹帘幕、烛影动摇、秋雨秋虫，都能衬托归思之切。

贾至的父亲贾曾是洛阳人，景云中为吏部员外郎。玄宗在东宫时，贾曾为太子舍人，是玄宗登基前的近臣。贾至开元二十三年（735）进士及第，授单父县尉。安禄山乱后，随玄宗入蜀，授中书舍人、知制诰。贾至父子皆以文著称，玄宗受命册文为贾曾所撰，而传位册文则是贾至手笔。《新唐书》“贾至传”录有玄宗赞语：“两朝盛典出卿家父子手，可谓继美。”肃宗继位后出任汝州刺史[1]，乾元二年（759）唐军进攻安、史叛军，于相州落败，贾至因故被贬岳州司马。这首《巴陵夜别王八员外》就作于岳州期间，巴陵即岳阳（岳州）：

> 柳絮飞时别洛阳，梅花发后到三湘。
> 世情已逐浮云散，离恨空随江水长。

贾至在柳絮纷飞的四月离开洛阳，于翌年冬春到任岳州。他本就遭贬谪，谁知友人王八员外这时也被贬长沙，正好路过岳州。此时洛阳再度陷落，两人处境都不顺利，因此离愁别绪顿时倍增。情势虽然低落，贾至这首诗却写得一点也不委顿，沉郁幽深而有余味，堪称佳作。

刘长卿郡望河间祖籍宣城，家居洛阳，天宝中进士及第，肃宗至德年间任监察御史，后为长洲尉、海盐令和转运使判官，官终随州刺史，世称“刘随州”。其间宦居吴越，作《京口怀洛阳旧居兼寄广陵二三知己》，中间“故国胡尘飞，远山楚云隔”一联，可知其时安史乱军尚未彻底平定。又有《夕次檐石湖梦洛阳亲故》，抒发怀洛之思：

> 天涯望不尽，日暮愁独去。万里云海空，孤帆向何处。
> 寄身烟波里，颇得湖山趣。江气和楚云，秋声乱枫树。

---

1. 至德三年（758）二月丁未，肃宗重返长安不久，改元“乾元”。贾至任中书舍人，上朝后作《早朝大明宫呈两省僚友》，当时王维、杜甫、岑参都有奉和之作。

如何异乡县，日复怀亲故。遥与洛阳人，相逢梦中路。
不堪明月里，更值清秋暮。倚棹对沧波，归心共谁语。

以梦为题，已见奇特。清秋泛舟湖上，孤帆、明月、沧波所合成的诗境空阔冷峭。至“遥与洛阳人，相逢梦中路”一联，出语新奇而见思乡之切，以“倚棹对沧波，归心共谁语”收结，又有落寞风致。我们可以说，这是唐诗中思念洛阳的第一梦。

刘方平也是天宝时洛阳名士，曾应进士试，又欲从军，均不如意，从此隐居颍水、汝河之滨，不乐仕进，寄情山水。他这首五绝《秋夜泛舟》与刘长卿《夕次檐石湖梦洛阳亲故》类似，也是泛舟望月：

林塘夜发舟，虫响荻飕飕。
万影皆因月，千声各为秋。
岁华空复晚，乡思不堪愁。
西北浮云外，伊川何处流。

从尾联“西北浮云外，伊川何处流”一联推想，这首诗似乎也作于东南吴越、湖湘一带。

元和六年（811）五月，李贺再返长安，由宗亲推荐、经考核后承父荫得官，授从九品的奉礼郎，官职品阶低微，从此“牢落长安”有3年。《始为奉礼忆昌谷山居》就作于该年授官后不久，“犬书曾去洛，鹤病悔游秦”一联，已流露懈怠不满的意味。诗中的昌谷山居与洛阳同义。

又有一首《题归梦》：

长安风雨夜，书客梦昌谷。

怡怡中堂笑，小弟栽涧菉。
家门厚重意，望我饱饥腹。
劳劳一寸心，灯花照鱼目。

这是唐诗中思念洛阳的“第二个梦”。

首联将长安与故乡昌谷并列切换，揭示了梦境内外的两个场域；颔联和颈联都是记录梦中所见家人情形（“家门厚重意，望我饱饥腹”尤其真切动人）；尾联梦醒，悲哀落泪。钱钟书说：“长吉穿幽入仄，惨淡经营，都在修辞设色。”这首诗语态凄然却写得并不惨淡，因内含感情的温度，音声真挚动人，属怀洛诗中的佳作。

武元衡长于政事，元和三年（808）和元和八年两度拜相。他的家乡就在洛阳附近的缑氏，这首《春兴》是唐人写梦抒发怀洛之思的第三首佳作：

杨柳阴阴细雨晴，残花落尽见流莺。
春风一夜吹乡梦，又逐春风到洛城。

既然家在洛阳，武元衡梦回洛阳就很自然了。谁不会做回家的梦呢？俞陛云在《诗境浅说续编》里评论此诗最妥帖：“虽寻常意境，情韵自佳。三、四句‘乡梦’‘春风’，循环互用，句法颇新。”

元和十年（815）六月，武元衡在长安靖安坊东门遇刺身亡。他的洛阳归梦以悲剧收场，也是可哀。

元稹大历十四年（779）二月生于洛阳城南履信坊，父元宽，母郑氏，为北魏宗室后裔，家族世居洛阳。他有一首五绝《西还》，写于元和五年（810）自唐州[1]经洛阳赴长安途中：

> 悠悠洛阳梦，郁郁灞陵树。
> 落日正西归，逢君又东去。

元稹的梦若有若无，更多是一种修辞手段。他这次返程时，途经华州敷水驿发生了与宦官刘士元的“争厅事件”。这首诗是路遇友人的吟作，从内容看，应该写于到达敷水驿之前。

在外漂泊多年，相比处于政治旋涡中心的西京长安，晚年归休洛阳是许多官员的夙愿，中唐时的吕温就是这样。

吕温郡望东平，祖父吕延之曾任户部郎中、越州刺史、浙江东道节度使，其时家族本支自河中移居洛阳。父吕渭[2]，举进士，官至礼部侍郎。吕温的外祖父柳识、外祖叔柳浑都是有名的诗人。

元和三年（808）秋，吕温因弹劾宰相李吉甫，贬道州刺史[3]，赴任时作《道州途中即事》：

> 零桂佳山水，荥阳旧自同。经途看不暇，遇境说难穷。
> 叠嶂青时合，澄湘漫处空。舟移明镜里，路入画屏中。
> 岩壑千家接，松萝一径通。渔烟生缥缈，犬吠隔笼葱。
> 戏鸟留馀翠，幽花吝晚红。光翻沙濑日，香散橘园风。
> 信美非吾土，分忧属贱躬。守愚资地僻，恤隐望年丰。
> 且保心能静，那求政必工。课终如免戾，归养洛城东。

---

1. 唐州，属山南东道，治所在比阳县（今河南泌阳县）。
2. 吕温三弟吕让，生子吕岩（吕洞宾）。由此可知吕洞宾就是吕温的侄子。
3. 道州，在湖南永州。

全诗十二韵，前半大段状写沿途风光景色，后段表达入职后的施政态度，尾句流露出想要归老家乡洛阳的愿望。

吕温此后又徙衡州，因病卒于任上。他施政务实仁厚，素有声名，去世后柳宗元作祭文痛悼："志不得行，功不得施……临江大哭，万事已矣！"好友刘禹锡编定其诗文集10卷，并亲为作序。

晚唐许浑是武后朝宰相许圉师六世孙，唐文宗大和六年（832）进士及第，曾任润州司马，晚年归润州丁卯桥村舍闲居。这一天，他在家中迎来了洛阳的亲友，作《江上喜洛中亲友继至》一诗：

> 战马昔纷纷，风惊嵩少尘。
> 全家南渡远，旧友北来频。
> 罢酒松筠晚，赋诗杨柳春。
> 谁言今夜月，同是洛阳人。

许氏先祖在洛阳为相，家族繁衍自然也在洛阳，其后因频遇战乱（安史之乱）全家南渡，迁至句容茅山。这天，有洛阳亲友前来访问，许浑置酒又赋诗。今夜明月朗照，身边都是洛阳人啊！这里可以看到唐代移民生活史的具体一例。

于武陵此人生平不详，据说唐宣宗大中时曾举进士不第。又曾打算卜居潇湘，未果而返。他这首《望月》或就作于这次湖湘漫游期间：

> 离家凡几宵，一望一寥寥。
> 新魄又将满，故乡应渐遥。
> 独临彭蠡水，远忆洛阳桥。
> 更有乘舟客，凄然亦驻桡。

此诗内容意境与前文刘长卿、刘方平所作非常类似，都是思念洛阳之作。彭蠡即鄱阳湖。由诗中表述可见其家就在洛阳。

杜甫的亲族家人多聚居在洛阳及洛阳周边，洛阳无疑也是他的家乡。

外任者

怎么确定外任者呢？大致以两京为中心，两京辐射圈以内可称“京官”，两京辐射圈以外各道州郡可称“外官”。官员如在长安官场遭到排挤，最体面的处理就是分司洛阳。分司官的俸禄待遇仍与在长安时相等，名义上还留在两京辐射圈内；由京官调出到外州，这样的外放可视为一种较轻的惩罚；而获罪的官员往往被贬谪到边地任卑职，形同流放。

武则天长居洛阳，只在长安元年（701）冬十月从神都洛阳移驾西京，杜审言随同去长安，其实也不能算作外放。翌年春天，在长安作《春日京中有怀》：

今年游寓独游秦，愁思看春不当春。
上林苑里花徒发，细柳营前叶漫新。
公子南桥应尽兴，将军西第几留宾[1]。
寄语洛城风日道，明年春色倍还人。

1. 东汉外戚梁冀为大将军，府第在洛阳城西。马融曾写《大将军第颂》，西第即泛指豪华府邸。汉游侠陈遵，豪饮好客，宴会时常取客人车辖投入井中，以防客人中途离去，此即“留宾”典故。

杜审言出仕后曾任洛阳丞，其后担任膳部员外郎及著作佐郎时亦在洛阳供职，家也由巩县移来了洛阳。来到长安后，见春日美景反而生出愁绪，思念起洛阳的亲朋故友。尾联说明年的洛阳会有更明媚的春天，大家等着我回来啊。

羊士谔是泰安人，贞元元年（785）进士中第。元和初，得宰相李吉甫奖掖，擢升监察御史，掌制诰。此后因与同僚诬论宰执，出为资州刺史。在资州[1]作有《资中早春》：

> 一雨东风晚，山莺独报春。
> 淹留巫峡梦，惆怅洛阳人。
> 柳意笼丹槛，梅香覆锦茵。
> 年华行可惜，瑶瑟莫生尘。

又作《登郡前山》，不甘屈居外州的意思很分明，诗中还写到了当地的山樱：

> 洛阳归客滞巴东，处处山樱雪满丛。
> 岘首当时为风景，岂将官舍作池笼。

这两首诗羊士谔自命为“洛阳人”“洛阳客”，可见此前已在洛阳置业或移家（从泰安迁往洛阳很便利）。

中唐时牛李党争激烈，常常因为一方势力的上升，导致另一方势力中的成员被排挤出长安。这些官员的外放任所基本都在川蜀或东南。因为只是暂时远离了两京辐射圈这个政治中心，故而还不能称之为流放式的贬谪。

1. 资州，今四川省内江市资中县。

先来看白居易。元和十年（785），宰相武元衡遇刺后，白居易因为越职言事，被贬为江州司马。在江州作有《忆洛下故园》：

> 浔阳迁谪地，洛阳离乱年。
> 烟尘三川上，炎瘴九江边。
> 乡心坐如此，秋风仍飒然。

诗有自注“时淮汝寇戎未灭”，首联又有“洛阳离乱年”一句。据《旧唐书》“宪宗本纪”载，淄青节度使李师道在长安暗杀武元衡后，不久又派人潜入东都洛阳，打算焚烧宫阙，杀掠市民，后因事泄未能得逞。白居易此时外放在浔阳，仍然对时局忧心忡忡，同时也担心洛阳［虽然在贞元二十年（804），已由洛阳迁居华州下邽］。

又有《忆庐山旧隐及洛下新居》：

> 形骸黾勉班行内，骨肉句留俸禄中。
> 无奈攀缘随手长，亦知恩爱到头空。
> 草堂久闭庐山下，竹院新抛洛水东。
> 自是未能归去得，世间谁要白须翁。

长庆四年（824）五月，白居易任太子左庶子首次分司东都，秋天至洛阳，于履道坊购宅。从第三联“草堂久闭庐山下，竹院新抛洛水东”可推知，这首诗写于赴苏州刺史任前后。此时距构筑庐山草堂的江州时期已近10年，而履道坊宅购置不久。

宝历元年（825），白居易到任苏州不久，宦情淡薄，思洛日甚，此间所作《忆洛中所居》已透露出归休洛阳的强烈愿望：

忽忆东都宅，春来事宛然。雪销行径里，水上卧房前。
厌绿栽黄竹，嫌红种白莲。醉教莺送酒，闲遣鹤看船。
幸是林园主，惭为食禄牵。宦情薄似纸，乡思争于弦。
岂合姑苏守，归休更待年。

次年夏天，又作五古《六月三日夜闻蝉》。白居易因病休假，听闻苏州当地新蝉起鸣，想及洛阳城家宅中的蝉声，归洛情绪不胜浓重：

荷香清露坠，柳动好风生。微月初三夜，新蝉第一声。
乍闻愁北客，静听忆东京。我有竹林宅，别来蝉再鸣。
不知池上月，谁拨小船行。

白居易心心念念想着洛阳。虽然人还在苏州，却已开始了归洛后的筹划，不断将吴地获取的青石、白莲等物寄往洛阳，有《莲石》一诗纪之：

青石一两片，白莲三四枝。寄将东洛去，心与物相随。
石倚风前树，莲栽月下池。遥知安置处，预想发荣时。
领郡来何远，还乡去已迟。莫言千里别，岁晚有心期。

身为外任官而思念洛阳家宅的，除了白居易，最典型的还有李德裕。他的怀洛诗作数量极多，主题都聚焦在洛阳的平泉别业。

李德裕的父亲李吉甫元和年间曾两次拜相，辅佐唐宪宗开创“元和中兴”。李吉甫去世前就属意洛阳龙门作为终老之地，并且写过一首《怀伊川赋》。

长庆二年（822），李德裕改任中书舍人，九月外放为浙西观察使，在升州[1]坐镇了8年。他受父志影响，早有退居伊洛之心，其间在龙门之西购得了乔处士故居，开始营建平泉别庄。

在浙西任上，李德裕开始牵挂洛阳别业，作《早春至言禅公法堂忆平泉别业》：

昔我伊原上，孤游竹树间。
人依红桂静，鸟傍碧潭闲。
松盖低春雪，藤轮倚暮山。
永怀桑梓邑，衰老若为还。

由尾联“永怀桑梓邑”可知，李德裕早已将洛阳视作了自己的家乡。

某年春天，李德裕见樱桃花又作《峡山亭月夜独宿对樱桃花有怀伊川别墅》，思归心切，难以排遣：

皎月照芳树，鲜葩含素辉。
愁人惜春夜，达曙想岩扉。
风静阴满砌，露浓香入衣。
恨无金谷妓，为我奏思归[2]。

大和七年（833）二月，李德裕拜相，加授同平章事。次年又罢相，改任润州刺史[3]、镇海军节度使、苏常杭润观察等使，再次出镇浙西。大约在此期间又作《怀伊川郊居》：

---

1. 升州，今南京。
2. 指石崇所作《思归引》。
3. 住所润州即镇江。

衰疾常怀土，郊园欲掩扉。
虽知明目地，不及有身归。
巩树秋阴遍，伊原霁色微。
此生看白首，良愿已应违。

洛阳别业附近有道人松阳子，相与为邻。李德裕与他有诗文交往，因此而作《怀山居邀松阳子同作》《思归赤松村呈松阳子》《思在山居日偶成此咏邀松阳子同作》，后一首也写到了怀洛之梦：

闲思昔岁事，忽忽念伊川。乘月步秋坂，满山闻石泉。
回塘碧潭映，高树绿萝悬。露下叫田鹤，风来嘶晚蝉。
怀兹长在梦，归去且无缘。幽谷人未至，兰苕应更鲜。

平泉屡屡入梦，归去总是无缘，李德裕对洛阳这处家园念兹在兹，可见他投注感情之深。这是唐人抒发怀洛之思的第四首写梦诗了吧！

大和九年（835），李德裕在“牛李党争”中失势，回到长安不久就被排挤，以太子宾客分司东都，四月外放为袁州长史[1]。初到袁州，李德裕作《夏晚有怀平泉林居》，其中“愀然何所念，念我龙门坞”一联，道尽欲归平泉而不得的忧愁。

再次，开成元年（836）三月，李德裕任滁州刺史，七月改迁太子宾客，短暂分司洛阳。十一月，又任浙西观察使，这是李德裕第三次出镇浙西。开成二年，李德裕接替牛僧孺，出任扬州大都督府长史、淮南节度使。日僧圆仁在《入唐求法巡礼记》记载了与李德裕的交往，当时曾获李德裕帮助。

1. 袁州即今天江西宜春。

在此可引傅璇琮先生在《李德裕年谱》中按语："德裕第一次镇浙西，尚未葺平泉别墅，第二次镇浙西，亦未至平泉赴任。独第三次镇浙西前曾在平泉小住，引所谓忆平泉别业、怀伊川别墅，当皆是开成二年春作，时刚离洛阳未久，而又未赴淮南。"

综上所述，虽然平泉别业营建多年，但李德裕前后几次在洛阳驻留的时间都非常短促。

停留洛阳时，李德裕细心留意平泉的各种样貌，到离开后便成为怀念追忆的材料，被他写进了诗文中。

李德裕怀念平泉的诗作，除以上提到的几首，单篇还有《首夏清景想望山居》《近腊对雪有怀林居》《晨起见雪忆山居》《早秋龙兴寺江亭闲眺忆龙门山居寄崔张二从事》等。此外，还有6个大型组诗《思山居一十首》《春暮思平泉杂咏二十首》《思平泉树石杂咏一十首》《重忆山居六首》《忆平泉杂咏十首》等。上述与平泉有关的诗作总计竟有80余首！另外，李德裕还有《知止赋》《灵泉赋》《平泉山居诫子孙记》《平泉山居草木记》等多篇叙写平泉的文赋。

如此密集的单一主题书写，莫非有某种内在的痴狂在驱动？李德裕对洛阳平泉别庄的持久的眷恋、回忆与书写，或正是如段义孚所说"恋地情结"的表现。

远贬者

很不幸的是，李德裕此后成了最富悲剧性的被贬官员。

开成五年（840），唐武宗继位，李德裕被召回长安拜为宰相，破回纥、平泽潞。用兵5年间，谋划调度、选任将帅，全由他一人决断。平定泽潞叛乱后，李德裕因功兼任太尉，晋封卫国公，食邑三千户。

会昌六年（846），唐武宗病逝，继位的唐宣宗亲政次日便免去了李德裕的宰相职，外放为荆南节度使。九月，再免李德裕同平章事职衔，降为东都留守、东畿汝都防御使。

大中元年（847），唐宣宗再次启用牛党白敏中、令狐绹、崔铉等人，二月，李德裕降职以太子少保分司东都，很快又贬为潮州司马。潮州已是偏远南州，此举已等同于流放。李德裕离洛阳由水路南行，赶赴潮州。

途中过闽南盘陀岭[1]，作《盘陀岭驿楼》，诗中充满怅惘愁绪：

> 嵩少心期杳莫攀，好山聊复一开颜。
> 明朝便是南荒路，更上层楼望故关。

又有《谪岭南道中作》，抒发思乡怀洛之苦痛，读之令人鼻酸：

> 岭水争分路转迷，桄榔椰叶暗蛮溪。
> 愁冲毒雾逢蛇草，畏落沙虫避燕泥。
> 五月畲田收火米，三更津吏报潮鸡。
> 不堪肠断思乡处，红槿花中越鸟啼。

大中二年（848），李德裕到达潮阳后，牛党又翻出李党前案，追加惩罚，李德裕再贬崖州[2]司户参军。

---

1. 盘陀岭，今福建漳浦县西南盘陀岭，为由闽入潮、广之要隘。
2. 崖州，今海南海口东南。

大中三年（849）八月，李德裕夫人刘致柔在崖州病逝[1]，十二月，李德裕去世，终年63岁。延续数十年的“牛李党争”至此结束。

李德裕四子李烨其时被流放到蒙州立山县[2]，距崖州较远，受牛党刁难，三年不得奔丧，直到大中六年（852）才获准护送双亲灵柩北归。转录李烨的记文如下：

> 乃蒙恩宥，命烨奉帷裳还葬先兆。烨舆曳就途，饮泣前进，壬申岁春三月，扶护帷裳，陪先公旌阙发崖州，崎岖川陆，备尝险艰，首涉三时，途经万里，其年十月方达洛阳。十二月癸酉迁阙。

据《旧唐书》“宣宗本纪”，大中元年（847）二月，李德裕被贬潮州司马的同一日，郑亚因属李党一系，由给事中出为桂州刺史、桂管防御观察等使。九月中旬，随郑亚入桂的李商隐代草《太尉卫公会昌一品集序》，在序的篇尾，他曾盛赞李德裕的功业文章：“成万古之良相，为一代之高士，繄尔来者，景山仰之。”

唐代因政治形势波荡而遭贬谪的官员还有很多，其中能诗者，当数初唐时的沈佺期、杜审言、宋之问三人。他们在投奔南荒途中写了不少诗，很多都有思乡怀洛的内容，在此略提一二。

---

1. 李德裕原配徐盼早逝。元和四年（809），李德裕纳婢女刘致柔为庶妾，专情40年，至死未立正室。刘夫人在崖州去世后，李德裕写有《唐茅山燕洞宫大洞炼师彭城刘氏墓志铭并序》。这块墓志碑现保存在洛阳千唐志斋博物馆，碑上还附有其子李烨的记文。

2. 立山县，今广西壮族自治区蒙山县南。

神龙元年（705）的神龙政变，中宗复辟，一时大肆搜捕旧朝人物，罪大者诏斩，下狱者愈千。《旧唐书》载：“朝官房融、崔神庆、崔融、李峤、宋之问、杜审言、沈佺期、阎朝隐等皆坐二张窜逐，凡数十人。”因依附张易之、张昌宗兄弟，昔日武则天身边的这些文学侍从之臣被一锅端，朝夕之间就从青云端跌落。

沈佺期初入狱时就写有《移禁司刑》《被弹》辩诬，此后被处贬谪。据傅璇琮先生考定：“佺期因附会张昌宗而流于驩州，在中宗神龙元年春初。”

赴贬地途中，行经大庾岭，沈佺期作《遥同杜员外审言过岭》怀洛。沿途所吟诗作中，亦多有提及洛阳，如《岭表逢寒食》的“洛阳新甲子，何日是清明”，《入鬼门关[1]》的“自从别京洛，颓鬓与衰颜”，《初达驩州[2]》的“何年赦书来，重饮洛阳酒”，时时处处以北国洛阳与南方蛮地作对比。

沈佺期到驩州后，某日作《驩州南亭夜望》：

> 昨夜南亭望，分明梦洛中。
> 室家谁道别，儿女案尝同。
> 忽觉犹言是，沉思始悟空。
> 肝肠余几寸，拭泪坐春风。

昨晚在南亭望景，过后入夜就梦到了洛阳的家室与儿女，这是唐人怀洛诗中写到梦的又一例。史载沈佺期在驩州期间整日哭哭啼啼，梦回洛阳这种事肯定屡屡发生。

---

1. 鬼门关，在今广西北流市城西，其地多瘴疠，去者罕有生还。
2. 隋开皇十八年（598）置驩州，治九德县，今越南义安省荣市。

到神龙元年（705）十一月，遭贬谪流放者得到赦免，允许授予远州官职，事载《册府元龟》卷八四《帝王部·赦宥三》，神龙元年“十一月壬午，中宗亲谒太庙，告谢受尊号之意，礼毕，大赦天下，前后流人非反逆者并放还，缘张易之徒党本犯流配者，量轻重与远官……”此事有沈佺期《喜赦》一诗为证：

去岁投荒客，今春肆眚[1]归。
律通幽谷暖，盆举太阳辉。
喜气迎冤气，青衣报白衣。
还将合浦叶，俱向洛城飞。

消息到达得太突然，自己心中冤气尚未消除，就与喜气混同了一处，内中情绪可谓交错起伏。结尾一联，呼应化用了江总《遇长安使寄裴尚书》诗，可见其欣喜之色。

虽获大赦，但牵连“二张”的案犯均不得回京，按罪行轻重，授偏远地区官职。沈佺期于是迁台州录事参军，又有《赦到不得归题江上石》诗为证。

神龙三年（707），朝廷召回沈佺期，“承恩北归”后拜起居郎，兼修文馆直学士。沈佺期这才回到了东都洛阳。

和沈佺期同命运的，还有杜甫的祖父杜审言。他被贬峰州[2]，渡湘江南下时，正值春景繁盛，作《渡湘江》：

迟日园林悲昔游，今春花鸟作边愁。

---

1. 宽赦罪人之意。
2. 辖境相当于今越南富寿省东南部和河西省西北部。

独怜京国人南窜，不似湘江水北流。

首联以今昔春景作对比，尾联以湘江北流与谪客南奔互照，这首诗写得很有格调。同样在贬谪中，杜审言抒发谪客哀愁时有所克制，不像沈佺期那么怨声载道、哭哭啼啼。胡应麟《诗薮·内编》中对这首七绝评价很高：

初变梁、陈，音律未谐，韵度尚乏。惟杜审言《渡湘江》《赠苏绾》二首，结皆作对，而工致天然，风味可掬。

杜审言贬谪诗不多，另一首《春日怀归》中也有思洛语句："更怀欢赏地，车马洛桥边。"

同期遭贬谪的诗人中，之前的赛诗冠军宋之问最具戏剧性。他遭流放的贬所在泷州[1]。途中过江州，作《寒食江州满塘驿》：

去年上巳洛桥边，今年寒食庐山曲。
遥怜巩树花应满，复见吴洲草新绿。
吴洲春草兰杜芳，感物思归怀故乡。
驿骑明朝发何处？猿声今夜断君肠。

首联两句以节候、地点入对，"巩树"指他在嵩山构筑的陆浑别庄。"感物思归怀故乡"语出真挚。这首诗没有满布愁怨，还是写得不错的。

同期得知大赦消息后，宋之问也作有《初承恩旨言放归舟》诗，自言如在梦中：

1. 泷州，今广东罗定市境。

一朝承凯泽，万里别荒陬。
去国云南滞，还乡水北流。
泪迎今日喜，梦换昨宵愁。
自向归魂说，炎方不可留。

不过，宋之问遇赦归返后又闹出了一点动静，《旧唐书》记载他是“未几，逃还，匿于洛阳人张仲之家”。按照沈佺期转迁台州的同例，宋之问应该也有远州授职。不过，他很可能未去赴任，而是借机溜回了洛阳。途中作有《渡汉江》，可见其忐忑不安的行状，回洛阳的时间大约在神龙二年（706）夏：

岭外音书断，经冬复历春。
近乡情更怯，不敢问来人。

《唐才子传》还记载了宋之问贬还途中遇骆宾王一事，也不知是真是假：

后宋之问贬还，道出钱塘[1]，游灵隐寺，夜月，行吟长廊下，曰：“鹫岭郁岧峣，龙宫隐寂寥。”未得下联。有老僧燃灯坐禅，问曰：“少年不寐，而吟讽甚苦，何耶？”之问曰：“欲题此寺，而思不属。”僧笑曰：“何不道楼观沧海日，门对浙江潮。”之问终篇曰：“桂子月中落，天香云外飘。扪萝登塔远，刳木取泉遥。云薄霜初下，冰轻叶未凋。待入天台寺，看余渡石桥。”僧一联，篇中警策也。迟明访之，已不见。老僧即骆

1. 倘若他确实曾过境钱塘，则很可能当时朝廷授予的职所与沈佺期的台州很接近。

宾王也。

回洛阳后，宋之问并不安分守己。《旧唐书》载：

> 未几，逃还，匿于洛阳人张仲之家。仲之与驸马都尉王同皎等谋杀武三思，之问令兄子发其事以自赎。及同皎等获罪，起之问为鸿胪主薄，由是深为义士所讥。

这等告密邀宠以求翻身的事，一时传为丑闻[1]。而后为保官先"谄事太平公主"，"复往谐结"安乐公主。看来宋之问回洛阳后还是和以前一样喜欢攀附，这就埋下了祸根。

景龙二年（708），宋之问任考功员外郎，五月为修文馆直学士。景龙三年仲冬，再次外放为越州长史。第二年六月，发生唐隆政变，以宋之问先后依附"二张"及武三思，判处流放钦州，很快又改桂州。

西哲说人不能两次踏进同一条河流，可宋之问却将同一条贬谪之路走了两遍，大庾岭也二度翻越！此次贬谪路线，谭优学《宋之问行年考》有梳理："睿宗即位，以之问尝附张易之、武三思，贬岭外钦州。之问乃于太极元年循汴水入淮，经广陵，循大江西去，至黄梅渡江至江州，溯灨水而上，越大庾，抵广府，溯西江，经梧州，北上桂管，晋见府主，再南去钦州，复返桂府盘桓。开元元年，玄宗使使赐之问自尽于桂州。"

《早发韶州》有句"绿树秦京道，青云洛水桥。故园长在目，

---

1. 韦绚《刘宾客嘉话录》还记载了宋之问以土囊杀害刘希夷夺诗的传闻，背友告密一事与之类似，都没有十分确凿的证据。但宋之问人品大有问题则毫无疑问。

魂去不须招”，《题大庾岭北驿》中有句“可怜江浦望，不见洛阳人”。一旦我们了解了宋之问的上述作为，这些怀念洛阳的语句读来就有些可笑复可悲了。先天元年（712）八月，唐玄宗即位，翌年，宋之问被赐死于贬所。他的结局是外贬词臣中最为悲惨的一个。

郑振铎评说沈、宋的贬谪诗：“自当以这种迁谪后所作的最工。应制诸什，非不精妙，却不尽是肺腑中流出的，故有灵魂、有真情感者甚少。”对沈、宋诗作前后分野的判断是准确的，然而就贬谪诗的高下来论，也只有杜审言《渡湘江》未丧气格，沈、宋诸作都过于沉溺于怨思了。

遭流放的名士中还有张说，他是一个“单管独奏”的诗人。

张说的先祖原籍范阳，世居河东[1]，后徙家洛阳。他是洛阳出生的土著，一生历武则天、中宗、睿宗、玄宗四朝，被流放一次，被贬两次，三登相位，三任中书令，是玄宗开元年间的名臣。

张说有《九日进茱萸山诗五首》，其一自述家宅位置在洛阳城南，距离嵩山很近[2]：

家居洛阳下，举目见嵩山。
刻作茱萸节，情生造化间。

永昌元年（689），张说应“贤良方正科”制举中第，授太子校

1. 河东，今山西永济。

2. 1999年秋，于洛阳伊川县吕店乡万安山南麓袁庄村出土了张说墓志（《唐故尚书左丞相燕国公赠太师张公墓志铭并序》），由张九龄撰、梁升卿书、卫灵鹤刻。万安山在洛阳东南。

书郎，这年他22岁。任内曾两度奉使入西蜀。起先已预定了秋日归程，作五绝《被使在蜀》：

即今三伏尽，尚自在临邛。
归途千里外，秋月定相逢。

张说在夏末时节报告了自己的近况，也约定了归返的时间。其后因公事耽搁不得归，又作《蜀道后期》：

客心争日月，来往预期程。
秋风不相待，先至洛阳城。

“客心争日月”一句出语明快，可见归洛心情的急迫；后一联不言急于归家，却拟“秋风”为旅伴，说“秋风”不打招呼自己先回洛阳了。这两首诗很可能是附在家书中寄出的，因为误了归期，用诗语来替代解释，简练又有情趣。我们甚至可以想象收信人（也许就是他的新婚妻子）读过之后，会如何展颜一笑。

张说在宦海几度沉浮，数居宰辅，又数遭贬谪。长安三年（703），张说因不肯屈就张昌宗，被武则天流放岭外钦州。得旨放还后，曾作《喜度岭》：

东汉兴唐历，南河复禹谋。宁知瘴疠地，生入帝皇州。
雷雨苏虫蛰，春阳放学鸠。洄沿炎海畔，登降闽山陬。
岭路分中夏，川源得上流。见花便独笑，看草即忘忧。
自始居重译，天星已再周。乡关绝归望，亲戚不相求。
弃杖枯还植，穷鳞涸更浮。道消黄鹤去，运启白驹留。
江妾晨炊黍，津童夜棹舟。盛明良可遇，莫后洛城游。

贬谪南陲边州，过大庾岭时肯定是悲愁的，可是归返途中再过大庾岭，心情就完全不一样了，“见花便独笑，看草即忘忧”，难掩喜悦心情，并且已经在期待游赏洛阳的风光了。

开元初，张说因与姚崇不合，又被外放为岳州刺史、荆州长史。他这首《晦日》就作于这段时间：

晦日嫌春浅，江浦看湔衣[1]。
道傍花欲合，枝上鸟犹稀。
共忆浮桥晚，无人不醉归。
寄书题此日，雁过洛阳飞。

他人不在洛阳，心却在洛阳，晦日在江边散步，不由追忆起此前与友人同游洛阳浮桥、醉吟而归的场景。诗尾提到这次是随信题诗，因此这封信和这首诗很可能就是寄给时任宰相苏颋[2]的，后者当时曾对他施以援手。

储光羲是开元十四年（726）进士，与崔国辅、綦毋潜同榜。历任冯翊县尉，转汜水、安宜、下邽等县尉，多年沉居下僚，仕宦不得意。诗风清新古雅，多田园写景之作。唐人殷璠《河岳英灵集》评论其诗风“格高调逸，趣远情深，削尽常言，挟《风》《雅》之迹，得浩然之气。”

安史之乱中，叛军攻陷长安后，储光羲被俘，接受了伪职。脱身归朝后，远贬岭南新丰，后死于贬所。在新丰期间曾作《新丰

1. 旧俗正月元日至月晦，士女于水边酾酒洗衣，以辟灾厄。

2. 张说与苏颋父亲苏瓌是故交。开元四年（716），张说曾写过一篇《五君咏》，在苏瓌忌日时献给苏颋。

主人》：

> 新丰主人新酒熟，旧客还归旧堂宿。
> 满酌香含北砌花，盈尊色泛南轩竹。
> 云散天高秋月明，东家少女解秦筝。
> 醉来忘却巴陵道，梦中疑是洛阳城。

诗人于新丰客舍中，尚不知今后命运，满目所见仍是大好秋色。饮酒至醉，醒来方觉梦中回到了洛阳城。这是唐人归洛之梦的第几例了？

被动卷入了时代波涛，以至一朝没顶，储光羲的命运令人叹惋。

唐代的“洛漂”

因政治、经济、文化上的地位，都城对于年轻人总会产生强大的吸引力，这似乎是人类社会的一项普遍规律。我们今天将北京的外地居留者称为“京漂”，“漂”这个字用来形容居所与身份的流动不定，极为形象。在唐代的东西两京，也有这样的情况。杜甫屡屡应举不第，为求仕进曾旅食长安10年，无疑是最有名的长安“京漂”；洛阳的“京漂”也不在少数，这里简称其为“洛漂”。

“洛漂”的身份有官员、士子，也有僧道（如齐己、皎然等）。他们来到洛阳的原因也多样，大体是因为任官、应举、访友、览胜，也有来洛阳一带学道、置业的。

既然是“漂泊洛阳”，就未必能在此间长久住定，而离开之后，往往会寄托很多感情，增添一份“怀洛之思”。这是“洛漂者”们的共同点。

开元八年（720），王昌龄30岁，出长安一路漫游。春天过洛阳，入嵩山谒焦炼师，秋天离嵩山，北上太行山、邯郸。开元十五年，进士及第，授秘书省校书郎；开元二十二年，又应博学宏词科，再次登第，仅授汜水尉。王昌龄科场得意，仕途失意，在汜水尉任上5年后，因事远谪岭南[1]。

开元二十八年（740）北归，岁末授江宁丞，仍属外州卑官。自长安出发时，岑参相送，有作《送王大昌龄赴江宁》，王昌龄也有《留别岑参兄弟》相赠。

因为不甘沉居下僚，王昌龄迟迟不赴江宁任所，经洛阳时一住就是半年，与綦毋潜、李颀等诗人多有交游。夏天离洛阳时，李颀有赠别诗《送王昌龄》。王昌龄到江宁后，又曾去太湖、浙江一带游览。

辛渐是王昌龄故友，天宝元年（742）将由润州渡江，取道扬州，北上洛阳。王昌龄在润州送别辛渐，作《芙蓉楼送辛渐二首》[2]，其一就是思洛的名作：

寒雨连江夜入吴，平明送客楚山孤。
洛阳亲友如相问，一片冰心在玉壶。

---

1. 此后王昌龄又遭遇二度贬谪，被发配去了龙标（今湖南怀化黔阳镇）。殷璠《河岳英灵集》称龙标任职的王昌龄：“奈何晚节不矜细行，谤议沸腾，两历遐荒，使知音者叹息。”

2. 芙蓉楼在润州（今镇江）西北，登临可俯瞰长江。据《元和郡县志》载：“晋王恭为刺史，改创西南楼名‘万岁楼’，西北楼名‘芙蓉楼’。”

“玉壶”语出鲍照诗《代白头吟》“直如朱丝绳，清如玉壶冰”，譬喻高洁的心志。王昌龄借送别友人自抒胸臆，倾诉的对象也包括了洛阳城中的诗友。

唐人诗作中，怀念洛阳故友的有许多，如施肩吾《对月忆嵩阳故人》、李洞《西蜀与崔先生话东洛旧游》、严维《同王征君湘中有怀》，等等。

綦毋潜在未第之前，亦在洛阳滞留寓居了一段时间，约开元十年（722）作有《早发上东门》诗：

> 十五能行西入秦，三十无家作路人。
> 时命不将明主合，布衣空染洛阳尘。

綦毋潜15岁就游学长安，与当时诗坛名家交往，初获诗名。开元八年（720），落第返乡。由诗中“三十无家作路人”可知该年他30岁。他大约在开元十四年再次赴京考试才进士及第，授宜寿尉。綦毋潜是虔州[1]人，由此可知，洛阳是他去长安应试前后驻留与休整的地方。

在第一章“奠基者们”篇末，韦应物做过洛阳丞，永泰年间曾弃官寓居洛阳同德寺，是个典型的“洛漂”。此后他辗转各地，多在外州任职。当年离洛阳时，韦应物对洛阳友人依依不舍，作有《自巩洛舟行入黄河即事寄府县僚友》：

> 夹水苍山路向东，东南山豁大河通。
> 寒树依微远天外，夕阳明灭乱流中。

1. 虔州，今江西赣州。

孤村几岁临伊岸，一雁初晴下朔风。
为报洛桥游宦侣，扁舟不系与心同。

大历八年（773）秋冬，韦应物南下江淮，到广陵（扬州）谋事。盘桓八九个月，次年秋天怅然北归，不意在淮水边偶遇了洛阳时的同僚李瀚。李瀚在永泰元年（765）曾拜洛阳县主簿，此时结茅隐居于淮水渡口。

韦应物作《淮上遇洛阳李主簿》：

结茅临古渡，卧见长淮流。
窗里人将老，门前树已秋。
寒山独过雁，暮雨远来舟。
日夕逢归客，那能忘旧游。

后来在苏州刺史任上时，韦应物赴扬州，又一次偶遇了洛阳同僚。这回不是李瀚，而是也做过洛阳主簿的卢耿，韦应物作《扬州偶会前洛阳卢耿主簿》：

楚塞故人稀，相逢本不期。
犹存袖里字，忽怪鬓边丝。
客舍盈尊酒，江行满箧诗。
更能联骑出，还似洛桥时。

在吴楚之地熟人不多，与故友不期而遇该有多么欢喜，但首句却故意写得很平静。颔联“犹存袖里字”，袖袋中就有卢耿的书信，可见两人平时联络频繁。颈联说他和卢耿都是暂停扬州，少不了要在客舍斟满酒杯，畅饮一番。饮酒过后，两人沿江边散步，还从书箱中取出近来诗作相互交流，可见唐代诗人互动的具体形式。

尾联深得风雅旨趣，两人骑上马，就像昔日游赏洛桥风光时那样并辔而行，洛阳成了美好时光的代名词（我们仿佛同时看到了两幅相叠的剪影）。韦应物还有一首《广陵行》估计也作于此时，其中“忽如京洛间，游子风尘飘”一联，感怀类似。

韦应物是与朋友再遇，“大历十才子”之一的耿湋的情况更有趣一些。他是过境岳阳时遇到了以前在洛阳时的邻居，见其《巴陵逢洛阳邻舍》：

因君知北事，流浪已忘机。
客久多人识，年高众病归。
连云湖色远，度雪雁声稀。
又说家林尽，凄伤泪满衣。

于此可见，耿湋在洛阳置有住宅。诗中提到的“家林”或许在洛阳近郊。这首诗本身写得不错，很难得地保留了唐人生活遭遇中偶然的一面。当耿湋听说家宅中的林木已凋残殆尽时，心里必定是很感伤的。耿湋贞元初贬许州时作《赴许州留别洛中亲故》，其中有“山遮魏阙路，日隐洛阳云”一联，《津亭有怀》中有“惆怅缄书毕，何人向洛阳”一联，都可见到他与洛阳的感情联系。

杨凭、杨凝、杨凌三兄弟在大历中同登进士第，时号“三杨”。他们家在虢州弘农县[1]，以前也在洛阳有置宅。杨凝善诗文，《春情》一诗可见他对洛阳风物的怀念：

---

1. 弘农县，今河南灵宝市。

旧宅洛川阳，曾游游侠场。
水添杨柳色，花绊绮罗香。
赵瑟多愁曲，秦家足艳妆。
江潭远相忆，春梦不胜长。

玄宗初登基时，洛阳仍是天下第一都城，士人科举中第后授官，派往外州的人就会眷恋洛阳。

孙逖就是这样，他在开元二年（714）中进士时年方十九，是朝野尽知的少年状元，初授山阴尉。《夜宿浙江》就作于赴山阴就任途中：

扁舟夜入江潭泊，露白风高气萧索。
富春渚上潮未还，天姥岑边月初落。
烟水茫茫多苦辛，更闻江上越人吟。
洛阳城阙何时见，西北浮云朝暝深。

你看他，一路坐船来绍兴，竟然觉得“多苦辛”，尾联更是直白地说出“洛阳城阙何时见”。这样的诗传到都城中，自然会产生影响。

孙逖到任后又作《山阴县西楼》，见湖边杨柳又思忆洛阳：

都邑西楼芳树间，逶迤霁色绕江山。
山月夜从公署出，江云晚对讼庭还。
谁知春色朝朝好，二月飞花满江草。
一见湖边杨柳风，遥忆青青洛阳道。

这两首诗后来好像果真发挥了一点作用，孙逖不久就调回长安，迁秘书省正字。“正字”为正九品下，品阶虽然不高，但秘书省毕竟是中央官署。

此后开元十年（722）、十四年，孙逖又连续高中文藻宏丽、贤良方正两科，声震长安，官拜左拾遗。

也有在洛阳而思念家乡的“洛漂”，这是很自然的。

旅居洛阳者的乡关之思，唐以前可追溯到西晋时的张翰。《晋书·张翰传》载张翰之归吴，按他自己所说的由头，是因为眷恋苏州美食，“乃思吴中菰菜、莼羹、鲈鱼脍”，后世引为美谈，还诞生了“莼鲈之思”的典故。这个苏州人去洛阳时兴之所至，自洛阳归吴门时也是兴之所归，的确很有性格（也很有预判力）呢！

苏州人似乎有在洛思乡的遗传基因。张籍原籍苏州，后移居安徽和州，贞元初与王建、孟郊、白居易都有密切交往。他是韩愈门生，经韩愈举荐，贞元十五年（799）在长安进士及第，大和二年（828）迁国子司业。

他居留洛阳时，要给家里写信，临发送前唯恐有遗漏，又拆开信封重新检查了一遍。他这首《秋思》就撷取了这样一个生活小细节，将“洛漂”的思乡之情一笔写透：

洛阳城里见秋风，欲作家书意万重。
复恐匆匆说不尽，行人临发又开封。

宋代钱公辅搜罗张籍诗文刊为《木铎集》12卷，曾赠送王安石。王安石作《题张司业诗》咏叹，对张籍诗尤其是他的乐府诗很是赞赏：

苏州司业诗名老，乐府皆言妙入神。
看似寻常最奇崛，成如容易却艰辛。

张籍只能算半个苏州人，比他年代更早些的顾况家就在苏州海盐县（唐代海盐隶属苏州）。他过境居停洛阳时也写过一首思乡诗，即《洛阳早春》：

何地避春愁，终年忆旧游。
一家千里外，百舌五更头。
客路偏逢雨，乡山不入楼。
故园桃李月，伊水向东流。

跋语

本书的诞生，缘起于一次谈话。

2019年9月，柳向阳兄过苏州，我与茱萸在他过宿的旅店客房聊天。席间因讲起李白、杜甫的一生行迹与创作的关系，就谈到了古典文学（尤其唐诗）与地理空间的对应。聚焦到唐诗，我们当时初步决定了书写4个城市，即长安、洛阳、成都和扬州。过后由柳向阳兄联络其他作者，唐克扬兄认领了长安，我认领了洛阳，茱萸兄认领了成都，而任之女史认领了扬州。

这是一个可以持续发掘延伸的选题方向，我们当时还谈到其他可以书写的城市或区域（比如唐诗中的杭州、苏州、太原、敦煌、西域、塞北），以及其他时段文学的地理空间书写（比如六朝文学与建康、南兰陵、会稽，北宋文学与汴梁，南宋文学与杭州，元明清文学与北京），不一而足。

此前几年，我一直在酝酿名为“诗人传三部曲”的小说创作计划，第一部《征旅》打算写杜甫居留夔州的生涯，第二部《少年李的烦恼》写李商隐早年恋爱情事，而第三部《池上》写白居易晚年在洛阳的逸乐生活。尤其《征旅》的准备，此前我已阅读了大量研究资料，对杜甫旅迹所至以及生活过的地理空间与创作的关系，感受尤为强烈。与柳向阳、茱萸兄旅馆中所谈，其实也是这些前期准备工作意外触发的一个结果。

巧合的是，洛阳是杜甫、李商隐和白居易都曾生活居留过的地方，因此本书也可以看作是动笔书写“诗人传三部曲”之前的一次预热。当然，它是独立于小说创作的，需要不同的规划和手段。

唐诗浩如烟海，盲目索求可能很难写出别有意味的东西。于是先就搭设了一个结构框架，也就是目录草稿。

究其要点，大致想达成以下几个目标：

一、我很爱读陈贻焮先生《杜甫评传》，先生的串讲，往往会将背景史事、诗作注评与诗人生涯串联起来，这样的通贯讲述常给我以莫大的启发。因此，我希望这次能够尝试采用同样的笔法。

二、我也爱读米尔斯基的《俄国文学史》，因为规划中的这本书跨越了隋唐300多年的大时段，所以也会有文学史的线索勾勒部分。我希望能写成像米尔斯基那样的“鉴赏家读本”，富有文学的营养与情趣，可以清晰看见每个诗人的独异特性，也能写出他们彼此间影响传递的关系。当然，还要摆脱教科书式的过于学院化的枯燥文风。另外，龚鹏程先生的《中国文学史》上半部也有可以取法之处，立论有时非常精彩，但他实在是大手笔，往往不提作品而单提观点，读来总有蜻蜓点水之憾。

三、因为是以隋唐洛阳为空间的设定，所以要讲到的大多是与洛阳有直接关涉的诗作。唐诗存数5万首中，写到洛阳就有近十分之一。因为须在数量繁多的诗作中挑选择别，所以本书又会具有某种诗歌选本的性质。

四、我也爱读施蛰存先生的《唐诗百话》，这部书在此前20年我买了3种不同的版本，细读过两遍（最近一遍是在两年多以前）。施先生的文笔是我最喜欢、最投味，也希望追摹的。他在《唐诗百话》里辟设了很多条目，一个条目即一个小专题，专讲一首作品或一件事，也可为读者提供阅读上的便利。本书每章之内的每小节就采用了小专题的形式。

五、我还爱读闻一多先生的《唐诗杂论》。那真是天才横溢的发挥啊！这样谈论唐诗的文章，本身也是精致耐读的文学作品。因此《唐诗杂论》也是我致敬、学习并仿效的一个目标。

六、最后，我也希望能够梳理出洛阳这个城市空间在唐诗中的呈现。书中引用讲述到的这些诗，不应只停留在纸面上，也应该同时与诗人在城市中的具体生活相结合。

倘若画一张唐代洛阳诗歌文学的示意图，文学史的面向就是一条横向延伸的时间轴线，而空间呈现的面向就是纵向布列的轴线。为了调和两者，我将目录结构翻来覆去修改了近两个月，在2019年12月初大抵有了一个初步轮廓。

从第一章“奠基者们”到第四章“唐诗发达的另三个要素”是城市史、文学史、制度史的横向轴线，破解唐诗得以繁荣的几项原因，理清其构成要素，这是前几章的写作目的。

从“逆行者陈子昂”到“不尽的尾声”，依循文学史的延展脉络，一一讲述各个时段上的诗人与他们的咏洛诗。诗人单章其实很不好写。为勾勒出他们与洛阳的关涉、他们的洛阳书写，我搜集阅读了大量研究资料，对其中难以索解的部分也作了简明扼要的梳理，这些资料的对比和查证带给我很大的写作乐趣，也可以丰富、拓深读者阅读的感受。其中李白部分的“北门厄之谜”、白居易部分的“早年恋爱事迹考”、李商隐部分的“义山早年入洛考”和“结缘白乐天”参考了有关学者的研究成果，我在书中一一列明了资料来源，这也是必须鸣谢的。

上述书写内容构成了《唐诗洛阳记：千年古都的文学史话》，关于洛阳城市空间、地标名胜、时令节气等，构成了《唐诗洛阳记：千年古都的风物之美》。“风物之美”第九章“造园的竞赛”不是专论诗文，而是写中唐洛阳分司官员营造私园的“热潮”；第十章“丽人与牡丹”则专写唐代洛阳的生活审美。《唐诗洛阳记》以“文学史话”为主体，“风物之美”可看作是相对独立的一个别册。

待全书结稿，一看篇幅，已经远远超过当时约定的10万字数，不禁莞尔。变化总是比之前的计划要快。可是，如果已确立的框架逻辑没有问题，那么，如此篇幅也是可以接受的。能够步《唐诗杂论》《唐诗百话》的后尘，于我也是一种光荣。

跋语的最后，还要致敬清代地志学家徐松。没有他的《唐两京城坊考》，本书很多篇章的内容都无法落实到具体的时空当中。作为古代都城研究的开创者，他在19世纪初的嘉庆十五年（1810）完成的这部著作，做了大量基础性的考证，为后人了解隋唐时代的洛阳提供了无数便利，他的功劳成绩理应永为后代所铭记。

而且，徐松自己就是一个唐代文学（和史学）的热爱者，关于城坊考一书的写作动机，他在《自序》中是这么说明的：

> 古之为学者，左图右史，图必与史相因也。余嗜读《旧唐书》及唐人小说，每于言宫苑曲折，里巷歧错，取《长安志》证之，往往得其舛误，而东都盖阙如也。己巳之岁奉诏纂辑唐文，于《永乐大典》中得《河南志图》，证以《玉海》所引、《禁扁》所载，灼是次道旧帙，其源亦出于韦述《两京记》而加详焉。亟为摹钞，爱同球璧，校书之暇，采集金石传记，合以程大昌、李好文之《长安图》，作《唐两京城坊考》，以为吟咏唐贤篇什之助。

《唐两京城坊考》的性质是地理志，即对城市地理的考察。

可是你看，徐松写书的目的却是为了“吟咏唐贤篇什之助”，具体功用还是回到了解读唐代文学上。他是为了给爱读者提供便利，才发力撰成了这样一部独特的志书。

我写出《唐诗洛阳记》的意旨，也正与徐松《唐两京城坊考》相同。

2020年12月11日初稿
2021年12月28日校毕
改定于从容斋